ullstein

Martina Sahler

Die englische Gärtnerin
Rote Dahlien

Roman

Ullstein

Besuchen Sie uns im Internet:
www.ullstein-buchverlage.de

MIX
Papier
FSC FSC® C083411

Originalausgabe im Ullstein Taschenbuch
1. Auflage April 2020
2. Auflage 2020

Umschlaggestaltung: bürosüd° GmbH, München
Titelabbildung: Arcangel Images / Rekha Arcangel (Frau);
Mauritius Images (Landschaft, Haus)
Satz: Pinkuin Satz und Datentechnik, Berlin
Gesetzt aus der Quadraat Pro
Druck und Bindearbeiten: CPI books GmbH, Leck
ISBN 978-3-548-06072-9

Prolog

Long Barn, Sevenoaks, Grafschaft Kent
1922

Es wurde nicht hell an diesem Sonntag im November. Der Nordwind trieb Regenwolken vor sich her, die sich am Horizont ballten. Die Scheibenwischer des silbernen Rolls-Royce arbeiteten wie ein Uhrwerk. Dennoch beugte sich Chauffeur Owen Kelly über das Lenkrad, um die Straße besser überblicken zu können. Sein gerader Rücken und die Haltung seines mit einer Uniformmütze bedeckten Kopfes zeigten, dass es ihn mit Stolz erfüllte, das noble Automobil lenken zu dürfen. Victor Bromberg hatte es sich im vergangenen Jahr gekauft und Charlotte seinen roten Ford überlassen.

»Warum muss es Vita Sackville-West sein?«, knurrte Victor auf der Rückbank.

Charlotte rückte ein Stück von ihm ab. Er hatte keinen Hehl daraus gemacht, dass er die informelle Einladung zum Tee bei der berühmten Schriftstellerin lieber abgesagt hätte.

Dennoch konnte sie sich darauf verlassen, dass er ihrer Gastgeberin gegenüber nicht den Hauch von Abneigung zeigen würde. Ihr deutscher Mann war inzwischen englischer als jeder Engländer.

»Du legst doch sonst Wert darauf, den Kontakt zur Upper Class zu pflegen. Vita Sackville-West gehört definitiv dazu.«

»Das mag sein, aber, Darling ... Du kennst die Gerüchte, an denen mehr als ein Funken Wahrheit ist. Sie pflegt eine ... nun ... nähere Beziehung zu Virginia Woolf, obwohl sie verheiratet ist. Wie weit ist es in unserem Land gekommen?«

»Wenn du das schon bemängeln möchtest, erinnere dich bitte daran, dass man ihrem Gatten Ähnliches nachsagt: Auch er hat außereheliche Affären. Wie es heißt, ebenfalls gleichgeschlechtliche.« Charlotte rutschte wieder näher an Victor heran. »Wer weiß, was über uns getratscht wurde, als wir das erste halbe Jahr unverheiratet unter einem Dach gelebt haben. Damals hat es uns nicht gestört.«

Victor küsste ihre Schläfe. »Das war etwas anderes«, behauptete er, aber sie spürte, dass sie ihn besänftigt hatte. Sein Blick ging durch das Seitenfenster nach draußen, wo im Dunst des Nieselregens die Mauern von Long Barn auftauchten. Owen lenkte den Wagen direkt vor den Hauseingang. Die Brombergs stiegen aus, und sofort kamen die Dienstboten mit aufgespannten schwarzen Schirmen heran.

Der Regen wehte Charlotte und Victor trotzdem in den Rücken und durchnässte ihre Mäntel. Der junge Diener neben Charlotte, noch mit kindlich runden Wangen unter der Schirmmütze, musste sich beeilen, um mit ihr Schritt zu halten, als sie zum Eingang eilte.

An der Haustür wartete bereits – lang, aufrecht, breitschultrig – die Hausherrin: Vita Sackville-West, die sich als Dichterin und Gartenexpertin über die Grenzen des Empires hinaus einen Namen gemacht hatte. Charlottes Beine waren schwach vor Aufregung.

»Wie schön, dass Sie es einrichten konnten!« Vita empfing sie mit ausgebreiteten Armen und zog sie an sich. Charlotte fühlte knochige Schultern und einen fast männlichen Griff, verbunden mit dem Duft nach Lavendel und Holz.

Diese leicht maskuline Attitüde, die Vita gar nicht zu verbergen versuchte, war Charlotte bereits in Kew Gardens aufgefallen, wo sie die Künstlerin kennengelernt hatte. Im Verlaufe ihres Gesprächs hatte sich herausgestellt, dass sie beide Anwesen in Kent bewohnten. Vita hatte sie daraufhin spontan eingeladen. Charlotte war im Rosengarten von Kew, wo sie die Wildtriebe ausschnitt und die neuen Kreuzungen begutachtete, fast in Ohnmacht gefallen, als sie im Nachhinein erfuhr, mit wem sie geplaudert hatte. Die auffällige Garderobe der Besucherin des Botanischen Gartens in einem Farbgemisch aus Senfgelb, Moosgrün und Scharlachrot war ihr zwar aufgefallen, aber sie hatte keine Rückschlüsse daraus gezogen. Exzentrik war in diesen Tagen weit verbreitet im Königreich.

Victor begrüßte die Lady, indem er sich über ihre Hand beugte.

»Wie bedauerlich, dass es gerade heute regnen muss. Ich hätte Ihnen gerne meinen Garten gezeigt«, sagte Vita über die Schulter, als sie den beiden in den Salon voranging. Sie passierten mehrere Räume, deren Türen offen standen.

Einer war mit Bücherregalen vollgestellt, in einem anderen sah Charlotte ein Schaukelpferd und Holzautos auf dem Teppich verstreut. Vita hatte zwei Söhne, den achtjährigen Benedict und den fünfjährigen Nigel, die vermutlich mit einer Nanny unterwegs waren. An den Wänden hingen gerahmte Porträts und Landschaften, den Salon mit der breiten Fensterfront dominierte neben einer gestreiften Sitzgarnitur eine Standuhr. Drinnen hing der Geruch nach Tabak in den Gardinen, draußen bog der Wind die Zypressen, die eine Allee durch die Anlage zu bilden schienen. Die letzten blühenden Rosen, Astern, Ziergräser in Kübeln und Beeten schüttelten sich unter den prasselnden Tropfen. Sie würden sich bis zur ersten Frostnacht halten.

Long Barn war weitläufiger als ihr eigenes Anwesen zwischen Maidstone und Canterbury. Aber Charlotte hätte Summerlight House nicht eintauschen wollen.

Vita steckte sich eine Zigarette an, bevor sie auf das Sofa wies und sich selbst in einen der Sessel fallen ließ. Ein Dienstmädchen in weißer Schürze trat mit einem Tablett heran. Der Duft nach Bergamotte und Ingwerplätzchen breitete sich aus. Obwohl Long Barn wie die meisten Häuser über elektrisches Licht verfügte, bat Vita darum, die Kerzen anzuzünden. »So kann man dem Wetter draußen wenigstens Behaglichkeit abtrotzen«, sagte sie dabei.

»Sie haben es hübsch hier, Lady Nicolson.« Charlotte rührte Milch und Zucker in ihren Earl Grey. Um sich nicht zu blamieren – eine ihrer Paradedisziplinen –, hatte sie sich vorab erkundigt: Vita Sackville-West war mit dem Diplomaten Lord Harold Nicolson verheiratet. Infolgedessen war die korrekte Anrede *Lady Nicolson*, obwohl sie sich ihr im Botanischen Garten als Vita Sackville-West vorgestellt hatte. Charlotte fragte sich, ob sie es bedauerte, einen traditionsreichen Namen wie Sackville aufzugeben. Die Ahnengalerie der Sackvilles reichte bis ins 17. Jahrhundert zurück.

»Danke, meine Liebe, aber lassen wir die Formalitäten. Sie nennen mich Vita, ja?«

Charlotte nickte lächelnd.

»Long Barn ist nicht Ihr Elternhaus, oder?«, warf Victor ein. »Das liegt drei Meilen nördlich von hier, richtig?«

»Sie sind gut informiert, Victor«, erwiderte sie, biss in eines der Ingwerplätzchen und lud sie mit einer Geste zum Zugreifen ein. Ihre Miene nahm einen schwärmerischen Ausdruck an. »An Knole reicht Long Barn nicht heran. Mein Buch über das Herrenhaus meiner Eltern und ihre Vorfahren ist soeben erschienen, wie Sie vielleicht wissen.«

Charlottes Magen fühlte sich an wie zugeschnürt. Dennoch griff sie zu, biss ein winziges Stückchen ab und kaute gründlich, um sich nicht zu verschlucken. Einen Hustenanfall zu erleiden und dem Ereignis das Würdevolle zu nehmen – bloß nicht. Vitas Buch *Knole and the Sackvilles* lag auf ihrem Nachttisch. Victor hatte es ihr geschenkt. Dummerweise war sie noch nicht dazu gekommen, es zu lesen. »Ich habe es gerade begonnen und bin sicher, es wird mich genauso begeistern wie *The Dragon in Shallow Waters*. Dieser Titel stand noch vor D. H. Lawrences Roman *Women in Love* in der Bestsellerliste von *John O'London's Weekly* auf Platz eins, oder?«

Von der Seite spürte sie Victors bewundernden Blick. Er

lehnte sich zurück, während sie sich mit der Schriftstellerin über Literatur und speziell ihre Werke unterhielt. Gegen Krümel im Hals und vergessene Regenschirme mochte Charlotte machtlos sein, aber sich in der Konversation keine Blöße zu geben, das hatte sie gelernt in den zwei Jahren, die sie nun mit Victor und ihrer Familie in Kent lebte.

»Wissen Sie, meine tatsächliche Leidenschaft gilt eher der Lyrik als der Belletristik«, bemerkte Vita.

»Und dem Gärtnern«, warf Victor ein.

Vitas Lächeln ließ ihre Züge weicher erscheinen. »Sie verfolgen meine Kolumne im *Oberserver*?«

»Mit Begeisterung, allerdings erst, nachdem meine Frau sie gelesen hat. Vorher gibt sie die Zeitung nicht her.«

Das Lachen der drei stieg mit der Rauchwolke auf, die Vita ausstieß. »Ich bin nur eine vergeistigte Schreiberin, die sich in der Pflanzenwelt nach Versuch und Irrtum vortastet. Meinen ersten Garten habe ich übrigens in der Nähe von Konstantinopel angelegt, wo mein Mann im diplomatischen Dienst war. Es tat weh, alles zurückzulassen, als wir nach England zurückgekehrt sind. Aber Sie, Charlotte, haben Botanik studiert. Für welche Journale schreiben Sie?«

Plötzliche Hitze ließ Charlottes Stirn erröten. »Ich ... die Arbeit in Kew Gardens lässt mir für anderes leider keine Zeit. Außerdem will ich meine Pflichten in Summerlight House nicht vernachlässigen. Ich bewundere Sie für Ihre zeitraubenden Tätigkeiten. Mir fehlt die Kraft dazu.«

Vita war höchstens zwei oder drei Jahre älter als sie selbst, vielleicht Anfang dreißig. Dennoch verströmte sie die Aura einer welterfahrenen Dame, die die Widrigkeiten des Lebens mit Leichtigkeit umschiffte. Charlotte hingegen fühlte sich oft zerrieben zwischen ihren Neigungen und ihren Pflichten, und manchmal blieb ihr der Atem weg. Vita, die nun die Beine übereinanderschlug, erweckte den Eindruck, als brächte nichts sie aus der Balance.

»Was für eine erstaunliche Entwicklung, dass Sie nach Ihrem Studium in Kew Gardens eine Anstellung gefunden haben. Ich kenne ein paar der einflussreichen Männer, die über die Angelegenheiten des Botanischen Gartens entscheiden. Unter ihnen befinden sich nur wenige, die der Frauenfrage offen zugewandt sind. Oder hat sich da inzwischen etwas geändert?«

»Ich hatte Glück, da man meinen Großvater noch kannte, der in Kew hoch angesehen war. Außerdem hat sich Professor Bone, der Leiter des Herbariums, an mich erinnert.«

»Ist Sir Prain als Direktor noch in Amt und Würden?«

»Sein ehemaliger Assistent hat inzwischen die Leitung übernommen.« Charlotte verzog den Mund, als hätte sie in eine Zitrone gebissen.

Victor neben ihr grinste, Vita lachte schallend auf. »Nicht nach Ihrem Geschmack?«

Charlotte zuckte zusammen. »Oh, nein, das wollte ich keinesfalls andeuten. Sir Hill ist eine Koryphäe. Wo er schon überall auf Expedition war! Neuseeland, Australien, Bolivien, Peru, Afrika, Island … Ich schätze ihn, obwohl, nun ja, er hält Frauen in der Arbeitswelt für unnötig. Das lässt er mich spüren, wann immer wir uns begegnen. Mein Vertrag mit Kew Gardens ist nur ein Hilfskonstrukt. Offiziell bin ich als botanische Zeichnerin angestellt, in Wahrheit arbeite ich als Springerin in allen Bereichen. Ich fürchte, ich muss mich darauf einstellen, dass mein Vertrag im Juli ausläuft.«

Victor sah sie erstaunt von der Seite an. »Das hast du mir gar nicht erzählt, Darling.«

»Es ist nichts, worüber ich gern spreche.« Tatsächlich verursachte es ihr Magenschmerzen, wann immer sie daran dachte. Zum Glück hatte sie mit Professor Bone, dem Leiter des Herbariums, den zuverlässigsten Mentor, den sie sich wünschen konnte. Solange er im Botanischen Garten arbeitete, war er ihr Fürsprecher. Vielleicht aus Verbundenheit zu ihrem Großvater, vielleicht auch, weil er als einer der wenigen Männer begriffen hatte, dass Frauen die Wissenschaft und Forschung bereicherten.

Victor drückte ihre Hand. Sie wusste, dass er die Champagnerkorken knallen lassen würde, wenn sie aufhörte, in Kew Gardens zu arbeiten. Es war ein ewiger Streitpunkt zwischen ihnen, dennoch rechnete sie ihm sein Mitgefühl hoch an.

Vita hatte den Austausch zwischen den Eheleuten interessiert verfolgt. »Ich kann gut verstehen, wie wichtig Ihnen die Eigenständigkeit ist. Mein Mann reist als Diplomat um die halbe Welt. Manchmal kann ich nicht verhindern, dass ich mitreisen muss. Aber wann immer es möglich ist, genieße ich die Nischen, die ich mir geschaffen habe.«

»Sie stellen Ihr Licht unter den Scheffel, Vita. Sie sind eine der bedeutendsten Autorinnen des Landes. Das ist mehr als eine Nische.«

Vita winkte ab. »Nennen Sie es, wie Sie wollen. Ich weiß nur, dass ich ohne mein Schreiben und meine Bücher, ohne meine Liebe zu Pflanzen ein anderer Mensch wäre. Wie halten Sie es mit der Gartengestaltung in Summerlight House? Haben Sie ein System, wie Sie die Pflanzen arrangieren? Arbeiten Sie eher mit Farbgestaltung oder mit wechselnden Blüten im Jahresverlauf? Ich hatte ja bislang leider keine Gelegenheit, Haus und Grundstück zu besichtigen …«

Victor schaltete sich sofort ein. »Sie sind jederzeit herzlich willkommen. Für die erste Party zur Eröffnung der Sommersaison lasse ich Ihnen eine Einladung zukommen.«

Vita lächelte. »Ich freue mich darauf, Summerlight House kennenzulernen.«

Charlotte lehnte sich zurück. Sie spielte am Nagel ihres Daumens und ärgerte sich darüber, wie leicht sie sich verunsichern ließ. Sie hatte ein abgeschlossenes Studium in Botanik, arbeitete im angesehensten Botanischen Garten der Welt und war gleichzeitig die Hausherrin auf Summerlight House. Warum beschlich sie nun dieses Gefühl, versagt zu haben, wenn sie an das perfekt manikürte Grün ihres Anwesens dachte? Wie hätte sie sich dort in den vergangenen zwei Jahren verwirklichen können?

»Der zum Haus gehörende Garten dient seinem Zweck: Auf dem Rasen können wir jederzeit Gäste empfangen, es gibt einen Pavillon für Teegesellschaften, ein Podest für eine Kapelle. Ich habe unseren Gärtner Mr Mitchell angewiesen, den Aufwand gering zu halten. Ich hatte Sorge, es könnte ihm über den Kopf wachsen. Lieber ein perfekt gepflegtes Grün als Wildwuchs, nicht wahr?«

Im ersten Jahr hatte sie ein Beet mit blauen Astern angelegt, die Rabatte jedoch nach der Blüte wieder eingeebnet. Sie hatte den Samen aus den Blütenständen in einem

Schraubglas gelagert, war allerdings nicht mehr zur Anzucht gekommen. Ob sie im kommenden Frühling noch keimfähig waren?

»Absolut«, stimmte Vita ihr zu. »Dennoch möchte ich Ihnen etwas zeigen, von dem ich hoffe, dass Sie dafür Verwendung finden.«

Charlotte wechselte einen Blick mit Victor.

Vita grinste wie ein junges Mädchen. »Folgen Sie mir bitte in die Kellerräume.«

Beim Aufstehen strich sich Charlotte den Rock glatt. Vita, ein gutes Stück größer als sie, ging ihr in der für große Menschen typischen Haltung mit gebeugtem Rücken voran. Victor stützte Charlotte am Ellbogen, als die Hausherrin sie durch eine Kellertür eine steinerne Treppe hinabführte.

Eine Glühbirne beleuchtete Regale voller Weinflaschen und Einweckgläser mit eingelegtem Obst und Gemüse. Der Geruch nach feuchten Wänden schlug ihnen entgegen. Vita öffnete einen Holzverschlag. Auf den mit Zeitungspapier ausgeschlagenen Brettern lagen Blumenzwiebeln in allen Größen, Pflanztöpfe, Werkzeug. Vor ihnen stapelte sich ein Dutzend offener Kisten, aus denen seitlich mit Erde bedeckte Wurzeln herausragten. In das Holz schwarz eingebrannt waren Bezeichnungen in einer fremden Sprache, möglicherweise Spanisch.

Victor schlang fröstelnd die Arme um sich, aber Charlotte trat näher heran. Vorsichtig tastete Vita nach einer der Knollen aus der oberen Kiste. Wie einen Schatz präsentierte sie sie ihnen. »Ich habe Ihnen erzählt, dass Harold viel auf Reisen ist. Diese Kisten hier stammen aus den Hochebenen

Mexikos. Ein Bekannter dort glaubte, ihm damit einen Gefallen zu tun, da er um unsere Gartenleidenschaft wusste.«

Charlotte nahm ihr die Knolle aus der Hand. »Dahlien?« Sie fühlte den Sand, der das Gewächs einhüllte. Derjenige, der sie verpackt hatte, hatte sich ausgekannt: Der angefeuchtete Sand sorgte dafür, dass die Knollen nicht schimmelten oder austrockneten.

Vita lächelte. »Genau. Mehr ist nicht bekannt. Ich weiß nicht, zu welcher Gattung sie gehören, wie groß sie werden und in welcher Farbe sie blühen. Das Problem ist, dass ich bereits ein Dahlienbeet habe, das ich keinesfalls vergrößern möchte, weil die Gestaltung sonst aus dem Gleichgewicht gerät. Was meinen Sie, meine Liebe, hätten Sie dafür in Summerlight House Verwendung?«

Charlotte holte eine weitere offenbar kerngesunde Knolle aus der Kiste, wog sie in der Handfläche. Als Botanikerin jubilierte sie über diese einzigartige Sammlung. Wie spannend es wäre, ihre Entwicklung zu beobachten, wenn sie die Dahlien ab April einpflanzte. Dahlien mochten Sonne, sie würde ein passendes Beet auf der Südseite finden.

Sie blickte Victor an, als sie seine Finger auf ihrer Schulter spürte. Er drückte sie kurz, als wollte er sie beschwören. »Was für ein hinreißendes Angebot«, sagte er.

Charlotte nickte. »Ich nehme dieses Geschenk gerne an und hoffe, dass ich diese Prachtknollen im Spätsommer zum Blühen bringen werde.«

»Das schaffen Sie. Daran habe ich keinen Zweifel.«

»Ich werde Ihnen das Beet widmen, wenn es mir gelingt«, versprach Charlotte.

Vita zog sie an sich. »Ich lasse Ihnen die Kisten im April liefern. Bis dahin haben die Knollen hier beste Bedingungen zum Überwintern. Kommen Sie gerne jederzeit vorbei, wenn das Wetter es zulässt, um Long Barn zu besichtigen. Ich tausche mich liebend gern mit einer Fachfrau über meine Pläne aus.«

»Die Gartenexpertin sind Sie, Vita. Ich bin nur die Wissenschaftlerin.«

»Wir werden sehen.« Vita verschloss die Lattentür und ging ihnen voran die Steintreppe hinauf. Victor drückte Charlottes Arm. Er fror offenbar nicht mehr, im Gegenteil, seine Wangen wirkten erhitzt. Er drängte Charlotte schon lange, weniger in Kew Gardens zu arbeiten und sich stattdessen auf ihrem eigenen Grundstück zu verwirklichen. Zum ersten Mal erschien ihr dieser Gedanke reizvoll.

Bereits auf der Heimfahrt ging ihr durch den Sinn, welche Gräser die Dahlien zur Geltung bringen würden und ob sie Herbstanemonen dazu pflanzen sollte.

Charlotte Bromberg gab sich nicht mit Halbheiten zufrieden. Sie spürte ein Fieber in sich. Ob sie ihren Gärtner Quinn Mitchell damit anstecken würde? Ihr Herz schlug schneller bei der Vorstellung, wie sie sich beratschlagen und Seite an Seite arbeiten würden. Wenn sie sich tatsächlich daranwagte, das Grundstück um Summerlight House zu gestalten, dann würde es nicht irgendeine Anlage mit altbekannten Gewächsen werden.

Nein, wenn sie sich darauf einließ, würde sie sich voller Kraft dieser Aufgabe widmen und gemeinsam mit Quinn Mitchell den originellsten Garten Englands erschaffen.

Kapitel 1

Summerlight House, Grafschaft Kent
Mai 1923

Charlotte drosselte das Gas, als sie den Ford in die Einfahrt von Summerlight House lenkte, und kämpfte gegen ihre innere Unruhe. Obwohl sie sich beeilt hatte, kam sie zu spät. Der Wagen, inzwischen fünf Jahre alt, schnurrte noch immer wie ein Kater. Auf der Landstraße von Kew Gardens bis zu ihrem Haus hatte sie das Tempo kaum gesenkt und die bedächtiger fahrenden Automobile bei freier Sicht überholt. Vom Rausch der Geschwindigkeit würde sie wohl nie genug bekommen. Und von diesem Gefühl, wie ein von den Winden getragener Vogel von einem Ort zum nächsten zu gelangen. Aber das Vergnügen an der Fahrt hatte ihre Sorgen nicht vertrieben.

Verdammt, vor dem Portal von Summerlight House standen bereits neben Victors Rolls-Royce die glänzenden Automobile ihrer Nachbarn. Die Stewarts auf der östlichen Seite ließen sich die kurze Strecke stets chauffieren, obwohl der Weg in einer knappen halben Stunde zu Fuß zu bewältigen war. Aber Andrew Stewart war mit seinen zweiundsiebzig Jahren nicht mehr gut zu Fuß, und auch seine wohlbeleibte Frau Olivia, mit Mitte sechzig allerdings noch rüstig, wusste den Dienst zu schätzen.

Die Familie McLaren, deren Gutshaus an der westlichen Seite angrenzte, bevorzugten schon deswegen das Automobil, weil ihre Söhne Alex und Benjamin seit wenigen Wochen die Fahrlizenz besaßen und jede Gelegenheit nutzten, am Steuer zu sitzen.

Es war der dritte Freitag im Monat, der Tag, an dem die Nachbarn sich trafen und Neuigkeiten austauschten. Die Gastgeber wechselten sich reihum ab. An diesem Abend im Mai hatten Charlotte und Victor zum Dinner geladen. Dazu gehörten selbstverständlich die übrigen Bewohner von Summerlight House: Charlottes Mutter Elizabeth, deren Bekannter Sir Walther Alcott, der zurzeit zu Besuch weilte, ihre Schwester Debbie, ihr Bruder Robert und Victors Cousine Aurora. Eine bunte Gemeinschaft von Menschen, die das Schicksal zusammengeführt hatte und die Summerlight House so aufgeteilt hatten, dass jeder seine Rückzugsräume besaß und sie sich dennoch zu den Mahlzeiten und bei besonderen Anlässen im Salon zusammenfinden konnten. Hätte Charlotte geahnt, was ihr heute in Kew Gardens mitgeteilt worden war, hätte sie das Dinner verschoben. Das Gefühl der Überforderung verursachte ihr Übelkeit.

Charlotte hatte alles versucht, um rechtzeitig aus Richmond heimfahren zu können, aber ein Kollege, der erst seit wenigen Tagen in Kew Gardens arbeitete, hatte sie auf einen Rosenbaum hingewiesen, der aus einer Veredelung hervorgegangen war und der einen außergewöhnlich intensiven Duft verbreitete. Charlotte hatte ihm gezeigt, wo er das Archivmaterial fand und wie er dieses um die neuen Details erweitern konnte. Deswegen war sie eine halbe Stunde länger als üblich im Botanischen Garten geblieben und schließlich mit wehendem Mantel zu ihrem Ford gesprintet. Im Auto fiel ihr nach wenigen Minuten auf, dass der Tank fast leer war, weil sie auf dem Hinweg vergessen hatte nachzufüllen. Sie musste einen Umweg in Kauf nehmen, um eine Zapfsäule zu finden.

So kam es, dass die Gastgeberin nun mit einer guten Stunde Verspätung zur Tischgesellschaft stoßen würde. Und in einer Verfassung, in der sie sich tausendmal lieber die Decke über den Kopf gezogen hätte, als an einem Dinner teilzunehmen.

Charlotte parkte den Wagen in der Reihe der anderen Fahrzeuge und sprang heraus. Am Luftzug merkte sie, dass sie sich dabei den Glockenhut vom Kopf riss, aber sie nahm sich nicht die Zeit, ihn aufzuheben, sondern eilte die Treppe zum Hauptportal hinauf, stieß die Tür auf und hastete durch das Foyer in den Salon.

Der Raum erstrahlte im Schein der Kerzen in Kandelabern, ein Duft nach Roastbeef, gedünstetem Gemüse und Minze hing in der Luft, das Silberbesteck funkelte, doch das Klappern brach ab, als Charlotte in den Raum stürzte. Alle zwölf Menschen am Tisch wandten ihr den Kopf zu, die jüngeren kicherten, die älteren lächelten mit steifer Oberlippe.

Victor tupfte sich beim Aufstehen den Mund mit der Leinenserviette ab und kam auf sie zu, als sie gerade mit ihrer Erklärung begann: »Bitte entschuldigen Sie meine Unhöflichkeit. Ich werde mich sofort umziehen und in wenigen Minuten bei Ihnen sein. Ich bin untröstlich, dass ich die Vorspeise verpasst habe.«

Sie warf einen schnellen Blick zu Köchin Emily, die in Schürze und Haube am Eingang zur Küche stand und darüber wachte, dass die Gäste ihre Mahlzeit hinreichend würdigten. Mit ihr hatte sich Charlotte noch zwei Tage zuvor über die Menüfolge beratschlagt, ihr Champignonsüppchen galt in Summerlight House als besondere Delikatesse. Mrs Duncans Gesicht sah in diesem Moment aus wie ein schrumpeliger Apfel. Seit Charlotte hier mit ihrer Familie lebte, war sie mit der hageren Person nicht warm geworden. Nun gut, es konnte ihr egal sein, ob das Personal sie mochte oder nicht. Wichtiger war es, dass sie bei den Nachbarn nicht in Ungnade fiel. Dass sie nicht zum ersten Mal zu spät zu einem Treffen erschien, machte es nicht besser.

Victor trat an ihre Seite, das Gesicht maskenhaft zu einem Willkommenslächeln verzogen. Sie spürte, dass er innerlich vor Zorn bebte, hob den Kopf und hielt seinem Blick stand. Er legte die Hände auf ihre Schultern, küsste sie links und rechts auf die Wange. »Wie schön, dass du uns endlich mit deiner Anwesenheit beehrst, Darling.« Ob die anderen den Spott heraushörten? Für sie war seine Begrüßung wie eine Ohrfeige.

»Ich konnte nicht früher weg aus Kew Gardens und musste auf dem Rückweg noch tanken«, stieß sie hervor und schob sich in der für sie typischen Bewegung mit dem Zeigefinger die Brille hoch, die ihr auf die Nasenspitze gerutscht war.

»Was du auf dem Hinweg erledigen wolltest, wenn ich mich richtig erinnere«, gab er zurück, an seiner freundlichen Miene festhaltend. Er zog sie an sich. »Aber jetzt bist du ja da. Ich hoffe, es stört dich nicht, dass wir ohne dich angefangen haben? Gleich wird der Hauptgang aufgetragen.«

Sie fühlte die Stärke seines Körpers und genoss für einen Moment diese Vertrautheit, doch in diesem Augenblick zischte er ihr ins Ohr: »Du siehst unmöglich aus, Charlotte. Wie kannst du mich in diesem Aufzug dermaßen blamieren!«

Sie löste sich von ihm, straffte die Schultern und fuhr sich mit den Fingern ordnend durch die Haare, die sie zu einem Knoten gedreht hatte. Sie trug sie lang, frisierte sie allerdings so, dass sie ihr Gesicht umrahmten wie eine wellige Kurzhaarfrisur. Anscheinend hatten sich etliche Strähnen gelöst. »Danke, mein Lieber. Dein Großmut beschämt mich«, erwiderte sie mit lauter Stimme und gab Haushälterin Laura ein Zeichen. Laura verstand sofort, wandte sich rasch um und verließ das Esszimmer.

Freundlich nickte Charlotte den Gästen und ihrer Familie zu, bevor sie sich abwandte und zur Freitreppe eilte, die hinauf zu ihren Zimmern im ersten Stock führte. Den rechten Flügel hatten sich Charlotte und Victor in den vergangenen Jahren zu einem behaglichen Zuhause ausgebaut mit hohen Bücherregalen, einer Sitzgarnitur und handgearbeiteten Holzmöbeln. Der Geruch, der zwischen den Vorhängen und

Möbeln hing, ging von dem Eichenparkett aus, das sie vor einem Jahr hatten legen lassen. Charlotte hoffte, dass sie sich irgendwann daran gewöhnen würde. Wenn sie an den Duft eines Zuhauses dachte, fiel ihr immer noch als Erstes der nach Seife, Kaminfeuer und altem Leder ein, der ihr Haus in London in der Hunter Street geprägt hatte.

»Wir müssen uns beeilen«, warf Charlotte Laura hin, die am Frisiertisch bereits Bürste, Kamm und Spangen zurechtgelegt hatte.

»Selbstverständlich, Mrs Bromberg.«

Sie hasste es, wenn Victor glaubte, sie zurechtweisen zu müssen. Manchmal vermisste sie den Humor und die Lässigkeit aus der Anfangszeit ihrer Beziehung. Hätte er ihr vor drei Jahren seine Verärgerung so ins Ohr gezischt? Oder hätte er sie in den Arm genommen und mit ihr gemeinsam gelacht?

Charlotte spann den Gedanken lieber nicht weiter. Sie konnte sich über ihre Ehe und das Leben mit ihrer Familie in Summerlight House nicht beklagen. Victor bot ihr Geborgenheit und Sicherheit, und dies nicht nur für sie, sondern für ihre gesamte Familie, die nichts dringender gebraucht hatte, damals, als Charlotte und Victor sich in Kew Gardens begegnet und ihre Gefühle füreinander entbrannt waren.

Mit geübten Griffen schlüpfte Charlotte aus ihrem Arbeitskleid und lief ins Badezimmer, um sich zu waschen. Sie wählte schwarze Strümpfe und ein Seidenkleid mit tief angesetztem Faltenrock, dazu eine lange Perlenkette. Laura bürstete routiniert ihre Haare und drehte einzelne Strähnen ein, bis sie sich zu einem geschlungenen Knoten miteinander verbanden, den sie mit einem perlenbesetzten Kamm feststeckte. »Mit kurzen Haaren hätten Sie weniger Probleme«, bemerkte sie dabei im Plauderton, ohne ihre Arbeit zu unterbrechen.

Charlotte seufzte. »Ich weiß, Laura. Ich glaube, ich lasse sie mir wieder kinnlang schneiden. Es war keine gute Idee, sie wachsen zu lassen.« Genau genommen war es Victors Wunsch gewesen, und sie hatte ihm eine Freude bereiten wollen. Aber inzwischen kam sie sich fast ein bisschen altmodisch vor mit ihrer Mähne. Es gab kaum noch Frauen und Mädchen, die die Haare länger als bis zum Kinn trugen.

Wie gerne wäre sie jetzt allein. Vielleicht draußen in dem Gartenpavillon, um den sich der Wilde Wein rankte. *Parthenocissus quinquefolia.* Aber selbstverständlich wusste sie, was von ihr erwartet wurde. Zwar widerstrebte es ihr, sich von Victor unter Druck setzen zu lassen, andererseits war tatsächlich sie diejenige, die um Verzeihung bitten musste. Es gehörte sich nicht, die Gäste warten zu lassen.

Zum Abschluss besprühte Charlotte sich noch mit ihrem würzig duftenden Parfum und legte dunkelroten Lippenstift auf. Auf ihre Brille verzichtete sie an diesem Abend. Summerlight House und die Gäste waren ihr vertraut genug, dass sie alles erkannte.

»Kann ich noch etwas für Sie tun?«

»Danke, Laura, ich denke, wir sind fertig.« Es gehörte eigentlich nicht zu Lauras Aufgaben, ihr beim Anziehen und Frisieren zu helfen, aber sie tat es, wenn Charlotte sie darum bat. Sie war die Haushälterin, nicht ihre Zofe, und im Übrigen half sie Charlottes Bruder Robert, der seit einer Schussverletzung querschnittsgelähmt war, bei allen Arbeiten, die er selbst nicht verrichten konnte. Laura war eine der beliebtesten Angestellten in Summerlight House, da sie nicht nur diskret und loyal war, sondern auch besonnen und zuverlässig. Sie sprang stets ein, wenn Hilfe gebraucht wurde, im Gegensatz zu den anderen Angestellten. Charlotte machte sich im Geiste eine Notiz, dass sie ihren Lohn erhöhen sollte. Die finanzielle Situation auf Summerlight House war dank der Papierfabrik in Dartford, die Victor von seinem Onkel geerbt hatte, überaus erfreulich.

Sie hielt sich am Geländer der Freitreppe fest, als sie in aufrechter Haltung hinab ins Foyer schritt. Die Rolle der Hausherrin von Summerlight House hatte sie sich übergeworfen wie einen kostbaren Mantel, aber im Laufe der Zeit war sie hineingewachsen.

Die Männer erhoben sich, als Charlotte nun in angemessener Aufmachung den Salon betrat. Der Raum war groß genug, dass er zum einen als Wohnzimmer dienen konnte, zum anderen als Speisezimmer. Er war der Mittelpunkt des Hauses.

Die Fensterfront ging auf das Grundstück hinaus, in dem das Rasengrün dominierte, nur unterbrochen von bepflanzten Mauerresten, einem Teich mit Seerosen und Schilf und dem Gartenpavillon. Für ein paar Sekunden schweiften ihre Gedanken ab. Zwischen dem kleinen Gewässer und dem Pavillon hatte Mr Mitchell im April, als die Lieferung der Dahlien von Long Barn bei ihr eingetroffen war, ein Beet mit geschwungenen Rändern ausgehoben. Das Spiel seiner Muskeln unter dem Hemd, wenn er den Spaten schwang, und die Kraft, mit der er die Erde lockerte, hatten sie ahnen lassen, wie viel Energie in ihm schlummerte, die nur nach einem Ventil suchte. Charlotte wusste, dass er das gestutzte Grün langweilig fand. Er versuchte sie schon lange zu überreden, das Grundstück zu gestalten, aber es hatte eine Vita Sackville-West gebraucht, um ihren Ehrgeiz zu wecken.

Victor kam ihr entgegen, führte ihre Hand an die Lippen und schob ihr den Stuhl neben seinem zurecht. Kaum hatte sie sich gesetzt, begannen Küchenmädchen Sophie und Hausmädchen Caitlin den Hauptgang aufzutragen.

Victor beugte sich zu ihr und flüsterte ihr ins Ohr: »Verzeih, dass ich so aufgebracht war. Ich hatte gehofft, du würdest unsere Gäste gemeinsam mit mir begrüßen.«

»Alles gut, Lieber«, flüsterte sie zurück und lächelte in die Runde.

»Also, mit der Vorsuppe hast du tatsächlich etwas verpasst. Sie ist Mrs Duncan ausgezeichnet gelungen.« Hoch aufgeschossen, die kurzen weizenblonden Haare gescheitelt und in Fingerwellen gelegt, saß Debbie neben dem älteren Sohn der McLarens. In ihre Augen trat ein Funkeln, als sie zu ihrer Schwester blickte. Mit ihren fünfzehn Jahren war Debbie zwar äußerlich eine erwachsene Frau, aber ihr Charakter wies nicht weniger Schwächen auf als zu ihrer Zeit in London, fand Charlotte. Sie war immer noch vorneweg mit ihrem Mundwerk, und mit wachsender Reife waren ihre Frechheiten nicht mehr plump und indiskret, sondern mitunter gepaart mit Biestigkeit und Spott. Besonders ihr und der Mutter gegenüber, als hege sie einen besonderen Groll gegen sie.

»Das freut mich, Debbie. Ich hoffe, es hat allen geschmeckt.« Charlotte legte keinen Wert darauf, mit der Fünfzehnjährigen vor den Gästen aneinanderzugeraten.

»Ich habe Sie vermisst«, bemerkte Lady Stewart, »aber ich finde es bewundernswert, mit welcher Verve Sie Ihrem Beruf nachgehen. Da können die lästigen Nachbarn mal warten, nicht wahr?« Sie zwinkerte ihr zu, aber Charlotte sah, dass die McLarens diese Bemerkung alles andere als witzig fanden.

»Ich liebe unsere Dinnerverabredungen, und ich verspreche Besserung, was meine Pünktlichkeit angeht«, sagte sie rasch, um jeden Unmut im Keim zu ersticken.

»Darauf einen Toast.« Sir Andrew Stewart hob sein Weinglas, die anderen taten es ihm nach. »Auf unsere bezaubernde Gastgeberin, die unsere schöne Runde komplettiert.«

Alle hoben die Gläser, nur Charlottes Bruder Robert aß ungerührt weiter. »Als wäre es mit einem Trinkspruch erledigt«, stieß er hervor und zerteilte ein Stück Fleisch mit dem Messer. »Es hat noch nie zu etwas Gutem geführt, wenn man auf mehreren Hochzeiten tanzt. Irgendwann muss man sich entscheiden.«

Charlotte rauschte das Blut in den Ohren, die Gabel in ihrer Rechten klapperte auf dem Tellerrand, als ihre Finger zu zittern begannen. *Oh, bitte nicht …* Eine Auseinandersetzung am Tisch war das Letzte, was sie nach diesem Tag noch aushalten konnte. Aber Robert war in dieser Beziehung unberechenbar. Aus dem einst lebenslustigen Medizinstudenten war ein verbitterter Mann im Rollstuhl geworden, der mit sich und der Welt haderte. Charlotte konnte nicht mehr zählen, wie oft er für einen Eklat gesorgt hatte, seit sie in Summerlight House wohnten.

»Robert, ich denke nicht, dass dies ein Thema für diese Runde ist.« Victor fixierte seinen Schwager. Charlotte warf ihm einen dankbaren Blick zu. Sie wusste, dass Victor nicht anders dachte als ihr Bruder, aber vor anderen hielt er stets zu ihr. Das rechnete sie ihm hoch an, obwohl es ihr lieber gewesen wäre, wenn er es aus echter Überzeugung getan hätte.

»Aber, aber, Victor«, Andrew Stewart beugte sich über den Tisch. »In diesem vertrauten Kreis müssen wir kein Blatt vor den Mund nehmen. Obwohl mir die Wortwahl missfällt, stimme ich Robert zu, dass eine Ehefrau an die Seite ihres Mannes gehört und den Haushalt zu führen hat, wie es traditionell üblich ist. Alles andere bringt nur Verwirrung und zerstört die geordneten Verhältnisse.«

Um Himmels willen, was erlaubte sich der alte Lord da? Charlotte massierte sich die Schläfe. Vermutlich hatte er dem vor dem Dinner gereichten Sherry mehr zugesprochen, als ihm guttat. Seine knollige Nase leuchtete rot, seine Augen wirkten trüb.

In diesem Moment stieß ihm seine Frau ihren Ellbogen in die Seite. »Was weißt du von geordneten Verhältnissen?«, fuhr sie ihn erzürnt an. »Wenn ich Charlottes Mut gehabt hätte, wäre ich heute Lehrerin und würde nicht auf einem alten Gutshof versauern. Für mich ist es zu spät, aber den jungen Leuten steht die Welt offen. Sie sollten das nutzen.«

»Junge Frauen sollten viel mehr Mut bei der Zukunftsplanung zeigen«, meldete sich überraschend Alex zu Wort.

Sein Bruder Benjamin lachte auf und handelte sich dafür ein böses Funkeln von dem Älteren ein, der seine Ansicht noch bekräftigte: »Die nächste Generation wird sich nicht mehr vorstellen können, dass Frauen nicht wählen durften, an den Herd gezwungen und von ihren Männern bevormundet wurden.«

»Nur unansehnliche Frauen haben es nötig, ihr eigenes Geld zu verdienen. Die schönen sollten sich lieber von ihren Männern verwöhnen lassen«, gab Benjamin zurück.

Charlotte warf mit hochgezogenen Brauen einen Blick in seine Richtung, der den Jungen bis zu den Ohren erröten ließ. Er beugte sich über seinen Teller.

Im Nu entspann sich eine kontroverse Diskussion am Tisch, aus der sich Debbie überraschend zurückzog. Sie erhob sich, und alle Männer standen ebenfalls auf. »Ich möchte auf das Dessert heute verzichten. Ich fühle mich nicht gut und denke, eine Abendrunde mit Baxter wird mir guttun. Entschuldigen Sie mich bitte.«

Elizabeth, Aurora und Charlotte sahen ihr hinterher. Es passte nicht zu der jungen Frau, auf die Süßspeise zu verzichten und stattdessen mit dem Labrador spazieren zu gehen. Zwar liebte sie den Hund, aber um alle Verpflichtungen, die ein Haustier mit sich brachte, drückte sie sich normalerweise mit dem ihr eigenen Einfallsreichtum. Der junge Mann neben ihr, Alex, war sichtlich bestürzt. Sein etwas zu lang geratenes Gesicht überzog sich mit einer fleckigen Röte. Vermutlich gab er sich die Schuld an Debbies vorzeitigem Aufbruch und schalt sich innerlich, weil er sie gelangweilt hatte.

Charlotte empfand Mitleid mit dem jungen McLaren, der sich mit seinen neunzehn Jahren darauf vorbereitete, das Gutshaus der Eltern zu übernehmen. Besonders Victor freute sich darüber, dass der älteste der McLaren-Söhne ein offensichtliches Interesse an Debbie zeigte. Alex galt als zuverlässig und auf dem gesellschaftlichen Parkett gewandt. Er studierte Wirtschaft in Cambridge, einer der renommiertesten Universitäten der Welt, und verbrachte nur die Wochenenden und die Ferien auf dem elterlichen Anwesen. Alle hatten sich gewundert, dass er nicht nach Oxford gegangen war. Diese Universität hatte kein geringeres Renommee, und zudem hatte Lord McLaren selbst dort studiert. Ob Alex sich vielleicht bewusst gegen die Universität entschieden hatte, zu der sein Vater noch Kontakte pflegte? Ihnen konnte es egal sein. Victor jedenfalls würde dem Himmel danken, wenn die wilde Debbie in wenigen Jahren von einem solch gut situierten Ehemann gebändigt werden würde. Charlotte hätte sich zwar mehr Eigenständigkeit für ihre Schwester gewünscht, aber sie wusste, dass Debbie aus einem anderen Holz geschnitzt war als sie selbst.

Das Gespräch am Tisch wurde immer hitziger, jeder hatte eine Meinung darüber, ob Frauen arbeiten durften oder nicht, und darüber, ob das vor einigen Jahren in Kraft getretene Wahlrecht für Frauen tatsächlich ein Fortschritt war. Schließlich betraf es nur die über Dreißigjährigen, die jüngeren Frauen waren Kindern gleichgestellt, denen man keine Verantwortung zutraute. Aurora hielt sich aus der Debatte heraus und widmete sich konzentriert ihrem Essen. Ihr waren Auseinandersetzungen zuwider, das wusste Charlotte.

Ihr selbst schwirrte der Kopf, Satzfragmente drangen zu ihr, wirbelten hinter ihrer Stirn und ließen sie schwindeln. Wie ärgerlich, dass sie der Auslöser für diesen Streit war. Ein schmerzhaftes Pochen setzte sich hinter ihren Schläfen fest. Doch nicht nur ihr war das Tischgespräch zu temperamentvoll. Auch der jüngere der McLaren-Söhne, Benjamin, fasste sich an die Stirn, erhob sich und murmelte eine Entschuldigung, küsste seine Mutter rasch auf die Wange und verließ den Salon. Charlotte starrte ihm hinterher und fing Lady McLarens Blick ein, die ihren jüngeren Sohn zu vergöttern schien. Benjamin war in allem das Gegenteil seines Bruders. Sein Hemdkragen saß lockerer, die Krawatte war nachlässig gebunden, die Haare im Nacken zu lang. Er hatte ein ausgesprochen attraktives Gesicht mit ebenmäßigen Zügen und langen Wimpern, um die ihn jedes Mädchen beneiden musste. Er würde zum Herbst sein Wirtschaftsstudium in Oxford beginnen, was zu reichlich Gerede geführt hatte. Zwei Brüder auf zwei Universitäten, die seit Jahrhunderten miteinander in Konkurrenz lagen? Einige behaupteten, Benjamin hätte mit seinen miserablen schulischen Leistungen auf keiner Eliteuniversität eine Chance gehabt und es sei nur den Beziehungen seines Vaters zu verdanken, dass er in Oxford aufgenommen worden war.

Dummerweise schien Benjamin genau wie sein Bruder Alex Gefallen an Debbie gefunden zu haben. Brauchte er tatsächlich Erholung von der laustarken Kontroverse, oder zog es ihn nach draußen zu der Fünfzehnjährigen?

Lord und Lady Stewart steigerten sich nun in einem Ausmaß in ihre Auseinandersetzung, dass sie die Etikette vergaßen. Die McLarens nahmen dies mit starren Mienen zur Kenntnis. Für die beiden, deren britische Familiengeschichte bis ins 16. Jahrhundert zurückreichte, war es absolut unvorstellbar, bei einem Dinner derart aus der Rolle zu fallen. Bei den Stewarts hingegen waren vor dreißig Jahren bei der Hochzeit Welten aufeinandergeprallt, und das merkte man den beiden noch heute an. Olivia war die Tochter eines amerikanischen Ölmagnaten. Ihr Geld hatte sie nur zu gern in die verarmte Familie der Stewarts eingebracht, um im Gegenzug den Adelstitel zu erhalten. Auch wenn die Ehe ursprünglich wie ein Geschäft zu gegenseitigem Nutzen angelegt gewesen war, hatten die beiden offenbar im Lauf der Jahrzehnte ihre Zuneigung zueinander entdeckt. Auf jeden Fall gab es nie Gerüchte von Trennung, obwohl sie sich gern gegenseitig aus der Reserve lockten und regelmäßig das texanische Temperament mit der Lady durchging.

»Ich finde, nichts steht einer Frau besser zu Gesicht als Zufriedenheit.« Victors Stimme hob sich über die anderen. Alle wandten sich ihm zu. »Was habe ich von einer Ehefrau, die sich ausschließlich um den Haushalt und mich kümmert, wenn ihre Mundwinkel im gleichen Maße nach unten zeigen wie ihre Stimmung?«

Charlotte berührte sanft seinen Arm. Für seine Eloquenz und seine Diplomatie liebte sie ihn. Robert rief »Hört, hört!« und klatschte in die Hände, ein zynisches Lächeln auf den Lippen.

»Ich nenne das die Macht der Liebe«, erwiderte Lord Stewart. »Aber die Liebe ist vergänglich, und was bleibt dir dann? Eine Frau, die die Nase zu hoch trägt, um ihrem Gatten zu Diensten zu sein.« Er hob das Glas in Richtung Charlotte. Ein Schluckauf schüttelte seinen massigen Leib. »Und dies sage ich mit allem Respekt, meine liebe Charlotte.«

Nichts war respektvoll an dem, was der alte Mann da zum Besten gab. Seine Bemerkung traf Charlotte. Ein Schweißtropfen löste sich in ihrem Nacken und lief kitzelnd unter ihrem Kleid die Wirbelsäule hinab.

Victor beugte sich ihr zu. »Lass dich nicht aus der Fassung bringen, Darling«, flüsterte er.

Charlotte nickte mit zusammengepressten Lippen. Sie wusste, was sie konnte und wollte, und die überholten Ansichten eines alternden Lords ließen sie sonst kalt. Aber gerade heute fühlte sie sich zerbrechlich.

»Aurora, reichst du mir bitte den Brotkorb?«, fragte sie in Richtung von Victors Cousine. »Ist das Roastbeef nicht delikat?«, wandte sie sich gleich darauf an die McLarens, um sie mit ins Gespräch einzubeziehen und das Thema zu wechseln.

»Bei Gelegenheit würde ich mir gern einmal Ihre Köchin ausleihen, damit unsere bei ihr lernen kann«, gab Lady McLaren charmant zurück.

»Was für ein Glück Sie mit Ihren beiden Söhnen haben«, bemerkte Charlotte. Alex hob den Kopf. »Sicher werden Sie bald der nachfolgenden Generation die Geschäfte übergeben, nicht wahr? Und Sie können sich den schönen Seiten des Lebens widmen.«

Lord McLaren, dessen Schnauzbart über seine Wangen hinausreichte, tupfte sich die Lippen mit der Serviette ab. »Noch gehören wir nicht zum alten Eisen, und solange mein

Verstand mich nicht im Stich lässt, führe ich den Gutshof weiter.« Seine Stimme erinnerte an die eines Generals.

»Recht haben Sie«, stimmte Charlotte ihm zu und bemerkte, dass Alex sein Besteck auf dem Teller ablegte. Offenbar war ihm der Appetit vergangen. Charlotte ahnte, dass es auf dem Nachbarhof Generationskonflikte gab, aber sie wusste auch, dass ihr Lächeln makellos war, ihre Haltung elegant – die perfekte Hausherrin, die sich angeregt mit allen unterhielt und dafür sorgte, dass sich die Essensgesellschaft bis zu Kaffee, Whisky und Zigarren, vor dem Kamin genossen, wohlfühlte.

Wie es in ihrem Inneren aussah, verstand sie zu verbergen. Zumindest bis zum Abend, als sie sich, schon im Nachthemd, die Hände eincremte und zu Victor ins Bett stieg. Die Laken empfingen sie kühl und steif. Sie rutschte auf Victors Seite, der den neuesten Kriminalroman von Agatha Christie las, nun aber ein Lesezeichen zwischen die Seiten schob und das Buch auf den Nachttisch legte.

»Hast du Debbie zurückkommen hören?«, erkundigte er sich.

Sie schüttelte, an seiner Brust liegend, den Kopf. »Sie wird sich gleich in ihren Trakt zurückgezogen haben. Mutter hätte sich vermutlich gemeldet, wenn sie nicht heimgekommen wäre«, erwiderte sie geistesabwesend.

Er drückte das Kinn auf die Brust, um sie besser anschauen zu können. »Was ist los mit dir, Darling? Du wirkst bedrückt. Weil ich dich angefahren habe? Das tut mir leid, bitte verzeih mir.«

Sie hob den Kopf und küsste sein Kinn. »Nein, es hat

nichts mit dir zu tun.« Sie schluckte, rang um ihre Fassung, aber noch bevor sie anfing zu sprechen, rollte die erste Träne. »Professor Bone hat mir heute erzählt, dass er in wenigen Wochen auf die Hebriden zieht. Er hat lange darauf gewartet, dass sich einer von den jungen Wissenschaftlern auf den Inseln niederlässt, aber den Forschern ist es dort zu abgelegen. Nun hat er sich selbst durchgerungen.« Sie schniefte und wischte sich mit der Hand unter der Nase entlang. »Schön, dass er das Lebenswerk meines Großvaters fortsetzt, aber, weißt du, wenn er Kew Gardens verlässt ... Wer bleibt mir noch? Ich liebe meine Arbeit, aber jeder braucht Vertraute um sich. Seit Dennis und meine anderen Kollegen in der Mandschurei umgekommen sind, fühle ich mich ohnehin oft allein.«

Victor zog sie an sich und legte sein Kinn auf ihren Scheitel. »Ich hasse die Vorstellung, dass du da einsam bist. Meine geliebte Frau soll glücklich sein.«

Sie rutschte höher, sodass sich ihre Lippen trafen. Voller Innigkeit küssten sie sich. Mit dem Zeigefinger tupfte er ihre Tränen weg. »Heute auf den Tag genau sind es zwei Jahre, dass ich dir versprochen habe, dich immer glücklich zu machen«, sagte er.

Sie stöhnte und richtete sich auf. »Ich habe unseren Hochzeitstag vergessen!«, rief sie verzweifelt und grub sich vor Entsetzen alle zehn Finger in die Haare. »Wie konnte mir das bloß passieren! Es tut mir unendlich leid, Victor! Vorgestern habe ich noch gedacht, denk an den Hochzeitstag, und jetzt ist so viel passiert, dass ich ...«

»Psssst.« Er beugte sich über sie und küsste ihre Stirn, die

Nasenspitze und den Mund, bevor er sich zu seinem Nachttisch wandte und die Schublade öffnete. Charlotte beobachtete ihn, immer noch um ihre Fassung ringend. Mit ihrer Zerstreutheit ging sie bei den meisten Gelegenheiten souverän um, aber in manchen Momenten war sie wirklich eine Plage. Victor hatte diese Geringschätzung nicht verdient. Er war der aufmerksamste und fürsorglichste Ehemann, den sie sich wünschen konnte. Vermutlich hatte er für sie Chanel No. 5 besorgt, das neue Parfum von Coco Chanel, das innerhalb kürzester Zeit zum Verkaufsschlager geworden war und das sich jede Frau wünschte.

Sie machte runde Augen, als er ihr einen Umschlag aus Goldpapier reichte. Ein Gutschein für eine Parfümerie? Der Umschlag war nicht zugeklebt, und als sie ihn aufklappte, setzte sie sich auf und lehnte sich gegen die Rückwand des Bettes. Victor kam nah an sie heran.

Mit Daumen und Zeigefinger zog sie zwei bedruckte Karten heraus. Tickets. »Was … was?« Sie überflog den Aufdruck und brauchte einen Moment, um zu begreifen, dass es Fahrkarten für eine Schiffsreise von Plymouth über den Atlantik, durch die Straße von Gibraltar und das Mittelmeer bis zur syrischen Hafenstadt Latakia waren. Sie starrte auf die Karten, dann zu Victor.

»Ich weiß, dass du wegen mir deinen Traum aufgegeben hast«, sagte er. »Du wolltest immer auf Expedition gehen. Weil ich dich niemals allein ziehen lassen würde, habe ich mir gedacht, wir unternehmen die Forschungsreise gemeinsam. Von Syrien aus werden wir bis ins persische Isfahan reisen. Von dort aus starten wir unsere Tour ins Zagros-

Gebirge, auf den Spuren der Bachtiaren. Das ist ein Nomadenvolk, das in diesem Gebiet herumzieht. Wir werden uns einer Gruppe von Forschern anschließen, zwei Schweizern, die sich besonders für die Nomaden interessieren, einem ortskundigen Führer und mehreren Einheimischen, die sich um unsere Ausrüstung kümmern. Ich habe das alles mit meinem Assistenten Albert genauestens geplant und die Gefahren für uns, für dich, wo immer möglich ausgeschlossen, ohne dir das Abenteuer zu verderben. Was sagst du, Darling?« Seine Miene drückte die pure Begeisterung aus.

Charlotte starrte abwechselnd auf die Karten und in Victors Miene, bis sie endlich begriff, womit er sie hier überraschte. Eine Forschungsreise in den Orient! »Wann geht es los?«, stieß sie hervor.

»Anfang September. Ich habe etwa zwei Monate eingeplant. Das passt zu dem Klima in den niedrigeren Regionen. Im Hochland müssen wir uns auf kühle Tage einstellen.«

Sie richtete sich auf und umarmte ihn. »Ich danke dir, Victor!«, flüsterte sie in sein Ohr, obwohl sich in ihrer Brust die gegensätzlichsten Regungen stritten. Einerseits die Vorfreude auf das Abenteuer in einem fernen Land, andererseits der Wermutstropfen, dass sie als die englische Dame reiste, deren finanziell unabhängiger Gatte sie bei Laune halten wollte. Sie hatte mit den anderen Forschern vorpreschen wollen, im Auftrag der Wissenschaft, wollte nicht auf einer Sänfte durch Wüsten und Urwälder getragen werden und den Fünf-Uhr-Tee pünktlich serviert bekommen. Ob Victor sich die Expedition so vorstellte? Er würde sich darauf einstellen müssen, dass seine Frau die kühne Forscherin war, der keine Felswand zu steil, kein Wald zu dicht war. Würde er das zulassen? Sie verscheuchte die kritischen Gedanken, umfing sein Gesicht mit beiden Händen und küsste ihn. Sie löschten das Licht, und wenig später erkannte sie an seinen regelmäßigen Atemzügen, dass er eingeschlafen war.

Das Fenster war einen Spaltbreit geöffnet. Von draußen wehte der Duft nach dem ersten Ginster und den Forsythien hinter dem Grundstücksrand zu ihr hinein. Irgendwo schrie ein Käuzchen, der Halbmond warf ein dämmeriges Licht ins Schlafzimmer und malte Schattengestalten an die Wände. Charlotte fühlte sich hellwach, obwohl ihr kurz zuvor am Tisch fast die Augen zugefallen waren.

Würde sie zwei Monate freibekommen, wenn sie erklärte, dass sie auf Forschungsreise ging? Oder würde man sie für verrückt erklären? Würde es noch nötig sein, freizunehmen, oder würde ihr Vertrag ohnehin unter Direktor Hill Ende Juni nicht verlängert werden? Die Vorstellung, dass Professor Bone bald sein Büro räumte, ließ sie frieren. Würde sie sich ohne ihren loyalen Fürsprecher in der Männerwelt von Kew Gardens behaupten können?

Kapitel 2

Während Charlotte und Victor das Licht löschten, wedelte Debbie zur gleichen Zeit im Garten den Rauch weg, den Benjamin McLaren in Kringeln ausstieß. Dabei klimperte das silberne Armband mit den Anhängern, das sie nie abgelegt hatte, seit sie es von ihrem Londoner Freund Tom Emerson vor knapp drei Jahren bekommen hatte. Sie trug es aus Gewohnheit, nicht etwa, weil sie darauf hoffte, dass sie die Freundschaft noch einmal aufleben lassen konnte.

Benjamin hielt in der Rechten die Zigarre zwischen Daumen und Zeigefinger und formte den Mund wie ein Karpfen, aber es tat seiner Attraktivität keinen Abbruch. Mit den langen Wimpern, die seine leuchtend grauen Augen umrahmten, war er sich seiner Ausstrahlung bewusst, aber selbst die Pose des selbstverliebten Dandys stand ihm zu Gesicht. Es gab wenig, was er aus Debbies Sicht falsch machen konnte. Wie er redete, wie er lachte, wie er roch – an Benjamin war einfach alles perfekt. Wenn sie mit ihm zusammen war, prickelte etwas in ihr.

Auch dass er sie an Tom erinnerte, trug zu seiner Anziehungskraft bei.

Die beiden jungen Leute hatten sich in einer Mulde hinter der mit Buchsbäumen bestandenen Grundstücksgrenze niedergelassen. Debbie lag in Benjamins Arm und schmiegte den Kopf an seine Schulter. Auf ihrer anderen Seite streckte sich Baxter aus, das Maul auf den Vorderpfoten. Die vergangenen Tage waren trocken gewesen, und die Nachmittage im Mai kamen wie der Sommer daher. Jetzt am Abend zog ein kühler Nebel übers Land, aber Debbie fühlte sich trotzdem, als hätte die Sonne sie verbrannt.

»Willst du?« Benjamin hielt ihr die Zigarre hin.

Debbie schüttelte den Kopf, sodass die Haare von einer Seite zur anderen flogen, und hob abwehrend die Hand. Allein bei dem Geruch wurde ihr speiübel. Da musste sie das Zeug nicht noch extra rauchen.

Aus der Innentasche seines Jacketts, auf dessen Revers das Wappen seiner Schule gestickt war, zog er eine flache silberne Flasche und drehte den Verschluss auf. Mit hochgezogenen Brauen hielt er sie ihr hin.

Ihr stieg der scharfe Geruch nach Weinbrand in die Nase. Wieder schüttelte sie den Kopf. Ihr Blick ging zu ihm hoch. »Du weißt, dass es seit Neuestem ein Gesetz gibt, das Jugendlichen Alkohol verbietet?«

Er starrte sie an, pustete die Wangen auf und nickte ein paarmal spöttisch anerkennend. »Und die junge Miss Windley kennt sich selbstverständlich hervorragend mit der Gesetzeslage aus und hält sich daran, nicht wahr?«

Sie hasste es, wenn er in diesem Ton mit ihr sprach. Mit

ihren fünfzehn Jahren war sie kein Kind mehr, aber manchmal tat Benjamin so, als wäre er ihr haushoch überlegen, nur weil er zwei Jahre älter war. »Das ist Quatsch, und das weißt du auch«, gab sie zurück. »Wann fängt dein Studium an? Werden wir uns dann noch sehen?«

Er drehte sich ihr zu. Fast berührten sich ihre Nasen. Sie strich sich mit der Zungenspitze über die Lippen, schmeckte das Kirscharoma ihres Lippenstifts und roch Benjamins Duft nach Tabak und Weinbrand. Seine Nähe und Wärme ließen ihr Herz schneller schlagen. Sie hatten sich schon einige Male geküsst, aber immer noch war es für Debbie aufregend wie beim ersten Mal. Es fiel ihr zunehmend schwer, ihn auf Abstand zu halten, da sie sich selbst nach mehr sehnte als nach den Küssen, aber sie wusste, dass sie sich keinesfalls dazu hinreißen lassen durfte, sich in ihrem Alter einem Mann hinzugeben. Vielleicht war es der Einfluss von Aurora, die im Lauf der Zeit ihre Freundin geworden war und die sehr genaue Vorstellungen von Anstand und Moral hatte. Vielleicht war es auch Victor, der sie, um sie zu necken, gerne *Flapper* nannte, das Modewort für alle jungen Frauen, die lieber albern kicherten, als ernsthafte Unterhaltungen zu führen, die Spaß haben wollten und das Leben auf die leichte Schulter nahmen. Debbie hielt sich selbst nicht für oberflächlich, und aus irgendeinem Grund war es ihr wichtig, dass Victor sie respektierte.

Sie schloss die Augen, als Benjamins Mund ihre Lippen berührte, erst sachte, schließlich leidenschaftlicher, fordernder, bis sie die Hände gegen seine Brust stemmte und Abstand zwischen sich und ihn brachte.

Er zog eine Grimasse. »Warum willst du mich wiedersehen, wenn ich in Oxford studiere? Für die paar Küsse, die du mir erlaubst?«

Debbie ballte die Hände zu Fäusten und funkelte ihn an. »Was erwartest du von mir? Ich bin noch nicht einmal in die Gesellschaft eingeführt worden. Den Ball zu diesem Anlass will Victor mir erst im nächsten Jahr ausrichten, wenn ich sechzehn bin.«

»Wie albern diese Traditionen sind.« Benjamin rückte von ihr ab und inhalierte den Rauch der Zigarre so tief, dass er husten musste. »Als wären die Debütantinnen alle noch Jungfrauen. Wer will das nachprüfen?«

»Mir geht das zu schnell, Benjamin, aber ich will dich nicht verlieren.« In ihre Stimme schlich sich ein bittender Ton. Er war ihre erste Liebe, der Junge, der sie nach Tom in seinen Bann gezogen hatte. Doch Tom war eher nur ein guter Freund gewesen. Sie war zweimal mit Aurora nach London gefahren, um ihn zu besuchen. Beide Male hatten sie ihn nicht finden können, all ihre Briefe an ihn blieben unbeantwortet. Es hatte wehgetan, sich einzugestehen, dass Tom sie vergessen hatte. Benjamin half ihr, die Enttäuschung zu überwinden.

Er wandte sich ihr wieder zu, zog sie in die Arme und küsste sie zärtlich. »Ich will dich auch nicht verlieren«, murmelte er dicht an ihrem Mund. »Ich bin nur ungeduldig, weil ich dich so sehr liebe.« Debbie schmolz dahin und ließ es für einen Moment geschehen, dass er nach ihrer Brust tastete. Schließlich löste sie sich von ihm und ignorierte seinen enttäuschten Blick.

»Am liebsten würde ich dich nach Oxford begleiten, statt im Herbst auf das College in Canterbury zu wechseln. Ich weiß nicht, warum ich da weiterlernen soll. Ich könnte genauso gut die Schule beenden und etwas Praktisches beginnen oder mich auf die Ehe vorbereiten. Und auf eine Universität will ich sowieso nicht.«

Benjamin lachte laut auf. Baxter richtete die Ohren auf. »Kein guter Einfall, mich nach Oxford zu begleiten«, sagte er und wischte sich die Lachtränen weg.

Debbie starrte auf ihre Finger. »Weil du dir selbst nicht sicher bist, ob du dich da nicht in eine andere verliebst, nicht wahr?«

»Ach, du Dummerchen.« Er küsste ihre Stirn, bevor er sinnend in den Sternenhimmel schaute. Debbie wartete, ob er seine Liebeserklärung wiederholen würde, aber da kam nichts mehr. Das Schlucken schmerzte, als hätte sich ihre Kehle verengt.

Sie zog die Knie an, richtete sich mit einem Satz auf, ordnete ihre Bobfrisur mit den Fingern und zupfte sich das kniekurze Chiffonkleid zurecht. Baxter stand sofort an ihrer Seite, auch Benjamin erhob sich. Er nahm ihr Gesicht in beide Hände und gab ihr einen Abschiedskuss mitten auf den Mund. Sein Weg ging in die andere Richtung, und Debbie schaute ihm hinterher, als er davoneilte. Sein federnder Gang, die breiten Schultern, die langen Beine ... Sie konnte sich kaum sattsehen an seiner Gestalt.

Summerlight House lag im Dunkeln, hinter den Fenstern brannten keine Lichter mehr, nur die gepflasterte Einfahrt und der Haupteingang waren beleuchtet. Als Debbie mit dem Labrador das Haus betrat, schloss sich linker Hand knarrend die Tür zu Auroras Räumlichkeiten. Debbie zuckte zusammen, war aber gleichzeitig dankbar, dass Aurora sie nicht zur Rede stellte. Das tat hingegen kurz darauf ihre Mutter Elizabeth, als sie die Freitreppe in die erste Etage emporstieg, nachdem sich Baxter in seinen Korb im dunklen Salon gelegt hatte.

»Was bildest du dir ein?« Elizabeth kam Debbie im Flur entgegen. Ihre beiden Arme zitterten, ihr Unterkiefer schob sich hin und her. Ihre Gesichtszüge waren maskenhaft starr, aber in ihren Augen loderte der Zorn. »Wie kannst du es wagen, dich mit einem Kerl in den Feldern herumzudrücken? Ist dir denn dein Ruf gar nichts wert? Willst du noch vor deinem Debütantinnenball als das leichte Mädchen von Summerlight House gelten? Wie kannst du unserer Familie das antun? Ist das dein Dank dafür, dass uns Victor und Charlotte dieses Leben ermöglicht haben?«

Debbie kamen die Tränen, während hinter ihrer Stirn die Gedanken wirbelten. »Wie kommst du darauf, ich hätte mich mit ihm herumgedrückt? Ich ...«

Ihre Mutter hob die Hand, um sie zum Schweigen zu bringen. »Wo wart ihr sonst? Im Pub, bei ihm zu Hause? Nichts davon trägt zum guten Ruf einer jungen Dame bei. Ich hatte gehofft, dass du endlich vernünftig wirst. Ich bin sehr enttäuscht von dir, Deborah.«

Die Tränen rannen über Debbies Wangen, aber sie hielt dem Blick der Mutter stand. »Ich habe mir nichts vorzuwerfen«, erwiderte sie. »Ich weiß, wie weit ich gehen darf. Und ich hasse es, dass niemand in diesem Haus mir vertraut. Ihr haltet mich alle für ein dummes Ding, dem man den Kopf waschen muss, aber das bin ich nicht!«

»Du benimmst dich so, dass man nicht die Spur von Vertrauen zu dir haben kann. Wie lange geht das schon mit dir und dem jungen McLaren?«

Debbie zog die Brauen hoch und starrte sie fragend an.

Elizabeth schnalzte mit der Zunge. »Ihr haltet euch für klüger und raffinierter, als ihr seid«, sagte sie kühl. »Keinem unserer Dinnergäste ist es entgangen, dass Benjamin dir gefolgt ist. Es war offensichtlich und überaus peinlich.«

Hinter Debbies Stirn formte sich der Gedanke, dass sie beim nächsten Treffen mit Benjamin einfach seinem Drängen nachgeben könnte. Dann bekäme sie hinterher wenigstens zu Recht eine Standpauke.

»Ich finde auch vieles peinlich«, giftete sie zurück. »Oder findest du es stilvoll, in deinem Alter noch Händchen zu halten mit Sir Alcott?« Sie konnte sich nicht so schnell ducken, wie Elizabeth zu einer Ohrfeige ausholte. Sofort brannte ihre Wange. Mit vor Entsetzen offenem Mund hielt sie sich die linke Gesichtsseite und starrte ihre Mutter an.

»Du hast am Wochenende Hausarrest!«, rief Elizabeth. »Und Benjamin wirst du nur noch in Auroras Begleitung treffen!«

Debbie drückte sich an ihr vorbei zu ihrem Zimmer. Mit einem Knall, der im Haus dröhnte, warf sie die Tür hinter sich zu. Schwer atmend lehnte sie sich von innen dagegen und schlug die Hände vors Gesicht.

Kapitel 3

Mit geübten Griffen beschnitt Quinn Mitchell die Buchsbaumhecke, die die Grundstücksgrenze von Summerlight House kennzeichnete. An diesem späten Vormittag im Mai hatte er bereits ein gutes Drittel gestutzt, bis zum Nachmittag wollte er den Rest schaffen und später den Rasenmäher anwerfen, den er bereits an den Pavillon geschoben hatte. Ein gusseisernes Ungetüm mit Walzen, Zahnrädern und Schneidzylindern, donnernd und stinkend vom Verbrennungsmotor angetrieben. Quinn hatte noch gelernt, mit der Sense umzugehen, aber die ersten handbetriebenen Rasenmäher und erst recht die motorbetriebenen waren eine enorme Erleichterung bei großen Flächen. Allerdings waren das Mähen und Stutzen Tätigkeiten, die ihm als Gärtner keine Freude bereiteten. Er gab sich redlich Mühe, alles akkurat zu gestalten, aber glücklich machte ihn diese Arbeit nicht. Und sie reichte nicht aus, um seine vierköpfige Familie zu ernähren, obwohl seine Frau Caitlin ebenfalls in den Diensten von Summerlight House stand. Sie arbeitete als Hausmädchen und kümmerte sich besonders um die Belange und Befindlichkeiten der von der Schüttellähmung gezeichneten Elizabeth Windley. Im ersten Jahr mit der neuen Herrschaft des Anwesens hatte Quinn noch geglaubt, die Gartenarbeit würde sich in Windeseile vervielfachen. Er hatte sich nicht vorstellen können, dass eine studierte Botanikerin wie Charlotte Bromberg dieses Grundstück zu nicht mehr als einer Kulisse für Gartenpartys gestalten wollte. Es musste sie doch in den Fingern jucken, hier ein botanisches Paradies zu erschaffen! Aber er hatte sich getäuscht.

Das tat ihm nicht nur leid, weil er als Experte die verschenkten Möglichkeiten bedauerte, sondern auch, weil Charlotte Bromberg nach den ersten Instruktionen, die sie ihm gegeben hatte, viel zu selten im Garten auftauchte und ihn in Fachgespräche verwickelte. Die wenigen Male, die sie sich zu ihm gesellte, ihn bei der Arbeit beobachtete oder selbst zur Gartenschere griff, um den Wilden Wein am Pavillon zu kürzen, hatten Quinn stets verwirrt zurückgelassen. Irgendetwas war an dieser Frau, das ihn in höchstem Maße anzog, obwohl sie keineswegs eine klassische Schönheit war. Keine Frage, gegen Caitlin mit ihren perfekten Rundungen, ihrem wiegenden Gang und dem wallenden roten Haar fiel Charlotte Bromberg mit ihrer Brille und ihrer manchmal ungeschickten Art ab. Aber da war so viel mehr an ihr. Ihre Art, die Dinge beim Namen zu nennen, statt diplomatische Umwege zu nehmen. Wie sie den Kopf in den Nacken legte und lauthals lachte, wenn etwas sie amüsierte. Und dieses einzigartige Blau ihrer Augen, das hinter den Brillengläsern besonders gut zur Geltung kam.

Sie war die Hausherrin, er nur der Gärtner. Es war unwahrscheinlich, dass sie in ihm mehr sah als den Mann, der den Rasen in Ordnung hielt. Frauen aus ihrer Schicht schenkten Männern, die mit den Händen arbeiteten, keine Beachtung. Vermutlich nahm sie ihn als Mann gar nicht wahr, und vermutlich war es das Vernünftigste. Er mochte sich nicht ausmalen, was es für Summerlight House und seine eigene Familie bedeutete, wenn Charlotte Bromberg seine beunruhigenden Gefühle erwiderte.

Oft ging sein Blick zum Haus, weil er darauf wartete, dass sie ihn besuchen kam, aber ihre Arbeitszeit ließ das wohl nicht zu. Besonders seit Mr Bromberg ihr den Ford überlassen hatte und sie unabhängig von Fahrrad, Omnibus und Eisenbahn war, hielt sie sich für Quinns Geschmack viel zu häufig in den Royal Botanic Gardens auf statt hier auf ihrem Anwesen.

Mit einer flatternden Unruhe in seinem Brustkorb erinnerte er sich an das Wochenende Ende April, als sie ihn gebeten hatte, ihr beim Einpflanzen von Dahlienknollen zu helfen.

»Ich finde das wunderbar, dass Sie endlich damit beginnen, Beete und Rabatte anzulegen, Mrs Bromberg«, hatte er gesagt.

»Ich stehe Lady Nicolson gegenüber in der Pflicht«, erwiderte sie mit einem Schulterzucken. »Mal sehen, ob wir diese Schönheiten hier zum Blühen bekommen. Wenn sie aus den Hochebenen stammen, könnte unser Klima ungünstig sein. Auf jeden Fall sollten wir einen sonnigen Standort wählen und beim Anpflanzen gut düngen. Mit etwas Glück entwickelt sich hier im Spätsommer ein Farbenmeer.«

Sie hatten sich angelächelt, und Quinn hatte gespürt, dass ihre Herzen für einen Moment im gleichen Takt schlugen, aber der Zauber war rasch verflogen.

Sie hatte sich abgewandt. »Es ist ein Anfang, mehr nicht. Wenn hier ein Gartenparadies entstehen soll, dann will ich keine herkömmlichen Pflanzen, die man in jedem Vorgarten findet. Ich will das Besondere, Mr Mitchell, verstehen Sie das? Und dafür brauche ich Zeit.«

Er hatte genickt. »Sie müssten im ganzen Land und auf den Inseln herumreisen, vielleicht im benachbarten Ausland, sich von Züchtern und Experten inspirieren lassen und bei ihnen einkaufen.«

»Genau das habe ich vor. Aber es muss zeitlich passen, und es sollte nicht zu spät im Jahr sein, wenn sich das Anpflanzen nicht mehr lohnt.« Sie hob die Schultern. »Dieses Jahr also eher nicht mehr.«

Er hatte die Enttäuschung nicht aus seiner Miene heraushalten können. Er arbeitete noch bei zwei weiteren Landbesitzern in der Nachbarschaft, wo er Obstbäume beschnitt, Gemüse anpflanzte und Vorgärten gestaltete. Aber diese Jobs hätte er sofort aufgegeben, wenn sich hier in Summerlight House mehr Möglichkeiten eröffneten. Also würde er in diesem Jahr weiterhin seine Kraft zwischen drei Arbeitgebern aufteilen.

Inzwischen war er am Ende der Buchsbaumhecke angekommen und schüttelte für einen Moment die Arme aus, bevor er die Schere ein letztes Mal ansetzte. Er wandte sich um, als hinter ihm ein Tapsen und Hecheln erklang. Im nächsten Moment hatte er Baxters Vorderpfoten auf der Brust, während der Labrador versuchte, sein Gesicht abzulecken. Quinn wehrte ihn lachend ab, kraulte ihm die Ohren, tätschelte ihm die Flanke. »Guter Junge, guter Junge«, murmelte er und blickte hoch. War Charlotte vielleicht mit dem Hund unterwegs? Sie ging selten mit ihm spazieren, aber vielleicht hatte er Glück. Nein, drüben auf dem Weg zu den Pächtern erkannte er ihren Bruder Robert im Rollstuhl, neben ihm die blasse Cousine des Hausherrn, Aurora. Mr Windley und Miss Ainsworth. Selbstverständlich nannte er die beiden nur in Gedanken bei ihren Vornamen, genau wie die Hausherrin von Summerlight House. Robert und Aurora waren ein ungewöhnliches Paar. Man sah die beiden häufig zusammen, aber er konnte sich nicht vorstellen, was sie aneinander band. Dieser Robert war ein mürrischer Mensch. Es hieß, vor seiner Lähmung sei er ein charmanter Frauenliebling gewesen, aber wer ihm heute gegenüberstand und seine tiefen Stirnfalten, die grauen Haarsträhnen und die nach vorn gebeugten Schultern sah, konnte sich das kaum vorstellen. Quinn tat sein Möglichstes, ihm aus dem Weg zu gehen. Robert ließ kritische Bemerkungen fallen, wenn seiner Meinung nach die Kanten nicht sauber geschnitten waren oder der Klee wucherte. Auf seine Belehrungen konnte Quinn verzichten.

Aurora hingegen war eine auffallend leise Frau, der er vor zwei Jahren geholfen hatte, einen Küchengarten an der Ostseite des Hauses anzulegen. Zwiebeln, Karotten, Radieschen, ein paar Kräuter, Salat, Tomaten und Gurken – Quinn hatte ihr gezeigt, wo sie die Pflänzchen am besten hinsetzte und wie sie sie pflegen musste, um sich später an einer reichen Ernte zu erfreuen. Sie hatte ihn in jedem zweiten Satz für seine Kenntnisse gelobt und sich entschuldigt, dass sie ihm solche Umstände bereitete. Er war erleichtert gewesen, als die Arbeiten im Küchengarten abgeschlossen waren und er aus der Nähe dieser verunsicherten Frau mit der Höckernase und den schmalen Lippen kam. Ihre unterwürfige Art hatte an seinen Nerven gezerrt.

Ein scharfer Pfiff erklang drüben auf dem Pflasterweg, den Quinn eigenhändig bis zum Pächterhof gelegt hatte, nachdem er mitbekommen hatte, dass es für den Rollstuhl praktisch unmöglich war, über den Feldweg zu ruckeln. Robert hatte ihm mit einem Nicken dafür gedankt, doch tausendmal glücklicher hatte ihn Charlottes Lächeln gemacht. Sie hätte ihn wegen seiner Eigenmächtigkeit tadeln können, aber sie hatte ihn für seine Umsicht gelobt. Dass Victor ihm dafür einen Extra-Lohn zugesichert hatte, sorgte dafür, dass die Weihnachtsgeschenke der Kinder in jenem Jahr besonders üppig ausgefallen waren.

Baxter hetzte nun zu seinem Herrchen zurück. Robert hob die Hand in Quinns Richtung, Aurora winkte, und Quinn erwiderte den Gruß, bevor er die Schere zur Seite legte und sich dem Rasenmäher widmete.

»Du liebe Zeit, diese Höllenmaschine!« Aurora hielt sich die Ohren zu, während sie ihre Schritte beschleunigte. Das Tuckern des Rasenmähers hallte über die Landschaft, der Benzingestank überlagerte alle Düfte des Frühlings. Robert rollte ihr gemächlich hinterher. Der Labrador hielt sich an seiner Seite.

»Der Fortschritt ist nicht aufzuhalten«, erwiderte Robert. »Auch wenn simple Dinge wie eine Telefonverbindung zwischen Pächterhaus und Anwesen unüberwindliche Hürden darzustellen scheinen. Ich versuche seit einem Jahr, eine Telefongesellschaft dafür zu finden.«

»Ach, ein bisschen frische Luft schadet uns nicht«, erwiderte Aurora leichthin. Robert hatte sie gebeten, ihn zu begleiten, weil er am Vorabend vergeblich auf Stephen Chapman gewartet hatte, der mit ihm den Bestand der Schafe besprechen wollte und den Zeitpunkt, wann sie die Gehilfen zum Scheren bestellen sollten. »Möchtest du in einer Gesellschaft leben, in der sich alle nur noch über Apparate miteinander unterhalten? Da geht viel verloren.«

Robert war wieder auf ihrer Höhe. »Recht hast du, Aurora, und ich genieße den Weg mit dir. Ich bin wirklich gespannt, womit sich Stephen herausreden wird. Er war sonst immer zuverlässig.«

Aurora wandte ihr Gesicht ab, weil sie spürte, dass sie bis zum Haaransatz errötete. Es war mehr als zwei Jahre her, dass Robert ihr ins Gesicht gesagt hatte, dass eine unattraktive Person wie sie nicht darauf hoffen sollte, dass mehr aus ihr und ihm wurde. Es war die schmerzhafteste Verletzung, die ihr je ein Mann zugefügt hatte, die größte Demütigung ihres Lebens. Es hatte viele Wochen gedauert, bis Aurora allmählich aus dem Schneckenhaus gekrochen war, in das sie sich zurückgezogen hatte. Robert hatte seine Worte bereut und sich entschuldigt, aber es gab Sätze, die konnte man nicht auslöschen. Seit diesem Streit hatten sie behutsam und mit äußerster Vorsicht eine Art Freundschaft aufgebaut, die aber auf tönernen Füßen stand, und wenn Robert ihr schmeichelte oder ihr zu verstehen gab, dass er das Zusammensein mit ihr genoss, schmerzten die alten Wunden und ihr Misstrauen loderte. Ein zweites Mal würde sie sich nicht von ihm lächerlich machen lassen.

Rasch lenkte sie von seinem Kompliment ab. »Ich sorge mich weniger um die Chapmans als um Debbie.«

Robert hob den Kopf. Für ein paar Sekunden sah sie die Bestürzung in seiner Miene, bevor er zu dem für ihn so typischen Spott zurückfand. »Wer nicht?«

Ihre Enttäuschung über Debbie hätte nicht größer sein können. Sie selbst hatte sie unter ihre Fittiche genommen, als sie in Summerlight House aufeinandergetroffen waren. Viel Herzblut hatte sie darauf verwandt, die wilde Zwölfjährige in eine ehrbare junge Dame zu verwandeln, und nun das! Sie hatte das Streitgespräch zwischen Mutter und Tochter an jenem Abend nach dem Nachbarschaftsdinner mitbekommen und war überzeugt, dass Debbie ein mehr als unanständiges Rendezvous gehabt hatte. Sie war immer noch unsicher, wie sie damit umgehen sollte. Den Hausarrest saß das Mädchen mit Leichtigkeit ab, bevor sie sich wieder herumtrieb. Robert einzuweihen schien ihr daher ein kluger Schritt zu sein. Er war weniger emotional als Elizabeth und Charlotte und weniger streng als Victor. Vielleicht wusste er Rat.

Seine Miene verdüsterte sich, als sie in die Hofeinfahrt abbogen, die direkt auf das Holzhaus ihrer Pächter Stephen und Kayla Chapman zuführte. »Weißt du, Aurora, es war ein langer, schmerzhafter Prozess, mich daran zu gewöhnen, dass ich meine Beine nicht mehr bewegen kann. Aber mindestens genauso schmerzhaft und eindringlich war die Erkenntnis, dass ich von meiner Familie, meiner Umwelt nicht mehr als der wahrgenommen werde, der ich war. Ich war für meine Mutter und meine Schwestern der Hoffnungsträger, ich hätte sie alle aus der drohenden Not retten sollen, aber es war mir nicht vergönnt, ein anderer war da, um meine Familie vor dem Unglück zu bewahren. Ich hege keinen Groll gegen Victor, ich bin ihm dankbar für alles, und ich rechne es ihm hoch an, wie respektvoll er mich behandelt. Aber es führt kein Weg daran vorbei: derjenige, der hier das Sagen hat, derjenige, der in der Position ist, ein Machtwort zu sprechen, derjenige bin nicht ich. Charlotte schert sich einen feuchten Kehricht darum, was ich von ihrem Drang zur Unabhängigkeit halte, meine Mutter fragt mich nicht nach meiner Meinung zu ihrem Bekannten, und Debbie hat schon vor meiner Lähmung keinen Pfifferling auf meine Zurechtweisungen gegeben. Meine Familie steht mir loyal zur Seite, und ich weiß das zu schätzen, aber auf mein Urteil legt keiner mehr Wert. Frag Victor, wenn du glaubst, Unterstützung zu brauchen. Er wird die richtigen Worte finden.«

Inzwischen waren sie am Pächterhaus angekommen. Aurora kämpfte mit den Tränen. Gerne hätte sie Robert versichert, was für ein bewundernswerter, starker Mann er trotz seines Handicaps war, aber nie im Leben würde sie sich ihm gegenüber noch einmal so weit vorwagen. »Ich weiß, wie viel Respekt deine Schwestern und deine Mutter vor dir haben, Robert. Ich wünschte, du würdest aufhören, die Welt in diesem Licht zu sehen. Deine Familie braucht dich.«

Wortlos wies er mit dem Kinn auf die Haustür. Aurora holte tief Luft und klopfte.

Ein heller Schrei drang aus dem Haus, ein Poltern, Schritte. Robert und Aurora wechselten einen Blick. Endlich flog die Tür auf, und heraus strömte der Geruch nach menschlichen Exkrementen und vergammeltem Essen. Instinktiv bedeckte Aurora Nase und Mund und starrte entgeistert auf Kayla Chapman, die über ihrem schwangeren Leib ein besudeltes Kleid trug und deren Haare ihr ungekämmt ins Gesicht fielen. Was um Himmels willen war hier passiert?

Kapitel 4

»Miss Ainsworth, Mr Windley … Ich wusste nicht, dass Sie kommen. Ich hätte sonst …«, stammelte Kayla Chapman.

Robert unterbrach sie. »Ich war gestern mit Ihrem Mann verabredet. Wir wollten die Zahlen durchgehen und die kommenden Scherarbeiten besprechen. Ich habe vergeblich auf ihn gewartet.«

Kayla Chapman klammerte sich an den Türrahmen, als wollte sie den beiden den Zutritt verwehren. »Es … es geht ihm nicht gut. Er liegt krank im Bett.«

Robert griff in die Speichen seines Rollstuhls und schob sich an ihr vorbei. Aurora folgte ihm mit wachsender Unruhe. Drinnen war der Gestank kaum auszuhalten. In der Küchenecke stapelten sich schmutzige Teller und Töpfe, ein am Boden zerbrochenes Ei trocknete auf dem Holz. Den Tisch bedeckten Krümel, Essensreste und abgenagte Knochen, Fliegen surrten um das Chaos.

Fassungslos sah Aurora sich um. »Was ist hier los?«, fragte sie schließlich schneidend und fixierte die junge Frau.

Ohne Übergang brach Kayla in haltloses Schluchzen aus, ließ sich auf einen der Stühle am Tisch plumpsen und presste die Handballen vor die Augen. »Ich kann nicht mehr, ich kann einfach nicht mehr ... Mir wächst das alles über den Kopf. Das Baby tritt so fest, dass es schmerzt, in meinem Rücken kneift es wie mit Zangen, ich habe noch nichts für die Geburt vorbereitet, und ob ich die überlebe ...«

»Schhh ...« Aurora kniete sich vor sie, obwohl es sie ekelte. Kaylas Kleid roch ranzig und nach saurer Milch. Währenddessen inspizierte Robert den Rest des Hauses.

Kayla grub die Fingernägel in Auroras Oberarme. Der Blick der jungen Frau flackerte, ihre Lider zuckten.

»Beruhigen Sie sich, Kayla, ich bitte Sie! Wir sind jetzt hier und helfen Ihnen. Sie sind nicht länger allein.«

»Ich glaube, Stephen stirbt«, brach es aus ihr heraus. Tränen strömten über ihre Wangen. »Dann ist alles verloren.« Ihre Stimme war nur noch ein heiseres Flüstern. Aurora lief ein Schauer über den Rücken. Sie schien gar nicht zu der Frau durchzudringen, weil die sich dermaßen in ihre Hysterie hineinsteigerte.

»Aurora, komm bitte mal«, vernahm sie Roberts Stimme aus dem benachbarten Zimmer. Sie richtete sich auf, eilte zu ihm und fand den Pächter mit grauem Gesicht und sich im Fieber hin und her werfend in seinem Bett. Es stank nach Urin und saurem Schweiß. Aurora fühlte Stephens Stirn. »Das Fieber ist beängstigend hoch. Wir müssen den Arzt rufen.«

Kayla war ihr in das Schlafzimmer gefolgt und hielt sich am Türrahmen fest. Jetzt rang sie die Hände. »Bitte nicht, wir können uns die Arztkosten nicht leisten.« Sie selbst hatte nur noch ein paar Zahnstummel im Mund, ein häufiges Bild in diesen Tagen, in denen die ärmere Bevölkerung aus Kostengründen auf Arztbesuche verzichtete. Es war ein Elend, aber Aurora würde die Wirtschaftslage in diesem Moment nicht ändern können. »Um die Arztkosten kümmern wir uns«, versprach sie.

Seit Jahren waren die Chapmans zuverlässige Pächter, Schaf- und Schweinezüchter auf ihrem Land. Es ging nicht an, dass sie sich keine medizinische Versorgung leisten konnten. Und nach Auroras Auffassung bestand nicht nur dringend Handlungsbedarf beim todkranken Stephen. Kayla musste sich ebenfalls gründlich untersuchen lassen. Ihre Nerven schienen arg gelitten zu haben.

»Wo sind die Älteren?«, erkundigte sich Aurora, und Kayla wies mit dem Kinn auf eine niedrige Tür, die vom Schlafzimmer aus in einen zugigen Anbau führte. Stephens Eltern hausten im Altenteil, das mit zwei Betten, einem Schrank und einem wackeligen Tisch mit zwei Stühlen eingerichtet war. Der demente Vater William lag im Bett und starrte an die Decke. Mutter Betsy, deren Sehkraft durch den Diabetes beschädigt war, hockte in ihrem Kittel auf einem Stuhl und lauschte dem knarzenden Radio, aus dem vom Rauschen unterbrochene Tanzmusik drang. Beide wandten die Köpfe, als die Besucher eintraten. Betsy nickte erfreut.

»Mutter, du verstehst doch nichts! Der Lärm macht dem Vater zu schaffen!« Kayla drängte sich an Aurora vorbei und stellte das Radio ab. In derselben Sekunde stieß die alte Betsy einen Schrei aus, der die Fensterscheiben zum Klirren brachte.

Aurora schlug die Hände über dem Kopf zusammen, drehte sich um und eilte durch Schlafzimmer und Küche aus dem Haus. Vor der Eingangstür stützte sie sich schwer atmend auf den Oberschenkeln ab und versuchte, ihren fliegenden Atem zu beruhigen. Robert war ihr gefolgt. Unter seinen Augen lagen Schatten.

»Wir werden ihnen den Pachtvertrag kündigen müssen«, stieß er hervor. »Sie sind eindeutig nicht mehr in der Lage, ihren Verpflichtungen nachzukommen.«

Aurora richtete sich auf und starrte ihn entgeistert an. »Das glaube ich nicht, dass du so herzlos bist«, erwiderte sie. »Wo sollen sie denn hin? Wovon sollen sie leben?«

»Wir sind nicht die Wohlfahrt, Aurora, wir müssen daran denken, wie viel uns verloren geht, wenn die Pächter uns ins Minus wirtschaften.«

»Nein, Robert, nur über meine Leiche werden wir diese Leute vertreiben.«

Robert drehte ratlos die Handflächen nach oben. »Hast du eine bessere Idee?«

»O ja, die habe ich«, erwiderte sie. »Zunächst mal lassen wir Dr. McKinley rufen. Sophie und Caitlin werde ich anweisen, das Haus auf Vordermann zu bringen, und Debbie soll mit mir zusammen Kayla unterstützen. Die Frau erwartet ein Baby! Es ist unsere Menschenpflicht, ihr und ihrer Familie zu helfen.«

Lange ruhte Roberts Blick auf ihrem Gesicht, und da Aurora es kaum aushalten konnte, intensiv betrachtet zu werden, wandte sie sich ab.

»Du bist wirklich eine Seele von einem Menschen«, murmelte er. »Wir werden das alles mit Victor besprechen, einverstanden?«

Aurora nickte, ohne ihn anzusehen. »Meine Meinung steht fest«, fügte sie noch an.

In diesem Moment trat Kayla mit fragender Miene in den Hauseingang. Sie spielte nervös mit ihren Fingern.

Aurora wandte sich ihr zu. »Lüfte im Krankenzimmer, wechsle die Bettwäsche und fang an, die Küche aufzuräumen. Ich bin in spätestens zwei Stunden zurück und bringe den Arzt mit. Wir sind an deiner Seite, Kayla.«

Erneut strömten der Frau die Tränen über das Gesicht, aber als sie Aurora spontan umarmen wollte, trat diese einen Schritt zurück. Die Frau in ihren stinkenden Kleidern konnte vermutlich jede Krankheit der Welt übertragen.

Auf dem Rückweg nach Summerlight House beeilte sich Aurora, und Robert musste kräftig die Räder drehen, um mit ihr mitzuhalten. Eine innere Stimme sagte Aurora, dass es im Pächterhaus auf jede Minute ankam.

Kapitel 5

An diesem Mittwochmorgen war Charlotte früh auf den Beinen und konnte von ihrem Schlafzimmer aus beobachten, wie die Sonne am Horizont aufging und ein orangerotes Licht über die Felder und Wiesen warf. Der Himmel war wolkenlos, es würde ein wunderschöner Frühsommertag werden. Von ihrem Balkon aus konnte sie erkennen, dass die Dahlien bereits austrieben. Ein gutes Zeichen. Hoffentlich würde es ihnen gelingen, die Kostbarkeiten aus Mexiko zum Blühen zu bringen. Obwohl der Blick auf das Beet sie lächeln ließ, spürte Charlotte, dass Unruhe in Summerlight House herrschte. In der Nacht hatte sie Stimmen im Foyer gehört. Debbie und Aurora? Charlotte war zu müde gewesen, um aufzustehen und nachzusehen. Ob es um die Chapmans ging? Sie hatte die beiden darum gebeten, sie über alles auf dem Laufenden zu halten, nachdem der Arzt gestern nach dem fiebernden Stephen geschaut hatte, ohne viel ausrichten zu können. Er hatte ihm einen schmerzlindernden Saft gegeben, weil Stephen über Stiche in der Brust klagte. Die Situation im Pächterhaus war beängstigend.

Zu den Pflichten einer Hausherrin gehörte es, jeden Morgen mit den Bediensteten die Tagesaufgaben zu besprechen. Heute hielt sich Charlotte nach einem kurzen Frühstück besonders lange bei Haushälterin Laura und der Köchin auf, weil in wenigen Tagen die Gartenparty stattfinden sollte, für die sie noch Getränkebestellungen herausgeben und letzte Details des Buffets besprechen mussten. Gerne hätte sie Aurora dazugeholt. Aber an diesem frühen Morgen ließ sich niemand in Summerlight House blicken, und Victor war noch vor Sonnenaufgang in die Papierfabrik gefahren.

Die Einladungen für das Fest waren bereits verschickt. Es würde die größte Party werden, zu der Victor und sie bislang eingeladen hatten. Nicht nur ihre Freunde aus der Nachbarschaft standen auf der Gästeliste, sondern auch prominente Politiker und Künstler. Ein Upper-Class-Fest der Extraklasse, und Charlotte lag viel daran, sich und Summerlight House von der besten Seite zu präsentieren.

Als sie sich endlich im Foyer ihren leichten Sommermantel und die Autoschlüssel griff, um sich auf den Weg nach Richmond zu machen, öffnete sich die Eingangstür, und mit schleppenden Schritten, die Köpfe gesenkt, betraten Aurora und Debbie das Haus. Charlotte starrte die beiden an und sah, dass Debbies Augen rot verweint waren. »Oh nein«, stieß Charlotte hervor und umarmte beide. Debbie schluchzte an ihrer Schulter, Aurora liefen die Tränen übers Gesicht.

»Er hat es nicht geschafft?« Charlottes Stimme brach. Sie kannte die Antwort. Trauer erfüllte sie.

»Kurz nach Mitternacht ist Stephen verstorben«, sagte Aurora leise. »Wir sind noch bei Kayla geblieben, bis sie in der Früh endlich eingeschlafen ist.«

»Du glaubst nicht, wie gruselig es sich anhört, wenn ein Mensch zum letzten Mal die Luft ausstößt. Ich werde dieses Geräusch nie mehr vergessen.« Debbie wischte sich mit dem Handrücken über das Gesicht.

»Das muss ein schlimmes Erlebnis für dich gewesen sein. Du warst sehr tapfer, Debbie. Danke, dass du Aurora zur Seite stehst.«

Aurora legte den Arm um Debbie und drückte ihre Schulter. »Ohne sie hätte ich das gar nicht geschafft.«

Charlotte schaute auf die Standuhr und schrak zusammen. Sie würde Gas geben müssen, um ihren Termin in Richmond einhalten zu können. »Meine Lieben, schafft ihr das heute allein? Ihr müsst Dr. McKinley Bescheid geben, vielleicht den Bestatter anrufen, Kayla beistehen ...«

»Mach dir keine Sorgen. Fahr nur vorsichtig und lass dich von dem Unglück nicht ablenken.«

»Sagt Kayla bitte mein aufrichtiges Beileid«, fügte Charlotte noch an, als sie sich zur Tür wandte. »Ich werde sie heute Abend oder in den nächsten Tagen selbst aufsuchen.«

Kurz darauf saß sie hinter dem Steuer des Fords und lenkte ihn auf die Landstraße um London herum nach Richmond.

Gut, dass Aurora und Debbie sich um die Pächter kümmerten, aber über kurz oder lang würden sie nicht darum herumkommen, den Pachtvertrag zu beenden. Darüber hatte sie bereits mit Victor gesprochen, und sie waren sich in diesem Punkt einig. Selbstverständlich würden sie aber Kayla und ihren alten Eltern Zeit geben, um sich nach etwas anderem umzuschauen. Charlotte fühlte sich elend bei diesem Gedanken, aber ihr Mitleid durfte sie nicht davon abhalten, ihre Aufmerksamkeit auf den Verkehr zu richten. Allerdings verzichtete sie heute darauf, mit Vollgas zu fahren, wie sie es sonst liebend gern tat. Dennoch erreichte sie die Frauenarztpraxis in Richmond rechtzeitig. Sie lag nur wenige Gehminuten von Kew Gardens entfernt.

Sie parkte den Wagen direkt vor dem frei stehenden Haus, das mehrere Erker und Balkone hatte. Am Zaun wies ein unauffälliges Schild darauf hin, dass sich hier die Praxis von Dr. David Wadham befand. Natürlich gab es in Canterbury und Maidstone ebenfalls Frauenärzte, aber Charlotte war es lieber, ihre privaten Angelegenheiten außerhalb der Society Kents zu besprechen. Dr. Wadham gehörte jedenfalls nicht zum kleineren oder größeren Bekanntenkreis von Summerlight House. Das gab Charlotte die Sicherheit, die sie brauchte.

Sie war die erste Patientin an diesem Morgen. Die Arzthelferin führte sie direkt in den Untersuchungsraum.

Zehn Minuten später wusch sich Dr. Wadham die Hände, während sich Charlotte hinter dem Paravent wieder ankleidete. Der Arzt war knapp über sechzig, sein Haar weiß, das Gesicht von Falten geprägt. Hinter der runden Brille verbargen sich kluge graue Augen. Er sprach meistens leise, sodass man besonders aufmerksam sein musste, wenn man kein Wort verpassen wollte.

»Alles bestens bei Ihnen, Mrs Bromberg«, sagte er, während er sich hinter seinen Schreibtisch setzte. Charlotte saß vor ihm auf der Kante des Stuhls. Obwohl sie keine schlechten Nachrichten erwartet hatte, erleichterte es sie stets, wenn die Untersuchung beendet und der Doktor zufrieden mit dem Ergebnis war. »Ich frage mich nur«, er fasste sich an die Nasenwurzel, als wollte er Kopfschmerzen bekämpfen, »warum eine gesunde junge Frau wie Sie, verheiratet und wohlsituiert, ein Pessar benutzt, um eine Schwangerschaft zu verhindern. Sie sind jetzt ... Moment einmal«, er durchstöberte die Akten, die vor ihm ausgebreitet lagen, »achtundzwanzig Jahre alt, Mrs Bromberg. Ich erinnere Sie ungern daran, dass die Zeiten, in denen eine Frau ein Kind bekommen kann, nicht ewig währen. Sie werden nicht fruchtbarer im Lauf der Jahre. Vielleicht schlägt Ihnen das Schicksal ein Schnippchen, indem es eine Schwangerschaft verhindert, wenn Sie sich später ein Kind wünschen sollten.«

»Danke für Ihre Ratschläge, Dr. Wadham. Für meinen Mann und mich ist der Zeitpunkt jetzt ungünstig, aber ich werde ihm sagen, was Sie mir geraten haben.«

»Vielleicht bringen Sie ihn einmal mit?«, schlug der Arzt vor.

Charlotte zuckte zusammen. »Das ... das wird nicht nötig sein, Dr. Wadham.« Sie erhob sich. »Die Rechnung kann ich wie üblich sofort begleichen?«

Der Arzt nickte mit skeptischer Miene. Charlotte verabschiedete sich rasch, um das Arzthonorar bei der Helferin zu begleichen. Ihre Besuche bei Dr. Wadham sollten nirgendwo verzeichnet werden, auch nicht bei der Krankenversicherung.

Als sie die Praxis verließ, öffnete sie die oberen Knöpfe ihrer Bluse, weil ihr die Luft knapp wurde. Wie sie diese Heimlichtuerei hasste! Es passte nicht zu ihr, hinter dem Rücken ihres Mannes Entscheidungen zu treffen und ihn im Unklaren zu lassen. Aber wenn es darum ging, ob sie Nachwuchs bekommen sollten oder nicht, fiel Charlotte keine andere Möglichkeit ein. Victor mit seinen fünfundvierzig Jahren sehnte sich nach einem Sohn oder einer Tochter, einem »Kind ihrer Liebe«, wie er es, von seinen Gefühlen überwältigt, bezeichnete.

In Charlotte hingegen sträubte sich alles, wenn sie sich vorstellte, Mutter zu werden. Sie liebte Kinder, ja, und irgendwann wollte sie vielleicht welche haben, aber noch nicht jetzt! Allein die Persienreise, die Victor ihr geschenkt hatte. Wie sollte sie an diesem Abenteuer teilnehmen, wenn sie schwanger war? Ein Kind würde sie vollends ans Haus fesseln, selbst wenn eine Nanny ihr viel Arbeit abnehmen würde.

Charlotte setzte sich in den Ford und fuhr die kurze Strecke nach Kew Gardens, um den Wagen am Haupteingang abzustellen. Der Verkehr war in den vergangenen Jahren dichter geworden. Viele Menschen leisteten sich ein Auto. Am frühen Vormittag und späten Nachmittag bildeten sich selbst außerhalb Londons Staus, und die Parkplätze wurden knapp. Am Rand der Royal Botanic Gardens standen einige Fahrzeuge, hinter denen Charlotte den Wagen abstellte.

Wie vertraut ihr das alles hier in den vergangenen drei

Jahren geworden war. Der mächtige Bau mit dem Herbarium vor dem Eingang, der Pförtner, dem sie mit einem Lächeln zunickte, während er an seine Kappe tippte.

Ihr erster Weg führte sie wie stets in die Umkleideräume, wo sie sich Hosen anzog und eine Schürze umband. Sie wechselte die Seidenstrümpfe gegen Socken aus grober Wolle und die hochhackigen Schuhe gegen die Clogs mit den Holzsohlen.

Ob Sir Hill ihr schon geantwortet hatte? Gleich am nächsten Tag, nachdem Victor ihr die Schifffahrtstickets geschenkt hatte, hatte sie bei seiner Sekretärin vorgesprochen und sie gebeten, ihn zu fragen, ob sie im Herbst zwei Monate freigestellt werden könnte. Sir Hill war zu dieser Zeit bei einem mehrtägigen Kongress in Berlin, aber die Sekretärin hatte versprochen, Charlottes Anliegen an ihn weiterzureichen, sobald er zurückkehrte. Sie ließ Charlotte ein Formular ausfüllen, in dem sie Zeitraum und Zweck der Freistellung benennen musste. Nun rechnete sie damit, dass Sir Hill ihr auf ähnlichem Wege antworten würde, aber ihr Nachrichtenkorb war leer. War es ein gutes oder ein schlechtes Zeichen, dass er bislang noch nicht geantwortet hatte?

Am Anfang ihrer Anstellung in Kew Gardens hatte in dem Korb täglich eine Liste mit ihren Aufgaben gelegen. Inzwischen wusste sie selbst, was zu tun war. Das Postfach erinnerte sie auch an die Tage, als sie auf Briefe von Dennis gewartet hatte, und an ihren Jubel, wenn sie einen mit zahlreichen Marken und nach exotischen Gewürzen duftenden Umschlag vorfand. Dennis war aus der Mandschurei nicht zurückgekehrt, er war am Schwarzwasserfieber gestorben und mit ihm nicht nur ihre erste Liebe, sondern auch ihr Traum davon, mit einem nicht weniger leidenschaftlichen Partner die Welt auf der Suche nach den schönsten und seltensten Pflanzen zu bereisen.

Sie bereute es nicht, Victor geheiratet zu haben, das Leben auf Summerlight House bot viele Annehmlichkeiten, und Victor war die meiste Zeit der umsichtige, liebevolle Mann, als den sie ihn kennengelernt hatte. Und doch war da eine innere Unruhe in ihr, ein Sehnen nach Größerem. Mit einem Ziehen im Herzen erinnerte sie sich an ihre Freundin Ivy, die seit mehr als zwei Jahren mit ihrem Mann die Botanik Südamerikas erforschte und aufsehenerregende Artikel in der Fachpresse veröffentlichte. Gut möglich, dass Ivy genau von dem Gegenteil träumte: dass sie mit ihrem Mann endlich zur Ruhe kam und sie an Familiengründung denken konnten. Charlotte hatte zwei, drei Briefe von ihr bekommen, in denen sie diesen Wunsch zwischen den Zeilen zum Ausdruck brachte. Vielleicht aber wollte Ivy ihr nicht mehr Schmerz als nötig zufügen. Sie wusste, dass sich Charlotte von Kindheit an danach gesehnt hatte, auf Forschungsreise zu gehen.

Schwungvoll immer zwei Stufen auf einmal nehmend, stieg Charlotte die Treppe in den ersten Stock des Herbariums hinauf. Ihren Morgengruß beantworteten die Mitarbeiter, die an dem langen Tisch Pflanzen zeichneten und zwischen Pergamentpapier archivierten, mit einem Murmeln. Charlotte hielt zu keinem von ihnen engeren Kontakt. Die Illustratorin Matilda Smith war in Rente, ihre junge

Kollegin Rhonda war verheiratet und erwartete ihr zweites Kind.

Charlotte hatte ihr eigenes Arbeitsfeld und tauschte sich in erster Linie mit Professor Dr. Edward Bone aus, dem Mann, dem sie ihre Anstellung zu verdanken hatte. Sie wollte an den anderen vorbei in sein Büro, ihn wie jeden Morgen begrüßen und mit ihm besprechen, was sie erledigen würde, aber einer der Archivare in Hemdsärmeln und mit Weste hielt sie auf. »Professor Bone hat sich den Rest der Woche freigenommen. Er will seine Angelegenheiten in London klären, bevor er auf die Hebriden zieht.«

Charlotte sackte in sich zusammen. Damit hätte sie rechnen können. Aber dass er heute nicht da war, gab ihr einen Vorgeschmack darauf, wie es ab Sommer jeden Morgen sein würde. Das Ritual, sich vor Arbeitsbeginn über alle wesentlichen Dinge in Kew Gardens auszutauschen, würde wegfallen, und Charlotte würde sich noch isolierter fühlen.

Der Duft von Flieder und Tulpenbäumen schlug ihr entgegen, als sie durch den Haupteingang der Gartenanlage trat. In den drei Jahren, die sie hier arbeitete, war nicht ein Tag vergangen, an dem sich nicht ihr Herz geweitet hätte, sobald sie den ersten Schritt auf die von Beeten und Rabatten, baumbestandenen Wiesen und Bänken flankierten Wege gesetzt hatte.

Gärtner mit Schubkarren und abgeschnittenen Ästen auf den Rücken, mit Handwagen voller Setzlinge und Säcken voller Erde kreuzten ihren Weg. Manchmal fragte sich Charlotte, ob sie wohl inzwischen als Sonderling galt. Frauen gab es in den Sekretariaten und unter den botanischen

Zeichnern, aber keine arbeitete wie sie als Botanikerin. Das war zu Beginn ihrer Anstellung nicht anders gewesen, aber aus irgendeinem Grund hatte Charlotte angenommen, sie wäre nur die Vorreiterin für ihre Geschlechtsgenossinnen und im Laufe dieses Jahrzehnts würde ein neuer Geist nicht nur die Gesellschaft und die Wirtschaft modernisieren, sondern auch die Frauenfrage klären.

Frauen rauchten, zeigten nach der neuesten Mode ihre Beine und fuhren Automobile. Es ging voran! Warum ausgerechnet in einem wichtigen Bereich wie der Arbeitswelt nicht?

Wann immer Charlotte an diesen Punkt ihrer Überlegungen kam, stieg der Zorn in ihr auf, den sie aber niederkämpfte, als sie nun das Palmenhaus erreichte. In den vergangenen Tagen hatten sie hier ein paar Jungpflanzen eingesetzt, die sich hoffentlich zwischen den starken alten Schlingpflanzen und Palmen behaupten würden. Charlotte würde das kontrollieren, ihre Aufzeichnungen vervollständigen und eventuell einen Gärtner anweisen, die jungen Triebe mit Bambusstöcken zu stützen.

Im Mittelgang ging sie auf die Knie und schob einen Baumfarn weg. *Cyathea fugax*. Durch eine Lücke im Laubdach gelangte Sonnenlicht auf den Boden, gute Bedingungen für die Keimlinge des *Strongylodon macrobotrys*, einem Schmetterlingsblütler, der sonst nur auf den Philippinen vorkam. Der holzige Stamm wand sich wie ein Seil um Baumstämme dem Licht entgegen. Bis er die richtige Größe erreicht hatte, musste er gestützt werden. Charlotte lächelte zufrieden, weil die Pflanze mit den erlesenen Blüten hier vortrefflich gedieh, und zog ihr Notizbuch aus der Tasche, um sich die Details aufzuschreiben. Ein Räuspern über ihr riss sie aus ihrer Versunkenheit. Sie blickte hoch und zog die Nase kraus, um die Brille hochzuschieben. »Guten Tag, Mrs Bromberg. Wie ich sehe, geht es dem *Strongylodon* gut. Und die Passionsblumen und die Baumwolle haben sich auch prächtig entwickelt.«

Charlotte wischte sich die Hände an der Hose ab, richtete sich auf und stand dem Direktor von Kew Gardens gegenüber. Sir Arthur William Hill war lange Jahre Assistent von Sir Prain gewesen, bevor er im vergangenen Jahr dessen Stelle übernommen hatte. Wenn sie ihm in die Augen sah, beschlich Charlotte stets die Angst, irgendeinen Fehler begangen zu haben. Instinktiv wollte sie die Schultern hochziehen, aber sie ließ es, richtete sich im Gegenteil gerade auf. Sir Hill war nur einen halben Kopf größer als sie, wirkte aber wie ein Riese mit den kantigen Schultern in seinem Tweedjackett.

»Sir Hill, wie schön, Sie zu sehen.« Sie schaffte es, souverän zu lächeln, auch wenn ihr Herz pochte. Er war nicht zufällig im Palmenhaus erschienen, obwohl er nun, als sei er nur zum entspannten Schlendern hier, die Hände in den Hosentaschen vergrub. Sie wies auf das Unterholz. »Ich wollte dem Gärtner heute Bescheid geben, dass er ein Spalier für den *Strongylodon* errichtet.«

Er nickte. »Mrs Bromberg, Sie haben darum gebeten, zwei Monate freigestellt zu werden«, kam er sofort auf den Punkt.

»Ja, mein Mann hat eine Reise nach Persien gebucht. Wir

wollen uns dort einer Gruppe Forscher anschließen.« Sie versuchte seinen Blick zu halten, aber er senkte die Lider und starrte für einen Moment auf seine Fußspitzen.

»Was für ein origineller Plan«, sagte er schließlich, »und ich bin bestimmt der Letzte, der Ihnen dabei Steine in den Weg legen würde ...«

Unruhe breitete sich in Charlottes Brust aus. Sir Hill gab sich zugewandt, aber seine Miene wirkte frostig, sein Lächeln maliziös. »Das ist sehr freundlich von Ihnen«, sagte sie und hörte ihren eigenen Herzschlag, während sie darauf wartete, dass er weitersprach.

»Sie werden aber sicher Verständnis dafür haben, dass wir in dieser Zeit einen Botaniker einstellen wollen, der Ihre Arbeit hier übernimmt. Wir haben reichlich Bewerber, die in diesem Jahr ihre Studien abschließen oder die bereits über praktische Erfahrungen verfügen. Insofern könnte es eine reibungslose Übergabe werden.«

»Ich hatte angenommen, dass Sie mir meine Stelle freihalten«, erwiderte sie und fühlte, wie sie blass wurde.

»Das hätte ich gern getan, Mrs Bromberg«, sagte er, und auf einmal trat ein Hauch von Wärme in seine Züge. »Ich schätze Sie. Wir teilen diese Sehnsucht, auf Forschungsreisen zu gehen.« Als er lächelte, entstanden um seine Augen feine Fältchen. »Ich finde es wichtig, in die Welt hinauszugehen und alle Erkenntnisse nach Kew zu tragen. Insofern hoffe ich, dass Ihre private Forschungsreise auch für uns verwertbare Ergebnisse bringt.« Er hob für einen Moment die Schultern und ließ sie ermattet wieder fallen, als laste eine tonnenschwere Last auf ihm. »Ich weiß, dass Sie eine besondere Beziehung zu Professor Bone haben, der uns ebenfalls in wenigen Wochen verlassen wird. Er hat Ihnen vor drei Jahren einen Vertrag zurechtgeschneidert, der keiner näheren juristischen Prüfung standhält. Der Stimmung und Arbeitsmoral in unserem Institut ist es nicht zuträglich, wenn es Sonderregelungen gibt. Professor Bones Stelle wird selbstverständlich neu besetzt, ich habe da bereits jemanden in der engeren Auswahl, und ich möchte ihn nur ungern mit halbseidenen Vertragskonstellationen behelligen. Ich will Ihnen jedoch nicht die Zukunft verbauen, indem ich Ihnen kündige. Ich würde Ihnen nahelegen, selbst den Vertrag zu beenden, wenn er Ende Juni ausläuft. Ich verspreche Ihnen ein exzellentes Abschlusszeugnis, das Ihnen jede Tür öffnen wird, sofern Sie sich nicht besinnen und Ihr Glück in Ihrer Ehe und auf Summerlight House finden.« Beim letzten Satz zwinkerte er, aber Charlotte verzog keine Miene.

»Danke für Ihre klaren Worte, Sir Hill. Ich werde darüber nachdenken und Ihnen bis Ende Juni meinen Entschluss mitteilen.«

In seine Miene trat ein Ausdruck des Bedauerns. »Ich bewundere Sie für Ihre Umsicht und Ihre Fachkenntnisse. Vielleicht ... vielleicht sind Sie einfach Ihrer Zeit voraus.«

Aber läge es nicht an uns, die Zeiten zu ändern, wenn sie reif dafür sind?, schoss es ihr durch den Kopf. Wut und Enttäuschung tobten in ihr, als sie dem Direktor hinterherblickte, wie er mit langen Schritten das Palmenhaus verließ. Ihr kamen die Tränen, aber als sie bemerkte, dass zwei ältere Gärtner und ein Aushilfsbursche sie beobachteten, rang sie sie nieder, wandte sich um und ging auf die Knie, als sei nicht soeben ihre Welt ins Wanken geraten. Sie strich über den Mulch, betastete Blätter, Blüten und Stämme, während die Fächerpalmen sie beschirmten und verbargen.

Kew Gardens und seine Forschungsabteilung waren alles, wovon sie als junge Frau geträumt hatte. Es hatte sie beflügelt und ihren Ehrgeiz angestachelt, Teil eines internationalen wissenschaftlichen Teams zu sein, und nun sollte das vorbei sein. War es nicht ein schwacher Trost, an der Seite ihres Ehemannes den Nahen Osten zu erforschen? Wer würde sie als Feldforscherin ernst nehmen, wenn sie die Reise als Gattin des gut situierten Victor Bromberg antrat? Sie hatte immer dafür gekämpft, in niemandes Schatten zu stehen, in die erste Reihe zu drängen, wenn es darum ging, Expertise und Erfahrung zu beweisen. Nun war sie an eine unüberwindbare Grenze gestoßen. Sollte sie kämpfen oder sich geschlagen geben? Da war einerseits das Festhalten an dem, was sie erreicht hatte, andererseits spürte sie, dass sich Türen öffnen würden, wenn sie nur gelassen blieb und das Leben auf sich zukommen ließ.

Wie würde Quinn Mitchell reagieren, wenn er erfuhr, dass sie künftig jeden Tag Seite an Seite arbeiten würden? Die Vorstellung verursachte ein Kribbeln in ihrem Nacken. Quinn war mit seiner Tatkraft und seinem offenen Blick ein Mann, der ihre Stimmung hob, wann immer sie ihm begegnete. Er strahlte Wohlbehagen aus, wo immer er ging oder stand. Charlotte war nicht davor gefeit, und wenn Unsicherheiten und Zweifel an ihr nagten, dann suchte sie manchmal die Nähe des Gärtners, der sie mit seiner ruhigen Art wieder ins Gleichgewicht brachte. Die Gartenarbeit auf

Summerlight House könnte sich zu einer besonderen Herausforderung entwickeln.

Sie tastete in ihrer Rocktasche nach dem silbernen Glücksmedaillon, das sie seit ihrer Kindheit begleitete und in dem sich die erste gepresste Blume befand, die sie je untersucht hatte: eine Lobelie.

Goodbye, Kew Gardens. Im Schutz der Blätter ließ sie ihren Tränen freien Lauf.

Kapitel 6

Mit Damastdecken und Windlichtern dekorierte Stehtische verteilten sich wie Blüten auf dem Grün von Summerlight House. Es gab Pavillons und Zelte mit Bänken und Tischen, eine Sektbar, eine mit Lampions geschmückte hölzerne Tanzfläche. Am Grundstücksrand in Höhe des Wäldchens waren ein paar Picknickdecken ausgebreitet, die die jüngeren Gäste der ersten Party der Saison belagerten. Charlotte hatte bislang niemandem von Sir Hills Vorschlag erzählt. Sie musste erst einmal ihre eigenen Gefühle verstehen, bevor sie eine Entscheidung treffen konnte. Aber sie wusste: Niemand konnte ihr dies abnehmen. Wenn sie bereit dazu war, musste sie sie mit Herz und Kopf treffen.

Sie beschirmte die Augen, als sie an der Grundstücksgrenze die breitschultrige Gestalt des Gärtners Quinn entdeckte. Neben ihm standen seine Söhne. Vor den Buchsbäumen hatte er in Absprache mit ihr eine Reihe von Walnussbäumen gepflanzt, die inzwischen mannshoch waren und dieses Jahr zum ersten Mal Früchte tragen würden. Sie wurden noch mit einem Dreibock aus Holzpfählen gestützt. Charlotte stellte sich vor, dass sie den Nussgarten mit Fingerhut durchpflanzen könnte, vielleicht auch mit Primeln. Irgendwann.

Quinn ging in die Knie. Der sechsjährige Ian hatte die schwarzen Locken, die Sommersprossen und die grünbraunen Augen seines Vaters geerbt, der vierjährige Kenny kam mit seinem roten Haarschopf und der grazilen Gestalt nach der Mutter. Beide Jungen standen dicht bei ihrem Vater, der ihnen etwas zeigte, das er in den Händen hielt.

Ein paar Sekunden lang betrachtete Charlotte dieses idyllische Bild eines Vaters mit seinen Söhnen unter den Nussbäumen, und in ihrer Brust breitete sich Wärme aus. Nein, es war nicht die Sehnsucht nach einer eigenen Familie, es war vielmehr der Frieden und die sonnige Heiterkeit, die diese Szene ausstrahlte.

Charlotte winkte den dreien zu, als sie sich näherte. Die Wiese war fest und kurz gemäht, es bereitete ihr keine Schwierigkeiten, auf ihren hochhackigen Schnallenschuhen über das Anwesen zu schlendern. Sie trug bereits das festliche hellblaue Chiffonkleid mit Wasserfallausschnitt am Rücken, dazu ein mit Schmucksteinen besetztes Stirnband. Passend dazu hatte sie dunkelroten Lippenstift aufgetragen. Charlotte fühlte sich stets wie verkleidet bei den Festen. Vermutlich wirkte sie wie ein exotisches Tier, das sich verlaufen hatte.

Quinn erhob sich, sah ihr entgegen und berührte die Schulter seines älteren Sohnes, bevor er etwas in dessen Hände gleiten ließ. Gleich darauf rannten die beiden Jungen davon, zwischen den Buchsbaumhecken hindurch und auf die benachbarten Felder und Pferdeweiden, die sich bis hinab ins Dorf zogen, wo die Familie Mitchell eines der schmalen Reihenhäuser bewohnte.

Quinn schaute ihr entgegen. Auf seinen Wangen lag wie meist ein Bartschatten, das Schnürhemd hatte er halb in die Hosen gesteckt, halb hing es heraus. Während sich Victor stets wie aus dem Ei gepellt präsentierte, war Quinn der Inbegriff eines uneitlen Menschen. Charlotte war überzeugt, dass er nicht wusste, wie anziehend er war, wenn er lächelte. Im Gegensatz zu Victor, der seine Vorzüge geschickt einzusetzen vermochte. Sie hasste sich, wenn sie sich dabei ertappte, wie sie die beiden Männer miteinander verglich. Wohin sollte das führen?

»Wir haben einen jungen Sperling gefunden, der aus dem Nest gefallen ist.« Er wies in das Laubwerk der Bäume. »Ehe ich es noch verhindern konnte, hat Kenny ihn aufgehoben, und nun nimmt ihn das Muttertier nicht mehr an.« Er zuckte die Schultern. »Mal abwarten, ob die Jungen die Geduld aufbringen, ihn aufzuziehen.«

»Bestimmt schaffen sie das.«

»Ich mag es, dass die beiden sorgsam mit allem umgehen, was die Natur hervorbringt«, sagte er, bevor er ihr zur Begrüßung die Hand reichte. Es wäre nicht nötig gewesen, aber Charlotte spürte, dass er jede Gelegenheit nutzte, sie zu berühren. Es war verführerisch und gefährlich zugleich. Sie schlug ein und ließ es zu, dass er ihre Rechte einen Moment länger hielt als üblich.

»Da kommen sie wohl nach ihrem Vater. Ich …« Sie machte eine Geste, die das Anwesen einschloss. »Ich werde mich in diesem Sommer intensiver um die Gartenpflege kümmern können. Die Dahlien von Vita Sackville-West sind erst der Anfang. Wollen wir schauen gehen, ob sie sich gut entwickeln?«

Quinn hielt sich dicht an Charlottes Seite, als sie zum Dahlienbeet gingen. Ihre Schritte waren synchron, manchmal berührten sich ihre Schultern, ohne dass sie deswegen mehr Abstand zwischen sich gebracht hätten. Immer wieder sah er sie von der Seite an, als wollte er sie zum Weitersprechen ermuntern.

Sie hatten das Dahlienbeet erreicht, das sich südlich des Teichs in einem weiten Bogen zog. Quinn hatte es mit Rundhölzern befestigt. Die Knollen streckten inzwischen dunkelgrüne Triebe an die Erdoberfläche, kräftige, gesunde Blätter, die auf einen starken Wuchs hindeuteten. »Die sollten wir weiterhin wöchentlich düngen«, bemerkte Charlotte, als sie sich hinabbeugte und mit den Fingern die Struktur ertastete.

Quinn nickte. »Ich habe ein paar Fallen gegen die Wühlmäuse ausgelegt. Die Viecher könnten dieses Jahr wirklich zu einer Plage werden.«

»Ja, kümmern Sie sich bitte darum«, bat Charlotte, bevor sie sich aufrichtete und die Hände aneinanderrieb, um ein paar Erdkrümel wegzuwischen. Wie leicht es war, Quinns Begeisterung zu wecken.

»Sie brauchen mich die nächsten beiden Tage hier nicht, oder? Bis nach dem Fest alles abgebaut ist, gibt es für mich ohnehin nichts zu tun.«

Charlotte blickte Quinn in die Augen. Sie waren von einem ungewöhnlichen Grünbraun und wechselten je nach Sonneneinstrahlung die Farbe. Obwohl Quinn und sie aus unterschiedlichen Welten kamen, kam es ihr in manchen Stunden so vor, als wäre er ein Verwandter. Alles, was er sagte, war geradeheraus und klar. Wann immer sie zusammen den Garten inspizierten, fühlte sie sich geborgen in Summerlight House wie sonst an keinem anderen Ort. Was für irritierende Empfindungen. Quinn war ein treu sorgender Familienvater, mit dem Hausmädchen Caitlin hatte er diese beiden bezaubernden Jungen, und sie selbst war die Herrin des Hauses, verheiratet mit einem Mann, der sie nach zwei Jahren Ehe noch vergötterte und sie in allem unterstützte.

Diese Anziehungskraft zwischen Quinn und ihr war etwas, was Charlotte in dieser Form noch nicht erlebt hatte. Sie erinnerte sich an Dennis, in den sie bis über beide Ohren verliebt gewesen war. Dennis mit seinen runden Brillengläsern, den schlaksigen Beinen, den zu langen Haaren und dieser Angewohnheit, den Kopf so zu drehen, dass er alles gut verstehen konnte. Aus dem Krieg war er mit einem tauben Ohr heimgekehrt. Sie hatte sich alles von Dennis erhofft, sich nach ihm verzehrt und gesehnt, und am Ende war ihr nichts geblieben, nur der Rucksack mit seiner Ausrüstung, die der überlebende Kollege aus der Mandschurei zurückgebracht hatte. Und die Erinnerung an einen besonderen Menschen, der ihr nie ganz gehört hatte.

Danach Victor, der sie nach allen Regeln der Kunst umworben und ihr ein Leben zu Füßen gelegt hatte, das sie sich nicht hätte erträumen können. Der Mann, der sie begehrte und liebte, bei dem sie sich aufgehoben fühlte und der nicht zuletzt ihre Familie vor dem Abgrund bewahrt hatte.

Ihre zwei großen Lieben, und nun drängte sich Quinn dazwischen, der in keiner Weise zu ihr passte, eine Beziehung, die auf jeder Ebene unmöglich war, und doch gab es diese Momente, in denen sich ihre Blicke ineinander verfingen. Momente, in denen sie in der Miene des anderen die Sehnsucht erkannten, viel mehr miteinander zu teilen als nur die Sorge um einen Garten.

»Kommen Sie, wann es bei Ihnen passt«, sagte sie ausweichend, obwohl sie ihn gern überredet hätte, gleich am nächsten Tag wieder zu arbeiten. Das Grundstück wirkte verlassen, wenn Quinn nicht da war. Sie wusste, dass er sich mit zwei weiteren Jobs sein Einkommen aufbesserte, aber wenn sie tatsächlich Pläne für das Anwesen entwickelte, würde sie seine volle Arbeitskraft benötigen, vielleicht sogar zusätzlich Aushilfen anstellen müssen. »Ich …«

Sie wandten beide die Köpfe, als sie Stimmen hörten. Vom Pächterhof kamen Aurora und Debbie mit erhitzten Gesichtern angerannt. Ihnen jagte Baxter voraus. Als die beiden Frauen heran waren, zog Charlotte die Nase kraus. Quinn schmunzelte und strich sich nur einmal mit dem Finger unter der Nase entlang.

»Du liebe Zeit, kommt ihr aus dem Schweinestall?«, stieß Charlotte hervor. »In wenigen Minuten treffen die ersten Gäste ein!«

»Kayla schafft es überhaupt nicht mehr aus dem Bett.« Debbie atmete schwer, ihre Augen waren vor Entsetzen geweitet.

»Wir halten da alles am Laufen«, fügte Aurora hinzu. »Es ist wirklich ein Trauerspiel, Charlotte. Wir müssen uns etwas einfallen lassen. Auf Dauer ist es keine Lösung, dass Debbie und ich uns um alles kümmern.«

Charlotte wischte sich über die Stirn. Statt Aurora und Debbie Vorwürfe zu machen, sollte sie dankbar für ihren selbstlosen Einsatz sein. Vor einer Woche hatten sie Stephen auf dem Friedhof hinter der Dorfkirche begraben. Die hochschwangere Kayla schien jeden Lebensmut verloren zu haben. Charlotte hatte bereits mit Victor darüber gesprochen und nach einer Lösung gesucht, aber bislang war es bei Worten geblieben. Sie küsste Debbie und umarmte Aurora, obwohl der Geruch wirklich streng war. »Ich danke euch, ihr beiden. Aber jetzt beeilt euch. Die Musiker nehmen bereits die Plätze ein.«

Während Debbie und Aurora zum Haus liefen, nickte Quinn Charlotte zu. »Viel Vergnügen heute Abend. Ich bin in zwei Tagen wieder hier.« Damit wandte er sich um und nahm den gleichen Weg wie seine Söhne über die Felder. Charlotte sah ihm noch eine Weile nach, bevor sie sich innerlich für ihre Aufgaben als Gastgeberin wappnete.

Kapitel 7

Am Seiteneingang zum Garten standen Caitlin und Sophie mit Tabletts voller Sektgläser. Die ersten Besucher in festlichen Roben und Anzügen betraten in diesem Moment das Grün. Charlotte setzte ein Strahlen auf. Als Victor in diesem Moment auf die Terrasse trat, ließ sie sich von ihm links und rechts auf die Wangen küssen, bevor sie sich bei ihm einhakte und zu den Gästen schlenderte. »Was gab es denn noch zu bereden mit dem Gärtner?«, fragte Victor leise an ihrer Seite.

Zu ihrem Ärger schrak Charlotte zusammen, als hätte sie etwas Verbotenes getan. »Wir haben uns nur die Dahlien angeschaut und geklärt, dass er erst in zwei Tagen wiederkommen muss. Sind dir Debbie und Aurora im Haus begegnet?«

»Puh.« Er lachte kurz auf. »Ich hoffe, sie kriegen diesen Gestank aus Haut und Haaren.«

Sie stimmte in sein Lachen ein. »Wir müssen uns morgen mit den beiden zusammensetzen und konkret besprechen, wie es mit dem Pachthof weitergeht. Da herrschen üble Zustände.«

Victor trat auf einen untersetzten Gast zu. Er trug einen grauen Anzug mit einer Fliege um den weißen Hemdkragen, eine goldene Uhrenkette glänzte an seiner Weste. »Herzlich willkommen, Mr Churchill! Was für eine Ehre, Sie hier bei uns in Summerlight House begrüßen zu dürfen.«

Victor und Charlotte waren gleichermaßen von Winston Churchill beeindruckt. Sein Charisma, sein Feinsinn, seine Genialität begeisterten sie. Bislang hatten sie ihn auf verschiedenen Festen in der Grafschaft Kent getroffen, doch zur Gartenparty in Summerlight House besuchte er zum ersten Mal ihr Anwesen. Seine Gattin Clementine hielt sich an seiner Seite, eine attraktive jüngere Frau mit großen Augen, der man ihre fünf Schwangerschaften nicht ansah. Churchill entstammte der britischen Hocharistokratie, gehörte seit mehr als zwanzig Jahren dem Unterhaus an und war von den Konservativen zu den Liberalen gewechselt, was viele ihm als Karrierestreben und Opportunismus auslegten. Aber nach Charlottes Meinung sollte ein Mann wie er auf jeden Fall Regierungsämter bekleiden, egal, welcher Partei er sich zugehörig fühlte. Bei den Konservativen wäre er möglicherweise auf die hinteren Bänke gedrängt worden, doch ein begnadeter Redner und Schreiber, ein Mann des feinen Wortwitzes und der leisen Zwischentöne, wie Churchill es war, gehörte in die erste Reihe.

Victor hingegen schätzte an ihm besonders seine schriftstellerischen Arbeiten und sprach ihn, nachdem sie sich mit Getränken versorgt hatten, auf seinen Roman an. »Ich habe *Savrola* mit Begeisterung gelesen. Der Rebell, der sich gegen die autokratische Diktatur stellt ... Spannend und vermutlich mit diversen Bezügen zur Realität, nicht wahr? Sie haben ja zahlreiche Kriegsschauplätze besucht.«

Churchill winkte ab. »Ich rate meinen Freunden stets dringend, die Finger von diesem Buch zu lassen. Eine Jugendsünde, die mir peinlich ist, abgesehen davon, dass sie mir einen Batzen Geld eingebracht hat. Nur Strohköpfe schreiben umsonst, nicht wahr?« Er strich sich über sein zurückgehendes Haupthaar und zeigte ein dünnes Lächeln.

»Sie haben sich aus der aktiven Politik zurückgezogen?«, erkundigte sich Charlotte, während sie in alle Richtungen grüßte. Zahlreiche liberale Politiker, Maler und Fotografen aus London, Adelige und ihre Nachbarn trafen ein. Die Angestellten von Summerlight House taten ihr Bestes, um die Herrschaften zu bewirten. Überall standen Grüppchen zusammen, das Lachen und Geplauder mischte sich mit den Tönen, die die Kapelle fabrizierte, als die Musiker nun begannen, ihre Instrumente zu stimmen.

»Nun ja, Politik ist meine Berufung«, erwiderte er. »Und ich sehne mich nicht nach dem Ruhestand. Im Gegenteil, ich strebe den Posten des Premierministers an.« Er lachte dröhnend, als hätte er gescherzt. Charlotte und Victor stimmten ein. Vielleicht würde das englische Königreich irgendwann genau einen solchen Staatsmann brauchen, radikal und draufgängerisch, ehrgeizig und brillant.

Während sich Victor und Churchill nun über die Bücher des Politikers unterhielten und Churchill Victor empfahl, neben seinen eigenen Abhandlungen die Werke der Historiker Thomas Macauley und Edward Gibbon zu lesen, die seinen eigenen Stil prägten, erkundigte sich Charlotte höflich bei seiner Gattin nach den Kindern. Mrs Churchill hielt sich im Schatten ihres Mannes und nahm dankbar das Gesprächsangebot der Gastgeberin an. Charlotte hörte aber nur noch mit halbem Ohr zu, als sie Vita Sackville-West entdeckte. Sie trug einen ausladenden, mit einer blauen Feder geschmückten Hut, farblich passend dazu ein schulterfreies Seidenkleid mit Spitzenüberwurf.

Bei der nächstmöglichen Gelegenheit verabschiedete Charlotte sich von den Churchills und eilte auf die Gartenexpertin zu. »Vita, wie wunderbar, dass Sie es einrichten konnten.«

Lady Nicolson fand es offenbar selbstverständlich, Feste zu besuchen, obwohl ihr Gatte auf Reisen war. Charlotte bewunderte sie für ihr Selbstbewusstsein und ihre Stärke. Eine Frau, die ihre eigenen Entscheidungen traf und veraltete Rollenklischees abstreifte wie zu eng gewordene Mieder.

Die beiden Frauen küssten sich rechts und links auf die Wangen, tauschten Höflichkeiten über das gelungene Fest und die Garderobe aus. »Ich kann nicht glauben, dass Sie dieses Stück Land hier unbearbeitet lassen. Diese Weite, diese Lage, der Teich, die alten Mauerreste ... Kommen Sie, ich teile meine Visionen mit Ihnen.« Sie griff nach ihrem Ellbogen, um sie zu entführen.

Charlotte wollte nichts lieber, als Visionen mit Vita zu teilen, aber sie war hier die Gastgeberin, sie musste sich um alle Gäste kümmern und konnte sich nicht von einer Besucherin in Beschlag nehmen lassen. Vita aber ließ keinen

Widerspruch zu und führte sie über den sauber gestutzten Rasen bis zu den alten Mauerresten hinter dem Teich. Dort wandte sie sich um, sodass sie das Grundstück überschauen konnten.

Vita stieß ein Seufzen aus. »Dieses Land ist dafür geschaffen, bepflanzt zu werden! Wie schön, meine Dahlien gedeihen erstklassig«, sie wies mit dem Kinn auf das von grünen Blättern bedeckte Beet. »Ich sehe hier Räume in Weiß, Rot, Blau, einen Bauerngarten, einen Lindengang, Magnolienbeete, Rondelle mit Strauchrosen, Primelteppiche unter dem Nussgarten, Azaleen und eine Sammlung aller in England kultivierten Pflanzen ...« Während sie sprach, gestikulierte sie temperamentvoll, beschrieb, in welchem Teil des Gartens welche Pflanzen besonders gut zur Geltung kommen würden.

In Charlottes Fantasie stiegen die Bilder auf, die Vita heraufbeschwor, ein Potpourri an Farben, Formen, Düften, ein Garten wie ein Himmelreich mit Bänken und Säulen, griechischen Statuen, Pflanzgefäßen aus Ton. Vorfreude erfüllte sie, während sie sich in die Illusion eines perfekten Gartens fallen ließ, keine Beete, die mit dem Winkelmesser angelegt und in scharfen Kanten ausgehoben wurden, sondern eine Landschaft wie ein gewaltiges Gemälde, das ihre Handschrift trug. Ein Anwesen, das Raum ließ für Experimente mit Pflanzen aus den verschiedensten Klimazonen, für Züchtungen, Veredelungen. Ihre Nerven begannen zu vibrieren, und eine knisternde Hitze schien sich ihre Wirbelsäule hinabzubewegen. Sie könnte hier etwas schaffen, das sie nicht weniger glücklich machte als Kew Gardens. Nein, es würde nicht eine kleine private Gartenleidenschaft sein, sie könnte tatsächlich etwas wirklich Großes erschaffen und die Welt der Botaniker in Aufruhr versetzen. In einem Teil des Gartens könnte sie sich der Veredelung von Rosen widmen, ihrem Spezialgebiet, mit dem sie ihren Universitätsabschluss gemeistert hatte. In einem anderen Teil würde sie mit der Beschaffenheit des Bodens experimentieren und herausfinden, welche Bedingungen die widerstandsfähigsten und kräftigsten Gewächse hervorbrachten. Ein Spielfeld der Wissenschaft und gleichzeitig ein Schmuckstück, das seinesgleichen in Kent suchen würde. Ihr Herzschlag geriet aus dem Takt, als sie Vita nun mit offenem Mund anstarrte. Vita lächelte sie an.

»Ich sehe, wir verstehen uns«, sagte sie leise, und Charlotte wusste, dass sie eine Fantasie miteinander geteilt hatten, die möglicherweise ihr weiteres Leben bestimmen würde.

Charlotte deutete auf den von Schilf umstandenen Teich mit den weißen Wasserrosen. »Mein Gärtner hält dieses Gewässer für das Auge der Anlage«, sagte sie sinnend.

»Eine poetische Umschreibung, die mir gut gefällt. Ja, der Teich könnte das Zentrum werden, zu dem die Gänge hinführen. Ich könnte mir ein gemauertes Bogentor davor vorstellen, vielleicht eine Holzbrücke über den Teich. Ach, liebe Charlotte, wenn ich nicht wüsste, wie sehr Sie, Ihr Mann, Ihre Familie an Summerlight House hängen, würde ich Ihnen noch in dieser Stunde ein Angebot unterbreiten. Solch ideale Bedingungen für einen königlichen Garten hätte ich zu gern. Long Barn ist ein gemütlicher Familiensitz mit einem aparten Grundstück, aber was Sie hier erreichen könnten, Charlotte, das geht über meine eigenen

Möglichkeiten weit hinaus. Ich hoffe, dass ich irgendwann ein gleichwertiges Grundstück finde, um meine eigenen gärtnerischen Träume umsetzen zu können.« Sie legte ihre Hand auf Charlottes Schulter und ging ihr dann voran zu den anderen Gästen, die sich inzwischen zu den Melodien der Kapelle auf der Tanzfläche drehten. »Mir scheint, mit Ihrem Gärtner haben Sie einen Glücksgriff getan. Er drängt darauf, sich hier verwirklichen zu dürfen, ja?«

Charlotte nickte und stellte sich das Leuchten in Quinns Augen vor, wenn sie die ersten Pläne machen würden. »Ja, Quinn ist der ideale Mann, um an einer solchen Anlage zu arbeiten. Er sprüht vor Einfällen, auf die ich bislang nicht eingehen konnte, aber Sie haben mich überzeugt, Vita: Meine Zukunft liegt hier, in Summerlight House.«

Vita stockte und machte eine erschrockene Miene. »Du liebe Zeit, es war nicht meine Absicht, Ihnen Kew Gardens auszureden. Sie haben da einen außergewöhnlichen Job in einem hoch angesehenen internationalen Umfeld, und …«

»Sie haben mir nichts ausgeredet, liebe Vita. Sie haben mir nur die Augen geöffnet. Ich kann es kaum erwarten, meine Visionen zu verwirklichen.«

Einen Moment lang musterte Vita sie skeptisch. Schließlich gab sie ihr einen Kuss auf die Wange. »Sie werden eine der bedeutendsten englischen Gärtnerinnen werden. Ich lese das in Ihrem Gesicht. Sie brennen für das, was Sie tun.«

»Ich danke Ihnen.« Charlotte spürte Tränen aufsteigen. Sie wusste nicht, ob aus Freude auf das Neue, aus Angst vor dem Unbekannten oder aus Trauer um das, was sie an diesem Tag endgültig hinter sich ließ.

»Ich bin für Sie da, wann immer Sie meinen Rat brauchen«, versprach Vita.

Eine einzelne Träne lief Charlottes Wange hinab. Sie lachte verlegen und wischte sie weg, bevor sie sich bei Vita einhakte.

»Sie werden um Reisen nicht herumkommen, wenn Ihnen originelle Pflanzen wichtig sind. Aber man muss nicht gleich in exotische Länder, auch in England findet man Schätze. Waren Sie schon einmal in Cornwall?«

»Meine Großeltern mütterlicherseits lebten dort. Und wir haben unsere Flitterwochen dort verbracht.« Charlotte lächelte in Erinnerung an die unbeschwerten Tage mit Victor.

»Dann haben Sie sicher schon von *The Lost Gardens of Heligan* gehört?«

»Nein, leider nicht. Habe ich was verpasst?«

Vita grinste. »Nun, die Gärten hatten Ende des vergangenen Jahrhunderts ihre Blütezeit. Im Krieg waren jedoch alle Gärtner an der Front, die Anlage verwilderte. Sie ist inzwischen vermietet, aber die neuen Bewohner interessieren sich nicht für Pflanzen. Ich bin sicher, sie hätten nichts dagegen, wenn Sie in der Anlage ein bisschen räubern und mitnehmen, was noch zu retten ist. Ich könnte mir vorstellen, dass dort die eine oder andere Kostbarkeit überlebt hat.«

»Das klingt verlockend.« Charlotte malte sich aus, wie sie zwischen den Beeten knien und Stauden teilen würde, wie sie alles in Kisten verpackte, um es nach Summerlight House zu bringen. Wie sie hoffen würde, dass es in ihrem eigenen Garten gedieh …

»Der zweite Tipp betrifft Stratford-upon-Avon.«

»Shakespeares Geburtsstadt?«

»Genau, aber in dem Fall geht es nicht um den Dichter, sondern um seine Frau, die einen traumhaften Garten angelegt hat, der bis heute gepflegt wird und wo Sie Pflanzen erwerben können. Dort dürften die Stockrosen sowie eine überwältigende Auswahl an Kräutern von besonderem Interesse sein.«

»Das hört sich wunderbar an, Vita, herzlichen Dank für die Anregungen. Ich weiß zwar noch nicht, wie ich es schaffen soll, aber ich will versuchen, eine Art Rundreise durch England zu organisieren.«

Vita lachte auf. »Vergessen Sie nicht, sich einen Lastwagen dafür zu mieten.«

Charlotte stimmte in ihr Lachen ein, und gemeinsam schlenderten sie zu den Gästen zurück, deren Gespräche inzwischen lebhafter geworden waren. Auf dem Tanzparkett war kaum noch Platz für weitere Paare. Sekt und Wein flossen in Strömen, und Köchin Emily hatte sich mit dem Buffet, das aus reich dekorierten Sandwiches, Pasteten, Hefegebäck und gefülltem Gemüse bestand, selbst übertroffen. Über allem schienen die Hüte der Damen zu schweben, nur drüben bei den Picknickdecken ging es unkonventioneller zu. Debbie saß dort mit den beiden McLaren-Söhnen und anderen jungen Leuten.

Vita entdeckte eine Künstlerin aus London, mit der sie ein Gespräch begann. Charlotte nickte beiden zu und hielt Ausschau nach Victor, der aus einer Gruppe von liberalen Politikern heraus den Kopf hob und in ihre Richtung blickte. Er wies fragend mit dem Kinn zur Tanzfläche. Charlotte ließ sich nicht lange bitten.

Ihr Weg führte an ihrem Bruder Robert vorbei. Er trug einen seiner älteren Anzüge, der an den Schultern Falten warf – als wäre Robert mit seiner Querschnittslähmung geschrumpft. Charlotte würde nach dieser Party mit ihm über seine Garderobe reden. Außerdem hatte er sich nicht sorgfältig rasiert. Im Gegensatz zu Quinn, dem eine solche Nachlässigkeit gut zu Gesicht stand, wirkte Robert nur, als ließe er sich gehen. Aber seine Miene schien zu leuchten, während er sich mit Dr. McKinley unterhielt, der neben ihm stand und sich halb zu ihm hinabbeugte. Im Vorübergehen reichte Charlotte dem Dorfarzt die Hand. »Ich hoffe, Sie unterhalten sich gut, verehrter Dr. McKinley?«

»Ich wusste nicht, dass Ihr Bruder ein Kollege ist. Herrlich, mal wieder zu fachsimpeln.«

Robert winkte ab. »Nicht Kollege, ich sagte doch, dass ich das Studium abgebrochen habe.«

Charlotte küsste ihn auf die Wange. »Keine falsche Bescheidenheit. Du hattest bereits viel Erfahrung in Vaters Praxis und mehreren Krankenhäusern und standest kurz vor der Abschlussprüfung.«

Roberts Antwort ging im allgemeinen Trubel unter, als Charlotte sich nun dem Tanzpodest näherte, wo Victor sie empfing. Kurz darauf stimmten die Streicher und Bläser einen langsamen Walzer an. Charlotte ließ sich von Victor führen, war aber in Gedanken woanders. Ihr Gespräch mit Vita hatte etwas in ihr ausgelöst, das nicht mehr zu stoppen sein würde.

»Zufrieden mit dem Fest, Darling?«, fragte er.

Debbie tanzte mit Alex McLaren an ihnen vorbei. Der Duft nach Maiglöckchen wehte Charlotte in die Nase. Die jüngere Schwester hatte sich offenbar schnell, aber gründlich für das Fest zurechtgemacht, während Aurora noch nicht wieder aufgetaucht war.

»Ja, Victor, es ist wunderbar mit all den Menschen hier.« Sie lächelte. »Aber möglicherweise müssen wir unsere Partys künftig anders gestalten, denn nach meinem Gespräch mit Vita weiß ich, was ich in diesem Sommer auf dem Anwesen zu tun habe.«

»Du willst einen richtigen Garten anlegen?«, fragte Victor ein bisschen atemlos und sah sie prüfend an. »Heißt das ... heißt das, du wirst künftig mehr Zeit in Summerlight House verbringen?«

»Das heißt es wohl«, erwiderte sie. Sie wusste, dass für Victor damit ein Wunsch in Erfüllung ging.

Mit Schwung vollführte er die nächste Drehung. Charlotte lachte auf, weil ihr schwindelig wurde und ihr Kleid um die Beine schwang. In der nächsten Sekunde bog Victor ihren Rücken, beugte sich über sie und küsste sie inmitten all der anderen Tanzenden. Charlotte ließ es zu und legte die Arme um seinen Nacken. Die Gäste brachen in Applaus aus, und der alte Andrew Stewart hob sein Glas, um einmal mehr auf die Macht der Liebe anzustoßen. In diesem Moment stimmte die Kapelle die Nationalhymne an. Charlotte und Victor sangen Arm in Arm inmitten ihrer Gäste mit.

Auch Robert hielt sich, am Rande der Tanzfläche in seinem Rollstuhl sitzend, die rechte Hand aufs Herz gedrückt.

Kaum verklangen die letzten Töne, setzte er das Gespräch mit Dr. McKinley fort. »Besteht denn die Gefahr einer Ausbreitung, wenn es bei Stephen Chapman tatsächlich die Grippe war?«

Der Dorfarzt wiegte nachdenklich den Kopf. »Eher unwahrscheinlich. Die Menschen in seiner Umgebung zeigen nicht die geringsten Symptome. Bei der Pandemie vor drei Jahren haben sich die Menschen morgens angesteckt und waren abends tot, das ging in Windeseile. Hoffen wir, dass es ein Einzelfall von Lungenversagen war. Seine Gesichtshaut war dunkelblau, als ich den Todesschein ausgestellt habe.«

»Ein sicheres Indiz, dass er Atemnot gelitten hat«, fügte Robert an.

»Wäre ich rechtzeitig da gewesen, hätte ich ihm Mittel zur Kreislaufstützung geben können.«

Robert schüttelte den Kopf. »Ich fürchte, das hätte auch nichts ausgerichtet.«

McKinley hob die Schultern. »Wir wissen es nicht. Unsere Möglichkeiten der Forschung sind leider begrenzt. Das gilt für derartige Todesfälle genau wie für den Diabetes oder die Parkinson-Erkrankung Ihrer Mutter.« Er stieß ein Lachen aus. »Ich bin tatsächlich ohne eigenes Zutun zum Spezialisten für die Schüttellähmung geworden, weil ich dafür gesorgt habe, dass sich die Betroffenen untereinander vernetzen. Zwangsläufig habe ich im Zuge dieser Maßnahme Seminare und Kongresse besucht, und heute laufen mir Patienten mit der Parkinson-Erkrankung die Tür ein. Mir bleibt kaum noch Zeit für diejenigen, die mit Magenverstimmungen und Prellungen im Wartezimmer sitzen.«

Robert zog eine Braue hoch. »Suchen Sie sich einen Partner«, schlug er vor.

McKinley hob die Schultern. »Wer von den jungen Medizinern will schon aufs Land? Höchstens die, deren Abschlussnoten nicht für eine Karriere in den Universitätshospitälern reichen. Was ist mit Ihnen, Mr Windley? Wären wir nicht ein gutes Gespann?«

Robert zuckte zusammen. Ein Krampf setzte sich von seinem Nacken bis in die Schultern fort. Er drehte den Hals, um die Muskeln zu lockern. »Machen Sie Witze, McKinley? Schauen Sie mich an. Sieht so ein Arzt aus, dem Ihre Patienten vertrauen? Ein Krüppel im Rollstuhl?«

»Aber, Mr Windley ...« Der Dorfarzt starrte ihn entsetzt an. »Wenn ich es richtig sehe, sind Ihre Beine beeinträchtigt, aber nicht Ihr Kopf oder Ihre Hände! Ich könnte mir gut vorstellen, mit Ihnen zusammenzuarbeiten!«

Robert wandte das Gesicht ab. Erinnerungen stiegen in ihm hoch, an die letzten Vorlesungen, die er besucht hatte, die Seminararbeiten, die er mit Bestnote abgeschlossen hatte, all die Male, in denen er Menschen geholfen hatte. Nach der Schussverletzung hatte er alles aufgegeben, weil er keinen Sinn mehr darin gesehen hatte, Arzt zu werden. War dies ein zu voreiliger Schluss gewesen? Dieser sympathische Kollege aus dem Dorf Summerlight hielt ihn für eine Bereicherung in seiner Praxis. Seine Querschnittslähmung erschien ihm kein Hinderungsgrund zu sein. Wie oft hatte Robert seinen Zustand verflucht, hatte den Zeiten hinterhergetrauert, in denen er die Treppen zu den Hörsälen, immer zwei Stufen auf einmal nehmend, hochgesprungen war, von

Kommilitoninnen beobachtet, die seinen Schwung und seine Kraft anziehend fanden. Diese Zeiten waren vorbei, endgültig, aber bedeutete das auch, dass er als Arzt nicht mehr taugte?

»Ich hoffe, ich bin Ihnen nicht zu nahe getreten?« McKinley senkte den Kopf, sein Gesicht eine Miene der Verunsicherung.

»Im Gegenteil, Doktor. Danke für Ihre Worte, ich …« Sie wandten beide die Köpfe, als Aurora auf sie zuschlenderte und mit einem Nicken grüßte. Sie trug einen Haarkranz aus Stoffblüten und hatte ein ärmelloses Seidenkleid in Apricot gewählt. Es unterstrich ihren hellen Teint. Die schmalen Lippen hatte sie in der Farbe des Kleides nachgezogen. Sie lächelte scheu.

Robert nahm ihre Hand in seine und streichelte sanft darüber. »Du siehst hübsch aus, Aurora«, sagte er, und ja, an diesem Frühsommerabend, an dem die untergehende Sonne ihr Gesicht beschien und ihre dunkelbraunen Augen zum Leuchten brachte, fand er sie attraktiv. Sie schien mit ihren neuen Aufgaben auf dem Pächterhof trotz der tragischen Situation zu wachsen. Robert wusste, dass es in ihrer Natur lag, anderen zu helfen, aber er hatte nicht geahnt, dass sie dabei aufblühte.

»Wie geht es auf dem Chapman-Hof? Hält sich Kayla an meine Anordnung, sich zu schonen? Das Kind liegt schon tief, aber es wäre zu früh, wenn es jetzt schon auf die Welt käme.«

Aurora nickte. »Debbie und ich schauen jeden Tag nach ihr. Kayla fühlt sich kaum noch in der Lage, das Bett zu verlassen. Wir haben einen Cousin von ihr aus dem Norden ausfindig gemacht, der für die groben Arbeiten einspringt. Aber der hat einen eigenen Hof und kann nur kurzfristig aushelfen. Debbie und ich halten den Betrieb am Laufen, vor allem aber kümmern wir uns um die alten Leutchen.«

»Ich komme nächste Woche dazu, wenn die Schafscherer eintreffen. Und wenn dieser Cousin nichts taugt, werde ich Mr Mitchell anweisen, nach zusätzlichen Männern im Dorf zu suchen, die euch die Arbeit erleichtern können«, versprach Robert.

Dr. McKinley runzelte die Stirn. »Der Tod ihres Mannes ist ein schwerer Schlag für Kayla. Hoffentlich kehrt ihr Lebensmut nach der Geburt zurück.«

Die Kapelle wechselte zu schnelleren Rhythmen. Das für ihn typische spöttische Lächeln spielte um Roberts Mundwinkel. »Zu gern würde ich dich zum Tanzen aufs Parkett führen«, sagte er zu Aurora und wies mit dem Kopf auf das Podest, wo nun beim Charleston die Schuhe klapperten, die Hände klatschten und die perlenbesetzten Fransen klimperten. »Aber leider, leider ...« Er klopfte auf die Räder seines Gefährts. »Sie drehen sich nicht schnell genug, um im Takt zu bleiben.«

Auroras Stirn überzog sich mit einer feinen Röte. Robert wusste, wie leicht er sie in Verlegenheit bringen konnte, wenn er über seine Behinderung spottete, als wäre sie eine vorübergehende Beeinträchtigung und nicht sein Schicksal.

»Ich mag sowieso nicht ...«

Noch bevor sie den Satz zu Ende sprechen konnte, sprang Dr. McKinley ein. »Ich kann Ihnen zwar nicht garantieren, dass ich im Takt bleibe, aber versuchen würde ich es schon gern einmal. Darf ich Sie zum Tanzen auffordern, Miss Ainsworth?« Er verbeugte sich formvollendet vor Aurora, reichte ihr die Hand und führte sie zur Tanzfläche.

Robert sah ihnen nach. *… sind Ihre Beine beeinträchtigt, aber nicht Ihr Kopf oder Ihre Hände.* Die Worte des Dorfarztes ließen ihn nicht los. Wie selbstverständlich er angenommen hatte, Robert könnte ein gleichwertiger Partner in seiner Praxis sein. Offenbar wurde er doch nicht von aller Welt als Mann wahrgenommen, der vom öffentlichen Leben ausgeschlossen war.

Kapitel 8

Alex McLaren hatte eine Art, sie im Walzerschritt zu führen, dass Debbie die Augen schloss und sich dennoch sicher fühlte. Fast meinte sie, er trüge sie über die Holzdielen und ihre Beine schwebten in der Luft. Sie spürte seine knochigen Schultern, und wenn er den Kopf wandte, wehte der Duft nach einem herben Rasierwasser zu ihr. Mit Alex zu tanzen war nicht aufregend, aber beruhigend wie ein Wiegenlied.

Sie spürte, dass er sie anschaute, aber sie ließ die Lider gesenkt und legte den Kopf in den Nacken, als er eine doppelte Drehung vollführte. In der nächsten Sekunde wechselte der Rhythmus, das Saxophon dominierte, das Schlagzeug erhöhte Takt und Lautstärke. Debbie erwachte wie aus einer Trance, wandte den Kopf Richtung Kapelle und sah Benjamin, der dem Dirigenten den erhobenen Daumen zeigte. Offenbar hatte er persönlich darum gebeten, den Musikstil zu ändern. Sofort glaubte Debbie, Ameisen liefen durch ihre Blutbahnen. Ihre Haut prickelte. Alex löste sich von ihr, wollte ihre Hand nehmen, um den Charleston zu tanzen, aber da war Benjamin schon bei ihnen. »Partnerwechsel«, sagte er. Alex funkelte seinen jüngeren Bruder an, löste sich aber widerstrebend von Debbie und gab den Platz frei.

Debbie schaute zwischen den beiden Brüdern hin und her. »Den nächsten Walzer tanzen wir wieder miteinander, Alex, ja?«

Der Ältere verzog keine Miene, bevor er sich abwandte.

In den nächsten Minuten vergaß Debbie das Denken. Sie hatte nicht oft Gelegenheit gehabt, die neuen Tänze zu studieren, aber sie verließ sich auf ihr Rhythmusgefühl und ihre Beweglichkeit und orientierte sich an den Damen, die schon mehr Übung hatten. Benjamin schwang und kreuzte die Beine wie ein Profitänzer. Debbies Herz flog ihm zu, während sie ihn nachahmte. Ihr Atem ging schwer, als die Kapelle den Song beendete und weitere schnelle Rhythmen anschlug. »Nicht nett von dir, deinen Bruder wegzuschicken«, sagte sie, während sich ihr Brustkorb hob und senkte. Einige Paare verließen die Tanzfläche, die temperamentvollen Bewegungen brachten manchen an seine Grenzen.

Benjamin hob eine Braue. »Abklatschen ist absolut üblich, Baby.«

Debbie horchte dem Klang seiner Worte nach. *Baby* hatte sie noch nie jemand genannt, ein Kosename, der prickelnd wie Champagner schmeckte.

»Außerdem wollte ich Alex davor bewahren, sich beim Charleston zu blamieren.« Er lachte auf. »Glaub mir, er sieht dabei aus, als wollte er seine Arme und Beine verknoten. Ich habe es selbst gesehen.«

Debbie kicherte und sah sich suchend nach Alex um. Er

hatte sich zu einer Gruppe von jungen Leuten gestellt, die die Sektbar belagerten. Die Band spielte auf, und Debbie schwang die Beine. Sie tanzte sich in einen Rausch hinein, in dem es nichts als die schwungvollen Melodien, ihren Körper und Benjamin gab. Immer wieder zog er sie kurz an sich, seine Nähe verursachte ein Prickeln in ihrem Körper, während die Sonne versank und bunte Lampions die Szenerie beleuchteten. Debbie ließ sich, als sie sich endlich außer Atem in den Armen lagen, von Benjamin vom Parkett ziehen. So musste es sein, wenn man vom Sekt beschwipst war, ging es ihr durch den Kopf, während sich alles um sie herum drehte und sie nur am Rande mitbekam, dass manche Gäste sie beobachteten.

Benjamin zog sie zu dem Wäldchen, das oberhalb des Grundstücks lag. Debbie folgte ihm stolpernd. »Was ... was hast du vor?«, murmelte sie und wandte den Kopf nach links und rechts. Die Geräusche der Party klangen nur noch gedämpft.

Er blieb stehen, zog sie an sich und ließ seine Lippen über ihren Hals gleiten. Debbie presste die Fäuste auf seine Brust. »Ich ... nein, Benjamin, bitte nicht.« Seine Zärtlichkeit fühlte sich himmlisch an. Ein Teil ihres Selbst wollte sich auflösen und allen Widerstand aufgeben, aber da war diese Stimme in ihr, die ihr zuflüsterte, dass es der falsche Weg war. Dass es so nicht sein sollte. Dass ihr Leben in die falsche Richtung glitt, wenn sie dieser Sehnsucht nachgab.

In der nächsten Sekunde griff jemand eisenhart um ihr Handgelenk und zog so fest an ihr, dass sie beinahe das

Gleichgewicht verlor. Wütend sah sie auf. »Alex, verdammt, was soll das?«

Sofort ließ Benjamin von ihr ab. Die Haare hingen ihm verwegen in die Stirn, als er seinen Bruder anfunkelte. »Was gibt dir das Recht, dich einzumischen? Das hier geht nur Debbie und mich was an.«

Alex hielt Debbie fest umklammert. Vor Schmerz verzog sie das Gesicht und befreite sich mit einem heftigen Schütteln. »Ich brauche keinen Aufpasser«, zischte sie.

»Ach, ist das so?«, gab er zurück. »Mein Eindruck war, dass du im Begriff warst, etwas zu tun, was du später bereuen wirst.«

»Musst du dich immer aufplustern wie ein Moralapostel?«, fuhr Benjamin ihn an. »Immer schön Papas Liebling spielen, derjenige der Söhne, der ohne Fehl und Tadel bleibt, ja?« Seine Stimme troff vor Hohn.

Alex ignorierte ihn, rückte aber ein Stück von Debbie ab. »Deine Entscheidung, Debbie. Komm mit mir zurück zur Party oder geh mit meinem Bruder.« In seinen Augen erkannte sie, dass in seinem Inneren ein Feuer brannte, aber seine Miene wirkte starr.

Auf der anderen Seite Benjamin mit seinen Märchenaugen und seiner prickelnden Nähe. *Baby*.

Sie zögerte einen Moment, bevor sie die Hand ausstreckte. Alex ergriff sie, und gemeinsam gingen sie zur Party zurück. Sie warf einen Blick über ihre Schulter. Benjamin stand breitbeinig mit vor der Brust verschränkten Armen da und schaute ihnen hinterher. Seine Miene konnte sie nicht deuten. Es war dieses Geheimnisvolle und Unangepasste, was sie reizte. Er war nicht zu durchschauen, während Alex für sie wie ein Freund war, dessen geradlinigen Charakter sie seit Jahren kannte.

»Nimm dich vor meinem Bruder in Acht«, sagte Alex, als er sie zur Picknickdecke führte.

Debbie musterte ihn misstrauisch. Dass sich die beiden jungen Männer nicht mochten, war bekannt, aber diese Aussage wunderte sie dann doch. »Ihr versteht euch nicht besonders gut.«

»Richtig. Ich kenne seinen Charakter. Seinem guten Aussehen und seinem Charme kann sich kaum einer entziehen, selbst meine Eltern nicht. Aber Benjamin hat es von klein auf verstanden, die Menschen, die wichtig für ihn waren, um den Finger zu wickeln.« Er grinste. »Mich hielten alle immer für einen Eigenbrötler, der viel zu selten lächelt.« Mit ernster Miene fuhr er fort: »Benjamin hat einen gefährlichen Hang dazu, wirklich gemeine Sachen zu tun. Als Kind hat er mal eine Nadel in den Apfel gesteckt, den ich mit zur Schule genommen habe. Mein Gaumen tat drei Wochen lang weh.«

Debbie schlug die Hand vor den Mund. »Oh, mein Gott. Das ist ja schrecklich.«

Alex winkte ab. »Damals waren wir Kinder, und ich bin seitdem auf der Hut. Aber ich kenne ihn und traue ihm nicht über den Weg.« Er senkte für einen Moment den Kopf. »Ich wünschte, es wäre anders. Brüder sollten zueinanderhalten.«

»Danke, dass du mir das erzählt hast, Alex.«

»Ich habe es nur getan, weil du mir wichtig bist, Debbie.

Ich will nicht, dass er dich verletzt. Du kannst auf mich zählen. Ich bin immer für dich da, wenn du Hilfe brauchst.«

Seine Worte gingen Debbie an diesem Abend nicht mehr aus dem Kopf. Sie tanzte nur noch unkonzentriert, und die Fröhlichkeit war verloren gegangen. Immer wieder schaute sie sich nach Benjamin um. Aber er tauchte nicht mehr auf.

Alex' warnende Worte waren eine Sache. Sie aber auch in ihr Innerstes zu lassen, die andere. Sie träumte jede Nacht von Benjamin, und wenn sie sich in die Augen sahen, kitzelte es in ihrem Körper. Der Gedanke, die aufkeimenden Anfänge ihrer Liebe zu beenden, schmerzte, als würde ihr Herz in Stücke zerrissen.

Erst zwei Stunden später, als sie sich fürs Bett fertig machen wollte und immer noch versuchte, ihre Gefühle zu ordnen, bemerkte Debbie, als sie an ihr Handgelenk griff, dass etwas nicht stimmte. Das vertraute Klimpern fehlte. Verdammt, sie hatte das Armband verloren, das Tom ihr zum Abschied geschenkt hatte. Vielleicht bei den wilden Tänzen, vielleicht bei dem Streit im Wald.

Aus dem im Schein des Sichelmondes liegenden Garten drangen die leisen Gespräche der Angestellten und das Klappern von Geschirr. Pavillons und Zelte, Tische und Bänke würden erst am nächsten Tag weggeräumt werden, aber den Abwasch erledigten die Dienstboten noch in der Nacht.

Charlotte saß in ihrem cremeweißen Unterkleid an ihrem Frisiertisch, nahm die Ohrringe ab und löste ihre mit Kämmen gehaltene Frisur. Victor trat in seinem seidenen Schlafanzug hinter sie, die Haare frisch gescheitelt, das Gesicht leicht gerötet vom kalten Wasser. Er schob einen der Träger ihres Unterkleides zur Seite, beugte sich hinab und küsste ihre Schulter und ihre Halsbeuge. Sie legte den Kopf zurück und gab sich dem sinnlichen Genuss hin. »Du warst eine wunderbare Gastgeberin heute, Charlotte. Weißt du, wie stolz du mich machst?«

Sie lächelte schwach. Jetzt war der richtige Zeitpunkt für eine Aussprache. »Ich habe mich zu einer Entscheidung durchgerungen«, sagte sie und räusperte sich, weil ihre Stimme belegt klang, als hätte sie seit Stunden nicht geredet.

Victor kam um sie herum, lehnte sich gegen den Frisiertisch und verschränkte die Arme vor der Brust. Mit hochgezogenen Brauen musterte er sie.

Charlotte fuhr sich mit der Zunge über die Lippe. »Sir Hill hat mir empfohlen, in Kew Gardens zu kündigen.« Zu ihrem Ärger brach ihre Stimme, aber sie riss sich zusammen und rang um ihre Fassung.

Victor sank vor ihr auf die Knie, ergriff ihre Hände und küsste sie. »Liebes, das tut mir unendlich leid für dich. Ich weiß, wie viel dir deine Anstellung bedeutet.« Sein Mitleid wich der Empörung. »Wie undankbar, dass man gerade dich wegschickt. Du hast deine Arbeit über alles andere gestellt, warst ein Vorbild an Zuverlässigkeit und Verantwortungsbewusstsein.«

»Danke, Victor.« Sie schaute auf seinen gesenkten Kopf hinab. Er wollte sie glücklich sehen, selbst wenn es gegen seine eigenen Vorstellungen ging. So konnte nur ein Mann reagieren, der sie wirklich liebte. »Ich habe eine Weile gebraucht, um das Unabänderliche zu akzeptieren, aber nun kann ich loslassen. Ja, ich werde meinen Platz frei machen für die jungen Männer, die nach mir kommen werden, und ich werde Sir Hill nicht in Schwierigkeiten bringen, indem er dem Nachfolger von Professor Bone erklären muss, mit welchem vertraglichen Hilfskonstrukt es zu meiner Beschäftigung gekommen ist.«

Er küsste ihre Fingerspitzen.

»Ich werde noch heute Abend mein Kündigungsschreiben aufsetzen und mich ab dem ersten Juli auf Summerlight House konzentrieren.«

Victor warf einen Blick auf die Uhr über dem Damensekretär. »Darling, es ist nach Mitternacht. Es reicht vollkommen, wenn du das Schreiben morgen aufsetzt und am Montag zum Direktor bringst.«

Charlotte schüttelte den Kopf. »Ich muss das jetzt erledigen. Ich muss tausend Gedanken, die in mir herumwirbeln, ordnen und herausfinden, wie ich mir meine Zukunft vorstelle. Dieses Fest und die Begegnungen haben etwas in Bewegung gebracht. Ich brauche jetzt Klarheit, Victor.« Sie erhob sich und küsste ihn auf den Mund.

Kurz darauf lag Victor im Halbdunkel unter den Laken, und Charlotte saß auf dem zierlichen Hocker an ihrem Sekretär, ein Blatt weißes Papier vor sich, einen Federhalter in der Hand. Draußen im Garten wurden die letzten Lampions gelöscht, und die Stimmen verebbten. Über Charlottes Schreibtisch sorgte eine schwache Lampe für Dämmerlicht.

Ein paar Glühwürmchen schwebten durch die offene Balkontür herein und verschwanden wieder in die Natur.

Charlotte setzte die Feder aufs Papier.

Sehr verehrter Sir Hill,

Ihrem Vorschlag entsprechend möchte ich mit diesem Schreiben meinen Vertrag mit den Royal Botanic Gardens kündigen. Ich bedauere, dass es mir letzten Endes nicht gelungen ist, die Verantwortlichen von Kew Gardens davon zu überzeugen, dass eine Frau mindestens gleichwertige Arbeit im Vergleich mit Männern leisten kann. Kew Gardens wird für mich immer der Ort bleiben, an dem ich meinen Träumen am nächsten bin, aber gegen Windmühlen zu kämpfen entspricht nicht meiner Art. Ich habe mein Leben der Botanik verschrieben und werde niemals aufhören, die Pflanzenwelt zu erforschen. Wie schade, dass Sie mich nicht als Teil einer international arbeitenden Gemeinschaft sehen, sehr gerne hätte ich Kew Gardens in allen Forschungen und Erkenntnissen unterstützt.

Aber ich versichere Ihnen, dass ich auch als Privatperson meiner Leidenschaft treu bleibe. Ich möchte dabei helfen, eine Generation von wissenschaftlich arbeitenden Frauen hervorzubringen, die um ihren Wert und ihre Talente wissen. Wenn ich das noch erlebe, wird meine Beharrlichkeit nicht umsonst gewesen sein.

Hochachtungsvoll,

Ihre

Charlotte Bromberg

Kapitel 9

»Du hast es also wirklich getan.« Robert musterte Charlotte nachdenklich, als sie sich an diesem Samstag auf der Terrasse von Summerlight House auf ein Glas Wein einfanden. Der Sommerabend war mild, die Sonne ging in einem glamourösen Farbenspiel unter und warf ein warmes Licht auf die Landschaft aus Wiesen, Feldern und Obstbäumen, die sich hinter den Grundstücksgrenzen bis an den Horizont zog.

Es war Charlotte nicht leichtgefallen, ihrer Familie von der Kündigung zu erzählen. Sie ärgerte sich maßlos, dass sich die Traurigkeit in ihrer Brust wieder ausbreitete, während Robert sie anstarrte, und mied daher seinen Blick.

»Glaub mir, jetzt wird vieles besser hier in Summerlight House. Du hast oft gefehlt als Hausherrin.« Aurora versuchte, ihr ein Lächeln zu entlocken, aber Charlotte blieb ernst.

»Ich finde ja, du hättest gleich kündigen sollen, als wir nach Kent gezogen sind«, ließ sich Debbie vernehmen, die an ihrer Limonade nippte.

In Charlotte wallte der Zorn auf. Immerhin besser als diese niederdrückende Traurigkeit. »Diese drei Jahre in Kew Gardens gehören zu den schönsten meines Lebens«, fuhr sie ihre Schwester an, aber eigentlich meinte sie alle, die glaubten, ihren Entschluss kommentieren zu müssen. »Ich werde es niemals bereuen, dort gearbeitet zu haben.«

»Lass dich nicht unterkriegen, Lottie.« Elizabeth zog die Strickjacke enger um die schmalen Schultern. »Alles hat seine Zeit, und du wirst wissen, warum du gerade jetzt einen Schlussstrich unter Kew Gardens ziehst. Mein Eindruck war immer, dass man dich dort wertgeschätzt hat. Wenn du jetzt gehst, heißt das nicht, dass es ein Abschied für alle Ewigkeit ist. Die Zeiten ändern sich. Ich halte es immer für wichtig, sich Türen offen zu halten.«

Die Worte ihrer Mutter waren Balsam für Charlottes Seele. Victor neben ihr stimmte Elizabeth zu. »Du hättest ihren Abschiedsbrief an Sir Hill lesen sollen. Ich habe gestaunt, wie diplomatisch deine Tochter sein kann.«

Leises Gelächter wehte über den Tisch. Charlotte schmiegte sich an Victor und ließ sich von ihm halten. Obwohl ihr nicht alle Meinungen zu ihrer Kündigung gefielen, war es doch ein schönes Gefühl von Geborgenheit, inmitten ihrer Liebsten zu sitzen und aufgefangen zu werden. Sie wusste nicht, was die Zukunft bringen würde, ob es ihr gelingen würde, einen Garten zu schaffen, der die Botaniker des Landes in Erstaunen versetzte, aber sie würde ihr Bestes geben.

Kurz vor dem Schlafengehen nahm Aurora Charlotte vor der Freitreppe zur Seite. »Hast du mitbekommen, dass

Debbie Ärger macht? Elizabeth hat ihr Hausarrest erteilt, weil sie glaubt, sie hätte ein heimliches Rendezvous gehabt. Deiner Mutter scheint das nahezugehen. Sie ist schwach auf den Beinen.«

Charlotte strich sich über die Stirn. Manchmal überforderten sie die Familienangelegenheiten. »Debbie testet ihre Grenzen aus. Wir sollten sie weiter beobachten. Und meine Mutter ist vielleicht ein bisschen überempfindlich in dieser Hinsicht. Für Debbie ist das Leben noch ein Spiel, ich glaube nicht, dass sie in Gefahr ist.«

Aurora hob die Schultern. »Du willst also nichts unternehmen?«

»Nein, erst einmal nicht, solange sie nur mit den Männern kokettiert. Mit dem Start auf dem College wird sie sich hoffentlich auf die wesentlichen Dinge konzentrieren. Und bis dahin lernt sie auf dem Pächterhof, Verantwortung zu übernehmen. Das macht sie ordentlich, oder?«

Aurora lächelte. »Ja, sie ist außergewöhnlich zuverlässig.«

Kapitel 10

An ihrem letzten Tag in Kew Gardens meinte Charlotte permanent, neben sich zu stehen und sich zu beobachten: Wie sie dem jungen wissenschaftlichen Mitarbeiter all die gekennzeichneten Töpfe übergab, in denen Keimlinge heranwuchsen, die genauestens beobachtet und beschrieben werden mussten. Wie sie den Archivaren im Herbarium die letzten getrockneten Blüten zwischen Pergament überreichte. Wie sie einen abschließenden Rundgang durch das Palmenhaus und das Arboretum machte, hier über einen Baumstamm strich, da nach einem Palmwedel griff, als wollte sie sich von jeder Pflanze einzeln verabschieden. Ihr Herz schlug langsam und schwer. Drei Jahre hatte sie in dieser grünen Arche verbracht, viele Wünsche und Hoffnungen mit dieser Arbeit verbunden.

Es war eine wichtige Zeit für sie gewesen. Nun lagen neue Herausforderungen vor ihr, und sie war bereit dafür.

Professor Bone, der inzwischen auf den Hebriden lebte, hatte sie einen langen Brief geschrieben und ihm ihre Entscheidung erklärt. Er hatte ihr sehr herzlich geantwortet und sie zu sich eingeladen. Sir Hill suchte sie nun in diesen letzten Minuten in seinem Büro auf.

»Danke für Ihren Brief, Mrs Bromberg. Ich versichere Ihnen, dass wir mit Ihnen eine wertvolle Mitarbeiterin verlieren. Aber glauben Sie mir, so ist es besser, und Sie haben künftig hinreichend Zeit, sich Ihren Aufgaben als Gattin und Hausherrin zu widmen. Ich würde mich freuen, wenn sich unsere Wege in der Zukunft noch einmal kreuzen würden.«

Charlotte lächelte dünn. Ihre *Aufgaben als Gattin und Hausherrin*. Möglicherweise würde sie diesen berühmten Botaniker, der bereits um die halbe Welt gereist war und dessen wissenschaftliche Impulse von größter Bedeutung für die Botanik waren, eines Tages überraschen.

Als sie ihren Mitarbeiterausweis und ihre Arbeitskleidung abgegeben hatte und durch den Hauptausgang ins Freie trat, begann es zu nieseln. Der Pförtner tippte sich wie jeden Abend seit drei Jahren an die Mütze, und Charlotte erwiderte seinen Gruß mit wehmütiger Miene.

Mit Beinen schwer wie Blei schleppte sie sich zu ihrem Ford, aber sie straffte die Schultern und drückte die Wirbelsäule durch. Kew Gardens zu verlassen fühlte sich an, als habe jemand sie aus dem Nest geschubst, und nun lag es an ihr, ob sie beginnen würde zu flattern oder ob sie zu Boden fallen und liegen bleiben würde.

Eine Stunde später erreichte sie Summerlight House. Ob sie heute noch mit Quinn eine erste Lagebesprechung abhalten konnte? Zu viel freie Zeit würde sie nur erneut ins

Grübeln bringen. Sie brauchte jetzt etwas zu tun, mit den Händen in der Erde, den Duft nach lockerem Mutterboden und Wurzeln in der Nase.

Sie parkte den Wagen vor der Einfahrt und ließ den Schlüssel stecken. Owen würde ihn später in den Schuppen setzen. Helles Geschrei aus Richtung des Pächterhauses ließ sie innehalten.

»Mr Mitchell! Schnell! Sie müssen ins Dorf laufen!«

Charlottes Puls begann zu rasen, als sie Debbies Stimme erkannte. Das Mädchen stolperte mehr, als dass es rannte. Die Haare flogen um ihr Gesicht. Sie stützte sich auf die Oberschenkel, um zu Atem zu kommen, als der Gärtner ihr entgegenlief. Charlotte erkannte seine Gestalt in dem Leinenhemd und der weiten Hose in den Stiefeln.

Charlotte verlor keine Zeit und rannte auf die beiden zu. Irgendetwas Grässliches musste passiert sein.

Als sich Charlotte den beiden im Eilschritt näherte, hörte sie Debbies hastig hervorgestoßene Worte: »Kaylas Kind kommt! Viel zu früh! Sie schreit wie am Spieß und hat das Bett vollgeblutet.«

Charlotte wechselte einen Blick mit Mr Mitchell, der sofort lospreschte. »Ich hole Dr. McKinley und die Hebamme!«, rief er noch über die Schulter.

»Ist Kayla jetzt allein?«, fragte Charlotte besorgt.

Debbie schüttelte den Kopf. »Ihr blöder Cousin ist da. Der steht zwar nur im Weg rum und murrt vor sich hin, weil sie so ein Geschrei veranstaltet. Aber Aurora kümmert sich um alles.«

Charlotte presste die Lippen aufeinander und nickte. »Das ist gut«, sagte sie.

Eine halbe Stunde später lief Debbie mit dem Arzt und der Geburtshelferin zum Pachthaus, Quinn und Charlotte blieben zurück. Sie trug immer noch ihre Arbeitstasche, er war schweißgebadet und außer Atem. Sie hatten Dr. McKinley begleiten wollen, aber der hatte sie gebeten, sich ihnen nicht anzuschließen, da das Haus zu klein sei und sie sich nur im Weg stehen würden. Außerdem brauchte Kayla jetzt vor allem Ruhe und Sicherheit.

Mit Mr Mitchell an ihrer Seite starrte Charlotte den dreien hinterher. Der schwarze Koffer der Hebamme klapperte, ihr langer grauer Zopf flog auf ihrem Rücken hin und her, als sie auf das Pachthaus zuhielten.

»Mir tut das alles furchtbar leid«, stieß Charlotte hervor. »Kayla wird mit dem Kind und den Schwiegereltern dort nicht bleiben können. Mein Mann sucht bereits nach neuen Pächtern.« Sie stutzte kurz, bevor sie Quinn anblickte. Seine Augen leuchteten heute besonders intensiv in seinem leicht gebräunten Gesicht. »Sie haben nicht vielleicht Interesse daran, den Betrieb dort weiterzuführen?«, fragte sie aus ihren Gedanken heraus.

Sein Gesicht verdüsterte sich. »Die Arbeit auf dem Pachthof in allen Ehren«, sagte er, »aber es liegt mir nicht im Blut, mit Vieh zu arbeiten. Ich bin weder Schweinezüchter noch Schafhirt, ich bin Gärtner.«

Charlotte hätte sich am liebsten auf die Zunge gebissen. Sie wusste doch, mit welcher Leidenschaft Quinn an seinem Beruf hing. Sie hatte nur angenommen, einen Pachthof zu betreiben könnte möglicherweise lukrativer sein, als drei Jobs auf verschiedenen Grundstücken auszuüben. Aber sie hatte sich getäuscht. Quinn würde nicht für mehr Geld die Arbeit wechseln. »Es tut mir leid. Ich wollte Sie nicht verletzen. Ich beabsichtige, das Grundstück im großen Stil umzuarbeiten und zu gestalten. Und ich kann mir keinen besseren Partner vorstellen.«

Erleichtert registrierte sie, dass er ihre Entschuldigung akzeptierte. Zumindest deutete sein Lächeln darauf hin. »Ich habe einen Plan angelegt, den ich gerne mit Ihnen besprechen möchte«, bekannte er.

Seite an Seite gingen sie zum Haupteingang des Hauses, wo ihnen Elizabeth entgegenkam. Sie hielt sich am Geländer fest, als sie hinabstieg, und ging wie ein Kind, das gerade gelernt hatte, Treppen zu benutzen. Ihre Gestalt schien zu zittern, ihr Gesicht war eine graue Maske.

»Mutter!« Charlotte war mit zwei Schritten bei ihr. »Lass dir helfen, wenn du hinausgehen möchtest. Wie leicht könntest du stürzen!«

»Ich habe Lärm gehört und wollte nachsehen, was los ist«, erwiderte Elizabeth.

»Kayla scheint ihr Baby zu bekommen. Mr Mitchell hat den Arzt und die Hebamme geholt.«

»Die arme Frau. Die Geburt muss doppelt schwer sein für sie, wenn ihr Mann gerade erst gestorben ist.«

»Wolltest du zu ihr?« Charlotte musterte sie skeptisch.

Elizabeth schüttelte den Kopf. Sie hielt sich immer noch am Geländer fest, obwohl sie die letzte Stufe erreicht hatte. Charlotte schrak zusammen, als ihr auffiel, dass ihre Mutter taumelte. Sie umfasste ihren Ellbogen und spürte die Hitze, die von ihrem Körper ausstrahlte. »Ich glaube, du fieberst, Mama«, sagte sie. »Du solltest dich ins Bett legen.«

»Ja, ich fühle mich wirklich miserabel. Eigentlich wollte ich mit Owen nach Canterbury fahren, um Sir Alcott und andere Parkinson-Patienten zu treffen. Wir wollten heute die Parkinson-Society gründen. Ein so wichtiger Termin, und meine Glieder sind zu schwach. Furchtbar ärgerlich.«

Charlotte wechselte einen Blick mit Quinn. »Könnten Sie nach Caitlin suchen?«, fragte sie. »Sie soll alle Arbeiten liegen lassen und sich an diesem Nachmittag ausschließlich um meine Mutter kümmern.«

Quinn war mit drei Schritten am Hauseingang. Er streifte die Stiefel ab, bevor er in die Villa lief.

»Mama, ich bitte dich, sei nicht unvernünftig. Du hättest heute gar nicht aufstehen sollen.« Charlotte hakte Elizabeth unter und führte sie die Treppe hinauf. »Wenn ich dir nicht zufällig begegnet wäre und du hier zusammengebrochen wärest … Ich mag mir das gar nicht ausmalen.«

»Es ist ja nichts passiert, Liebes. Aber ich glaube, du hast recht. Bettruhe wird mir guttun.«

Wie ein aufgeschrecktes Huhn eilte Caitlin heran. »Du lieber Himmel, was ist passiert? Warum geben Sie nicht Bescheid, wenn Sie spazieren gehen wollen?«

Charlotte trat einen Schritt zur Seite, sodass die junge Frau Elizabeth stützen konnte. »Kein Grund zur Sorge, Caitlin«, erklärte sie. »Bleiben Sie bei ihr, ja?«

»Selbstverständlich, Mrs Bromberg.« Caitlin knickste und schaute noch einmal zu Quinn, der ihr gefolgt war.

»Kann ich dich mit Caitlin allein lassen, Mama?«, fragte Charlotte.

»Alles gut, Lottie. Es geht bestimmt gleich wieder.«

»Ich schaue später noch nach dir«, versprach Charlotte, bevor sie Caitlin zunickte, die Elizabeth umsichtig zur Freitreppe und hinauf in ihre Zimmer führte.

Als die beiden verschwunden waren, standen Quinn und Charlotte ein wenig verloren im Foyer und schauten sich an. »Möchten Sie die Pläne sehen, die ich für den Garten angelegt habe?«, fragte Quinn schließlich.

Über Charlottes Gesicht glitt ein Strahlen. »Zu gerne! Um meine Mutter kümmert sich Caitlin, und was auf dem Pächterhof passiert, wird uns sicher Debbie umgehend berichten.« Du lieber Himmel, war es angemessen, dass die Fünfzehnjährige die Geburt miterlebte? Aber jetzt war es zu spät, sie zurückzuholen. Immerhin war Aurora dabei. Hoffentlich lief alles gut!

Quinn ging voran in Richtung des Schuppens, in dem sich Regale voller Werkzeuge, eine Werkbank und ein ausrangierter Sessel befanden.

Kurz darauf trat er heraus, drei zusammengerollte Papiere unter dem Arm, die er nun auf die Wiese legte. Er ging in die Hocke, Charlotte tat es ihm nach. Mit Steinen beschwerte er die Ränder der Bögen, sodass sie nicht mehr einrollen konnten. Vor Charlotte lagen akkurate Zeichnungen, die Beete, Wege, Schmuckelemente und Bäume in durchdachter Anordnung zeigten.

Sie musste lächeln, als sie erkannte, wie viel Zeit und Fantasie er in diese Pläne investiert hatte. »Das ist überwältigend, Mr Mitchell«, sagte sie, und sein Gesicht leuchtete auf. In seinen Augen erkannte sie, dass er nicht weniger als sie für das brannte, was sie taten. Ein Moment tiefer Verbundenheit, den Charlotte bis in ihr Innerstes spürte.

»So einen Garten erschafft man nicht in ein oder zwei Jahren«, sagte er.

»Mir ist klar, dass das zu einem Lebenswerk werden könnte. Aber ich werde viel Zeit haben, die ich im Garten verbringen kann. Ich habe in Kew Gardens gekündigt.«

»Oh.« Aus der Hocke ließ er sich nach hinten fallen und kam auf der Wiese zum Sitzen. Im Nu hatte er seine Jacke abgestreift und sie ihr als Decke hingelegt, sodass sie sich ebenfalls setzen konnte. Charlotte ließ sich nicht lange bitten und zog die Unterschenkel unter ihren Po.

»Das muss ein schwieriger Schritt für Sie gewesen sein.«

»Ich hatte immer all meine Hoffnung in Kew Gardens gesetzt. Es fühlt sich an wie eine Niederlage.«

»Es liegt an Ihnen, ob Sie die Niederlage zu einem Triumph verwandeln«, erwiderte er. »Sie sind keine Verliererin, Charlotte. Sie sind jemand, der die Richtung vorgibt.«

Einen Moment lang versanken ihre Blicke ineinander. Quinn hatte diese wunderbare Art, ihr Komplimente zu machen, bei denen man merkte, dass sie ehrlich gemeint waren. Da war nichts Aufgesetztes an ihm und seinen Worten.

Sie wies mit dem Zeigefinger auf einzelne Abschnitte des Plans. »Sie haben die Rosenstöcke hier gleichmäßig verteilt, ich hätte aber lieber einen in sich geschlossenen Rosengarten. Er soll das Herzstück der Anlage werden. Und vor allem möchte ich Pflanzen aus allen Teilen des Landes, ungewöhnliche Arten, denen wir perfekte Bedingungen schaffen und die die Menschen in Erstaunen versetzen. Ich möchte Farbsensationen wie orange- und zweifarbige Rosen und die besten neuen Teehybriden, ich möchte prunkvolle und pastellige Farben, einen betörenden Duft und eine Blütenpracht in Samt und Seide.«

Quinn kratzte sich am Hinterkopf und wiegte skeptisch den Kopf. »Das klingt nicht gerade bescheiden.«

Charlotte strahlte ihn an. »Na und? Zuerst müssen wir das Land bereisen, und während wir unterwegs sind, wird eine Firma für uns das Grundstück vorbereiten, Wege pflastern, Beete ausheben ... Das regele ich vorab. Wenn wir zurück sind, könnten wir sofort mit der Bepflanzung beginnen. Wir brauchen Storchschnabel, Katzenminze, Glockenblumen als perfekte Begleiter für unsere Rosen, und wir brauchen Clematis, die beim Verblühen der Rosen zum Prunkstück wird. Wir brauchen Hyazinthen, Anemonen, Buschwindröschen, Veilchen, Elfenblumen, Federmohn, Eselsdisteln, Orchideen: Blumen für ein Blütenmeer!«

»Wir verreisen?« Sie sah die Irritation in seiner Miene.

Sie wurde rot. »Es würde nicht allzu viel Zeit in Anspruch nehmen. Vielleicht eine gute Woche. Meinen Sie, Ihre Familie könnte so lange auf Sie verzichten?«

Er hob die Schultern. »Sicher würde das gehen. Caitlin hat die Kinderbetreuung gut organisiert. Vielleicht fällt es gar nicht auf, dass ich fehle.«

»Bestimmt wird sie Sie vermissen, aber diese Reise, Mr Mitchell, die ist wichtig. Damit werden wir den Grundstock für unsere botanische Arbeit hier in Summerlight House legen. Ich möchte nicht ohne Sie entscheiden, was wir anpflanzen.«

Die Luft zwischen ihnen schien zu flirren. Zu zweit auf Reisen gehen? Weg von den Ehepartnern, den Familien? Allein in Pensionen und Hotels die Nächte verbringen? Charlotte fuhr sich mit der Zunge über die Lippe. »Ich bin sicher, Aurora wird uns begleiten, wenn wir sie fragen. Es ist immer gut, noch eine dritte Meinung einzuholen, nicht wahr?«

Quinn schien erleichtert bei der Aussicht, dass sie nicht zu zweit reisen würden. »Auf jeden Fall wäre das günstig«, bestätigte er so eilig, dass es sie erneut irritierte. Sie spürte, dass er sich in diesen Sekunden genau wie sie ausmalte, was geschehen könnte, wenn sie nur zu zweit unterwegs wären. Charlotte spürte ein Schwirren in ihrem Magen, als verbotene Bilder in ihr hochstiegen, und beendete den Moment abrupt, indem sie aufstand. Auch er erhob sich, und plötzlich standen sie viel zu dicht voreinander. Charlotte tat einen Schritt zurück. »Ich gebe Ihnen Bescheid, wann die Zeit günstig ist für die Reise.«

Er nickte. Sie wandte sich um und eilte davon. Als würde sie aus seiner Nähe fliehen.

Kapitel 11

»Warum gibt es kein Fleisch? Ich verstehe nicht, warum in diesem Haus an solchen Dingen gespart wird.« Victors Laune war an diesem Abend beim gemeinsamen Dinner auf einem Tiefpunkt. Schon als Charlotte ihn im Foyer begrüßt hatte, war ihr seine Verärgerung aufgefallen. Sein Kuss war nur flüchtig gewesen, seine Umarmung nicht mehr als eine höfliche Geste. Das war ungewöhnlich, normalerweise hatte er sich besser unter Kontrolle.

Victors Stimmung übertrug sich auf alle am Tisch. Debbie half ihrer Mutter mit dem Essen, und Aurora beugte sich über den Teller, als wolle sie sich unsichtbar machen, aber Charlotte saß kerzengerade und ließ den Vorwurf an sich abprallen. Schließlich war sie für die Zusammenstellungen der Menüs verantwortlich und besprach sich deswegen einmal wöchentlich mit der Köchin. »Es geht nicht um die Ersparnis«, sagte sie betont gelassen, um ihn nicht noch mehr zu reizen. »Ich finde den Gemüseauflauf absolut köstlich, und gesund ist er auch.«

»Was ist passiert, Victor? Ärger in der Fabrik?« Robert schob seine Portion auf dem Teller hin und her. Es war offensichtlich, dass er ebenfalls eine Fleischmahlzeit vermisste.

Alle wandten sich Victor zu, der sich mit einer Serviette den Mund abwischte und diese dann neben seinen Teller warf. »Uns ist die gesamte Tagesproduktion verdorben, ein Zylinder musste ausgewechselt werden. Einen Tag lang für nichts und wieder nichts Kosten gehabt. Das kann einem schon auf den Magen schlagen.«

Charlotte streichelte seine Schulter. »Lass dir davon nicht den Abend verderben. Morgen produziert ihr dafür die doppelte Menge Papier.«

Victor stieß ein spöttisches Lachen aus. »Wie ihr Frauen euch das vorstellt. Entzückend.«

Zornig wandte sie den Kopf ab. Sie hatte nur versucht, ihn zu besänftigen, und er hielt sie gleich für naiv. Manchmal war ihr diese männliche Arroganz wirklich zuwider. Und Robert amüsierte sich.

Eine Weile war nur das Klappern des Bestecks zu hören, bis Robert das Wort ergriff. »Drüben auf dem Pächterhof scheint Normalität einzukehren«, erklärte er. »Kayla hat sich gut von der Geburt erholt.«

»Und die kleine Claire ist zuckersüß!«, meldete sich Debbie zu Wort.

Aurora lächelte. »Ein Goldstück, das prächtig gedeiht.«

»Aber nur, weil du dafür sorgst, dass Kayla sie ständig anlegt, wenn sie schreit.«

»Wenn Claire schreit, hat sie Hunger und braucht etwas

zu essen. Sie ist noch zu jung, um zu wissen, wann Essenszeit ist.«

»Zum Glück hört Kayla auf dich«, bemerkte Charlotte und lächelte ihrer angeheirateten Cousine zu.

»Ach, das ist alles naturgegeben.« Robert machte eine wegwerfende Geste. »Jede Frau kann ein Kind ernähren, das sind uralte Instinkte.«

Charlotte musterte ihren Bruder von der Seite. Wann hatte sich sein Frauenbild so gewandelt? Früher war er ein liebenswerter Mann gewesen, der Frauen schmeichelte und ihnen die Wünsche von den Augen ablas. Damals hatte er sich ihnen wohl überlegen gefühlt. Aus dieser Position heraus war es leicht, sich wohlwollend und jovial zu geben.

»Danke, dass du dich um alles kümmerst«, wandte sie sich an Aurora, ohne auf Roberts Bemerkung einzugehen.

»Oh, der Dank gilt mindestens genauso Debbie. Sie ist perfekt im Windelnwechseln und schafft es in Sekundenschnelle, die Kleine zu beruhigen, wenn sie sie auf dem Arm hat.«

Die Aufmerksamkeit aller richtete sich auf Debbie. Elizabeth zog die Brauen hoch, Charlotte machte runde Augen. Das würde sich erst noch zeigen müssen, wie es um Debbies Pflichtbewusstsein stand. Gut möglich, dass sie in diesen Tagen aus Langeweile aushalf und weil es für sie etwas Neues war, mit einem Baby umzugehen, aber wehe, es flog ein neues Abenteuer heran, dann scherte sich die Fünfzehnjährige wahrscheinlich nicht mehr um die Leute auf dem Pächterhof.

»Alles naturgegeben«, milderte Debbie mit einem Zwinkern Auroras Lob ab, und alle am Tisch lachten leise.

»Auf jeden Fall hat dieser Cousin Bertram versprochen, auf dem Hof zu bleiben, bis wir neue Pächter gefunden haben«, sagte Robert. »Seinen eigenen Hof führen bis dahin seine beiden älteren Söhne. Für die Eltern im Altenteil ist gesorgt. Caitlin und Sophie haben alles aufgeräumt und geputzt. Und Sophie bringt einmal am Tag eine Mahlzeit für alle hinüber.«

Victor nickte anerkennend. »Das hast du fantastisch organisiert, Robert«, sagte er. »Nichts geht über einen Verwalter, der alle Eventualitäten bedenkt. Am Wochenende rücken die Scherer an?«

Roberts Gesicht leuchtete angesichts des Lobs auf, während Aurora, Debbie und Charlotte Blicke wechselten. Das war ja klar, dass sich die Männer gegenseitig auf die Schultern klopften, während sie die Frauenarbeit als nichtig abtaten.

Es änderte aber nichts daran, dass Charlotte an diesem Abend mit Victor reden musste. Nach dem Essen ging Elizabeth früh in ihre Räume, Debbie und Aurora spazierten mit Baxter zu den Pächtern, Robert zog sich mit einer Zigarre und einem Glas Whisky vor den Kamin zurück, wohl in der Hoffnung, dass sich Victor zu ihm gesellen würde. Charlotte fasste ihn am Ellbogen. »Liebling, können wir reden?«

Victor zuckte bedauernd die Achseln in Richtung Robert, der ihm mit seinem Glas zuprostete. Dann gingen Charlotte und Victor die Freitreppe hinauf zu ihren Räumen.

»Du willst *was*?« Victors Stimme dröhnte durch das Schlafzimmer. Vermutlich war er bis nach draußen zu hören, denn die Tür zum Balkon war geöffnet. Charlotte sprang von ihrem Schreibtischstuhl, um sie zu schließen. »Charlotte, ich habe dir eine Reise nach Persien geschenkt, die im September ansteht. Dort kannst du die seltensten und wertvollsten Pflanzen sammeln. Wieso sollten wir da nächste Woche durch England gondeln?«

Charlotte wurde schwindelig. Er hatte sie missverstanden und steigerte sich in seinen Zorn hinein.

»Gerade kehrt hier Normalität ein, seit du in Kew Gardens gekündigt hast, da spielst du schon wieder verrückt. Ich will hier mit dir auf Summerlight House leben, verstehst du? Ich möchte nicht ständig hinter deinen Interessen zurückstehen.«

»Das tust du nicht, Victor! Du hast dich gefreut, als ich erklärt habe, dass ich mich um den Garten kümmern will, nicht wahr?«

»Ja, aber wie hätte ich denn ahnen können, dass das bedeutet, dass du gleich wieder unterwegs sein willst? Und wie denn überhaupt? Ich kann in diesem Monat in der Firma nicht fehlen. Ich muss Ersatzteile organisieren und Kunden vertrösten.« Victor lief im Zimmer auf und ab und gestikulierte wild.

»Nun, ich habe den Ford.«

Er erstarrte. »Du willst *allein* mit dem Automobil durch England fahren?« Seine Stimme klang tonlos.

»Nicht allein. Ich brauche Quinn Mitchell dabei als Berater und Aurora, die Buch über unsere Einkäufe führen kann. Mitchell hat eine Fahrlizenz. Ich bin sicher, er wird sich gern mit mir am Steuer abwechseln.«

»Und die Pflanztöpfe? Willst du die hinter dem Steuer auf dem Schoß balancieren?«

Tatsächlich hatte Charlotte über diesen Punkt lange gegrübelt. Sie hätte das lieber mit Victor besprochen, wenn er besserer Laune war, aber jetzt gab es kein Zurück mehr. »Nun, ich habe mir gedacht, wir mieten uns in Maidstone einen Lastwagen. Und wenn es dir recht ist, könnte Owen uns damit begleiten. Er könnte die Pflanzen, die wir kaufen, aufladen und abends nach Summerlight House bringen. Am Tag darauf fährt er zum nächsten Treffpunkt und nimmt die neue Ladung auf.«

»Meinen Chauffeur willst du auch noch einbinden?«

Charlotte hob beide Hände. »Du fährst sowieso lieber selbst, Victor. Und Mutter und Robert werden für einige Tage auf seine Dienste verzichten können.«

Gerade noch war Victors Gesicht flammrot vor Wut gewesen, jetzt schien er alle Farbe zu verlieren. »Das hast du wunderbar eingefädelt«, sagte er gefährlich leise, ballte die Hände zu Fäusten und kam einen Schritt auf sie zu. »Und dein Ehemann erfährt von alledem als Letzter, ja?«

Charlotte spürte ihr Herz pochen, aber sie hatte keine Angst. Victor hatte ihr nie zuvor Gewalt angetan. Nun stand er drohend vor ihr und schaute auf sie herab, während sie auf der Bettkante hockte. Sie trug bereits ihr seidenes Nachthemd und hatte sich die Haare gebürstet. Bittend sah sie zu ihm hoch. »Ich habe noch gar nichts organisiert. Ich wollte das heute mit dir besprechen.«

»Und was, wenn ich Nein sage?«, drohte er.

»Victor, wenn ich einen Garten anlege, dann nicht irgendeinen. Ich will Pflanzenliebhaber aus dem ganzen Land anlocken. Dafür kann ich mir nicht bei den örtlichen Gartenbetrieben ein paar Topfpflanzen anschaffen. Ich brauche das Besondere, wenn ich etwas Besonderes erschaffen will.« Die Vorstellung, dass er ihr die Reise tatsächlich verbieten konnte, verursachte ihr Übelkeit. Bislang hatte Victor sich nie so aufgeführt.

Plötzlich packte er sie am Oberarm und zog sie an sich. Sie legte den Kopf zurück und schaute ihn furchtlos an. Sie kannte ihn nur als zärtlichen, rücksichtsvollen Liebhaber, aber jetzt loderte in seinen Zügen eine zornige Erregung. Er presste seine Lippen auf ihre und küsste sie wild und verlangend. Charlotte ließ sich auf das Spiel ein, erwiderte seinen Kuss, aber diesmal war es anders. Er schien ihren Willen brechen zu wollen, als er sie aufs Bett zurückwarf und ihr das Nachthemd zerriss.

Als Victor sich mit seinem ganzen Gewicht auf sie legte, ihre Brüste grob umfasste und mit einem Stoß in sie eindrang, meinte Charlotte, ihren Körper zu verlassen. Ihr Blick ging an ihm vorbei an die stuckverzierte Decke. So vertraut waren ihr sein Körper, seine Wünsche, seine Bewegungen, aber an diesem Abend schien ein anderer Mann ihr beizuliegen. Sie ließ es über sich ergehen, biss sich auf die Lippe, wenn die Haut an ihrer Brust von seinen groben Berührungen brannte, und ließ ihn in sich eindringen, immer wieder, bis er sich schließlich mit einem lang gezogenen Stöhnen anspannte und auf ihr erschlaffte. Nur wenige Sekunden blieb er liegen, dann drückte sie ihre Hände gegen seine Schultern, damit er von ihr herunterrollte.

Sie atmete zitternd ein, als er endlich auf seine Bettseite fiel. Wortlos erhob sie sich, ging ins Badezimmer, zog das zerrissene Nachthemd aus und warf es in den Mülleimer. Mit einem Waschlappen begann sie, sich gründlich zu säubern. In ihrem Kopf schien dabei ein drückendes Vakuum zu herrschen. Unter ihrer Haut flirrte etwas.

Sie hätte nicht vermutet, dass Victor zu einer solchen Rücksichtslosigkeit fähig sein könnte. Er hatte sie benutzt wie eine Fremde, die sich dafür bezahlen ließ. Charlotte wartete, dass ihr die Tränen kamen, aber ihre Augen brannten trocken. Nie zuvor hatte er sie so erniedrigt. Es war kein Spiel gewesen, sondern es war ihm genau darum gegangen: sie zu demütigen und für ihren Eigenwillen zu bestrafen.

Das würde er kein zweites Mal wagen. Das schwor sie sich, während sie sich aus dem Badezimmerschrank ein neues Nachthemd nahm und es sich überstreifte. Niemand durfte sie auf diese Art behandeln. Schon gar nicht der Mann, der ihr ewige Liebe geschworen hatte. Sie betrachtete ihr Gesicht im Spiegel, ging nahe heran, sah die wächserne Blässe und die dunklen Ringe unter ihren Augen.

Trotz der Wäsche fühlte sie sich besudelt. Wie sollte sie jetzt in das gemeinsame Bett zurückkehren? Andererseits war es ihr Schlafzimmer genau wie seines, und was würde es für ein Gerede geben, wenn sie sich auf das Sofa vor dem Kamin legte? Sie straffte die Schultern und ging zurück. Mittlerweile war es dunkel, der Mond warf sein blasses Licht durch die Fenster hinein. Victor lag auf seiner Bettseite, zur Seite gerollt, die Decke hochgezogen. Charlotte ging zum Fenster und zog die beiden Vorhänge zu. Ein Streifen

Helligkeit fiel zwischen ihnen ins Schlafzimmer. Am Bett schlüpfte sie aus ihren Pantoffeln und legte sich hin, Victor den Rücken zugewandt. Sie lauschte in die Stille.

Sie zog die Beine an, faltete die Hände und legte sie unter ihre Schläfe. So zusammengerollt hörte sie ihren eigenen Herzschlag. Da spürte sie, wie sich Victor auf der anderen Seite bewegte. Das Bett knarrte leise, als er sich umdrehte. Er hob die Decke an und rückte näher. Charlottes Muskeln spannten sich an, die Härchen auf ihren Unterarmen richteten sich auf, vielleicht von dem kalten Luftzug beim Anheben der Decke, vielleicht vor Widerwillen. Behutsam kam er näher, bis sein Körper sich ihrem anpasste, sein flacher Bauch an ihrem Rücken, seine Knie in ihren Kniekehlen. Zart streichelte er über ihre Schulter, küsste sie sanft auf den Nacken, genau auf die Stelle, an der sie am empfindlichsten war. In diesem Moment ließ es sie kalt. Sie spürte feuchte Wärme auf ihrer Haut, seinen Atem an ihrem Ohr.

»Es tut mir leid, Charlotte«, flüsterte er. »Ich weiß nicht, wie ich mich so vergessen konnte. Kannst du mir verzeihen?«

An dem Schwanken in seiner Stimme erkannte sie, dass er mit den Tränen kämpfte. Ihre Muskeln lockerten sich ein wenig, aber ihre Kehle fühlte sich staubtrocken an. »Du hast mich verletzt.«

Er begann zu schluchzen, klammerte sich an sie und streichelte sie. »Ich liebe dich über alles, Charlotte, und ich hasse mich für das, was ich dir angetan habe. Die Vorstellung, dass an diesem Abend unser Kind gezeugt worden sein könnte, ist unerträglich für mich.« Er weinte leise in ihrem Rücken. So hatte sie ihn noch nie erlebt. Vorsichtig drehte sie sich in seinen Armen, sodass sie sich anschauen konnten. Sie legte ihre Stirn an seine. »Tu das nie wieder.«

»Das schwöre ich dir bei unserem Eheversprechen.« Er tastete zu den Stellen an ihrem Körper, an denen er zu fest zugepackt hatte. Liebevoll strich er mit den Fingern darüber, als hätten sie heilende Wirkung. »Ich wollte dir nicht wehtun, Charlotte. Du bist das Liebste, was ich habe. Wenn wir unser Kind bekommen, soll es ein Kind der Liebe sein, keines, das aus Zorn heraus entstanden ist.«

Sie streichelte seine Wange, küsste ihn federleicht. »Keine Sorge, es wird keine Schwangerschaft geben.«

Er stutzte kurz. »Weißt du das sicher?«

Sie schluckte. »Ja, natürlich. Die Zeit ist ungünstig gerade, ich bin erst am siebten Zyklustag.« Das schlechte Gewissen stach wie eine Klinge in ihrem Bauch. Heimlichkeiten, Vorwürfe, Missverständnisse, Demütigungen. Stärker als je zuvor ahnte sie, dass sie aufpassen mussten, dass ihnen die Liebe nicht entglitt.

Er schwieg einen Moment, schaute ihr in die Augen, als wollte er erforschen, ob sie ihm noch zürnte. Dann küsste er sie. »Das würde bedeuten, dass eine Empfängnis genau in der nächsten Woche wahrscheinlich wäre, wenn ich dich nicht bei mir habe.«

»Es wird noch viele Gelegenheiten geben«, behauptete sie und nahm sich in diesem Moment tatsächlich vor, bald das Pessar zu entfernen. Ja, vielleicht würde ein Kind ihr Verhältnis zueinander verbessern, eine neue Vertrautheit schaffen. »Das heißt also, du gibst dein Einverständnis zur

Reise?« Erwartungsvoll musterte sie sein Gesicht, das Flackern seiner Pupillen, das kaum wahrnehmbare Zucken an der linken Schläfe.

Schließlich erhellte ein Lächeln sein Gesicht. »Aber natürlich, Darling. Ich weiß nicht, was in mich gefahren ist, als ich dir angedroht habe, es dir zu verbieten. Ich kenne dich und deinen Eigenwillen. Genau deswegen liebe ich dich, weil du dich nie mit dem Alltäglichen zufriedengibst, sondern das Spezielle suchst. Wenn das bedeutet, dass du auf Reisen gehen musst, lege ich dir keine Steine in den Weg. Ich werde dich nur jede einzelne Stunde vermissen.«

»Ich danke dir, Victor.«

»Ich bin gespannt, wie sich der Garten entwickeln wird«, sagte er.

»In diesem Jahr werden wir die Architektur festlegen, Bäume und Stauden pflanzen. Ein grünes Paradies braucht Zeit zum Wachsen.«

»Auch eine liebevolle Hand und deine Expertise. Wirst du mehr Gärtner einstellen?«

»Das kann ich im Moment noch nicht sagen«, erwiderte sie. »Mitchell hat viele originelle Ideen, die mich inspirieren. Vielleicht bekommen wir das zu zweit hin.« Sie verdrängte den Anflug von Unruhe, der sie jedes Mal überfiel, wenn sie an Quinn dachte. Hoffentlich würde sich das legen, wenn sie nur oft genug zusammengearbeitet hatten und die Nähe zwischen ihnen selbstverständlich war.

Sie schliefen Arm in Arm in dieser Nacht, aber das Vorgefallene klang schrill in Charlotte nach.

Kapitel 12

Der sechsjährige Ian kuschelte sich an seinen Vater. Quinn saß im Schaukelstuhl vor dem Kamin und streichelte seinem Sohn über den Kopf, während er ihm ein irisches Märchen über Elfen, Feen und die seltsamsten Zaubereien vorlas. Kenny, der vor Kurzem vier Jahre alt geworden war, hatte sich auf dem Sessel neben dem Schaukelstuhl eingerollt. Im Kamin lagen die kalten Buchenscheite. Im Sommer verzichteten sie aufs Heizen, obwohl die Abende frisch werden konnten und die Mauern des Hauses zu jeder Jahreszeit eine feuchte Kühle ausströmten. Es roch nach dem Kohleintopf, den Caitlin immer für drei Tage zubereitete.

Als Hausmädchen musste Caitlin damit rechnen, dass ihre Dienste zu ausgefallenen Zeiten benötigt wurden. Aber Quinn war es recht, wenn sie den Abend in Summerlight House verbrachte. Die Stille entspannte ihn. Während er die letzten Zeilen des Märchens vorlas und mit dem Zeigefinger auf die Illustration eines Kobolds wies, merkte er, dass Ian eingeschlafen war und leise schnarchte.

Auf dem Kaminsims stand der Vogelkäfig, den Quinn für seine Jungen aus dünnen Ästen gebaut hatte. Darin lag der Spatz in einem Nest. Seine Söhne fütterten ihn mehrmals täglich mit Regenwürmern. Es würde nicht mehr lange dauern, bis sie ihn in die Freiheit entlassen konnten.

Quinn brachte den Schaukelstuhl in Schwingung. Vor dem Kamin war der gemütlichste Platz im kleinen Reihenhaus. Zum Hinterhof hin schlossen sich eine Küche und die Toilette an, im ersten Stock befanden sich zwei Schlafzimmer, eines für die Kinder, eines für Caitlin und ihn. Sie hatten sich für dieses Haus verschuldet. Nur wenn sie beide arbeiteten, brachten sie die Raten auf, die die Bank einforderte.

Seit mehr als zwei Jahren nun war Summerlight House im Besitz der Familie Bromberg. Anfangs hatte Quinn sich skeptisch gefragt, wie sich die Zusammenarbeit mit einer Botanikerin aus Kew Gardens gestalten würde. Er hoffte, dass sie ihn nach den ersten Grundsatzgesprächen frei entscheiden lassen würde und nicht über jeden Bodendecker, den er bestellte, und jede Narzisse, die er pflanzen wollte, mit ihm Diskussionen anzettelte. Der Gedanke, dass sie als seine Chefin den Ton angeben würde, hatte ihm zunächst Unbehagen verursacht. Er arbeitete von jeher lieber allein. Dann aber hatte er begonnen, Charlotte Brombergs Nähe zu suchen. Er mochte ihren Duft nach Margeriten und Rosen, lauschte gern ihrer manchmal fragend, manchmal übermütig klingenden Stimme. Das durfte ihn jedoch nicht darüber hinwegtäuschen, dass sie ihm das Leben zur Hölle machen konnte mit hochgesteckten Erwartungen und Entscheidungen, die aus Launen heraus getroffen wurden. Zum Beispiel diese gemeinsame Reise durch England zur Anschaffung von Pflanzen. Wie stellte sie sich das vor? Was würde ihr Mann dazu sagen, wenn sie mit ihm, dem Gärtner, auf Tour ging?

Etwas bewegte sich unter seinem Brustkorb, wenn er sich vorstellte, dass sie die Frau dieses deutschen Fabrikanten war, mit ihm Tisch und Bett teilte. Für ihn passte da irgendetwas nicht, obwohl er den Finger nicht drauflegen konnte. Charlotte schien ihm eine erstaunliche Frau mit ihrer akademischen Ausbildung, ihrer Klugheit und ihrer mitunter linkischen Art, ein Wesen wie von einem anderen Stern. Victor Bromberg war zwar ein selbstsicherer Mann mit ehrgeizigen Ambitionen, der eine Schulter zum Anlehnen bot, ansonsten aber vor allem ein Snob und Emporkömmling, der sich nach seinen finanziellen Erfolgen in der englischen Gesellschaft etabliert hatte. Wie passte da eine außergewöhnliche Frau wie Charlotte an seine Seite?

Vorsichtig erhob Quinn sich und trug Ian zu dem abgewetzten Sofa, das den Wohnbereich von der Küche trennte. Sein Sohn schlummerte friedlich.

Gerade wollte sich Quinn mit einem Roman im Stuhl zurücklehnen, da öffnete sich die Tür. Mit Caitlin drang kühle Abendluft und der Geruch nach Regen ins Haus. Quinn erhob sich und trat auf sie zu. Rasch schloss sie ab, hängte Mantel, Hut und Regenschirm an die Garderobe und wischte sich mit einem Seufzen durch die sich in der Feuchtigkeit ringelnden Haare. »Die feinen Herrschaften haben sich Zeit gelassen. Keiner von denen denkt für einen Penny darüber nach, dass das Personal gerne Feierabend hätte und die Füße hochlegen würde. Manchmal steht mir die Arbeit dort bis zum Hals.« Sie trat auf Quinn zu, umschlang seinen Nacken und hob den Kopf. Er küsste sie auf die Lippen.

Sie schmiegte sich an ihn, ihr Kuss wurde leidenschaftlicher. »Die Jungs schlafen«, murmelte sie. »Wollen wir oben im Schlafzimmer ... Wir haben viel zu selten Zeit für uns.«

Er schob sie von sich weg. »Sie wachen jeden Moment auf, Caitlin. Jetzt nicht.«

Manchmal fragte er sich selbst, was in den vergangenen Jahren mit ihm passiert war. Seine Frau reizte ihn nicht im Mindesten mehr, obwohl sie trotz der beiden Schwangerschaften immer noch mit ihrer Haarpracht, ihren Rundungen und ihrem makellosen Teint bildschön war.

Als wäre es gestern gewesen, erinnerte er sich daran, wie er Caitlin an ihrem ersten Tag auf Summerlight House mit offenem Mund angestarrt hatte. Er konnte sein Glück kaum fassen, als sie sich ein paar Tage später von ihm in den Gartenschuppen ziehen ließ.

Dass sie gleich beim ersten Mal schwanger werden würde, konnte niemand voraussehen, aber Quinn hatte zu dem Zeitpunkt schon geahnt, dass er es bereuen würde, sein Begehren nicht gezügelt zu haben. Abgesehen von ihrem umwerfenden Aussehen tat sich Caitlin vor allem mit ihrer Schwatzhaftigkeit und ihrer Klatschsucht hervor, die Quinn zunehmend nervten. Nicht nur, dass er selten über die Fehltritte seiner Mitmenschen nachdachte, er hasste es, Zeit mit Tratscherei zu verschwenden. Caitlin hingegen kannte keine anderen Themen als die Menschen in Summerlight House und die Dorfbewohner.

Manchmal zog es Quinn mit aller Macht in den Pub, um dem Geschwätz seiner Frau zu entgehen, aber dann dachte er an das Geld, das er dort sinnlos vertrank, und daran, welch ein Vorbild er für seine Söhne war, wenn er seinen Kummer im Bier ertränkte.

Caitlin setzte sich zu Ian auf das Sofa und streichelte dem Jungen zärtlich über die Haare, bevor sie sich hinabbeugte und ihm einen Kuss auf die Stirn drückte. »Schlaf gut, mein Engel«, sagte sie liebevoll. Für einen Moment wurde ihre Miene weich. Als sie aufschaute, verhärteten sich ihre Züge. »Die alte Windley war heute besonders anstrengend«, meinte sie.

Quinn bereitete ihr in der Küche eine Tasse Tee zu, sagte aber nichts.

»Caitlin hier und Caitlin da, ich renne mir die Hacken ab, um all ihre Wünsche zu erfüllen. Glaubst du, da kommt mal ein Wort des Dankes? Nein, für die alte Dame ist das selbstverständlich, dass eine wie ich sich für sie abrackert.«

»Du hast von Anfang an angeboten, ihr behilflich zu sein«, gab Quinn zurück. »Da musst du dich jetzt nicht beschweren.« Er reichte ihr die Tasse.

»Konnte ich ahnen, dass sie es ausnutzen würde? Ich finde, ich hätte das doppelte Gehalt verdient bei dem, was ich da zusätzlich leiste.«

Quinn hob die Schultern. »Sprich mit den Herrschaften.«

Caitlin schüttelte die Haare zurück. »Wenn ich denen zu teuer werde, suchen sie sich eine Neue. Und wir stehen dumm da, wenn wir nur mit deinem Gehalt wirtschaften müssen.«

Quinns Gesicht brannte, als hätte sie ihm eine Ohrfeige verpasst. Er verabscheute es, wenn Caitlin ihn boshaft daran erinnerte, dass er kaum in der Lage war, die Familie zu ernähren. »Es wird sich bessern, das weißt du. Musst du jeden Abend Streit anfangen?«

Caitlin erhob sich, kam auf ihn zu, umfasste sein Gesicht und drückte ihm einen Kuss auf die Lippen. »Entschuldige, Liebling, die Arbeit in Summerlight House geht mir aufs Gemüt. Dieser missmutige Robert Windley im Rollstuhl, dem man tunlichst aus dem Weg gehen sollte, wenn man nicht angefahren werden will. Seine weinerliche Mutter, die mich behandelt wie ihre persönliche Sklavin, und diese unerträglich sanftmütige Cousine des Hausherrn.« Sie verzog das Gesicht. »Es gibt wirklich keinen in diesem Haus, mit dem man auskommen kann, und am schlimmsten ist die Hausherrin selbst. Hast du gewusst, dass sie ihre Anstellung in Kew Gardens endlich gekündigt hat? Lang genug hat es ja gedauert, ein Wunder, dass ihr Mann das geduldet hat.«

»Ich weiß. Sie hat mich gefragt, ob ich mit ihr gemeinsam den Garten anlegen will. Ich habe bereits Zeichnungen angefertigt. Demnächst wollen wir durchs Land reisen und Pflanzen kaufen.«

Caitlin erstarrte in der Bewegung, die Tasse schwebte vor ihrem Mund. »Was heißt das genau?«

»Dass ich sie begleite und mit entscheide.«

»Wie lange?«

»Eine Woche etwa. Vielleicht ein paar Tage mehr.«

»Wie stellst du dir das vor?« Der Tee schwappte über, als Caitlin die Tasse auf den Beistelltisch stellte. »Wie soll ich ohne dich hier zurechtkommen?«

»Du bist perfekt im Organisieren. Nach der Schule gehen die Jungs zu den Nachbarn, wie sonst auch. Und du holst sie ab, sobald du Dienstschluss hast. Bestimmt lassen sie dich pünktlich gehen, wenn sie wissen, dass du allein mit den Kindern bist.«

»Aber ... aber ich will nicht allein bleiben! Das Haus ist leer, wenn du nicht da bist, kalt und still.« Sie schaffte es tatsächlich, ihre Unterlippe zum Zittern zu bringen. Quinn kannte diese Versuche, ihren Kopf durchzusetzen, zur Genüge. Es beeindruckte ihn nicht mehr. »Du mit dieser Frau allein ... Wird sie etwa hinter dem Steuer sitzen? Die hat doch zwei linke Hände!«

»Nicht ich mit ihr allein. Aurora Ainsworth kommt mit.«

Caitlin verdrehte die Augen. »Was für eine furchtbare Gesellschaft, du Armer! Kannst du dir nicht irgendeine Ausrede ausdenken, um das zu verhindern? Sie können dich nicht zwingen, oder?«

Er wusste, dass seine Frau zwei Gesichter besaß und bei der Familie vermutlich hoch angesehen war, während sie hintenherum Gift verspritzte. Ihm war dieser Wesenszug verhasst, und er wünschte, sie würde aufhören, so schlecht über andere Menschen zu sprechen. Was war von ihrer Ehe geblieben? Nur die Schulden für das Haus und ihre Liebe zu den beiden Söhnen. Für Quinn war es unbegreiflich, wie jemand mit so viel Mutterliebe, wie Caitlin sie den Jungs entgegenbrachte, dermaßen kalt gegenüber dem Rest der Welt sein konnte.

Mit Caitlin darüber zu diskutieren brachte nichts als Unfrieden. Sie suchte so lange, bis sie das Schlechte in jedem Menschen fand, und darum schwieg Quinn lieber. Schon gar nicht wollte er ihre Meinung zu Charlotte hören, aber ehe er es noch verhindern konnte, hörte er Caitlin ihren Namen sagen.

»Ich frage mich wirklich, warum sich diese Frau abplagt. Ihr Mann bietet ihr ein Leben, bei dem sie bis zum Mittag im Bett liegen könnte, wenn sie das wollte, doch sie hetzt sich ab wie ein Kerl. Als hätten die beiden ihr Geld nötig! Ich glaube«, Caitlin senkte die Stimme und strich sich mit dem Zeigefinger über die Schläfe, »sie ist nicht gerade die Hellste. Und wenn sie nicht aufpasst, wird sich der smarte Deutsche bald eine Geliebte suchen, die besser zu ihm passt.«

Quinn sprang auf. »Halt endlich den Mund, Caitlin«, fuhr er sie an. Kenny erwachte und streckte sich. Ian hob den Kopf. »Deine Boshaftigkeit ist nicht auszuhalten. Kannst du dich nicht um deine eigenen Angelegenheiten kümmern, statt über andere Leute herzuziehen?«

Caitlin legte den Zeigefinger auf die Lippen. »Pst, jetzt hast du die Kinder geweckt.«

Quinn schlüpfte in seine Stiefel, warf sich seine Jacke über und verließ das Haus. Krachend flog die Tür hinter ihm ins Schloss.

In welches Leben war er da hineingestolpert? Manchmal fühlte er sich wie ein Besucher in einer fremden Welt. Frauen wie Caitlin hatten ihn nie gereizt, er hatte immer viel mehr

Wert auf Herzlichkeit und Klugheit gelegt als auf äußere Reize, aber als sie ihm zwei Monate nach ihrer Begegnung im Gartenschuppen erklärte, dass sie schwanger sei, hatte es für ihn außer Frage gestanden, dass er sich seiner Verantwortung stellen musste. Obwohl er zu dem Zeitpunkt schon erkannt hatte, dass Caitlin nicht die Frau war, die er sich an seiner Seite wünschte. Er hatte viel Zuneigung für sie empfunden, als er später erkannte, wie sie in ihrer Mutterrolle aufging und die bestmögliche Betreuung der Jungs in der Nachbarschaft organisierte, damit sie beide arbeiten gehen konnten. Einige Zeit lang hegte er die Hoffnung, sie würde sich ändern mit dem ersten Kind, ruhiger werden, besonnener, gütiger.

Weit ausholend schritt er über die Dorfstraße. Der Regen hatte aufgehört, nur wenige Tropfen fielen.

Er hatte Charlotte nie erzählt, wie gut er es verstehen konnte, dass sie für ihre Arbeit in Kew Gardens gebrannt hatte. In seiner Jugend waren seine Träume auch in den Himmel gewachsen: Er hatte sich als Landschaftsarchitekt gesehen, der Parkanlagen gestaltete, einer, der im Großen dachte, nicht im Detail. Dafür hätte er studieren müssen, aber als jüngster von drei Brüdern war das nicht möglich. Es reichte für seine Familie, wenn er einen anständigen Beruf wie den des Gärtners lernte und ihnen nicht zusätzlich jahrelang mit einem Studium auf der Tasche lag. John, der Älteste, hatte die Schmiedewerkstatt des Vaters übernommen, Greg, der Mittlere, durfte Rechtswissenschaften studieren, denn es war stets von Vorteil, einen Anwalt in der Familie zu haben.

Manchmal fragte sich Quinn, ob es sich nicht gelohnt hätte, sich durchzukämpfen und die eigenen Pläne zu verwirklichen. Aber für Reue war es nun zu spät. Die Verantwortung für Frau und Kinder wog schwer.

Er verließ das Dorf am Ortsrand und spazierte den kurvigen Weg zu Summerlight House hinauf. Durch die rückwärtigen Fenster fiel das Licht auf das Grundstück, schemenhaft erkannte er die Bewohner, die mit Gläsern in den Händen zusammenstanden. Quinn beobachtete, wie Victor Bromberg den Arm um Charlotte legte.

Er stieg den Berg hinauf, bis er die Lichtung in dem Wäldchen erreichte, von der aus man eine Panoramasicht über die Landschaft hatte. Tief sog er die Abendluft ein und ließ den Blick schweifen.

Würde er irgendwann den Mut haben, sich von Caitlin zu trennen? Wie sollte das gehen, ohne seinen beiden Söhnen das Herz zu brechen?

Für einen Moment legte er die flache Hand an die Stirn. Er musste warten, bis sie alt genug waren zu verstehen, dass die Eltern kein gemeinsames Leben mehr miteinander führen konnten. Bis dahin würde er seine Oase in Summerlight House genießen, wo er den Ärger über seine Frau vergessen und mit Charlotte über die Gestaltung des Grundstücks diskutieren konnte. Er wusste nicht, welche von seinen Ideen realisierbar waren und welche auf Gegenliebe stoßen würden, aber er wusste, dass er sich auf die gemeinsame Zeit mit der Frau des deutschen Fabrikanten freute. Charlotte erschien ihm wie ein Lichtpunkt in seinem Leben.

Kapitel 13

»Hast du einen Moment Zeit, Aurora?«

Victors Cousine machte große Augen, als Charlotte sie an diesem Abend abfing, kurz bevor sie sich in ihr Zimmer zurückziehen wollte. Sie hatten soeben das Dinner beendet, an dem Elizabeth Windley nicht teilgenommen hatte. Wegen Unpässlichkeit, hieß es.

»Aber ja. Wollen wir einen Spaziergang durch den Garten machen? Der Abend ist herrlich mild.«

Sie verließen das Haus und gingen über die gepflasterte Einfahrt am Brunnen vorbei.

»Weißt du, ob deine Mutter nach dem Arzt geschickt hat? Sie war heute Nachmittag erschöpft«, bemerkte Aurora.

»Ich werde nachher nach ihr schauen. Dr. McKinley wollte heute Abend vorbeikommen. Es ist immer ein schlechtes Zeichen, wenn sie keinen Appetit hat und nicht am gemeinsamen Dinner teilnehmen will.« Sie kümmerte sich zu selten um ihre Mutter, ging es Charlotte durch den Kopf. Seit Elizabeth in Sir Walther Alcott einen Gefährten hatte, der fast an jedem Wochenende zu Besuch weilte, glaubte Charlotte, ihre Mutter in guter Obhut zu wissen. Aber vielleicht vermisste sie die Gespräche mit der Tochter und die Vertrautheit, die ihre Beziehung von jeher geprägt hatte.

Sie spazierten über den Rasen am Schuppen vorbei in Richtung des Wäldchens. Auf einmal stockte Charlotte. Was blinkte da zwischen den Grasbüscheln? »Was ist das denn?«, murmelte sie und deutete auf die Stelle. Aurora folgte ihrem Blick. Mit wenigen Schritten war Charlotte heran und bückte sich. Ein silbernes Armband, das sie gut kannte.

Debbie hatte es zum Abschied in London von ihrem Kindheitsfreund Tom geschenkt bekommen, ein silbernes Armband mit verschiedenen Anhängern. Es klimperte, als sie es in ihre Handfläche gleiten ließ. »Wie kommt das hier hin?«

»Vielleicht hat Debbie es auf der letzten Feier verloren«, überlegte Aurora.

Gut möglich, ging es Charlotte durch den Sinn. Auf dem Weg zu diesem kleinen Wald, in dem man sich gut verbergen konnte, wenn man etwas Heimliches tun wollte.

Wut stieg in ihr hoch. War es zu blauäugig gewesen, anzunehmen, Debbie würde nur kokettieren? Wie weit ging sie tatsächlich?

»Hat sie sich vielleicht mit einem der McLaren-Söhne eingelassen und dabei das Schmuckstück verloren?« Charlotte starrte Aurora an, die blass wurde.

»Wir sollten sie zur Rede stellen«, erwiderte sie zurückhaltend.

Verzweiflung breitete sich in Charlotte aus. Sie würde nicht zulassen, dass Debbie ihren guten Ruf riskierte.

Notfalls musste man eben härtere Maßnahmen ergreifen. Vielleicht würde sie um einen Internatsbesuch nicht herumkommen, obwohl sie bereits im College in Canterbury angemeldet war. Dort erreichten die Jugendlichen den höchsten Schulabschluss, der sie zu einem Studium an einer Universität qualifizierte.

Charlotte steckte das Armband in ihre Rocktasche.

Aurora streichelte ihre Schulter. »Lass dir von Debbie nicht die Laune verderben. Sie ist noch jung, wir werden ihr ins Gewissen reden.«

»Ich wünschte, ich hätte deinen Optimismus«, erwiderte Charlotte mit einem Seufzer und wandte sich um. Die Lust zu schlendern war ihr vergangen, und sie hatte Aurora an diesem Abend nicht angesprochen, um sich wieder einmal über Debbie aufzuregen, sondern weil sie ein spezielles Anliegen hatte. Charlotte ging voran auf die Bank zu, von der aus man die Fassade von Summerlight House überblicken konnte. Als sie saßen und die Augen mit den Händen gegen die untergehende Sonne beschirmten, schluckte Charlotte ihren Ärger herunter. »Du hast heute beim Dinner mitbekommen, dass ich auf Reisen gehen will.« Nur ihre Mutter hatte sie bereits am Nachmittag eingeweiht.

»Ja, genau. Bewundernswert, dass Victor dir das erlaubt. Du hast wirklich Glück mit deinem Mann.« Aurora zwinkerte ihr zu. Auch sie schien froh zu sein, das Thema zu wechseln. »Aber es war ja klar, dass Robert gleich wieder zu meckern anfängt. Ärgere dich nicht über ihn«, sagte sie leichthin. »Manchmal muss man weghören und keinen Streit vom Zaun brechen.«

»Ich weiß«, murmelte Charlotte. »Aber ich finde es nicht zu viel verlangt, wenn ich Respekt einfordere. Ich lasse mich von meinem Bruder nicht wie ein Kind behandeln.«

Aurora winkte ab. »Ach, das tut er nur, weil er dich liebt.«

Charlotte musste gegen ihren Willen lachen. Manchmal wünschte sie sich, sie hätte das simpel gestrickte Verständnis von Männern und Frauen, das Aurora zu haben schien. Aber nur einen Moment lang. In Wahrheit würde sie bis an ihr Lebensende darum kämpfen, sowohl mit ihrem Bruder als auch mit ihrem Gatten auf Augenhöhe zu sprechen.

»Was ich bei Tisch nicht angesprochen habe, weil ich es lieber vorab mit dir allein klären wollte: Hättest du Zeit und Lust, mich zu begleiten? Du wärst mir eine unschätzbare Hilfe, könntest Buch führen über unsere Anschaffungen, vielleicht deinen eigenen Küchengarten aufstocken, mich beraten. Was meinst du? Wir hätten eine schöne Zeit, würden Menschen kennenlernen, viel von der Landschaft sehen, es wäre eine Abwechslung von deinem Alltag.«

Charlotte folgte Auroras Blick, als sie in Richtung des Pächterhauses schaute. Auf dem Weg zum Anwesen sahen sie Debbie, die einen Stock für Baxter warf, dem er über die Felder nachjagte. Sofort spürte Charlotte, wie ihre Laune sank.

»Ich kann hier nicht so lange fehlen.« Aurora wandte Charlotte das Gesicht zu. »Wie stellst du dir das vor? Glaubst du, ich verbringe meine Tage hier mit süßem Nichtstun? Ich bin täglich im Wechsel mit Debbie mehrere Stunden bei den Chapmans. Wir lesen den alten Leuten vor, wir versorgen Kayla mit Suppe und frischer Wäsche, und wir kümmern uns um Claire. Sicher, Caitlin und Sophie packen gut mit an, aber ohne uns wären Mutter und Kind verloren.«

Charlotte erschrak. Sie hatte gewusst, dass Aurora und Debbie sich dort drüben nützlich machten, aber klang dies nicht eine Spur zu pathetisch? Die Geburt war nun schon zwei Wochen her, die Mutter sollte sich erholt haben. »Ich werde selbst mal nach ihnen sehen«, versprach sie. »Und für die Zeit, die du mit mir auf Reisen gehst, könnten wir die Hebamme fragen, ob sie nach dem Rechten sehen kann. Wenn der Lohn stimmt, wird sie den Weg schon auf sich nehmen, meinst du nicht? Außerdem ist ja auch noch Debbie da.«

Aurora biss sich auf die Unterlippe. »Ich weiß nicht, Charlotte. Ich habe noch nie eine solche Reise unternommen. Mir ist das unheimlich.«

»Du wirst keine Zeit haben, dich zu ängstigen, weil wir ständig in den herrlichsten Gärten und Landschaften unterwegs sein und die prachtvollsten Gewächse bewundern werden. Wir werden in kleinen Pensionen unterkommen und uns fühlen wie zwei vogelfreie Studentinnen auf Exkursion.« Sie lachte auf. »Und Mr Mitchell wird mir nicht nur mit Rat und Tat und seinem gärtnerischen Wissen zur Seite stehen, sondern uns schwache Ladys auch beschützen, wenn es nötig sein sollte.« Sie freute sich, als Aurora in ihr Lachen einstimmte. Es kam nicht häufig vor, dass sie den gleichen Humor hatten.

»Schwache Ladys? Braucht eine von euch Riechsalz?« Debbie war heran und ließ sich schwungvoll neben Aurora nieder. Charlotte verging das Lachen, während sie ihre Schwester scharf musterte.

Debbie hakte sich bei Aurora ein. »Claire schläft friedlich, William und Betsy hören ihre Tanzmusik, und Kayla hat sich heute zum ersten Mal allein gewaschen und angekleidet. Es geht aufwärts.«

»Das sind gute Nachrichten. Ich gehe später am Abend noch einmal hin.«

Debbie blickte abwechselnd von Charlotte zu Aurora. »Was habt ihr beide denn hier draußen Schwerwiegendes zu besprechen? Wieso soll der Gärtner euch beschützen?«

Noch ehe Charlotte antworten konnte, hob Aurora die Stimme: »Charlotte hat mich gefragt, ob ich sie auf der Reise durch England begleite, und ich denke, das werde ich tun.«

»Gute Idee!«, rief Debbie sofort. »Nur mit dem Gärtner allein hätte ich es ohnehin seltsam gefunden. Wundert mich, was Victor dir alles durchgehen lässt.«

Die Wut stieg wie Lava in Charlotte hoch. Ausgerechnet ihre leichtfertige Schwester maßte sich ein Urteil über ihren Lebensstil und ihre Entscheidungen an!

»Charlotte meint, wir könnten für die Zeit eine Frau einstellen, die bei den Chapmans nach dem Rechten sieht.«

Debbie lachte. »Um Himmels willen, nein! Ich schaffe das schon allein.«

»Und du glaubst, wir sollten dir vertrauen?« Charlotte kniff die Augen zusammen.

Debbie hörte den warnenden Unterton offenbar nicht. »Selbstverständlich. Ich mache das gern.«

»Und was, wenn dir mitten in der Woche einfällt, dass du etwas noch lieber machst, als dich um die Leute im Pächterhaus zu kümmern? Was, wenn es dich noch einmal dahin zieht, wo ich dein Armband gefunden habe? Drüben am Wäldchen hast du es offenbar im Eifer verloren.«

Debbies Gesicht lief krebsrot an. Sie sprang auf und starrte ihre Schwester an. »Ich habe mir nichts zuschulden kommen lassen!«, rief sie.

»Ich habe das an einer Stelle gefunden, an die sich nur zwei Leute verziehen, die Heimliches tun wollen. Erzähl mir nicht, du hättest das Schmuckstück im angeregten Gespräch verloren.«

Debbies Augen begannen feucht zu schimmern, aber sie funkelte ihre Schwester an. »Egal, was ich sage, es wird alles verkehrt sein, weil du mir nie glaubst und mir nie etwas zutraust. So war es schon immer. Aber ich bin es satt, für euch das kleine Mädchen zu sein, das nur Dummheiten anstellt. Dass ich mich gegen jemanden gewehrt haben könnte, der mehr von mir wollte, kommt dir nicht in den Sinn, oder? Du hältst mich genau wie Mutter für verantwortungslos und leichtsinnig, als würde ich nur in den Tag hineinleben.«

»Wann hast du uns jemals das Gegenteil bewiesen?«, fuhr Charlotte dazwischen, aber ihre Wut verrauchte langsam. Es war das erste Mal, dass sich Debbie diesem Konflikt zwischen ihr und dem Rest der Familie stellte, und sie tat das bewundernswert offen, fand Charlotte. War vielleicht ein Funken Wahrheit daran, dass sie Debbie nie genug zugetraut hatten? Bewies sie nicht gerade mit ihrer Arbeit im Pächterhaus, dass sie auch vernünftig sein konnte? Hatten sie sie in die Rolle des Sorgenkindes gesteckt, aus der es für sie kein Entrinnen gab? Debbie hatte recht: Sie konnte das Armband wirklich beim Kampf mit einem aufdringlichen Bewunderer verloren haben. O Himmel, ob ihr jemand etwas angetan hatte? »Ist … ist etwas vorgefallen?« Sie schluckte trocken.

»Ach, das kann dir doch egal sein«, gab Debbie wütend zurück. Dann schwieg sie einen Moment und wies auf Aurora: »Frag sie. Aurora wird bestätigen, dass man sich auf mich verlassen kann.«

Aurora nickte mit ernster Miene. »Wir haben uns wundervoll ergänzt bei der Pflege der Mutter und des Neugeborenen. Du hast ein Talent dafür, dich um andere zu kümmern und ihnen Sicherheit zu vermitteln. Das ist wertvoll, weißt du.«

Ein schmales Lächeln erschien auf Debbies Lippen. »Danke, Aurora, das bedeutet mir viel.« Der Blick in Richtung ihrer Schwester war wieder frostig. »Und ich will mein Armband zurück.«

Charlotte zog es aus ihrer Tasche und hielt es ihr hin. Mit einer wütenden Bewegung entriss Debbie ihr das Schmuckstück.

»Und wann willst du uns sagen, wer der junge Mann war, der dich bedrängt hat?«, fragte Charlotte.

Debbie senkte den Kopf. »Er … er hatte getrunken und hat sich später entschuldigt. Ich will ihn nicht in Verruf bringen, deshalb behalte ich den Namen lieber für mich.«

»Bist du sicher? Pass auf, dass diese Sache unter uns bleibt. Victor und Robert würden es nicht dabei belassen.« Ohne dass Debbie den Namen preisgab, wusste Charlotte, dass es sich nur um den jüngeren der McLaren-Brüder handeln konnte. Es gab keine anderen Jungen in Debbies Umfeld, dem sie einen solchen Übergriff zutraute.

Debbie zuckte die Schultern. »Das liegt an euch«, sagte sie leichthin, aber sie schaute ängstlich zwischen beiden hin und her. Aurora und Charlotte nickten sich zu.

»Wir machen uns Sorgen um dich«, erwiderte Charlotte. »Vielleicht geht es beim nächsten Mal nicht so glimpflich aus.«

»Es wird kein nächstes Mal geben«, behauptete Debbie und presste die Lippen aufeinander.

Aurora berührte Charlottes Schulter. »Wir sollten ihr vertrauen.«

Es widerstrebte Charlotte, aber unter Debbies bittendem Blick und mit Auroras versöhnlicher Stimme in ihrem Ohr stimmte sie schließlich zu. »Noch so ein Vorfall, und wir setzen uns mit Mutter, Robert und Victor zusammen und besprechen, auf welchem Internat wir dich anmelden.«

Debbie nickte. Dann wandte sie sich um und rannte ins Haus. Sorgenvoll blickte Charlotte ihr hinterher.

»Wie geht es ihr?«

Dr. McKinley schloss leise die Tür zu Elizabeths Schlafzimmer, den Arztkoffer in der Hand. Er blickte auf, als Charlotte ihn ansprach. Für einen Moment sah sie die Sorgenfalten auf seiner Stirn, bevor er sich entspannte.

»Nun, sie hat leichtes Fieber und fühlt sich schwach. Am besten hält sie Bettruhe. Ich hoffe, dass es sich nicht zu einer Lungenentzündung entwickelt.«

Charlotte erschrak. »Aber … wieso? Es ist Sommer, es ist mild, sie überanstrengt sich nicht, wir sind alle gesund …« Sicher war Dr. McKinley übervorsichtig. Eine Lungenentzündung konnte vor allem älteren, schwachen Patienten gefährlich werden.

McKinley machte eine beruhigende Geste. »Alles gut, Mrs Bromberg. Ich will nur nichts übersehen. Vermutlich ist es nur eine Kreislaufschwäche, aber gerade Parkinson-Patienten atmen manchmal beim Essen winzige Nahrungsteile ein, die sich in der Lunge entzünden. Das haben wir schon häufiger beobachtet, ich will das nicht ausschließen.«

»Ich verstehe. Danke, dass Sie so gründlich sind, Dr. McKinley.« Erleichterung breitete sich in Charlotte aus.

»Sagen Sie, ist Ihr Bruder zu sprechen? Finde ich ihn in seinem Trakt?«

»Ja, da müsste er sein. Er sitzt abends gern in seiner Bibliothek. Wollen Sie mit ihm über unsere Mutter reden?« Ihre Schultern sackten nach vorn. »Wir fänden es alle großartig, wenn Robert sich um solche Schwächeanfälle kümmern könnte. Aber es scheitert schon daran, dass er nicht zu ihr nach oben kommt. Die Treppe ist ein unüberwindbares Hindernis.«

Dr. McKinley hob eine Hand. »Ich komme jederzeit gern nach Summerlight House. Ich möchte nur kurz mit ihm die medikamentöse Behandlung besprechen, ob er es für sinnvoll hält, direkt eine Lungenentzündung zu bekämpfen ohne gesicherte Diagnose, oder ob wir uns Zeit lassen sollten, um nicht mit Kanonen auf Spatzen zu schießen.« Er lächelte ihr zu. »Es ist immer sinnvoll, eine Zweitmeinung von einem Kollegen einzuholen.«

Charlottes Herz weitete sich bei dem Gedanken, dass dieser Dorfarzt ihren Bruder nicht als den behinderten Mann im Rollstuhl wahrnahm, sondern als jungen Arzt, dem das Schicksal kurz vor seinem Abschluss bitter mitgespielt hatte. Wie viel würde es für Robert, seinen Seelenfrieden und die Familie bedeuten, wenn er seine alte Liebe zur Medizin wieder aufleben lassen könnte. »Ich freue mich, dass Sie meinen Bruder so schätzen, Dr. McKinley.« Damit nickte sie ihm zu und pochte an die Schlafzimmertür, während der Arzt schwungvoll die Treppe hinabstieg.

»Mama?«

Elizabeth hatte die Augen geschlossen, die Decke bis zum Kinn hochgezogen. Ihr Gesicht war weiß wie das Kopfkissen. Jetzt hob sie die Lider und drehte den Kopf so, dass sie Charlotte anschauen konnte. »Lieb, dass du kommst. Mir geht es schon viel besser, abgesehen davon, dass mich der Besuch des Arztes angestrengt hat. Hier atmen, da husten, und ewig dieses Klopfen auf den Rücken ...« Ihr kurzes Lachen ging in ein Röcheln über. »Sie sind ja immer penibel, die Mediziner, aber ich bin sicher, morgen bin ich wieder auf den Beinen. In meinem Alter kann es schon mal passieren, dass einem die Luft wegbleibt, nicht wahr?«

Auf jeden Fall war Elizabeths Gesprächigkeit ein gutes Zeichen. Jetzt versuchte sie sogar, sich aufzurichten. Charlotte war sofort bei ihr, hob das Kopfkissen an und schüttelte es aus, bevor sie es ihrer Mutter hinter den Rücken klemmte.

»Sei bloß nicht übermütig«, bat sie. »Die Welt dreht sich weiter, auch wenn du ein paar Tage ausfällst. Sir Alcott führt eure Angelegenheiten in der Parkinson-Society tadellos alleine fort, oder?«

»Ja, absolut. Er vergisst nie einen Termin. Genauso zuverlässig, wie euer Vater war.«

»Kommt er am Wochenende?«

Sie schüttelte den Kopf. »Ich will ihm nicht so matt gegenübertreten.« Sie zwinkerte Charlotte zu. »Ob du es glaubst oder nicht, deine alte Mutter ist immer noch eitel, und wenn ich bei ihm bin, will ich die schönste Elizabeth Windley sein, die ich sein kann.«

Charlotte streichelte ihre Wange. »Nächste Woche wirst du wieder alle ausstechen mit deiner Eleganz.«

»Das hoffe ich. Wann geht deine Reise los?«

»Wenn Mr Mitchell einverstanden ist, möchte ich am Sonntag aufbrechen. Ich habe heute Aurora überredet, mich zu begleiten. Ist das nicht toll? Es wird ihr guttun, einmal rauszukommen aus ihrem üblichen Trott.«

»Eine neue Erfahrung für sie. Vor zehn Jahren hätte ich mich dir angeschlossen und eine Reportage über die Pflanzenliebhaber in England geschrieben.« Sie seufzte. »Aber heute wäre ich dir nur eine Last. Ich wüsste auch nicht, ob ich die Ausdauer hätte. Ach, Kind, warum können wir nicht ewig jung und kräftig bleiben?«

Charlotte beugte sich vor und küsste sie auf die Stirn. »Du bist noch lange jung und kräftig, Mama. Ich werde extra für dich Rosenstöcke bestellen, die im Herbst am schönsten blühen, was meinst du?«

»Dein Garten wird ein Traum, Charlotte. Ich freue mich jetzt schon darauf, in eine Decke eingehüllt auf einer Bank zu sitzen und mich von der blühenden Schönheit faszinieren zu lassen, die meine Tochter geschaffen hat.«

»Alles richtig, Mama, nur wirst du nicht wie eine Greisin in die Decke gewickelt sein, sondern mir beim Umgraben helfen. Ich verlasse mich auf dich!« Das Lachen ihrer Mutter nahm Charlotte mit, als sie das Schlafzimmer voller Zuversicht verließ. Jetzt stand ihrer Vorfreude auf den Ausflug nichts mehr im Weg.

Kapitel 14

Die Abreise der drei *Gartenverrückten*, wie sie hinter vorgehaltener Hand vom Personal genannt wurden, ließ sich keiner auf Summerlight House entgehen. Owen Kelly drehte mit dem höllisch tuckernden Daimler-Benz-Lastwagen auf dem Vorplatz eine Extrarunde um den Brunnen, und alle hielten sich die Ohren zu, bis er den Motor abstellte.

Selbst die Pächter hatten es sich nicht nehmen lassen, sich zu verabschieden. Es war der erste Tag, an dem Kayla in schwarzer Trauerkleidung mit der kleinen Claire das Haus verließ. Betsy und William stützten sich gegenseitig auf dem Weg bis zum Anwesen. Elizabeth war aufgestanden, hatte sich eine Stola über die Schultern gelegt und hielt sich am Treppengeländer vor dem Hauseingang, Caitlin und Debbie links und rechts von ihr. Die beiden Mitchell-Jungen hielten sich halb verborgen hinter ihrer Mutter.

Im Garten hatte ein örtliches Unternehmen mit fünf Männern begonnen, nach Charlottes und Quinns Anweisungen Steinplatten zu verlegen und die Mauerruine hinter dem Teich hochzuziehen, mit einem bogenförmigen Durchgang auszustatten und zu einem Halbkreis zu erweitern. Sie bereiteten die Erde an genau festgelegten Stellen vor, sodass die Pflanzen später nur hineingesetzt werden mussten. Die Beetränder sollten zum Teil aus Natursteinen bestehen, zum Teil aus hölzernen Pflöcken.

Mit Schwung stürmte Charlotte aus dem Haus und warf einen Blick über die Schulter. Begeistert sah sie, wie flott die Männer vorankamen. Ihr Garten wuchs und wartete nur darauf, prachtvoll zu erblühen.

Sie trug einen langen karierten Rock, darüber einen Pullover mit V-Ausschnitt und feste Schnürstiefel an den Füßen. Ihre Reisetasche warf sie auf die Rückbank des Fords, bevor sie sich umwandte und mit dem Abschiednehmen bei Robert begann, der mit seinem Rollstuhl das Monstrum von Laster umrundete. Immerhin hatte es eine riesige Ladefläche, auf der sie Massen von Pflanzgut lagern konnten. Owen saß mit einem satten Grinsen hinter dem Steuer, den Ellbogen lässig aus dem Fenster gelehnt. Er schien es zu genießen, mit dem imposanten Fahrzeug im Mittelpunkt zu stehen. Charlotte hoffte nur, dass er in der nächsten Woche keinen Hörschaden erlitt.

Alle wandten die Köpfe, als nun Aurora aus dem Haus kam. Sie trug ein gegurtetes beigefarbenes Kleid mit vielen Taschen, das wie ein überlanges Hemd geschnitten war. Auf ihrem Kopf thronte eine Art Tropenhelm, und um ihre Schultern hingen die Lederriemen eines Rucksacks. Sophie und Caitlin gluckten, Charlotte ärgerte sich über die frechen jungen Frauen. Aurora sah fantastisch aus, wenn auch eine Spur übertrieben. Schließlich unternahmen sie keine Expedition nach Fernost, nur in den Nordwesten Englands. Mit ausgebreiteten Armen ging Charlotte auf sie zu.

»Ich bin unfassbar aufgeregt!«, flüsterte Aurora ihr ins Ohr.

»Wir werden viel Spaß haben, Aurora. Und du siehst umwerfend aus!«

Aurora wandte den Kopf nach links und rechts. »Fehlt nur noch Mr Mitchell.«

Sie bemerkten ihn gleichzeitig, als er vom Garten her auf die Einfahrt zukam. Er trug eine dunkle Hose aus Tweed und ein helleres Jackett darüber mit Flicken auf den Ellbogen. Eine Hand steckte in seiner Hosentasche, in der anderen hielt er einen schmalen Lederkoffer. Er schob sich die karierte Schirmkappe aus dem Gesicht, als er auf seine Mitreisenden zukam. »Mrs Bromberg, Miss Ainsworth …«

Charlotte strahlte ihn an, Aurora nickte verhalten. »Also sind wir komplett.«

Owen Kelly zeigte ihr den erhobenen Daumen und warf den Motor des Lastwagens wieder an. Sofort ballte sich eine Wolke von Abgasen vor dem Anwesen. Alle hielten sich die Nase zu oder wedelten hustend vor ihren Gesichtern. Ein letztes Mal umarmte Charlotte ihre Mutter, die sich merkwürdig kühl anfühlte. »Leg dich gleich wieder hin, ja?«, wisperte Charlotte ihr ins Ohr.

Sie küsste Victor, während Aurora sich von Debbie und Robert verabschiedete und Quinn sich von seiner Frau. Seinen Söhnen wuschelte er durch die Haare und küsste sie auf die Wangen. Kennys Augen waren verweint.

»Pass auf dich auf, Darling«, flüsterte Victor ihr ins Ohr. »Und komm gesund heim.«

»Das werde ich. Mach dir keine Sorgen.« Charlotte stieg zu Aurora und Quinn in den Wagen.

Endlich setzten sich die Fahrzeuge in Bewegung. Charlotte ließ die Hupe ihres Fords dreimal erklingen, während alle winkten und ihnen gute Wünsche hinterherriefen. Owen folgte mit dem Lastwagen.

Charlotte hatte die Reise überwiegend allein geplant, ihre Mitreisenden allerdings vorab informiert, welche Gärten sie besichtigen würden. Einige von diesen Anlagen kannte sie aus ihrem Studium, andere waren ihr empfohlen worden, zum Beispiel von Vita Sackville-West. Mindestens eine Woche hatte sie eingeplant, maximal zehn Tage, und sie hoffte, dass die Zeit reichen würde, bis hoch in den Norden zu den Hebriden zu fahren.

»Die erste Station liegt nicht allzu weit entfernt, oder?« Quinn streckte auf dem Beifahrersitz die Beine aus und versuchte, eine bequeme Position zu finden, während er gleichzeitig Charlotte beobachtete, die die Hebel und Regler des Automobils souverän bediente. Sie war sich seiner Blicke deutlich bewusst und versuchte, sich davon nicht aus der Ruhe bringen zu lassen.

Aurora beugte sich vor. »Sagtest du nicht, East Sussex?«

»Genau.« Charlotte bremste an einer Kreuzung, schaute nach links und rechts, bevor sie abbog und zügig die Geschwindigkeit erhöhte. Der Morgenhimmel war von einem blassen Blau, im Lauf des Tages versprach es, sommerlich warm zu werden. Auf der Landstraße war kaum Verkehr, hin und wieder musste Charlotte einen Pferdewagen überholen. Aurora winkte den Kutschern übermütig zu. »Wir sind in eineinhalb Stunden da. Ich wollte schon lange mal nach Great Dixter, aber irgendwie hat es sich nie ergeben. Meine Freundin Ivy hat mir von den Orchideen dort vorgeschwärmt.«

»Schade, dass du keinen Kontakt mehr zu ihr hast«, bemerkte Aurora. »Ich hätte sie gern kennengelernt.«

Ivy war mit ihrem Mann immer noch auf Expedition in Südamerika, ein Traum, den Charlotte selbst gern verwirklicht hätte. Ivys Artikel erschienen regelmäßig in den botanischen Journalen, erst neulich hatte sie wieder einen gelesen. Charlotte schüttelte den Gedanken ab. »Jetzt bin ich froh, dass ich Northiam in die Reiseroute aufnehmen konnte. Je nachdem, wie lange wir uns dort aufhalten, fahren wir vielleicht heute noch nach Wisley, unsere zweite Anlaufstelle. Dort könnten wir uns eine Pension suchen.«

»Ich war während meiner Ausbildung mal in Great Dixter«, erzählte Quinn.

Charlotte warf ihm einen erstaunten Blick von der Seite zu. »Sie haben dort ein besonderes Händchen für den Formschnitt von Sträuchern. Es ist zwar noch nicht klar, ob wir das übernehmen, aber es kann nichts schaden, wenn Sie sich da inspirieren ließen, Mr Mitchell. Und wir beide, Aurora, werden uns die Orchideen anschauen und entscheiden, welche wir davon kultivieren können. Ich hoffe, die Bewohner sind bereit zu verkaufen.«

Zwei Stunden später standen Charlotte, Quinn und Aurora in einem Paradies aus Wildwiesen, farbenprächtigen

Stauden und beschnittenen Eiben, das ein frisch renoviertes, mittelalterlich wirkendes Gebäude umgab. Der Anblick war überwältigend. Owen hatte es sich auf dem Fahrersitz des Lasters bequem gemacht und ein Sandwich und eine Kanne Tee ausgepackt.

Ein vielleicht fünfzigjähriger Mann mit einem grauen Haarkranz und einer Lederschürze stemmte die Hände in die Seiten, als er die Besucher bemerkte. »Kann ich Ihnen helfen?«

Charlotte eilte sofort auf ihn zu, die anderen beiden folgten. »Das können Sie tatsächlich, Sir«, sagte sie charmant und legte den Kopf zur Seite. »Sind Sie der Besitzer?«

Er schüttelte den Kopf und wies mit dem Daumen über die Schulter. »Der sitzt in seiner Bibliothek. Aber wenn es um die Botanik geht, bin ich der Richtige für Sie.« Er streckte ihr die Hand hin. »Alan Sitwell.«

Charlotte strahlte ihn an, stellte sich und ihre Begleiter vor und schilderte ihm ihr Anliegen, dass sie sich hier für ihren eigenen Garten Anregungen holen wollten und ob Züchtungen zum Verkauf stünden. Spezielles Interesse hätte sie an den Orchideen, die in Great Dixter bekanntermaßen gut gediehen.

Aurora und Quinn hielten sich hinter Charlotte und ließen sie reden, aber es gab ihr viel Sicherheit, zwei Menschen, die ihr vertraut waren, dabeizuhaben.

Der Gärtner von Great Dixter entpuppte sich als Glücksfall. Er hielt nicht nur einen bemerkenswerten Vortrag über die Kunst des Formschneidens, sondern führte sie auch in eine Pflanzhalle, in der er neben vielen anderen jungen

Pflanzen zahlreiche Orchideenarten heranzog. Während sich die drei begeistert umschauten, eilte Mr Sitwell ins Haupthaus, um den Gartenbesitzer zu holen.

Zehn Minuten später kehrte er mit Mr Christopher Lloyd zurück. Mit einem strahlenden Lächeln reichte er den dreien die Hand, als sie sich vorstellten. »Wie wunderbar, dass Sie sich für meine Pflanzen interessieren, Mrs Bromberg. Ich liebe es, mich mit Gleichgesinnten auszutauschen. Seien Sie bitte so frei und bedienen Sie sich!«

»Das ist so großzügig von Ihnen, Mr Lloyd. Sie haben hier etwas Wunderbares geschaffen. Darf ich darauf hoffen, Sie im kommenden Jahr auf Summerlight House begrüßen zu dürfen?«

»Ich bin gespannt und komme sehr gern!«

Charlotte wäre ihm am liebsten um den Hals gefallen, Quinn zeigte sich pragmatischer und wies auf einen Stapel von Holzkisten. »Dürfen wir die verwenden? Wir würden sie zurückbringen lassen.«

»Aber natürlich, natürlich! Nur zu.«

In den nächsten beiden Stunden sammelten Charlotte und Quinn Ableger und Stecklinge, geteilte Stauden und junge Pflänzchen ein, die ihnen Mr Sitwell und Mr Lloyd – sichtlich stolz auf ihre eigenen Zuchterfolge – zur Verfügung stellten. Aurora hatte alle Hände voll zu tun, die Namen der Pflanzen, das Bezugsdatum und die Hinweise des Gärtners zur Anzucht und Pflege in ein extra dafür mitgeführtes Notizbuch zu schreiben und an dem ein oder anderen Topf Schilder anzubringen. Sie gruben junge Hainbuchen aus, die sich für die Heckengestaltung eigneten, sammelten Tulpenzwiebeln und weißes Vergissmeinnicht ein. Mr Lloyd reichte ihnen Säcke voller Zwiebelpflanzen in Rot und Gelb und gab ihnen Mengen an Blumen in Weiß und Creme mit. Bei allem, was er anregte, spürte man sein Fachwissen. Charlotte und Quinn hätten sich keine besseren Berater auf ihrer ersten Station wünschen können. Weiße Narzissen, Schachbrettblumen, Buschwindröschen, Kaiserkronen, Traubenhyazinthen, Blausterne ... In Charlotte stiegen wie in einem Farbenrausch die Bilder von üppigen Beeten auf. Sie konnte es kaum erwarten, all diese Pflanzen zum Leben zu erwecken.

Schließlich verabschiedete sich Christopher Lloyd, um im Gutshaus seinen Geschäften nachzugehen, aber er kehrte immer wieder zwischendurch zurück und erkundigte sich bei den Besuchern, ob sie fanden, was sie brauchten. Der Tabakqualm aus seiner Pfeife umwehte ihn.

Quinn hatte nun auch Owen dazugeholt. Gemeinsam schleppten die beiden Männer mehr als ein Dutzend mit Zeitungspapier ausgelegte Kisten voller Töpfe und Knollen zum Laster.

Am frühen Nachmittag hatte Charlotte rote Wangen vor Begeisterung über all die neuen Pflanzen, die demnächst hoffentlich auf dem Anwesen von Summerlight House grünen und blühen würden.

»Kommen wir nun also zum Geschäftlichen«, sagte sie abschließend zu Christopher Lloyd, der auf einem Mauervorsprung seine Pfeife ausklopfte. Aurora und Quinn bedeckten die Kisten auf der Ladefläche mit einem schweren Tuch und befestigten sie mit Seilen.

»Alles gut, Mrs Bromberg.« Mr Lloyd winkte ab. »Die Natur bringt jedes Jahr Neues hervor, und wir haben hier mehr als genug Pflanzen. An vielen Stellen wächst es schon zu dicht. Ich freue mich, wenn ich im kommenden Jahr Ihren Garten besichtigen kann, um zu sehen, ob unsere Pflanzen bei Ihnen gut angegangen sind.«

»Das ist außerordentlich großzügig von Ihnen, Mr Lloyd. Ich erlaube mir, Ihnen eine Spende für die Pflege der Anlage zukommen zu lassen.«

Am frühen Nachmittag verabschiedeten Charlotte, Aurora und Quinn den Chauffeur, der den Lastwagen wendete und mit seiner kostbaren Fracht nach Summerlight House fahren würde. Charlotte und Quinn gaben ihm genaue Anweisungen, welche Kisten er im Schuppen unterbringen sollte, welche an der Außenwand des Anwesens im Schatten, welche im Keller, welche er wässern sollte, welche trocknen.

Zur Sicherheit steckte Aurora Owen noch einen Zettel zu, auf dem sie alles akkurat aufgeführt hatte. Sie verabredeten, dass sie sich am nächsten Tag am frühen Abend in Wisley an den *Royal Horticultural Society's Gardens* treffen würden.

Von diesem ersten Erfolg beflügelt, sprühten die drei vor guter Laune. Auf der Weiterfahrt nach Wisley begannen Charlotte und Aurora im Automobil zu singen. Quinn grinste vor sich hin, hielt sich aber zurück, während die beiden jungen Frauen alle Volkslieder anstimmten, die ihnen in den Sinn kamen. Charlotte umrundete London und nahm die Landstraße nach Wisley. Ein paar Kilometer nördlich lag Kew Gardens, das selbstverständlich den größten Schatz an Setzlingen besaß, aber Charlotte hatte sich bewusst dagegen entschieden, an ihrem früheren Arbeitsplatz nach Pflanzen zu suchen. Sie wollte kein Abbild von Kew erschaffen, sondern etwas Neues. Wenn alles so lief, wie sie es sich in ihren Träumen vorstellte, würden irgendwann hochrangige Mitarbeiter von Kew und die Gelehrten der altehrwürdigen *Linnean Society of London* staunend durch den Garten von Summerlight House schlendern.

Zu den *Wisley Gardens* gehörten Verkaufsshops, in denen sich Charlotte mit Lilienzwiebeln eindecken wollte. »Was ist mit Obstbäumen?«, fragte Quinn neben ihr auf dem Beifahrersitz. »Dort gibt es robuste alte Sorten von Äpfeln, Birnen, Pflaumen. Ich könnte mir vorstellen, dass wir auf dem Wiesenstück zum Pächter hin ein paar Bäume pflanzen, Zwiebeln von Frühblühern darunter, die im Frühjahr einen Teppich bilden ... Was meinen Sie?«

Aurora meldete sich von der Rückbank. »Unbedingt sollten wir Obstbäume haben. Abgesehen davon, wie schön sie blühen, wird unsere Köchin begeistert sein, frisches Obst verarbeiten zu können.«

Charlotte wiegte den Kopf. »Ja, ein paar werden wir uns anschauen und Setzlinge mitnehmen, aber der Nutzaspekt unseres Gartens sollte auf keinen Fall in den Vordergrund treten. Du hast schon deinen Küchengarten, in dem du weniger auf die Anordnung und Ästhetik als auf eine üppige Ernte achtest.«

»Wir können den Küchengarten auf jeden Fall als festen Bestandteil im Gesamtkonzept einplanen. Wir kombinieren Blumenstauden mit Gemüsen und Kräutern, ein richtiger Bauerngarten in einem abgetrennten Teilstück.«

Das Zusammensein mit Aurora und Quinn versetzte Charlotte in Hochstimmung. Wie wunderbar war es, über die Landstraße zu brausen und über die Anlage des Gartens zu fachsimpeln. Nein, das waren nicht die wissenschaftlichen Gespräche, wie sie sie in Kew Gardens geführt hatten, aber hier saß sie mit zwei Menschen zusammen, die ihre Leidenschaft teilten. Von Quinn Mitchell wusste sie das schon länger, und diese Gemeinsamkeit ließ die Luft zwischen ihnen in mancher Minute sirren. Dass aber auch Aurora ihre Liebe zu den Pflanzen entdeckte, überraschte sie. Zum ersten Mal erlebte sie Victors Cousine hingebungsvoll und rege, und eine neue Frau kam zum Vorschein. Ihre Schritte waren fester, ihre Gesten kraftvoller, ihre Stimme lauter, ihre Augen schimmerten lebenslustig.

Charlotte hoffte, dass Aurora in ihrem Übermut nicht mitbekam, wie die Spannung zwischen ihr und Quinn wuchs. Wie sie beide Gelegenheiten heraufbeschworen, bei denen sie sich kurz berühren konnten. Mal ein Halten an der Schulter, mal ein Streichen über den Oberarm. Wenn sie von ihrem Steuerplatz aus zur Seite schaute, versanken ihre Blicke manchmal ineinander. Der Moment verflog, als sie sich auf den Verkehr konzentrieren musste. Die Spannung blieb.

»Schaut mal, da vorne ist ein Bed & Breakfast.« Charlotte wies in Richtung einer Seitenstraße, als sie über die Hauptstraße die kleine Gemeinde Wisley durchquerten. »Wollen wir da unser Glück versuchen?« Ihr Herz schlug drängend gegen ihre Rippen bei der Vorstellung, mit Quinn unter einem Dach, vielleicht Wand an Wand, zu schlafen.

»Und einen Pub gibt es gleich daneben!«, rief Aurora begeistert. »Ich habe Hunger wie ein Bär.«

Kurz darauf hatte Charlotte den Ford in der Einfahrt des im georgianischen Stil gehaltenen Hauses geparkt. Quinn eilte in den Pub, um einen Tisch für drei in einer Stunde zu reservieren. Dann gesellte er sich wieder zu Charlotte und Aurora, die vor dem Eingang auf ihn gewartet hatten.

Die Fassade aus Backsteinen war mit weiß gerahmten Fenstern symmetrisch gegliedert, die Haustür leuchtete in einem dunklen Tannengrün mit einem eisernen Klopfer in der Mitte. Das Emailleschild mit der Aufschrift *Bed & Breakfast* schaukelte in der Abendbrise.

Auf ihr Klopfen hin öffnete ein hochgewachsener Mann um die vierzig, der eine Strickjacke über einem weißen Hemd und eine Tweedhose trug. Sein hageres Gesicht mit den buschigen Brauen wirkte gutmütig.

»Wir suchen eine Unterkunft für eine Nacht.« Charlotte übernahm die Vorstellung und die Gesprächsführung. Im Zusammensein mit ihrem Mann war es stets Victor, der vorausging und in dessen Schatten sie sich hielt, aber sie fühlte sich plötzlich mutig und frei, um diese Verhandlungen zu führen.

Der Mann stellte sich als Cyril Punnett vor und öffnete einladend die Tür. »Herzlich willkommen!« Seine Stimme klang dunkel und melodisch. »Wie lange möchten Sie bleiben?«

»Nur für eine Nacht«, antwortete Charlotte, während sie in den Eingangsbereich trat. An der Wand war ein hölzernes Schlüsselbrett mit Fächern befestigt. »Wir sind auf Pflanzenschau und wollen morgen zu den *Wisley Gardens*.«

»Oh, da werden Sie mit Sicherheit etwas finden. Ich selbst beziehe alle meine Stauden und Büsche von dort. Ich kann Ihnen ein Einzelzimmer anbieten und ein Doppelzimmer mit zwei Einzelbetten. Wäre das in Ihrem Sinn?«

Charlotte vermied es, Quinn anzuschauen, als sie schnell antwortete. »Das ist wunderbar. Meine Freundin und ich nehmen das Doppelzimmer, Mr Mitchell wird im Einzelzimmer unterkommen, nicht wahr?«

Wenig später stiegen sie mit ihrem leichten Gepäck die knarrende Treppe in den zweiten Stock hinauf, wo die beiden einfachen, aber sauberen Zimmer nebeneinander lagen. Cyril Punnett hatte sie gebeten, zum Tee in den Salon zu kommen, sobald sie sich erfrischt hätten. Aurora drängelte, weil Charlotte sich auf ihr Bett geworfen und alle viere von sich gestreckt hatte. Der Tag war anstrengend gewesen, sie hätte sich gern ein bisschen ausgeruht, aber Aurora ließ keine Ruhe. »Jetzt komm schon, er wartet mit dem Tee auf uns.«

Charlotte musste trotz ihrer Müdigkeit lachen. »Weißt du, ich habe dich noch nie so zappelig erlebt wie auf dieser Reise.«

Aurora grinste. »Und weißt du was? Diese Seite kannte ich selbst noch nicht an mir! Ich wusste nicht, wie herrlich es ist, zu reisen und neue Leute kennenzulernen. Ich genieße jede Stunde. Trotzdem will ich unseren netten Gastgeber später fragen, ob ich sein Telefon benutzen darf, um auf Summerlight House anzurufen. Ich will hören, wie es Claire geht.«

Charlotte gab sich einen Ruck und setzte sich auf. Sie verspürte Scham, weil sie selbst nicht daran gedacht hatte, sich bei Victor zu melden. »Gute Idee«, überspielte sie ihre Verlegenheit. »Wir können gemeinsam anrufen. Ich möchte mit Victor reden und hören, wie es Mutter geht.«

Der Aufenthaltsraum für Gäste war mit plüschigen Sesseln, Hockern und Sofas ausgestattet, einem Holzregal voller Bücher und Porzellanfiguren und einem Kamin. Als die drei das Zimmer betraten, erhoben sich Cyril und eine ältere Frau mit zu Löckchen gedrehten weißen Haaren. Cyril stellte sie als seine Mutter vor. Aurora setzte sich ihnen gegenüber auf einen Sessel, Charlotte und Quinn ließen sich, ehe sie es noch verhindern konnten, gleichzeitig auf dem Sofa nieder. Ihre Beine berührten sich, aber keiner von ihnen rückte weg. Charlotte fühlte durch den Stoff ihres Rocks die Hitze, die zwischen ihnen flimmerte, und spürte diesem Empfinden nach, während die anderen sich munter unterhielten. Wie sich herausstellte, teilten Mutter und Sohn die Liebe der drei zur Gartengestaltung, und so war schnell ein Thema gefunden, das sich bei Darjeeling und Keksen besprechen ließ, während aus dem Küchentrakt ein würziger Duft nach Fleisch und Pfefferminz zu ihnen wehte. Charlotte hörte Auroras Lachen, das hell erklang, und wie ihr Gastgeber mit seiner dunklen Stimme einstimmte, ein melodisches Duett.

Sie spürte Quinns Atem an ihrem Hals, als er sich zu ihr beugte. »Wir sollten zum Dinner aufbrechen«, sagte er leise, aber laut genug, dass es die alte Mrs Punnett mitbekam. Sie sprang auf.

»Nichts da! Auf gar keinen Fall lasse ich Sie woanders essen! Mögen Sie Shepherd's Pie? Ich bereite aus alter Gewohnheit immer viel zu viel zu, früher habe ich für meinen Mann und alle drei Kinder gekocht, aber mein Mann ist schon seit zehn Jahren tot, meine beiden Töchter wohnen im Norden, und geblieben ist mir nur mein lieber Cyril, mein Nesthäkchen.« Charlotte bemerkte verblüfft, wie Cyril Aurora vergnügt zuzwinkerte und Aurora sich die Hand vor den Mund drückte, um ihr Lächeln zu verbergen.

»Ich kann den Shepherd's Pie meiner Mutter nur wärmstens empfehlen! Meine Leibspeise mit extra viel gehacktem Rindfleisch, buttrigem Kartoffelbrei und einer kräftigen Prise Minze.«

»Mit Vergnügen nehme ich die Einladung an!«, rief Aurora und setzte sich kerzengerade auf. Sie strahlte in ihrem sonnengelben Leinenkleid und mit den funkelnden Augen. »Es duftet unwiderstehlich!« Sie wandte sich an Charlotte und Quinn. »Findet ihr nicht auch?« In ihren Augen lag ein bittender Ausdruck.

Charlotte und Quinn verständigten sich mit einem Blick. »Danke für die Einladung«, sagte Quinn. »Aber ich habe bereits einen Tisch im Pub nebenan bestellt.«

»Der Auflauf ist bestimmt köstlich, Aurora. Lass es dir schmecken.« Charlotte nickte Aurora zu, die erleichtert lächelte. »Danke für Ihre außergewöhnliche Gastfreundschaft«, wandte sich Charlotte an die Gastgeber. »Wir fühlen uns ausgesprochen wohl bei Ihnen.«

Die alte Mrs Punnett lächelte ihr zu, Cyril war bereits wieder mit Aurora ins Gespräch versunken. Die beiden würden Quinn und Charlotte wohl nicht vermissen. Ihr Gastgeber schien völlig in Auroras Bann zu stehen.

Das bedeutete, dass sie den Abend allein mit Quinn verbringen würde. Einerseits zog es sie mit aller Macht in seine Nähe, sie wollte mit ihm tuscheln und wispern, sie wollte seinen Duft einatmen, ihn sanft berühren und ihm in die Augen sehen. Andererseits waren diese Wünsche so verboten, dass Übelkeit in ihr aufstieg, wann immer sie spürte, wie sehr dieser Mann sie anzog.

Kapitel 15

»Ehrlich gesagt, kann ich nichts essen«, sagte Charlotte, als sie sich leichte Jacken aus ihren Zimmern geholt hatten und das Haus verließen. An dem Pub nebenan war bereits die Außenbeleuchtung angegangen, an der Eingangstür drängten sich die Gäste. Offenbar ein beliebter Treffpunkt in Wisley, aber Charlotte hatte überhaupt keinen Appetit. Sie musste den Kopf freibekommen.

Quinn knöpfte sich die Jacke zu, steckte die Hände in die Taschen und sah sie von der Seite an. »Mir geht es genauso. Warten Sie einen Moment, ich bestelle den Tisch ab, und wir gehen ein bisschen spazieren, einverstanden?«

Über einen Feldweg erreichten sie kurz darauf einen Wald, durch den sich ein sprudelnder Fluss schlängelte. Am Ufer gab es einen schmalen Weg, den man über mehrere flache Steine erreichte. Quinn streckte Charlotte die Hand hin, um ihr behilflich zu sein. Sie zögerte einen Moment, bevor sie zugriff und die Wärme seiner Haut spürte. Als sie den Uferweg erreichten, hielt er immer noch ihre Hand, aber sie entzog sie ihm, versuchte, Abstand zwischen sich und ihn zu bringen. Das war nicht leicht, denn der schmale Weg wurde links von hoher Wiese und rechts vom Ufer begrenzt. Die Bäume standen weit auseinander, das Abendlicht wärmte sie und zeichnete Licht und Schatten auf das Wasser. Das Flusswasser plätscherte und rauschte. Am Himmel zog krächzend ein Schwarm Krähen auf.

Das Schweigen zwischen ihnen wirkte vertraut und gefährlich zugleich. Charlotte war sich der Anspannung in jeder Faser ihres Körpers bewusst und fragte sich, ob es ein Fehler gewesen war, sich auf einen Spaziergang mit Quinn einzulassen. Es erschien ihr wie ein Spiel mit dem Feuer, wenn sie die Gelegenheit zuließ, mit ihm allein zu sein.

»Erzählen Sie mir von Ihrer Familie«, sagte sie schließlich in der Hoffnung, sicheres Terrain zu betreten. Es schmerzte, sich vorzustellen, wie er mit Caitlin unter einem Dach lebte, wie sie die beiden Söhne gezeugt hatten, wie sie abends im Bett Zärtlichkeiten austauschten. Aber vielleicht war es ein guter Schmerz, der ihre Welt wieder geraderücken würde.

Quinn ging nicht darauf ein. »Unser erster Tag war so vielversprechend. Ich möchte das wirklich nicht verderben, indem ich über meine Frau spreche. Verzeihen Sie mir bitte, Charlotte.«

»Oh.« Das klang nicht nach der perfekten Familienidylle. »Tut mir leid, es war nicht meine Absicht, Ihnen die Stimmung zu verderben. Ich wüsste nur gern mehr Privates über Sie. Ich kenne Sie nur als den Gärtner, der mir hilft, meine Träume in die Realität umzusetzen.« Sie lachte ihn von der

Seite an, aber er blieb ernst, verharrte und fasste nach ihrer Hand. An dieser Stelle war der Weg ein wenig breiter.

Charlottes Finger begannen zu zittern. *Bitte geh weiter*, dachte sie, ließ es aber zu, dass er näher an sie herankam. »Ich würde am liebsten alle deine geheimsten Träume kennen, Charlotte«, sagte er leise. Ein Schauer lief ihr über den Rücken bei der vertrauten Anrede. Ein paar Herzschläge lang genoss sie diese ziehende Sehnsucht in ihrem Leib, dieses Gefühl, am Ziel eines Traumes zu sein, aber ihre Vernunft gewann die Vorherrschaft. »Quinn ... Wir beide ... wir wissen, dass das nicht geht«, sagte sie und spürte im nächsten Atemzug, wie seine Lippen über ihre Wangen strichen. Sie schloss für einen Moment die Augen, bevor sie sich abwandte. Wie gern wäre sie hier, wo niemand sie kannte und niemand sie sah, in seinen Armen versunken. Mit allen Sinnen zog es sie in seine Nähe. Er stand für das Freie, das Abenteuerliche, das Leichte, das ihr in ihrem Leben mit Victor fehlte. Wenn sie mit Quinn zusammen war, schwebte sie durch die Welt, wie sie es seit ihrer Jugend nicht mehr erlebt hatte.

»Ja, du hast recht, es geht nicht. Der Gedanke treibt mich in den Wahnsinn, dass ich dir nie so nah sein darf, wie ich es mir erträume. Ich habe nie zuvor eine Frau wie dich getroffen, Charlotte. Ich glaube, ich habe immer auf dich gewartet. Es ist unerträglich, dass du die Frau eines anderen bist.«

»Und du bist an eine Familie gebunden«, flüsterte sie und spürte Schmerzen wie Nadelstiche in der Brust. Ein letztes Mal berührten sich ihre Lippen. Ohne dass sie sich küssten, atmeten sie die Nähe des anderen ein. Sie legte ihre Stirn an seine. »Lass uns vernünftig sein, Quinn. Wir haben einen Auftrag, und wir werden ihn anständig erledigen, nicht wahr?«

Er küsste sie abschließend auf den Mund. Ihr war zum Weinen, weil der magische Moment verflog. Sie fragte sich, ob nun, da sie sich einander offenbart hatten, die Gefahr größer oder kleiner war als zuvor. Sie wusste nur, dass sie vermeiden mussten, miteinander allein zu sein.

In letzter Zeit hatte sie versucht herauszufinden, was ihr in ihrer Ehe fehlte. Victor war aufmerksam und fürsorglich, und dieses eine Mal, bei dem er sich zur Gewalt hatte hinreißen lassen, würde sie ihm angesichts seiner eigenen Erschütterung über das Geschehene verzeihen. Aber da war dieses Flirren in ihrer Brust, wenn sie Quinn berührte, dieses Gefühl, durch ihre Adern liefe Champagner, und unter ihrer Haut kribbelte es wie von Sternenstaub. Dieses Gefühl, vom Leben und der Liebe beschwipst zu sein, und diese Begierde, dem anderen näher und immer näher zu kommen, mit ihm zu verschmelzen, zu zerfließen, als hätte das Schicksal sie füreinander erschaffen ... Sie spürte, dass ein Damm brechen würde, wenn sie mehr zuließen. Konnte sie es verantworten, dieses Risiko einzugehen? War es die Lust und das Verlangen wert, dass sie unzählige Menschen verletzten und enttäuschten?

Sie war Quinn dankbar, als er nun den Weg zurück einschlug. Mittlerweile war die Dämmerung hereingebrochen, und sie entschieden, im Pub doch noch eine Kleinigkeit zu essen, bevor sie früh ins Bett gingen, um für den nächsten Tag ausgeschlafen zu sein.

Charlotte achtete darauf, nur noch unverfängliche Themen anzusprechen: welche Stationen sie noch anfahren würden und dass die Überfahrt mit der Fähre auf die Insel Skye der Abschluss und Höhepunkt sein würde. »Ich will da gerne noch einmal auf den Spuren meines Großvaters wandeln, obwohl ich nicht davon ausgehe, dass wir für unseren Garten etwas finden. Und ich will meinen lieben Freund Professor Bone besuchen. Ohne ihn hätte ich die Anstellung in Kew Gardens nie bekommen.«

Sie war Quinn dankbar, dass er nicht versuchte, wieder persönlicher zu werden. Vielleicht spürte er genau wie sie, auf welch dünnes Eis sie sich begaben, wenn sie darüber sprachen, was sie füreinander empfanden. Dass sich unter dem Tisch ihre Beine berührten, ließen sie beide zu. Ein geheimes Band, verborgen vor allen.

Als sie wenig später die Tür zu ihrer Pension mit dem Schlüssel öffneten, den Cyril ihnen gegeben hatte, drang schon im Flur übermütiges Gelächter zu ihnen. Charlotte und Quinn wechselten einen Blick und gaben sich Mühe, nicht laut loszuprusten. Obwohl es vermutlich niemand im Salon gehört hätte, dort war man mit sich selbst beschäftigt. Offenbar auch mit dem ein oder anderen Tropfen Alkohol.

»Guten Abend zusammen.« Ein Bild der entspannten Geselligkeit bot sich Charlotte und Quinn, als sie den Salon betraten. Vor Aurora und Cyrils Mutter standen Likörgläser, Cyril selbst lehnte sich im Sessel am Kamin zurück und prostete ihnen mit einem Glas Whisky zu. Alle hatten sie glühende Wangen, und vor ihnen lag in einem bunten Haufen ein Kartenspiel.

»Tada – hereinspaziert!«, rief Cyril, und seine Mutter und Aurora wollten sich schier ausschütten vor Lachen.

Offensichtlich hatten die drei einen lustigen Abend verbracht. Quinn und Charlotte waren in einer Stimmung, die nicht zu dieser Runde passte. »Aurora, wie wunderbar, dass ihr euch amüsiert. Denkst du daran, dass wir morgen früh in dem Garten sein wollen?«, sagte Charlotte.

»Ich bleibe nicht mehr lange«, versprach Aurora.

In der zweiten Etage vor ihren Zimmern, wo nur ein Nachtlicht brannte und ihre Schatten an die Wand warf, standen Charlotte und Quinn voreinander. Mit dem Finger schob Charlotte ihre Brille hoch. Quinn nahm ihre Hand und küsste die Innenfläche. »Bis morgen, Charlotte.«

»Bis morgen, Quinn.« Es fühlte sich unwirklich und magisch zugleich an, seinen Vornamen laut auszusprechen und nicht nur in Gedanken.

Nachdem sie sich bettfertig gemacht hatte, zog Charlotte das Notizbuch aus ihrer Tasche, in dem sie die Reise dokumentieren wollte. Aus dem Gedächtnis listete sie sämtliche Pflanzen mit ihren lateinischen Namen auf, unter welchen Bedingungen sie sie vorgefunden hatten und welcher Standort in ihrem eigenen Garten der günstigste sein könnte. Sie hatte fünf Seiten in ihrer sauberen Schrift vollgeschrieben, als sie Buch und Stift auf den Nachttisch legte, das Licht löschte und in Gedanken noch einmal die heutige Ausbeute durchging. Das half ihr, Quinn aus ihrem Kopf zu bekommen.

Aurora hielt Wort und kam keine halbe Stunde später die Treppen hinauf. Die Tür quietschte, als sie sie öffnete. Durch das Fenster warf ein blasser Mond Schlieren von Licht. Wenn man sich an die Dunkelheit im Zimmer gewöhnt hatte, konnte man genug erkennen, aber Aurora lief erst einmal gegen ihr eigenes Bett und stieß einen wütenden Fluch aus.

»Schläfst du schon, Charlotte?«, flüsterte sie.

»Nein. Mach gern das Licht an.«

Kurz darauf flammte eine kleine Lampe über Auroras Bett auf. Sie ließ sich rückwärts auf die Matratze fallen und lächelte. »Ich weiß nicht, wann ich zuletzt einen schöneren Abend verbracht habe.«

Ihr hätte schon viel früher einfallen müssen, mit Aurora zu verreisen, überlegte Charlotte. Aber wie hätte das gehen sollen in der Zeit, als sie noch als Botanikerin angestellt gewesen war?

»Cyril ist ein wunderbarer Mann«, fuhr Aurora gedankenverloren fort. »Und wie er sich um seine Mutter kümmert und die Pension hier am Laufen hält ... Hast du gesehen, dass sich an seinem Kinn ein Grübchen bildet, wenn er schmunzelt?«

Charlotte fühlte sich hin- und hergerissen. Einerseits freute sie sich für Aurora, dass sie sich offenbar in den smarten Cyril verguckt hatte. Andererseits durfte sie sie auf dieser Reise nicht verlieren. Ohne Aurora wäre es unmöglich weiterzureisen. Das widerspräche allen Regeln des Anstands und würde sie einer Gefahr aussetzen, die sie unbedingt vermeiden musste.

Da bestätigte Aurora auch schon ihre Befürchtungen. »Weißt du, Charlotte, morgen, in den *Wisley Gardens* ... Da gibt es ja Verkaufsläden, in denen alles gekennzeichnet sein müsste. Nicht so ein Chaos wie in Great Dixter. Vielleicht könntest du da auf meine Dienste als Sekretärin verzichten?« Sie richtete sich auf und biss sich auf die Unterlippe, während sie Charlotte anblickte.

Charlotte setzte sich ebenfalls auf. »Tu mir das nicht an, Aurora, bitte … Ich brauche dich dabei!«

»Aber es wäre nur für diesen einen Tag. Cyril hat mich eingeladen, mit ihm eine Tour auf seinem Motorrad zu unternehmen. Ist das nicht atemraubend?«

»Na, da sei mal auf eine schöne Fahrt und einen ordentlichen Muskelkater gefasst. Die Dinger sind nicht besonders komfortabel.«

»Ach, wofür brauche ich Komfort. Den habe ich jeden Tag. Ich brauche den Wind um die Nase.« Sie strahlte, und Charlotte war sich sicher, dass Aurora nie attraktiver gewesen war als heute. Sie würde ihr das Vergnügen nicht verderben. »Gut, Aurora, ich fahre morgen mit Mr Mitchell allein in den Garten und treffe da auf Owen mit seinem Laster. Aber am Nachmittag fahren wir weiter. Die nächste Station liegt in Cornwall. Das ist ein gutes Stück Weg, wir werden bis zum Abend brauchen. Ich will unbedingt zu den Gärten von Heligan. Wenn Lady Nicolson richtigliegt, erwartet uns dort eine Fundgrube von Schätzen. Bist du einverstanden?« Charlotte ahnte, wie gern Aurora noch eine Nacht hier in Wisley verbracht hätte, aber sie beließ es dabei.

Aurora verschwand im Badezimmer und kehrte wenig später im Nachthemd und nach Seife duftend zurück. Als sie das Licht löschte, erfüllte ein Seufzer das Zimmer und wenig später ein Schnarchen. Charlotte wünschte, ihre eigene Gefühlslage wäre so übersichtlich wie Auroras. Sie freute sich für die vom Leben und der Liebe nicht gerade verwöhnte Frau, dass sie einen Mann beeindruckt hatte. Aber es änderte nichts daran, dass Charlotte meinte, auf einem Drahtseil zu balancieren und um ihr Gleichgewicht zu kämpfen, damit sie nicht in den Abgrund stürzte.

Kurz bevor sie einschlief, fiel ihr ein, dass sie nicht daran gedacht hatte, in Summerlight House anzurufen. Kein Trost, dass Aurora es vermutlich auch vergessen hatte. Victor würde sich Sorgen um sie machen, obwohl Owen berichten konnte, wie es den dreien auf ihrer Reise erging. Charlotte wusste, dass er ihre Stimme hören wollte, und sie selbst wollte aus erster Quelle erfahren, wie es ihrer Mutter erging. *Morgen Abend, bestimmt!*

Kapitel 16

In den *Wisley Gardens* kauften sie Stecklinge mehrerer Obstbäume und eine Fülle von Stauden.

Owen verlud mit Quinns Hilfe alles und brach nach Summerlight House auf, während Quinn und Charlotte zunächst Aurora in der Pension abholten.

Der Abschied fiel ihr schwer. »Versprechen Sie mir zu schreiben, wenn Sie wieder daheim sind!«, bat Cyril, während er Auroras Hände in seinen hielt.

Aurora war den Tränen nahe. »Das verspreche ich.«

»Und kommen Sie mich bald wieder besuchen, ja? Für Sie ist hier immer ein Zimmer frei!«

»Sie sind jederzeit auf Summerlight House eingeladen«, mischte sich Charlotte ein und packte Aurora am Ellbogen, weil die Zeit drängte.

In der ersten Stunde benutzte Aurora erst ihr eigenes Taschentuch, und als dieses durchnässt war, Charlottes. Sie war nicht zu beruhigen in ihrem Abschiedsschmerz. Die Fahrt mit dem Motorrad war das Aufregendste, was sie je erlebt hatte, erzählte sie schließlich, von Schluchzern unterbrochen. »Cyril fährt sehr sicher, ich hatte nicht die geringste Angst. Wusstest du, dass man sich am Rücken des Fahrers festhalten muss?«

Charlotte lachte auf. Sie saß am Steuer und war überhaupt nicht müde, obwohl Quinn regelmäßig nachfragte, ob sie nicht wechseln wollten. Sie fuhr lieber selbst, als freiwillig ihren Platz zu räumen. »Das hätte ich zu gern gesehen«, erwiderte sie.

St. Austell erreichten sie erst am Abend nach fast sieben Stunden Fahrt. Sie bezogen diesmal drei Einzelzimmer in einem Hotel.

Ausgeruht besuchten sie am nächsten Tag den südlich der Stadt gelegenen verwilderten Garten. Dort fanden sie hochwertige Stauden, von denen sie Teile ablösten, in Kisten lagerten, beschrifteten und zum Transport vorbereiteten. Sie hatten nur kurz bei den Mietern nachgefragt, die sofort ihr Einverständnis gaben, dass sie sich im Garten holen durften, was ihnen gefiel. Um die Anlage hatte sich offenbar, wie Vita Sackville-West schon angedeutet hatte, seit Jahren niemand mehr gekümmert.

Immer wieder ergab es sich, dass Aurora in ihren Stiefeln und ihrem praktischen Arbeitskleid weit weg von den anderen beiden mit einer Handschaufel in der Erde stocherte. Ihre Entzückensschreie flogen zu ihnen. Wie magnetisch angezogen, hielten Quinn und Charlotte sich dicht beieinander. Manchmal griffen sie gleichzeitig nach einem Ableger. Dann berührten sich ihre Finger, und wie zufällig streichelte Quinn darüber.

An diesem Nachmittag überlegte Charlotte ernsthaft, ob sie die Tour vorzeitig abbrechen sollte, weil ihr die Atmosphäre brandgefährlich erschien. Wie lange würden sie und Quinn es schaffen, dieser Anziehungskraft zu widerstehen? Und wie lange konnten sie die Magie, die zwischen ihnen herrschte, vor Aurora geheim halten? Nun gut, seit ihrer Übernachtung in Cyrils Pension schwebte Aurora in anderen Sphären und malte sich vermutlich die meiste Zeit des Tages aus, wie sie es schaffen konnte, ihn möglichst bald wiederzusehen. Am Abend, als sie ein paar Sandwiches in der Hotelbar aßen und sich ein Bier gönnten, erzählte Aurora mit fiebrig glänzenden Augen, dass Cyril ihr gestanden hatte, dass er auf eine Frau wie sie gewartet hätte. Eine, mit der man lachen und schlemmen konnte, eine, die keine Angst vor Abenteuern hatte, eine, die seine Mutter mochte.

Über den Tisch hinweg nahm Charlotte Auroras Hände in ihre und streichelte sie. Dabei fragte sie sich, ob Aurora wohl insgeheim mitbekam, dass Quinns und ihr Bein sich unter dem Tisch berührten. Manchmal glitt Quinns Hand wie zufällig unter die Tischdecke und streichelte für Sekundenbruchteile ihr Knie, sodass es Charlotte heiß und kalt wurde.

Nie zuvor hatte sie sich körperlich von einem Mann so angezogen gefühlt, aber die geschäftsmäßige Atmosphäre des Hotels lud nicht zum weiteren Beisammensein ein. Außerdem waren alle drei müde von der Fahrt und von der Arbeit in den verlorenen Gärten.

Quinn verabschiedete sich von den beiden Frauen, als sie nach dem Bier noch zur Telefonkabine neben der Hotelrezeption gingen. Er nickte Aurora zu, und als sie die Kabine betrat und versuchte, die Verbindung nach Kent herzustellen, zog Quinn Charlotte für einen Moment um die Ecke, um ihr einen Kuss auf die Wange zu hauchen und mit dem Zeigefinger über ihre Lippen zu streichen. Alles in Charlotte sehnte sich danach, sich an ihn zu pressen und mehr, viel mehr zu verlangen, aber sie rückte von ihm ab. Sie sah ihm nach, als er zur Treppe eilte, sein lässiger Gang, die kantigen Schultern, die Muskeln an seinen Armen, die sich unter seinem Hemd bewegten ... Mit einem Ruck wandte sie sich um und drängte sich in die winzige Kabine, wo Aurora bereits mit Debbie sprach.

»... hast du sie denn mal gewogen? Das ist wichtig, Debbie! Sie muss jeden Tag zunehmen.«

Aus dem Hörer quoll nur Gequake, die Verbindung war schlecht, und Debbie sprach schnell.

»Gib ihr ein Küsschen von mir, ja? Und sag Kayla, sie muss aus dem Bett kommen! Sie braucht frische Luft und Bewegung, wenn sie zu Kräften kommen will!«

Sie lauschte eine Weile, und Charlotte hörte nur ihr Atmen und das Schnarren aus dem Hörer. »Aber wieso das?«, rief Aurora da entsetzt. »Wie kommt er dazu, dir zu helfen? Hat er nichts zu tun? Was sagt denn Robert dazu?«

Wieder schwieg sie eine Weile, bevor sie das Gespräch beendete. »Ich bin stolz auf dich, meine Liebe, du machst das prima, und wenn ich daheim bin, besprechen wir alle Einzelheiten. Kannst du jetzt bitte Victor holen? Charlotte hüpft schon vor Aufregung auf der Stelle neben mir.«

Charlotte fand nicht im Geringsten, dass sie diesen Eindruck erweckte, aber sie wehrte sich nicht gegen Auroras Beschreibung und sprach noch ein paar Worte mit Debbie. Da hörte sie die hastigen Schritte ihres Mannes, der ihrer Schwester den Hörer entriss. »Charlotte, Liebste, warum meldest du dich erst jetzt? Ich bin fast wahnsinnig vor Sorge um dich!« Er klang gehetzt und eine Spur empört.

»Aber Victor, Owen kommt jeden Abend mit der Lieferung. Er hätte dich informiert, wenn etwas vorgefallen wäre. Uns geht es allen blendend. Wir sind stolz auf die Sammlung, die wir bis jetzt zusammengetragen haben.«

»Ach, was interessieren mich Owens einsilbige Berichte. Ich will deine Stimme hören, Darling! Nur dann weiß ich, dass es dir an nichts fehlt.«

Ein Orkan wirbelte in Charlottes Brust. Am stärksten spürte sie das schlechte Gewissen gegenüber diesem Mann, der ihr vertraute. »Uns geht es wirklich wunderbar. Wie geht es Mutter, und wie laufen die Arbeiten im Garten?«

»Dr. McKinley war heute da und hat mit Elizabeth geschimpft, weil sie trotz seiner Anweisung aufgestanden ist … Das Fieber ist gestiegen.«

»Oh Gott, sprich du mit ihr, Victor, bitte! Sie übernimmt sich immer. Weise Caitlin an, sie nicht allein zu lassen. Der Haushalt kann liegen bleiben, Mutter geht vor.« Als sie den Namen von Quinns Frau aussprach, fühlte sie einen Stich im Bauch. »Rede auch mit Debbie, sie soll nach Mutter schauen«, fügte sie noch hinzu.

»Ich bin sicher, dass sie schon bald auf dem Weg der Besserung ist. Und über Debbie kann ich mich nur wundern. Sie hat sich tatsächlich zusätzliche Hilfe organisiert, um bei den Chapmans den Betrieb am Laufen zu halten. Einer von den McLaren-Söhnen schaut jeden Tag vorbei und …«

»Was?« Charlottes Stimme gellte in der Kabine. Aurora hielt sich die Ohren zu. »Sieh zu, dass sie diesem Benjamin nicht zu nahe kommt, Victor. Glaub mir, das nimmt kein gutes Ende. Ich habe Beweise dafür.«

»Äh … nein«, erwiderte Victor verwirrt. »Es ist nicht Benjamin, sondern Alex, der Ältere. Du weißt, wie schwer es seinem Vater fällt, Verantwortung an die nächste Generation abzugeben. Alex ist auf der Suche nach neuen Aufgaben, solange sein alter Herr ihm nichts zutraut. Ich halte es für einen klugen Schachzug von Debbie, dass sie ihn in seinen Ferien für die Arbeit auf dem Pachthof einspannt. Hätte ich ihr gar nicht zugetraut.«

Charlotte schwieg ein paar Sekunden verdutzt. Welches Spiel trieb ihre flatterhafte Schwester mit den Jungen? Dem einen den Kopf verdrehen, den anderen für notwendige Arbeiten ausnutzen? Nun, das würde sie weit weg von zu Hause nicht herausfinden, aber sie konnte sich darauf verlassen, dass Victor die Situation im Griff hatte. »Lass dir zwischendurch Bericht erstatten«, bat sie. »Und vergiss nicht, Robert einzubeziehen.«

Victor lachte auf. »Wenn du nicht alles unter Kontrolle hast, Darling, was? Genieß deine Reise, finde botanische Kostbarkeiten und kehre mit einer Sammlung von blühenden Schönheiten zurück. Hier geht alles seinen Gang, der Garten ist eine Baustelle, und die Türme voller Kisten, die Owen bringt, wachsen in den Himmel. Obwohl ich dich zu jeder Stunde vermisse, wünsche ich mir, dass du alles schaffst, was du dir vorgenommen hast.« Er senkte die Stimme. »Das Bett ist furchtbar kalt ohne dich. Ich kann es nicht erwarten, dich zu berühren, den Duft deiner Haut einzuatmen und dich an die Stelle im Nacken zu küssen, wo du so empfindlich bist …«

Charlotte wurde rot. Sie wechselte einen Blick mit Aurora, die die Augenbrauen bis zum Haaransatz hochgezogen, die Arme vor der Brust gekreuzt hatte und die Lippen schürzte. Sprach Victor möglicherweise lauter als Debbie? Hatte Aurora seine letzten Worte mitbekommen?

»Ich liebe dich«, hörte sie Victor am anderen Ende der Leitung.

Es kam ihr wie das Selbstverständlichste der Welt von den Lippen: »Ich dich auch.« Aber im gleichen Atemzug fragte sie sich, was das für eine Liebe war, die Platz ließ für diese tiefe Zuneigung, die sich zwischen ihr und einem anderen Mann entwickelt hatte. Auf einmal stieg Angst in ihr hoch, die Kehle wurde ihr eng. »Ich kann es nicht erwarten, wieder bei dir zu sein«, sagte sie gepresst und hängte den Hörer auf. Einen Moment lang barg sie das Gesicht im Ellbogen und sog zitternd die Luft ein. Dann spürte sie Auroras streichelnde Hand auf ihren Schultern. »Es sind nur noch wenige Tage, bis ihr wieder vereint seid.«

Charlotte tauchte wie von einem Seegrund auf und brauchte einen Moment, um zu verstehen, was Aurora gesagt hatte. *Bis ihr wieder vereint seid.* Sie schämte sich für die Erleichterung, als sie erkannte, dass Aurora tatsächlich nicht mitbekommen hatte, was zwischen ihr und Quinn auf dieser Reise passierte.

Kapitel 17

Der nächste Morgen empfing sie mit strahlendem Sonnenschein und sommerlichen Temperaturen. »Wunderbar, dass wir das Verdeck geöffnet lassen können«, rief Aurora, nachdem sie das Gepäck im Wagen verstaut hatten. »Ich liebe es, den Sommerwind im Gesicht zu spüren.«

»Dann sollten wir das jetzt noch genießen. Der weitere Weg führt uns in den Norden, dort dürfte es kühler sein als hier in Cornwall«, erwiderte Charlotte und zog sich den Glockenhut ein Stück tiefer in die Stirn, damit er im Fahrtwind nicht wegwehte.

Quinn hatte seinen Koffer hinter dem Fahrersitz verstaut und grinste Charlotte an.

»Sprechen Sie es aus – Sie möchten ans Steuer, nicht wahr?« Charlotte stemmte die Fäuste in die Hüften. Manchmal fühlte es sich für sie an, als könnte sie seine Gedanken lesen, auch wenn sie wegen Aurora bei der förmlichen Anrede blieben. Was, wie Charlotte fand, durchaus seinen Reiz hatte. Ihre zur Schau gestellte Strenge verbarg, dass ihre

Knie weich wie Wachs waren. Quinns dunkelgrünes Leinenhemd betonte die Farbe seiner Augen, und es sah aus, als hätte er sich heute Morgen gründlich rasiert. Sie mochte seinen Bartschatten, aber das Jungenhafte stand ihm fast noch besser zu Gesicht. Am liebsten hätte sie sein Gesicht gestreichelt.

»Ich habe mir das verdient«, behauptete Quinn. »Ich bin mit Ihnen durch sämtliche Shops geirrt und über Äcker gestiegen, ohne zu murren. Jetzt darf ich fahren. Das ist meine Belohnung.«

Charlotte lachte auf und verdrängte all die Gedanken daran, womit sie ihn sonst noch belohnen könnte. Es war ihr fast unmöglich, im Zusammensein mit Quinn ihre körperlichen Sehnsüchte zu vergessen. Wenn sie gehofft hatte, dass sie sich an seine Nähe gewöhnen würde, hatte sie sich getäuscht. Der Reiz wurde von Tag zu Tag, von Stunde zu Stunde stärker.

»Na gut, probeweise!«, gestand sie ihm schließlich zu. »Falls ich mich nach zehn Minuten auf dem Beifahrersitz nicht sicher fühlen sollte, wechseln wir. Wie viel Fahrpraxis haben Sie? Sie besitzen doch gar kein Automobil.«

»Die Lizenz habe ich schon lange, aber gefahren bin ich bislang immer nur mit den Automobilen meiner Arbeitgeber. Nur Sie stellen sich quer.« Er zog eine betont überhebliche Miene.

»Schon in Ordnung, wir lassen ihn, nicht wahr, Aurora?«

»Ich weiß nicht. Frag mich in einer Viertelstunde noch einmal.« Aurora war ein bisschen blass um die Nase, als sie zwischen Quinn und Charlotte hin und her schaute.

Kurz darauf lenkte Quinn den Ford auf die Landstraße nach Exeter. Charlotte beobachtete ihn amüsiert von der Seite. Er gab sich den Anschein entspannter Lässigkeit, wie sein Ellbogen aus dem Seitenfenster hing und wie er sich im Fahrersitz zurücklehnte. Aber an der Art, wie seine Finger die Regler und Hebel umschlossen, erkannte sie seine Konzentration.

Schon nach wenigen Meilen begann Aurora wieder zu singen. Quinn hatte sie mit seinen Fahrkünsten überzeugt. Sie fuhren durch malerische Dörfer, an Pferdekoppeln und goldenen Weizenfeldern vorbei. In Bristol aßen sie in einem Hafenrestaurant ihren Lunch. Danach wechselten Quinn und Charlotte wieder die Plätze. Murrend gab er das Steuer frei. Sie warf ihm fragende Seitenblicke zu, um herauszufinden, ob er wirklich verstimmt war, aber sein Lächeln, als er glaubte, sie bemerke es nicht, zeigte ihr, dass er bester Laune war.

Ihre beiden Begleiter waren während dieser Reise fröhlicher und lebendiger, als sie sie von zu Hause kannte. Bei Aurora hing das sicher mit ihrer neuen Bekanntschaft zusammen, aber Quinn? Konnte es sein, dass er die Zeit ohne seine Frau genoss? Oder hemmte ihn in Summerlight House die Anwesenheit von Victor? Charlotte fragte sich, ob sie solche Gedanken mit ihm teilen durfte oder ob das die Nähe und Vertrautheit noch verstärken würde. Bislang waren sie in ihren Gesprächen nicht in die Tiefe gegangen, was vielleicht daran lag, dass sie sich oft ohne viele Worte verstanden.

Am späten Nachmittag erreichten sie Stratford-upon-

Avon. Im unweit der Stadt gelegenen Garten von Anne Hathaway interessierten Charlotte besonders die mannigfaltigen Stockrosen, die mit ihrer Größe und ihrem Farbenreichtum einen malerischen Hintergrund in Staudenbeeten bilden konnten. In einem Laden vor dem sechshundert Jahre alten Farmhaus mit seinem reetgedeckten Dach erstand Charlotte reichlich Samen, den sie im Spätsommer in die Beete einlassen würde. Dazu fanden sie üppig blühenden und duftenden Lavendel, von dem sie mehrere Kisten kauften, und Kräuter in allen Variationen.

Mit Owen vereinbarten sie, dass er diesmal nicht heimfahren, sondern sie gleich zu ihrem nächsten Ziel begleiten sollte, um ihm einen Teil der Strecke zu ersparen. Ein Tag mehr oder weniger würde dem Lavendel auf der Ladefläche nicht schaden.

Am Abend mussten sie jedoch feststellen, dass sich die Suche nach Unterkünften schwierig gestaltete. In der ersten Pension waren nur zwei Einzelzimmer frei, die Charlotte und Aurora belegten, Quinn und Owen teilten sich das einzige Doppelzimmer, das vier Häuser weiter zur Übernachtung zur Verfügung stand.

Am nächsten Morgen holten Aurora und Charlotte die beiden Männer nach dem Frühstück ab. »Unser heutiges Ziel ist einer der Höhepunkt der Reise«, verkündete Charlotte.

»Haben wir nicht allmählich genug?«, erkundigte sich Aurora. »Wo willst du das alles hinpflanzen?«

Charlotte hob eine Braue. »Kann es sein, dass es dich nicht nach Summerlight House, sondern nach Wisley zieht?«

Auroras Gesicht überzog sich mit einer feinen Röte. »Das ist Unsinn«, behauptete sie. »Aber es wäre ja schade, wenn nicht alle Pflanzen einen Platz finden würden, weil wir zu viel gekauft haben.«

»Wir brauchen all diese Arten«, sprang Quinn Charlotte bei, bevor diese antworten konnte. »Wir haben diverse Räume in unserem Garten geplant. Es wird einen einzigartigen Rosengarten, einen Bauerngarten, eine Obstbaumwiese geben ...«

»Und einen Steingarten«, fuhr Charlotte fort. »Und genau für den werden wir wunderbare Pflanzen und Anregungen im Garten von Sizergh Castle finden. Der Besitzer arbeitet mit Kies und Steinen, Gebirgspflanzen und Sukkulenten, das will ich mir gerne anschauen. Ich könnte mir vorstellen, dass ihm da etwas Aufsehenerregendes gelungen ist. Ich hoffe, wir können ein paar Pflanzen kaufen, aber vor allem wird Sizergh Castle spezielle Erwähnung in meinen Texten finden.« Ihr Notizbuch war schon zur Hälfte gefüllt. Sie hoffte, dass sich botanische Fachzeitschriften für ihre Berichte interessieren würden. Möglicherweise würde es eine Reihe von Artikeln werden.

»Das liegt am Rande des Lake District in der Nähe von Kendal, nicht wahr?« Owen stopfte sich, gegen den Laster gelehnt, eine Pfeife.

»Genau«, sagte Charlotte, »wieder ein gutes Stück Weg für uns. Lasst uns also nicht länger trödeln.«

»Ich fahre im Laster mit«, sagte Quinn, und Charlotte spürte einen wehen Schmerz in der Brust. Schon dass er in dieser Nacht ein paar Häuser weiter übernachtet hatte, dass sie den Abend und das Frühstück nicht miteinander verbringen konnten, hatte ihre Sehnsucht nach seiner Nähe befeuert. Sie hätte ihn gern neben sich gehabt, sich am Klang seiner Stimme und seines Lachens erfreut, Blicke und ab und zu heimliche Berührungen ausgetauscht. Andererseits tat ihnen vielleicht ein bisschen Abstand gut.

Wie Charlotte versprochen hatte, stellte sich der Garten der mittelalterlichen Burg als der Höhepunkt ihrer Reise heraus, und sie holten sich zahlreiche Anregungen für ihren eigenen Steingarten. Eine junge Frau mit einem Gesicht voller Sommersprossen erzählte ihnen von ihren Plänen, riesige Kalksteine heranschaffen zu lassen, um die sich später Moose, Flechten und Farne ranken sollten. An der Schürze, den Holzpantinen und den dreckverschmierten Händen erkannten sie, dass sie hier als Gärtnerin arbeitete. Die Büsche und Bäume, die Sizergh Castle umgaben, erstrahlten in einer Farbenpracht aus allen Schattierungen von Braun, Rot und Grün, dazwischen verliefen Steinplatten als Gehwege, ein stillschöner Ort des Friedens und der Ruhe, dessen Magie sich auf Charlotte, Aurora und Quinn übertrug.

»Wir verkaufen leider keine Pflanzen«, erklärte die junge Frau, die sich als Moira vorstellte, »aber wenige Meilen von hier gibt es eine Gärtnerei, von der wir den Großteil der Bepflanzung beziehen. Dort werden Sie fündig werden.«

Die Frau war vielleicht drei, vier Jahre jünger als Charlotte. An dem Leuchten in ihrem Gesicht erkannte sie, dass Moira aus Leidenschaft Gärtnerin geworden war. Eine Frau, die ihren Traum lebte, wie sie selbst damals, als sie in Kew Gardens angefangen hatte. *Doch das Leben ist ständig im*

Wandel, ging es Charlotte durch den Kopf, *die einen Träume verblassen, die anderen wachsen in den Himmel.* Was zählte, war, dass man das liebte, was man tat. »Das ist wunderbar! Eine solche Stimmung wie hier würde ich auf meinem Anwesen gern erschaffen.«

»Ich wünsche Ihnen das Beste dafür«, sagte Moria. Dann wandte sie sich um und machte eine weit ausholende Geste, mit der sie die Anlage einschloss. »Schauen Sie sich hier gerne um, solange Sie mögen. Hier steckt viel Liebe drin«, fügte sie mit einem koboldhaften Grinsen hinzu.

»Daran habe ich nicht den geringsten Zweifel«, erwiderte Charlotte mit einem Zwinkern.

Sie beschlossen, den Abend dazu zu nutzen, durch den Garten zu schlendern und sich Notizen und Zeichnungen zu Arrangements zu machen, die sie gern übernehmen würden.

Immer wieder schaute Quinn Charlotte über die Schulter, wenn sie ihr Notizbuch herausholte, und half ihr, die verschiedenen Pflanzenarten zu bestimmen. Owen hatte sich auf eine Bank unter einen Ahorn gesetzt und stopfte seine Pfeife. Aurora leistete ihm nach einer Stunde Gesellschaft, weil ihre Füße schmerzten. Gemeinsam blickten sie auf die imposanten Mauern der Burg, im Tudorstil errichtet, mit zahlreichen Türmen und Erkern. Jeder Bogen, jede Tür, jeder Eingang war von zum Teil blühenden Kletterpflanzen umrankt.

Um diese Uhrzeit waren kaum noch Besucher da. Charlotte und Quinn gingen weiter in den Garten hinein und mussten sich unter Zweigen ducken, um die abgelegenen Beete zu besichtigen. Unter dem Blätterwerk war es dämmerig und kühl, und der Duft nach Harz und Moos stieg Charlotte in die Nase. Sie wollte sich gerade zu einem Farn hinunterbeugen, um die Struktur der Blätter zu ertasten, da spürte sie Quinns Hand auf ihrer Schulter. Sie richtete sich auf, schaute ihn an, und eine Hitze schoss durch ihren Leib, die sie zu versengen drohte. In der nächsten Sekunde spürte sie seine Lippen auf ihren, nicht mehr leicht und fragend, sondern mit einer Leidenschaft, die sie überwältigte. Er zog sie fest an sich. Sie legte die Arme um seinen Nacken und gab sich diesem Kuss hin, der vertraut und doch neu schmeckte. In ihren Träumen hatte sie ihn schon hundert Mal geküsst, aber in Wahrheit fühlte es sich unendlich intensiver an. Alles in ihr zog zu ihm, am liebsten hätte sie ihm das Hemd vom Leib gerissen und seine Haut über und über mit Küssen bedeckt, wäre eins geworden mit ihm hier im Verborgenen unter dem Blätterdach. Sie spürte, dass sein Begehren nicht geringer als ihres war. Das fachte ihre Sehnsucht nach ihm nur noch mehr an.

Atemlos lösten sie sich voneinander, schauten sich in die Augen und konnten nicht glauben, was mit ihnen geschah. »Ich will dich, Charlotte«, sagte er heiser.

»Und ich dich, Quinn.« Auf einmal stiegen Tränen in ihr auf. »Es zerreißt mich innerlich, dass wir etwas Verbotenes tun, ich wünschte, wir wären allein auf einer Insel. Aber wir müssen uns der Wahrheit stellen, Quinn. Wir dürfen nicht zusammen sein, das treibt uns alle ins Unglück.«

Er begann, ihren Hals zu küssen. »Warum schalten wir nicht den Verstand ab und genießen das, was wir fühlen«, murmelte er.

»Weil das rücksichtslos und egoistisch wäre«, erwiderte sie, um einen sachlichen Tonfall bemüht, aber wieder stöhnend vor Lust. Seine Hände begannen zu wandern. Instinktiv bog sie ihm ihren Oberkörper entgegen, aber als er ihre Bluse aufknöpfen wollte, kam sie zur Besinnung. Sie konnten hier überrascht werden, sie wurden vermisst, und man würde ihnen ansehen, dass sie nicht nur die Gewächse untersucht hatten.

Fahrig richtete sie ihre Haare und ihre Kleidung, bevor sie, gefolgt von Quinn, auf den Steinplattenweg trat. Ihr Herz schlug hart gegen ihren Brustkorb, als sie zur Bank gingen, wo Aurora und Owen auf sie warteten. Als sie die beiden erreichten, sagte Charlotte in bemüht leichtem Tonfall: »Hier findet man die schönsten Gewächse selbst unter den Bäumen und im Gebüsch.« Für einen kurzen Moment glaubte sie, in Auroras Miene zu sehen, dass sie die Wahrheit kannte. Aber sie konnte sich auch täuschen.

Die Gärtnerei, von der Sizergh Castle seine Pflanzen bezog, machte am nächsten Tag das Geschäft ihres Lebens. Die Ladefläche des Lasters war fast zu klein für all die Kisten, Töpfe und Paletten, die Charlotte aufstapeln ließ. Das Klima hier oben war kühler als in Kent, gerade deswegen war die Pracht bemerkenswert. Sie rechnete sich gute Chancen aus, dass die Gewächse in Summerlight House noch besser gediehen.

Quinn und Owen zogen Tücher über die Kisten und befestigten alles mit Seilen, während sich Aurora und Charlotte am Straßenrand stehend Erde von den Händen streiften.

»Meinst du wirklich, wir sollten noch nach Alnwick Castle in Northumberland?« Aurora hatte sich ein verwegen wirkendes Tuch um den Hals geknöpft, das farblich mit ihrem beigefarbenen Kleid harmonierte.

Charlotte wiegte den Kopf. Die lange Autofahrt, das Ausgraben und Tragen der Pflanzen hatten sie an ihre Grenzen gebracht. Sie hatten inzwischen mehr gekauft als geplant. Auch für Owen wäre es eine unzumutbare Belastung, die Lieferung nach Kent zu bringen und erneut hoch in den Norden zu fahren. »Du hast recht. Wir lassen den Garten von Alnwick Castle erst einmal aus, obwohl er den besten Ruf hat und schon Mitte des 18. Jahrhunderts angelegt wurde.« Sie grinste. »Ich hätte mir gern den Teil mit den Giftpflanzen angeschaut, der ist weltberühmt, aber gut, vielleicht ergibt sich auf dem Heimweg eine Gelegenheit, und wir nehmen uns ein bisschen mehr Zeit für Skye.«

Aurora fasste sich an die Stirn. »Charlotte, hast du dir die Karte angeschaut? Um zu den Hebriden zu kommen, müssen wir durch ganz Schottland, wir sind von morgens bis abends unterwegs! Und für den Rückweg nach Kent brauchen wir mindestens zwei Tage. Lohnt sich das wirklich?« In ihrer Stimme lag Verzweiflung.

Charlottes Fingerspitzen begannen zu kribbeln. »Ich muss dahin«, sagte sie mit fester Stimme, die Stirn in Falten gelegt. »Ich war seit meiner Kindheit nicht mehr da. Nun lebt dort der Mann, dem ich meine Anstellung in Kew Gardens verdanke und der seine Hand immer schützend über mich gehalten hat. Ich bin es ihm schuldig zu sehen, ob es ihm gut geht.«

Aurora zog die Lippen nach innen, wandte den Blick ab und starrte einen Moment lang auf ihre Schuhspitzen. »Ist es denn ... ich meine, ist es nötig, dass ich mitkomme? Ich könnte mit Owen nach Hause fahren und mich um Claire kümmern. Ich fürchte, auf den Inseln wird es für uns keine Möglichkeit geben zu telefonieren. Wir sind dort von allem abgeschnitten.«

Charlotte spürte, wie sie blass wurde. Wenn Aurora nicht mitreiste, könnte auch Quinn sie nicht begleiten. Dabei sehnte sie sich doch so sehr danach, ihm die Schluchten und Strände zu zeigen, in denen sie als Kind mit ihrem Großvater die Liebe zur Botanik entdeckt hatte. Aus Gründen, die sie selbst nicht verstand, wollte sie mit Quinn an dem Ort sein, an dem sie unbeschwert glücklich gewesen war und an dem sie zum ersten Mal gespürt hatte, was es bedeutete, vor Begeisterung in Flammen zu stehen. Es war unmöglich, mit Quinn allein diese Reise anzutreten, gegen jeden Anstand, gegen jede Moral.

Sie legte ihre Hand auf Auroras Schulter und sah ihr flehend ins Gesicht. »Bitte lass mich nicht im Stich, Aurora. Es ist mir wichtig, Professor Bone zu treffen und ihm zu erzählen, was sich seit seinem Umzug ereignet hat. Ich möchte seine Meinung zu allem hören, was Quinn und ich uns für den Garten ausgedacht haben. Ich habe diesem Mann viel zu verdanken, und die Hebriden werden dich begeistern, vertrau mir! Wenn sich das Wetter hält, werden wir zwei unvergleichlich schöne Ferientage da haben. Und in vier, fünf Tagen sind wir wieder daheim. Bestimmt ist dann schon der erste Brief von Cyril für dich eingetroffen«, fügte sie hinzu.

Sie las in Auroras Miene, wie sie mit sich rang, und ballte vor Anspannung die Hände. »Tu mir diesen Freundschaftsdienst.«

Schließlich stieß Aurora einen Seufzer aus. »Schon gut, schon gut, ich komme ja mit, wenn es dir so viel bedeutet.«

Spontan zog Charlotte sie an sich. »Ich wusste, dass ich mich auf dich verlassen kann.«

»Nanu? Dramatische Abschiedsszene?«, fragte Quinn, der auf sie zukam.

»Von wegen Abschied!«, empfing Charlotte ihn übermütig und hätte ihn am liebsten gleich mit umarmt. »Nur eine kleine Planänderung: Wir lassen Alnwick Castle aus und steuern direkt die Hebriden an.«

Als sich Quinn an die Stirn fasste, überlegte Charlotte für einen Moment, ob sie in einer Zeitschleife gefangen war, zumal er das Gleiche sagte wie Aurora: »Haben Sie sich die Karte angeschaut?«

Sie rollte mit den Augen und lachte auf. »Im Gegensatz zu euch habe ich mir die Karte sogar vor der Abreise angeschaut.«

»Na ja, aber darauf lässt sich schlecht erkennen, wie weit der Weg wirklich ist. Cornwall zum Beispiel sah nach einem Katzensprung aus, aber wir waren stundenlang unterwegs«, bemerkte Aurora.

»Aber Autofahren ist doch herrlich!«, rief Charlotte. »Und Mr Mitchell, ich verspreche Ihnen, wir teilen uns die Strecke, einverstanden?«

Quinn legte die Rechte auf seine Brust und verneigte sich. »Mit dem größten Vergnügen.«

Owen hatte sich bereits hinters Steuer des Lastwagens gesetzt und das Fenster heruntergekurbelt. »Braucht jemand noch eine Mitfahrgelegenheit?«, rief er munter.

Charlotte legte links den Arm um Aurora, rechts um Quinn. »Nein, wir nehmen die andere Richtung!«, rief sie.

Owen hob die Hand zum Gruß und startete den Laster. Die drei winkten ihm hinterher, wedelten aber rasch mit den Fingern vor den Nasen, als das Gefährt schwarze Wolken ausstieß.

»Wollen wir vor der Weiterreise noch ein Telefon suchen?«, schlug Aurora vor. »Wer weiß, ob wir auf den Hebriden dazu kommen.«

Quinn zog eine Taschenuhr an einer silbernen Kette hervor und ließ sie aufschnipsen. »Schon nach zehn Uhr. Ich schlage vor, wir vergeuden keine Zeit, wenn wir bis zum Dunkelwerden Schottland durchquert haben wollen. Ich nehme an, da gibt es eine Fähre, die nachts nicht fährt, oder, Mrs Bromberg?«

»Ich erinnere mich nicht mehr an die Zeiten, aber ja, es gibt eine Fähre. Früher hat die nur Personen, Pferde, Schafe und Handwagen befördert, keine Ahnung, ob wir mit dem Automobil übersetzen können. Aber Sie haben recht, Mr Mitchell, lassen Sie uns gleich losfahren. Möchten Sie als Erster ans Steuer?«

Aurora seufzte schicksalsergeben, kletterte auf die Rückbank und suchte sich eine Position, in der sie entspannt vor sich hin dösen konnte. Beim Tagträumen verging die Fahrt am schnellsten.

Kapitel 18

Sie erwischten am frühen Abend die letzte Fähre zur Isle of Skye, aber für den Autotransport war sie nicht ausgerüstet. Aurora hatte schwere Lider, und Quinn hatte einen Bartschatten. Vermutlich sah Charlotte genauso erschöpft aus, aber das Gewissen nagte an ihr, weil sie ihren Gefährten diese strapaziöse Anreise zugemutet hatte.

Unterwegs hatten sie, wann immer sich die Wolken verzogen, atemraubende Landschaften gesehen, grüne Täler, braune Felsen, die Highlands, in denen Elfen und Kobolde zu hausen schienen. Aurora war irgendwann eingeschlafen, aber Quinn und sie hatten sich immer wieder gegenseitig auf malerische Brücken und Kirchen, Steingräber, Ruinen und historische Dörfer hingewiesen. Etwa alle zwei bis drei Stunden hatten sie sich mit dem Fahren abgewechselt, zwischendurch nach Tankstellen suchen müssen und gegen Mittag auf einer Anhöhe, von der aus sie die zerklüftete Landschaft bestaunen konnten, die Sandwiches gegessen, die Aurora für sie beim Frühstück eingepackt hatte.

Charlotte bekam das Gefühl, Quinn schon ihr Leben lang zu kennen. Sie wusste, worüber er lachte, spürte, wenn er versuchte, einen Anflug von Ärger zu verbergen, merkte, wie sie sich auch schweigend verstanden, erkannte in seinen Blicken, wann er sich danach sehnte, allein mit ihr zu sein und sie zu küssen. Manchmal, wenn Aurora hinten leise schnarchte und sie sicher sein konnten, dass sie es nicht mitbekam, hielten sie sich an den Händen, eine sachte Berührung, unschuldig und doch verboten.

Sie stellten das Auto in der kleinen Hafenstadt ab und packten Kleidung für zwei Tage in die Rucksäcke. Charlotte besorgte in einem kleinen Laden Weißbrot und Käse, Hartwurst und Wein, Tee und Kekse. Alle drei trugen vollgepackte Papiertüten. Und nun tuckerte die Fähre von Mallaig auf dem Festland Richtung Armadale auf Skye.

Charlotte, Quinn und Aurora standen an der Reling und ließen den Seewind ihre Haare zerzausen. Sie hatten sich Pullover, Jacken und Mützen übergezogen, und die Aufregung wärmte sie von innen. »Meinst du nicht, es beleidigt deinen Professor, wenn du seine Gastfreundschaft in Frage stellst? Er wird für uns eingekauft haben«, überlegte Aurora laut.

Charlotte lachte. »Eher nicht. Er weiß nicht, dass wir kommen.«

Aurora und Quinn schrien gleichzeitig auf. »Was?«

Charlotte zuckte nur die Schultern. »Er wird sich freuen, da bin ich sicher.«

»Aber … aber wenn er gar nicht da ist?« Aurora schüttelte fassungslos den Kopf.

»Was, wenn er schon Besuch hat?« Quinn zog die Augenbrauen zusammen, sodass sich eine steile Falte bildete.

Charlotte verlor jedoch ihre gute Laune nicht. »Was habt ihr für Vorstellungen von der Insel? Wohin sollte der Professor abends gehen? Er wird in seiner Stube sitzen und Pflanzen zwischen Pergament pressen, sein Feldbuch vervollständigen oder eine Sendung nach Kew Gardens packen. Vielleicht ist er bei einem Nachbarn auf einen Whisky oder im Gemeindehaus, aber das ist kein Problem, denn da finden wir ihn sofort.«

»Ich kann nicht glauben, wie unbekümmert Sie sind«, erwiderte Quinn.

»Hätten Sie mich lieber sorgenvoll?«

»Nein, natürlich nicht«, beschwichtigte er, und Charlotte bemerkte, wie Aurora zwischen ihnen hin und her schaute, einen Ausdruck von Überraschung im Gesicht. Es wurde von Tag zu Tag schwerer, die Vertrautheit, die zwischen Quinn und ihr gewachsen war, zu verbergen. Diese Reise war wie eine Blase, die nach ihrer Rückkehr platzen würde. Aber Charlotte wollte nicht daran denken, wollte jede Stunde diese freie Zeit genießen, in der sie sich ungebunden wie als junges Mädchen fühlte.

Doch die skeptischen Blicke von Aurora holten sie auf den Boden der Tatsachen zurück: Dies hier war nicht ihr Leben. Dies war eine spezielle Situation, die nicht andauern würde.

»Professor Bone wohnt in demselben Dorf, in dem mein Großvater Hugh gelebt hat. Das weiß ich von den Kollegen aus Kew Gardens. Ich kenne das Dorf gut aus meiner Erinnerung. Diese *Blackhouses* waren immer die traditionelle

Behausung der Bauern, nur aus Stein und Stroh errichtet. Ihr werdet die Romantik lieben«, versprach sie.

»Werden wir in diesen traditionellen Behausungen ein Bett zum Schlafen haben?« Sie lauschte dem Klang seiner Stimme nach und hörte weniger Verärgerung als Verunsicherung.

»Also, die Hütte meines Großvaters besaß eine Stube und zwei Schlafzimmer.«

»Oh, erstklassig. Das reicht ja«, erwiderte er spöttisch.

Aurora klappte der Kiefer herunter, aber Charlotte lachte nur. »Warten wir es ab. Soweit ich weiß, werden einige dieser Häuser von ihren Besitzern, die selbst in die Hauptstadt Portree gezogen sind, vermietet. Wir werden uns schon irgendwie einrichten.«

Aurora und Quinn wechselten einen vielsagenden Blick. Es amüsierte Charlotte, dass die beiden sich gegen sie verbündeten. Sie selbst war absolut sicher, dass sie eine herrliche Zeit auf Skye verbringen würden. Hier oben im Norden des Königreichs tickten die Uhren anders, hier musste nicht alles penibel durchgeplant werden, hier konnte man sich darauf verlassen, dass drei Gäste jederzeit untergebracht und bewirtet werden konnten. Je näher sie der Insel kamen, desto mehr Aufregung spürte Charlotte. Wie freute sie sich darauf, den schönsten Ort ihrer Kindheit wiederzusehen und Professor Bone zu treffen!

Eine der Kutschen, die im Hafen von Armadale für die Fährgäste bereitstanden, brachte sie in das Dorf, in dem der Professor lebte. Die Sonne stand tief am Horizont, während sie ruckelnd Schafweiden und Felsen passierten. Der schweigsame Kutscher, ein bärtiger alter Mann mit einer Haut wie Leder, musste kurz vor ihrem Ziel die Glocke anschlagen, weil ein Dutzend Schafe die Straße blockierte. Gemächlich setzten sich die Tiere in Bewegung. In der Dorfmitte ließ der Kutscher sie mit ihrem Gepäck aussteigen, kassierte den Fahrpreis und lenkte nach einem knappen Gruß die Pferde wieder zur Hauptstraße.

Die Insel war ursprünglich unbewaldet gewesen, die Buche in der Mitte des Dorfplatzes hatte Charlottes Großvater gepflanzt. Auch an anderen Stellen hatte er für Aufforstung gesorgt. Die Dorfbuche war zu einem stattlichen Exemplar mit ausladendem Blätterdach herangewachsen.

Charlottes Herz pochte, während sie sich umschaute. Die *Blackhouses* waren ihr als Kind größer vorgekommen. Nun wirkten sie fast wie Puppenstuben. Über allem hing der Geruch nach Dung und Torffeuer.

Eine Frau mit einem Wolltuch über einem karierten Kleid und einem Kind an der Hand überquerte den Platz. Sie trug einen Korb und musterte die drei Fremden skeptisch. Das Kind blieb stehen, sie zog an ihm, damit es weiterging, aber da lief Charlotte schon auf die beiden zu, während Quinn und Aurora beim Gepäck warteten. »Wir sind auf der Suche nach Professor Bone. Wissen Sie, wo wir ihn finden?«

Sie runzelte die Stirn. »Ein Professor wohnt hier nicht«, erwiderte sie mit schwerem schottischem Akzent, sodass Charlotte sich anstrengen musste, um sie zu verstehen.

Für einen Moment bekam Charlotte Angst. Was, wenn die Skepsis ihrer Mitreisenden berechtigt war und sie hier mitten im Nirgendwo gestrandet waren ohne Dach über dem Kopf?

»Aber ... aber das kann nicht sein! Ich weiß, dass er in diesem Dorf lebt. Sie sind ihm mit Sicherheit schon begegnet. Er ist viel unterwegs und sammelt Pflanzen.«

Ein Ausdruck des Verstehens glitt über das Gesicht der Frau. Das Kind zupfte an ihrem Kleid. »Das ist der Pflanzensammler«, sagte es mit piepsiger Stimme. »Genau«, stimmte die Mutter zu, ließ das Kind los und wies auf das letzte Haus vor einer Felswand. »Wenn das Ihr Professor ist, finden Sie ihn dort.«

Charlotte bedankte sich, eilte zu ihren Mitreisenden zurück, und gemeinsam stapften sie schwer bepackt auf das reetgedeckte Haus zu, dessen Dach mit Steinen befestigt war. Die Wände wirkten wie zusammengebacken, aber die Butzenfenster mit den hölzernen Rahmen blinkten blankgeputzt. Da erkannte sie ein Gesicht hinter der Glasscheibe. Sekunden später flog die von gemauerten Säulen flankierte Eingangstür auf.

»Nein, das kann doch nicht wahr sein!« Professor Bone riss erstaunt den Mund auf, um dann die Arme auszubreiten. Er zog Charlotte an sich. »Was für eine Überraschung, dass Sie mich hier besuchen kommen, liebste Charlotte.« Jetzt ließ er die Tränen tatsächlich laufen, sie flossen über sein faltiges, vom Wetter gegerbtes Gesicht. Die wenigen Wochen, die er hier verbracht hatte, hatten ausgereicht, um einen bleichgesichtigen Wissenschaftler in einen allen Stürmen trotzenden Landmenschen zu verwandeln, dachte Charlotte. Die pelzigen Haare, die sie als Kind immer an ein

Nagetier erinnert hatten, waren ergraut und nachgewachsen und umrahmten wie eine Mütze sein rundes Gesicht. Sein Backenbart war lang und grau. Er trug eine bequeme Hose aus Tweed und eine Strickjacke über einem Pullover und verströmte einen Duft nach Whisky und Wildkräutern.

»Es tut mir leid, dass ich mich nicht ankündigen konnte, es ging alles zu schnell. Aber ich hatte gehofft, dass Sie sich freuen würden. Darf ich Ihnen meine Mitreisenden vorstellen?« Sie legte Aurora die Hand auf die Schulter und schob sie vor. Kurz kam wieder die unsichere junge Frau zum Vorschein, die sich schämte, wenn ein Mann sie anschaute. Ein Hauch von Rosa legte sich auf Auroras Gesicht. »Das ist meine angeheiratete Cousine Aurora. Vielleicht erinnern Sie sich, sie auf meiner Hochzeit gesehen zu haben. Ich weiß nicht, ob sie Ihnen vorgestellt wurde?«

Nein, sie erinnerten sich nicht aneinander, aber Charlotte wurde nun Zeugin, wie die beiden sich anstarrten, wie alle Verlegenheit von Aurora abfiel und ein Lächeln ihre Züge verschönerte. Ihre Augen schimmerten, als Professor Bone nach ihrer Hand griff und sich verbeugte. »Es freut mich, Ihre Bekanntschaft zu machen«, sagte er fast inbrünstig.

»Danke für Ihre Gastfreundschaft«, erwiderte Aurora.

Mit Quinn hielt er sich wesentlich kürzer auf, die beiden reichten sich die Hand, und Charlotte stellte ihn als ihren Gärtner vor.

Die Frage der Unterkunft lösten sie, wie Charlotte gehofft hatte, pragmatisch. Das Nachbarhaus stand leer und konnte gemietet werden, Professor Bone kannte den Besitzer. Es stand ihm frei, dort Gäste einzuquartieren und im Nachhinein abzurechnen. Quinn würde die zweite Stube bei Professor Bone beziehen, Charlotte und Aurora das Nachbarhaus.

An diesem Abend dauerte es jedoch lange, bis es sie in die Betten zog. Obwohl sie bis auf die Knochen erschöpft waren, saßen sie bis nach Mitternacht an dem groben Holztisch, der den Mittelpunkt von Professor Bones Haus bildete. Dort nahm er nicht nur seine Mahlzeiten ein und bewirtete Gäste, hier erledigte er auch seine wissenschaftlichen Arbeiten, führte Buch über seine Entdeckungen, trocknete Pflanzen und archivierte sie in Pappkartons, die die meiste Fläche eines Regals an der hinteren Wand beanspruchten.

Es war Hochsommer, aber der kühle Inselwind pfiff durch die Ritzen, und das Feuer im Kamin prasselte behaglich. Der Tisch quoll über vor all den Leckereien, die Charlotte eingekauft hatte. Den Wein tranken sie aus dickbauchigen Wassergläsern.

Charlotte berichtete ihrem alten Mentor, wie es zu dieser Reise gekommen war. »Es weht ein anderer Wind in Kew Gardens unter Sir Hill«, erzählte sie. »Ich schätze ihn und glaube auch, dass ich ihn beeindruckt habe. Aber ihm passte mein Vertrag nicht. Damit wollte er Ihren Nachfolger nicht behelligen, er liebt klare Verhältnisse.« Sie zuckte die Schultern. »Er hätte meinen Vertrag korrigieren können, sodass er den Gepflogenheiten von Kew Gardens entspricht, aber so weit gingen seine Zugeständnisse nicht.«

»Ein Jammer. Das Institut verliert mit Ihnen eine der fähigsten Mitarbeiterinnen. Das muss schwer für Sie gewesen sein«, bedauerte Professor Bone.

Charlotte schluckte. »Einerseits schon. Andererseits hat Kew Gardens für mich einen Teil seines Zaubers verloren, nachdem die Expeditionsgruppe in der Nord-Mandschurei ums Leben gekommen ist.« Sie zwang sich zu einem Lächeln. »Und jetzt habe ich diese neue Aufgabe, Summerlight House zu einem Garten zu verhelfen.«

Sie wartete vergeblich darauf, dass sich ihre Freude in Professor Bones Zügen spiegelte. »Hüten Sie sich davor, ins Private abzugleiten«, sagte er. »Bringen Sie Ihr Talent in die Wissenschaft ein. Sie brauchen diese Anerkennung, und Sie verdienen sie auch.«

Charlotte spürte Verlegenheit in sich aufsteigen, sah kurz zu Quinn, der genau wie Aurora dem Gespräch zwischen den beiden Botanikern schweigend folgte. »Ich versuche es. Ich führe Buch über unsere Ankäufe auf dieser Reise, werde das alles wissenschaftlich aufbereiten und hoffentlich in einem Fachjournal veröffentlichen. Ich will die Entstehung des Gartens von Anfang an dokumentieren.«

»Sehr gut!«, rief Professor Bone begeistert. »Lassen Sie sich nicht zu schnell einschüchtern. Als Frau werden Sie vermutlich noch eine lange Zeit gegen Ressentiments zu kämpfen haben, aber wenn es eine schafft, sich durchzusetzen, sind Sie das, Charlotte.«

»Ich danke Ihnen, Professor Bone. Ihre Einschätzung macht mir Mut.«

»Sorgen Sie dafür, dass die richtigen Leute die Entstehung Ihres Gartens mitverfolgen, und planen Sie eine Eröffnungsfeier. Ich werde dabei sein, darauf können Sie sich verlassen.«

Charlotte wechselte einen Blick mit Quinn. Dem Professor gelang es, ihren Ehrgeiz zu befeuern.

»Dazu ist es wichtig«, fuhr der Professor fort, »dass Sie neben herkömmlichen Pflanzen auch außergewöhnliche heranziehen. Sie werden sicher reichlich Material mitbringen, das für Aufsehen sorgen wird. Wenn Sie mögen, gebe ich Ihnen eine Auswahl der Wildblumen von den Hebriden mit, die man in Kent selten sieht.«

»Das hört sich fantastisch an«, sagte Charlotte. »Ich werde außerdem viel Zeit in die Rosenzucht investieren. Sie waren das Thema meiner Abschlussarbeit, auf diesem Wissen kann ich aufbauen.«

Professor Bone nickte. »Einem wirklich originellen Garten sieht man die Mühen, die man investiert hat, nicht an. Er ist eine Kombination aus Kunst, Natur und Handwerk und vermittelt im besten Fall eine Ahnung von Leichtigkeit und zufälliger Schönheit. Ich bin sicher, Sie haben ein Händchen dafür, Charlotte.« Er hob sein Glas, und die anderen taten es ihm nach. Quinn sprach den Toast: »Auf den schönsten Garten Englands!« Feierlich tranken sie.

»Was für außergewöhnliche Ansichten für einen Mann«, ließ sich Aurora vernehmen, nachdem sie das Glas abgestellt hatte. Sie belegte sich ein Brot mit Käse und klappte es zu einem Sandwich zusammen. »Die meisten Männer versuchen, Frauen kleinzuhalten.«

Professor Bone hob eine Braue und lächelte ihr zu. »Vielleicht haben Sie bislang die falschen Männer kennengelernt, verehrte Miss Ainsworth?«

»Vielleicht ja«, gestand sie. »Diese Reise hat mir ohnehin

gezeigt, wie viel ich bisher verpasst habe. Ich habe mich immer in meinen vier Wänden am sichersten gefühlt, die Welt drum herum machte mir Angst, aber nun erkenne ich, dass ich nicht zur Einsiedelei geboren bin. Ich kann es gar nicht abwarten, die Insel zu erkunden!«

»Oh, das freut mich über die Maßen«, erwiderte Professor Bone. »Es gibt hier einige Orte, die ich bislang nicht besucht habe, weil man als einzelner Gast inmitten all der Paare und Gruppen fehl am Platz zu sein scheint. Es gibt da zum Beispiel ein herrliches Fischrestaurant am Hafen von Portree und auf dem Weg dahin eine Whiskydestillerie, die zum Verkosten einlädt. Würde Ihnen das gefallen?« Er sah von Aurora zu Charlotte und schließlich zu Quinn. Aurora kam ihnen allen zuvor und klatschte in die Hände. »O ja, sehr gern!«

»Nun ...« Charlotte räusperte sich. »Ich würde liebend gern den Tag mit Ihnen verbringen, Professor Bone, aber ich freue mich darauf, die Orte meiner Kindheit aufzusuchen, die Schluchten und Ufer, wo wir die Flora erforscht haben. Es ist mir eine Herzenssache, diese Erinnerungen aufzufrischen.«

»Mir wäre auch daran gelegen, die Natur hier kennenzulernen«, bemerkte Quinn, »obwohl ich gegen einen guten Whisky nichts einzuwenden habe.«

»In diesem Fall schlage ich vor, wir teilen uns auf. Miss Ainsworth ... darf ich Aurora sagen?«

»Aber ja.« Sie strahlte ihn an.

»Aurora und ich würden mit meiner Kutsche in die Stadt fahren, ein paar Highlights besichtigen und Whisky begutachten. Aus der Destillerie bringen wir ein paar der besten Sorten mit, die wir gemeinsam hier am Abend probieren können. Sie können den Tag in der Natur verbringen und die Schönheit der Insel genießen. Was halten Sie davon?«

Charlotte spürte Quinns Fuß unter dem Tisch an ihrem Bein und wusste, sie sollte diesen Vorschlag ablehnen, aber sie schaffte es nicht. Die Vorstellung, mit Quinn allein in der rauen Natur der Insel zu wandern und zu klettern, ließ sie erschauern. Er und sie an dem Ort, der sie von frühester Kindheit an in seinen Bann geschlagen hatte. »So machen wir es«, hörte sie sich selber sagen.

Die Erinnerungen stürmten auf sie ein, als sie am nächsten Morgen aufbrachen. Die Luft war mild, aber ein kräftiger Wind trieb weiße Schäfchenwolken in atemraubendem Tempo über den Himmel. Die Bewegung der Wolken verursachte das für die Insel typische Spiel aus Licht und Schatten, das Charlotte schon als Kind geliebt hatte. Minutenlang hatte sie eine Felswand beobachten können, über die sich goldenes Sonnenlicht wie von Zauberhand ergoss und die Schatten vertrieb.

Professor Bone hatte eine braune Haflingerstute an eine Kutsche gespannt, die er aus der benachbarten Scheune geholt hatte. »Ich brauche die Kutsche nicht oft, ich bin meist zu Fuß oder mit dem Fahrrad unterwegs, aber für Großeinkäufe und liebe Besucher, die die Insel sehen wollen, ist sie perfekt, nicht wahr?« Geschickt schwang er sich auf den Kutschbock und klopfte neben sich. »Steigen Sie auf, meine liebe Aurora, oder haben Sie es sich anders überlegt?«

Aurora trug heute ein weiß abgesetztes königsblaues Stadtkleid mit Schnallenschuhen, eine Stola, einen seidenen Schal und einen Glockenhut. Die Haare trug sie zu einem Knoten geschlungen. An ihrem Hals schimmerte eine Perlenkette, und passende Ohrringe hatte sie auch angelegt. Perfekte Eleganz für die Stadt, befand Charlotte und erkannte an der Miene des Professors, dass er von Auroras Charme gefangen war. Sie selbst hatte heute einen festen Leinenrock mit Schnürstiefeln, einen himmelblauen Pullover mit Knopfleiste und eine Wetterjacke mit Kapuze gewählt. Auch Quinn neben ihr war für ihre Wanderung ausgerüstet. Die Hose hatte er in seine Stiefel gesteckt, über seinem schwarzen Pullover trug er eine Lederjacke. Er hatte einen Rucksack mit Proviant dabei, sie eine Schultertasche mit einer Lupe, einer Pinzette, einem scharfen kleinen Messer, ihrem Notizbuch, Schraubgläsern und mehreren Tüten aus Pergament.

Auroras Seidenschal wehte im Wind, als die Kutsche sich in Bewegung setzte. Das Klappern der Hufe mischte sich mit dem Blöken der Schafe, dem Pfeifen des Windes, dem Rauschen in den Feldern. Es wurde leiser und leiser, und schließlich verebbte es auf der Landstraße in die Hauptstadt. Quinn und Charlotte standen immer noch da, lauschten in die Stille hinein, atmeten den Duft der wilden Natur. Wie auf ein geheimes Zeichen hin wandten sie sich gleichzeitig in Richtung des Feldes, das zu den Klippen führte.

Quinn fasste nach Charlottes Hand und ließ sie nicht mehr los. Ein Gefühl der Geborgenheit erfüllte sie. Auf halber Strecke die Anhöhe hinauf wies sie nach unten auf eines der *Blackhouses* am Rande der Siedlung. »Das war das Haus meines Großvaters«, sagte sie. »Aber es sah innen genauso aus wie das von Professor Bone. Sie sind alle nach demselben Muster geschnitten.« Der Professor hatte am Vorabend erzählt, dass ein Schafzüchter mit seiner Familie dort lebte.

Ein Trampelpfad führte den Hügel hinauf. Charlotte wusste noch, dass in die Felsen zum Wasser hinab eine Treppe gehauen war. Dort unten lag ein sandiges Ufer, geschützt von den Klippen.

Sie atmete schwer, als der Weg steiler wurde. Quinn schritt kraftvoll voran und zog sie mit sich. Als sie sich dem höchsten Punkt näherten, löste sich Charlotte von ihm und ging in die Hocke. »Schau hier, Quinn. *Silene maritima.*« Struppiges Grün mit weißen Blüten zog sich über einen Felsen. Charlotte öffnete ihre Tasche und zog ein Glas heraus. »Das Klippen-Leimkraut würde gut in unseren Steingarten passen.«

Quinn ging neben ihr in die Knie und beobachtete, wie sie mit dem Messer behutsam ein paar Wurzeln und Triebe abtrennte und sie mit ein wenig Erde in das Glas legte, bevor sie es verschloss. Ihr Gesicht leuchtete, als sie den Behälter in die Sonne hob und ihr erstes Fundstück betrachtete.

»Das wäre mir gar nicht aufgefallen«, gestand Quinn. »Die Insel wirkt karg.«

»Das stimmt, aber es gibt hier mehr als 650 Pflanzenarten. Die haben schon Forscher vor meinem Großvater gezählt. Obwohl man es jetzt im Juni nicht vermuten würde, aber die Hebriden liegen in einer ähnlichen Klimazone wie

Wales und Cornwall. Sie haben laue Winter, die einige Exoten hervorbringen.« Ihr Blick glitt umher, und im nächsten Moment hockte sie auf allen vieren, krabbelte vorwärts und beugte sich hinab, wobei ihr die Brille auf die Nasenspitze rutschte. »Rosenwurz!«, sagte sie. »Wie sonnengelb die Blüten sind. *Sedum roseum.* Davon nehmen wir ein paar Stecklinge mit, ja?«

Diesmal nahm Quinn das Messer. »Darf ich?«

Charlotte beobachtete, wie besonnen er mit den Pflanzen umging, wie er sie fast zärtlich ergriff und in ein Glas bettete.

»Rosenwurz und Klippen-Leimkraut, auch Weißkehlchen genannt, sind mir ein Begriff, aber nie im Leben hätte ich mir die lateinischen Namen merken können. Wie schaffst du das?« In seinem Gesicht erkannte sie ehrliches Erstaunen und Bewunderung, gepaart mit einer Sehnsucht, die ihr für einen kurzen Moment den Atem verschlug.

Hier hockte sie auf allen vieren und gab trockenes Pflanzenwissen von sich. Trotzdem schien das den Mann, dem ihr Herz gehörte, nicht zu stören. Nie zuvor hatte Charlotte sich mehr angenommen gefühlt als in diesem Moment, wo das Rauschen der Wellen und die Schreie der Möwen in ihren Ohren klangen, wo die Luft nach Salz und Algen schmeckte und wo sich Quinns Gesicht ihr näherte, um ihre Lippen zu berühren. Sein Kuss war liebevoll und verlangend zugleich. Charlotte spürte Schwäche in allen Gliedern. Aber sie riss sich zusammen, löste sich von ihm und kam auf die Beine. Drüben an der Landstraße zog ein Bauer seinen hoch beladenen Handkarren voller Torf vorbei. Obwohl er vermutlich von dort nicht viel erkennen konnte, war es Charlotte unangenehm, dass jemand Zeuge ihres Kusses wurde.

»Ich weiß nicht, warum ich mir die Namen merken kann. Irgendwann habe ich herausgefunden, dass ich es kann.« Sie zuckte die Schultern. »Es ist nützlich, wenn man in der Wissenschaft arbeitet.«

Sie ging ihm voran, bis sie an die Treppe im Felsen kamen. Die Stufen waren in den Stein gehauen, ein Geländer bot eine gewisse Sicherheit. »Sollen wir?« Sie sah zu ihm auf, der Wind vom Meer wehte ihr die Haare über das Gesicht.

»Aber natürlich, darum sind wir hier. Lass mich vor«, sagte er und begann vorsichtig den Abstieg. Zwischendurch hielt er immer wieder Charlottes Beine, wenn eine Stufe schief erschien, aber mit jedem Schritt kamen sie der kleinen Bucht näher. Charlotte erinnerte sich, dass sie als Kind hier herumgeturnt war und dass ihr alles viel größer und wilder erschienen war. Ihr Großvater war damals behände gewesen und hatte in den Klippen nach Pflanzen gesucht. Aber auch im Sand in der Nähe des Ufers fanden sich Gewächse, von denen Charlotte sofort Ableger nahm. Die lila Blüten der Strandrauke, die grün-fleischigen Blätter des Kali-Salzkrauts, die genau wie die Gelappte Melde – *Atriplex laciniata*, sagte Charlotte in Gedanken auf – zur Familie der Fuchsschwanzgewächse gehörte.

Im Schutz des Felsens, die Bucht ins mittägliche Sonnenlicht getaucht, zog Quinn eine Decke aus seinem Rucksack, ließ sich darauf nieder und lehnte sich gegen die Steinwand. Charlotte setzte sich dicht neben ihn, winkelte die Beine an und zog ihr Buch hervor, um ihre Notizen zu vervollständigen. Sie durfte nicht vergessen, an welchem Tag, zu welcher Uhrzeit, in welchem Zustand, an welchem Ort sie die eingesammelten Pflanzen gefunden hatte. Quinn schaute ihr über die Schulter. »Du bist Wissenschaftlerin mit Leib und Seele«, flüsterte er dabei.

Sie wandte ihm das Gesicht zu. »Wusstest du das nicht?«

»Ich habe es geahnt, aber jetzt erlebe ich es. Es ... ist faszinierend. Keine der bombastisch blühenden Pflanzen in den Gärten, die wir besucht haben, hat dich mehr in Aufregung versetzt als diese unscheinbaren Gewächse hier. Du bist wirklich anders als alle Frauen, die ich je getroffen habe.«

»Du bist auch anders als alle Männer, die ich kenne«, erwiderte sie und verlor sich für einen Moment im Grünbraun seiner Augen. Sie wechselten die Farbe von Meergrün zu Goldbraun, je nachdem, wie das Licht einfiel.

Sie griff in ihre Tasche und holte das Medaillon hervor, in dem sich eine getrocknete Wasserlobelie befand, die erste Blume, die sie als Kind unter den Fittichen ihres Großvaters entdeckt hatte. Sie öffnete das Schmuckstück, hielt es Quinn hin und erzählte ihm die Geschichte dazu.

»Die zweite Seite ist noch leer«, stellte Quinn fest. »Willst du eine der Blüten pressen, die wir heute gefunden haben?«

Charlotte schaute auf die anbrandenden Wellen, während sie darüber nachdachte. Schließlich schüttelte sie den Kopf. »Nein, irgendwann wird sich ein Kreis schließen, und ich werde wissen, welche Blüte der Lobelie Gesellschaft leisten soll. Es ist noch zu früh.«

Quinn wandte sich ihr zu, nahm ihr das Medaillon und das Buch aus der Hand und legte beides zur Seite. Dann schaute er sie an, hob ihre Brille von der Nase, klappte sie zu und legte sie auf das Buch. Charlotte ließ es zu und versank in seinem Blick. Schließlich schlang sie die Arme um ihn und küsste ihn, immer stürmischer, bis er im Sand zu liegen kam und sie auf ihm. Es war, als hätten sich Fesseln gelöst, ihr Verstand setzte aus. Sie küssten sich selbstvergessen. Der Wind war kühl, aber ihre Körper strahlten Hitze aus, als sie sich gegenseitig die Kleidung auszogen, bis sie sich halb nackt im Sand wanden und nicht genug voneinander bekamen.

Sie küssten und streichelten sich, erkundeten den Körper des anderen mit den Händen und dem Mund. Schließlich zog Quinn sie auf sich. Die Haare fielen ihr ins Gesicht, als sie ihn anschaute. Wie wunderschön er in seiner Erregung war. Die Züge entspannt, die Lider gesenkt, die Lippen leicht geöffnet.

Auf ihm sitzend, nahm sie ihn in sich auf. Das war der Moment, den sie mit allen Sinnen herbeigesehnt hatte. Er füllte sie aus, vervollständigte sie. Behutsam begann sie sich zu bewegen und spürte den Höhepunkt wenige Atemzüge später. Wie hatte es sie danach verlangt. Es war viel mehr als ein Liebesspiel oder die Vereinigung zweier Körper. Es war die Verbindung von Seele und Verstand, verbunden mit einer Sinnlichkeit, wie Charlotte sie sich nie hätte vorstellen können.

Später lagen sie eng umschlungen auf der Decke, die Kleidung zum Schutz gegen den Wind über sich gelegt. Ihre Gesichter waren sich nah, während sie nicht aufhören konnten, sich in die Augen zu sehen. Vielleicht hatte Charlotte die stille Hoffnung gehabt, dass es vorbei sein würde, wenn ihr Verlangen erst einmal gestillt war. Aber nun erkannte sie, dass sie sich getäuscht hatte. Schon jetzt, wenige Minuten nach ihrem ersten Zusammensein, wusste sie, dass sie mehr wollte.

Und sie hatte nicht die geringste Ahnung, wie sie ihr Leben weiterführen sollte, daheim in Summerlight House, wo Victor auf sie wartete.

Kapitel 19

»Sie müssen mir versprechen, dass dies nicht Ihr letzter Besuch auf Skye war!«

Professor Bone hatte seine drei Gäste mit der Kutsche bis zum Fährhafen gebracht. Nun umarmte er Charlotte, reichte Quinn die Rechte und beugte sich hingebungsvoll über Auroras Hand. »Und ich hoffe, Sie, Aurora, denken über mein Angebot nach. Ich weiß, ein Alltag in dieser Einsamkeit ist gewöhnungsbedürftig, aber es hat seinen Reiz. Probieren Sie es aus. Zwei, drei Wochen …«

Am Abend zuvor hatte Aurora sie alle mit gedünstetem Fisch, gestampften Kartoffeln und Erbsenbrei bekocht. Der Professor war nicht nur von ihren Kochkünsten beeindruckt gewesen, sondern auch davon, wie sie diese Inselhütte zu einem behaglichen Zuhause zu gestalten verstand. Charlotte hatte nicht mitbekommen und nicht gefragt, wie vertraut der Professor und Aurora inzwischen miteinander geworden waren, aber sie spürte, dass da eine Verbindung zwischen den beiden gewachsen war.

Seit den intimen Stunden in der Sandbucht hatte Charlotte vermieden, noch einmal mit Quinn allein zu sein. Sie spürte sein Verlangen, aber es war wichtig, jetzt stark zu bleiben und an die Menschen zu denken, die ihnen vertrauten. Innerlich zerriss es sie, weil sie sich mit jeder Faser nach Quinns Berührung sehnte, aber sie würde lernen müssen, diese Gefühle zu verbergen. Vielleicht würden sie irgendwann in ferner Zukunft verschwinden, wenn sie sich diesem Drängen widersetzte. Sie versuchte, an Victor zu denken, versuchte, sich seinen Duft ins Gedächtnis zu rufen, den Klang seiner Stimme, seine streichelnden Hände, aber sie bekam das Bild nicht zu fassen, es zerfaserte, und an seine Stelle trat immer wieder Quinn mit seinen grünbraunen Augen.

Auf dem Festland übernahm Quinn das Steuer.

Charlotte wandte sich halb nach hinten, wo Aurora in der Mitte der Rückbank saß. »Du hast den Professor beeindruckt.« Sie staunte einmal mehr, als sie die junge Frau betrachtete. Wann war dieser Glanz in ihre Augen getreten? Wann hatte sie diesen honigfarbenen Teint bekommen? Seit wann bildeten sich an ihren Schläfen Locken? Sie hatte offenbar ein paar Pfund zugelegt, die ihr Gesicht vorteilhaft aufpolsterten. Aurora war auf dieser Reise eine andere geworden.

»Was für ein liebenswerter Mann«, sagte sie. »Er hat mich eingeladen, eine längere Zeit auf Skye zu verbringen, um herauszufinden, ob das vielleicht ein Leben für mich sein könnte. Als seine Gefährtin«, fügte sie hinzu, und ihre Lider flatterten.

»Er hat dir einen Antrag gemacht?«, entfuhr es Charlotte. Sie bemerkte, dass Quinn grinste, aber stur geradeaus auf die Straße schaute. Das Tuckern des Automobils bildete eine inzwischen allzu vertraute Geräuschkulisse.

»Ach, nein, keinen Antrag.« Aurora winkte ab. »Aber besondere Umstände erfordern besondere Maßnahmen, oder? Er wohnt dort oben abgeschieden, seine Frau ist vor einiger Zeit gestorben, er fühlt sich allein, und nun ja, häufig begegnen ihm geeignete Gefährtinnen nicht. Da hat er sein Glück beim Schopf gepackt und mich gefragt, ob ich es vielleicht einmal ausprobieren möchte.«

»Und möchtest du?« Charlotte kam aus dem Staunen nicht heraus. Sie versuchte, sich Aurora und den Professor als Paar vorzustellen, aber es wollte ihr nicht gelingen. Es hatte eine Zeit gegeben, da hatte Victor einigen Ehrgeiz darein gesteckt, Aurora zu verheiraten, hatte damit aber keinen Erfolg gehabt. Und nun brauchte es nur eine einwöchige Reise, und Aurora konnte bereits aus verschiedenen Möglichkeiten wählen? Charlotte gestand sich ein, dass sie Aurora vermissen würde, wenn sie ihre Gemeinschaft in Summerlight House verließ. Vor allem die Aurora, die beim Autofahren Lieder sang.

Aurora verschränkte die Finger ineinander. »Ich weiß es nicht. Ich werde das alles gut durchdenken müssen«, erwiderte sie und lehnte sich mit einem Lächeln im Gesicht zurück.

Charlotte beneidete sie um diese Hochstimmung und sehnte sich selbst nach der Leichtigkeit zurück, mit der sie diese Reise begonnen hatte. Während Aurora vor sich hin träumte, wandte Charlotte sich der Straße zu und spürte wieder Quinns Nähe. Sie faltete die Hände, klemmte sie zwischen die Knie und schloss die Augen, um vorzugeben, dass sie ein bisschen ruhen wollte.

»Wollen wir Alnwick Castle als Übernachtungsziel ansteuern?« Seine Stimme riss sie einige Zeit später aus dem Schlummer.

Charlotte öffnete die Augen und sah ihn an. »Ja, gern. Aber Pflanzen haben wir erst einmal genug, denke ich. Auf uns wartet viel Arbeit, wenn wir morgen Abend heimkehren.«

Er wandte ihr kurz das Gesicht zu. »Ich freue mich darauf.« In seiner Stimme schwang diese Zärtlichkeit mit, die sie daran denken ließ, wie sich seine Lippen auf ihrer Haut angefühlt hatten, aber sie atmete in den Bauch hinein und bekämpfte die aufkommenden Regungen.

Sie fanden ein Hotel mit drei Einzelzimmern in der Nähe der Gartenanlage. Aurora zog sich früh zurück, glücklich ermattet von allem, was sie in den vergangenen Tagen erlebt hatte. Quinn und Charlotte brachen noch zu einem Rundgang um das altehrwürdige Castle auf, Charlotte in der Hoffnung, ein klärendes Gespräch mit Quinn zu führen, einen Schlussstrich zu ziehen unter das, was nicht sein durfte.

Es fiel ihr schwer, die richtigen Worte zu finden. Schweigend liefen sie nebeneinander her und machten sich nur ab und zu auf die Schönheit der Gartenanlage aufmerksam. Als er auf dem Weg zurück ins Hotel ihre Hand nahm, sie an sich zog und küsste, schmolz ihre Kraft und ihre Entschlossenheit wie Wachs in der Sonne.

Sie schlichen auf Zehenspitzen über die knarrende Treppe des Hotels in Quinns Zimmer, wo sie sich wie im Fieber die Kleidung vom Leib zogen, bis sie sich nackt gegenüberstanden und jeden Zentimeter ihrer Haut berühren konnten. Charlotte bewegte sich wie in Trance, flüsterte seinen Namen und stöhnte und bat um mehr und immer mehr. Sie hatte geglaubt, Victor sei der perfekte Liebhaber, und vielleicht war er das auch. Aber jetzt wusste sie, was ihrer körperlichen Vereinigung immer gefehlt hatte. Quinns Leidenschaft war völlig ungezügelt. Wenn er sie küsste, berührten sich ihre Seelen und vereinigten sich miteinander. Nie hatte sich Charlotte als Frau vollkommener gefühlt als in Quinns Armen. Und nie unglücklicher als in dem Augenblick, als sie sich endlich ermattet voneinander lösten und erkannten, dass der Morgen bereits dämmerte und sie sich bald trennen mussten.

Eng umschlungen lagen sie in dem schmalen Bett, Stirn an Stirn, die Beine verschränkt, das Laken über sie beide gebreitet.

»Quinn, wir ...«

»Pst.« Er legte den Zeigefinger auf ihre Lippen. »Ich weiß, Charlotte. Lass uns diese Minuten noch genießen.«

Aber Charlotte blieb hart. Es musste ausgesprochen werden. »Wir dürfen das nie wieder zulassen. Wir hintergehen die Menschen, die uns am liebsten sind.«

Er schüttelte den Kopf. »Ich habe mich innerlich schon lange von Caitlin getrennt. Ich glaube, ich habe immer auf eine Frau wie dich gewartet.«

»Wir haben unsere Entscheidungen getroffen, Quinn,

und wir müssen uns daran halten. Caitlin würde dir das Leben zur Hölle machen, wenn sie herausfindet, dass du sie betrügst. Und Victor wäre furchtbar in seinem Stolz verletzt, er würde die Scheidung einreichen, und was das für meine Familie bedeutet, brauche ich dir nicht zu erklären.«

»Du könntest ein Wagnis eingehen«, erwiderte er.

Charlotte presste die Lippen aufeinander und schüttelte den Kopf. »Für mich allein kann ich mutig sein, ein Risiko eingehen, jederzeit. Aber nicht für meine Liebsten.« Auf einmal kamen ihr die Tränen. »Ich ... ich habe Victor viel zu verdanken«, stieß sie hervor. »Ich fühle mich miserabel, weil ich meinem Verlangen nach dir nachgebe und ihn hintergehe. Es ist ... unfair.«

Er zog sie an sich. »Das Leben ist nicht gerecht«, murmelte er.

»Wir werden es nicht mehr so weit kommen lassen, Quinn, versprichst du mir das?«

Er wollte sie küssen, doch sie drehte den Kopf weg. »Versprich es mir, Quinn.«

Schließlich nickte er. »Ich werde nie aufhören, an dich zu denken und von dir zu träumen.«

»Bitte, Quinn, mach es uns nicht so schwer. Lass uns versuchen, Freunde zu sein.«

»Wie soll das gehen, Charlotte, nach allem, was zwischen uns war?«

Wieder liefen ihr die Tränen hinab. »Ich weiß es nicht, Quinn, aber ich will es versuchen. Ich will mein Leben zurück.«

Er rückte von ihr ab. »Ich akzeptiere das«, sagte er, und

für einen Moment senkten sich seine Lider, als wollte er sein Innerstes vor ihr verschließen.

Als sich Charlotte erhob und nach ihrer Wäsche griff, fragte sie sich, ob sie mit seinem Zugeständnis wirklich einen Sieg errungen hatte, der alles auslöschte, was sie in den letzten Tagen erlebt hatten. Es fühlte sich eher an wie der größte Schmerz.

Kapitel 20

Die bleigrauen Wolken warfen dunkle Schatten auf das Anwesen, als Charlotte am Abend darauf in die Einfahrt von Summerlight House fuhr. Kein Mensch hieß sie willkommen. Obwohl es bereits dämmerte, drang aus keinem der Fenster Licht. Das Anwesen wirkte, als seien alle in hundertjährigen Schlaf gefallen.

Sicher, sie hatten sich nicht angekündigt, aber einige Angestellte hätten den Ford in der Einfahrt bemerken und die Hausgemeinschaft benachrichtigen können.

Charlotte stieg aus dem Fahrzeug, streckte sich und sah an der Fassade hinauf. Oben auf dem Dach saßen ein halbes Dutzend Krähen, die sie beobachteten. Quinn griff nach seinem Koffer und wollte die Abkürzung über die Felder ins Dorf nehmen, während Aurora sich den Mantel zuknöpfte, um gleich bei den Pächtern nach dem Rechten zu sehen.

»Wo sind denn alle?«, rief Charlotte betont munter. Sie hoffte, dass sie hier in der vertrauten Umgebung ihres Zuhauses wieder in ihre alte Rolle hineinfand. Und irgendwann würde sie vielleicht wieder in den Spiegel schauen können.

Da trat Victor aus der Haustür. Seine Kleidung war ungewöhnlich elegant mit schwarzer Hose, Weste und Jackett, sein Gesicht fahl, und von der Nase zu den Mundwinkeln zogen sich Falten, die Charlotte noch nie bei ihm gesehen hatte. Sie wusste sofort, dass etwas geschehen war. Mit wenigen Schritten war sie bei ihm, starrte ihm ins Gesicht, spürte seine Hände auf ihren Schultern und wie er sie mit einem nur schwach unterdrückten Seufzer an sich zog. Aurora und Quinn verharrten, beobachteten die beiden. Charlotte spürte die Anspannung aller fast körperlich. Was ging hier vor?

»Deine Mutter.« Im selben Moment hörte Charlotte Victors Stimme nur noch wie unter Wasser. »Sie ... hat sich von der Lungenentzündung nicht erholt. Debbie hat sie vor drei Tagen morgens im Bett gefunden.«

Ein Schrei löste sich aus Charlottes Kehle. Ein Teil von ihr begriff, was passiert war. Ein anderer Teil fragte sich, ob sie in einem Albtraum gefangen war. Quinn und Aurora waren sofort an ihrer Seite. Charlotte spürte, wie es Quinn drängte, ihr nah zu sein, ihr Trost zu geben, aber er ließ es, und als Victor ihm zunickte und ihm für alles dankte, zog er sich zurück. Charlotte sah, dass er zu laufen begann, als er das Grundstück in Richtung der Felder umrundete.

»Wie ... wie kann das sein? Sie war doch auf dem Weg der Besserung?« Tränen liefen in Sturzbächen über ihr Gesicht. Gleichzeitig begann sie zu zittern.

»Dr. McKinley hat keine Erklärung«, erwiderte Victor. Er wandte sich Aurora zu, die mit leichenblasser Miene neben ihnen stand und sie fassungslos anstarrte, und nahm sie in den Arm. »Aber Menschen mit Vorerkrankungen haben es generell schwerer, wenn ein Infekt dazukommt. Die Lungenentzündung war schwer, ihr Fieber ist in den vergangenen Tagen dramatisch angestiegen.«

»Ich hätte hier sein müssen. Ich hätte an ihrer Seite sein müssen, als sie gegen den Tod gekämpft hat.« Stattdessen hatte sie sich in verschwiegenen Buchten und Hotelzimmern ihrer verbotenen Leidenschaft hingegeben. Sie schlug die Hände vor ihr Gesicht.

»Wir haben nicht gewusst, wie wir euch erreichen können. Ihr habt euch ja nur einmal telefonisch gemeldet, danach war unklar, wo ihr wart.«

Charlotte hörte den Vorwurf und wusste, dass er gerechtfertigt war. Sie hatte sich viel zu wenig um ihre Familie gekümmert, war leichtfertig durchs Land gereist, statt da zu sein, wo sie wirklich gebraucht wurde. Ein Schauer jagte durch ihren Körper. Endlich führte Victor sie ins Haus. »Du hättest ihren Tod nicht verhindern können«, sagte er weich. »Möchtest du sie sofort sehen, oder brauchst du Zeit?«

»Ich will sie sehen«, brachte Charlotte hervor.

»Keiner konnte ahnen, dass sich der Zustand deiner Mutter so rapide verschlechtert, Charlotte. Mein aufrichtiges Beileid.« Aurora kämpfte mit den Tränen und ließ ihnen freien Lauf, als sie nun in den Salon traten, wo die tote Elizabeth Windley in einem offenen Sarg aufgebahrt war. Der Bestatter hatte sie wunderschön ausgestattet mit ihrem mauvefarbenen Kleid und ihrem Schmuck. Als hätte sie sich nur zum Ausruhen hingelegt.

Dennoch spürte Charlotte den Hauch des Todes bis ins Mark. Hilflos klammerte sie sich an Victor, ohne den Blick von ihrer Mutter wenden zu können. Victor wiegte sie, streichelte sie. »Sie hat nicht gelitten«, murmelte er.

Endlich schaffte Charlotte es, sich aus Victors Armen zu lösen, vorsichtig tastend, ob ihre Beine sie halten würden. Vor dem Sarg aus aufwendig geschnitzter Eiche ging sie auf die Knie, legte die Rechte auf die gefalteten Hände ihrer Mutter, spürte die Kühle ihrer Haut und das Wächserne und streichelte sie, als könnte sie ihr die Wärme zurückbringen. »Mama«, flüsterte sie. Was um sie herum geschah, bekam sie kaum mit. Schemen wechselten sich ab, geflüsterte Worte, Berührungen, und schließlich erkannte sie, dass ihre Geschwister neben ihr waren. Wortlos erhob sie sich und legte Debbie einen Arm um die Schultern. In ihrem Gesicht stand ein Ausdruck, den Charlotte noch nie gesehen hatte. Ein Schmerz, der hinter Debbies Augen zu brennen schien. Roberts Gesicht war maskenhaft starr. Einen Moment lang hielten sich die drei Geschwister, steckten die Köpfe zusammen, waren vereint im Kummer um ihre Mutter.

Irgendwann in dieser Nacht, als alle anderen schon zu Bett gegangen waren, gelang es Victor, Charlotte von ihrer Mutter wegzuholen. »Es ist alles geregelt, Darling. Am Sonntag ist die Beerdigung.«

»Ich will, dass sie bei meinem Vater liegt«, presste Charlotte hervor. »Das hätte sie sich gewünscht.«

Victor nickte. »Wir bestatten sie auf dem Highgate Cemetery neben ihrem Mann.«

Charlotte sah auf, direkt in Victors Augen, und spürte

Dankbarkeit für seine Umsicht, sein Einfühlungsvermögen. Was für einen wunderbaren Mann hatte sie geheiratet – und sie trat ihr Glück mit Füßen! Sie würde alles daransetzen, ihm von nun an die Ehefrau zu sein, die er verdient hatte.

Sanft führte er sie nach oben in ihre Zimmer, nachdem er im Salon alle Lichter gelöscht hatte. Oben angekommen, half er ihr aus dem Kleid und in ihr Nachthemd, und als sie sich ins Bett legte, zog er das Bettlaken über sie und breitete zusätzlich eine Wolldecke über sie, die er bis zu ihrem Kinn zog. Er streichelte ihr Gesicht und küsste ihre Stirn. »Gut, dass du wieder zu Hause bist«, murmelte er. »Du glaubst nicht, wie sehr ich dich vermisst habe.«

Die Dienstboten schlichen auf Zehenspitzen durchs Haus, alle Bewohner schienen nur noch miteinander zu flüstern. Über Summerlight House hing eine dunkle Wolke, die sich nicht auflösen wollte. Am Tag nach Charlottes Rückkehr holte ein Bestattungsunternehmer den Sarg ab, um ihn nach London zu überführen. Charlotte ballte die Hände zu Fäusten, als sie die schwarz gekleideten Männer beobachtete, die den Sarg abtransportierten. Debbie neben ihr schniefte, und Robert stieß ein paar mürrische Bemerkungen aus, weil die Männer mit dem Holz gegen das Geländer der Eingangstreppen stießen. Charlotte wusste, es war seine Art, mit dem Schmerz umzugehen. Baxter hielt sich dicht an Debbie, als wollte er sie trösten.

Ein Leben ohne ihre Mutter konnte Charlotte sich nicht vorstellen. Wer würde ihr künftig beistehen, sie ermuntern, wenn sie ihren eigenen Weg gehen wollte? Wer würde ihr

Anerkennung zeigen, wenn sie sich in einer von Männern dominierten Welt durchsetzte? Ihre Mutter war eine feste Größe in ihrem Leben gewesen, eine Freundin, eine Ratgeberin, eine moralische Instanz. Wie sollte sie ohne sie weiterleben?

Debbie neben ihr bog die Schultern nach vorn. Mit dem runden Rücken wirkte sie auf einmal viel jünger als die fünfzehn Jahre, die sie schon war, ein kleines Mädchen, das um seine Mama weinte. Charlotte nahm sie in den Arm und küsste sie auf die Schläfe. »Ich hätte bei ihr sein sollen, stattdessen war ich bei den Pächtern und habe mich um Claire gekümmert«, stieß Debbie hervor. Baxter winselte und stupste sie mit der Schnauze an. Sie streichelte ihm kurz über den Kopf.

Charlotte erschrak. Reichte es nicht, wenn sie selbst sich Vorwürfe machte? Debbie durfte auf gar keinen Fall anfangen, sich die Schuld zu geben. »Du hattest deine Aufgabe auf dem Pächterhof. Für Mutter waren Dr. McKinley da und Caitlin.«

»Es wäre schön gewesen, wenn auch du da gewesen wärst«, warf Robert ein. Charlotte krümmte sich zusammen, als hätte er ihr einen Faustschlag in den Magen gegeben. »Ich weiß nicht, was du dir denkst, seit wir hier leben. Du lässt Victor dein Leben finanzieren und kümmerst dich ansonsten nur um deine eigenen Dinge, einerlei, wie es deiner Familie geht. Wann bist du dermaßen rücksichtslos geworden?«

Charlotte schnappte vor Empörung nach Luft. »Das Gleiche könnte ich dich fragen, Robert. Du weißt genau, welche Pläne ich habe, und keiner davon ist egoistisch oder rücksichtslos. Es gab eine Zeit, da hast du mich unterstützt bei allem, was ich mir vorgenommen habe.«

Er stieß ein bitteres Lachen aus. »Du brauchst keine Unterstützung. Du bist die Starke in unserer Familie, die alles unter Kontrolle hat, nicht wahr?«

»Hört auf, hört auf!«, rief Debbie und hielt sich die Ohren zu. »Ich kann es nicht ertragen, dass wir uns streiten, nachdem Mama gerade erst abgeholt wurde. Wir ... wir müssen jetzt zusammenhalten, oder?« Unsicher blickte sie von Charlotte zu Robert.

Obwohl Charlotte sich über Robert ärgerte, sah sie ein, dass Debbie recht hatte: Sie mussten sich jetzt gegenseitig Trost schenken, statt sich mit Vorwürfen zu quälen.

Auch Robert lenkte ein. Er presste für einen Moment die Lippen aufeinander, bevor er Charlotte zunickte. »Begleite mich noch ein Stück, ja?«

Da Charlotte sowieso im Garten nachschauen wollte, wie weit die Arbeiten gediehen waren, stimmte sie zu und ging Robert hinterher die Rampe zur Einfahrt hinab. Sie sah noch, wie Debbie auf die Knie sank und den Hund umarmte, der eigentlich Robert gehörte. Baxter hatte ein besonderes Gespür dafür, wer in Summerlight House ihn am meisten brauchte.

Die Sonne stand schon hoch über dem Horizont. Heute hatten sich die Regenwolken verzogen. Es versprach ein sommerblauer Tag zu werden. Charlotte schnürte sich die Kehle zu bei dem Gedanken, dass ihre Mutter ihn nicht miterleben würde. Niemals mehr würde sie diesen Weg um das Haus herum schlendern, den sie jetzt mit Robert ging.

»Verzeih mir, Charlotte, ich war ungerecht«, sagte Robert nun und wischte sich über die Stirn, als wollte er Schatten vertreiben. »Es ... es kam so plötzlich mit Mutter. Ich war darauf nicht vorbereitet, verstehst du? Die Vorstellung, dass sie oben allein gestorben ist und ich mit meinem Rollstuhl nicht zu ihr konnte, selbst wenn ich etwas bemerkt hätte ...«

»Es ist für uns alle ein großer Verlust«, sagte sie und drückte für einen Moment seine Schulter.

»Ich ... ich hatte in den Tagen, bevor sie nicht mehr aus dem Bett kam, Gelegenheit, ein langes Gespräch mit ihr zu führen. Sie hat mich gern in der Bibliothek besucht«, erzählte Robert.

Charlotte überblickte die Arbeiten im Garten und entdeckte ein halbes Dutzend Männer, die mit Schaufeln Beete gruben, Mauern errichteten und Wege aus Natursteinen setzten. Die neuen Pflanzen warteten an der Hauswand und im Schuppen, und die Vorstellung, dass sie in den nächsten Tagen mit der Bepflanzung beginnen konnten, ließ ihr Herz kurz schneller schlagen. Sie riss sich aus ihren Gedanken und wandte sich ihrem Bruder zu, der in diesem Moment einen Pfiff ausstieß. Einer der Arbeiter hatte sich auf die Bank gesetzt und die Beine ausgestreckt, weil er wohl nicht gemerkt hatte, dass er beobachtet wurde. Wie von einer Wespe gestochen sprang er auf und griff nach seiner Harke.

Gegen ihren Willen musste Charlotte grinsen. »Du hast hier Autorität«, stellte sie fest.

Robert hob die Schultern. »Darum geht es mir nicht, Charlotte. Ich habe in den letzten drei Jahren viel nachgedacht.«

Charlotte wandte sich ihm zu und starrte ihn an. Es war schmerzhaft, dass geschwisterliche Bande sich im Lauf des Erwachsenseins lockerten. Früher hatte sie alles über Robert gewusst, heute kam es ihr manchmal vor, als spräche sie mit einem Fremden. Ob es ihm umgekehrt mit ihr genauso ging? Griff er sie deswegen mitunter in dieser Schärfe an, weil sich ihre Welten voneinander entfernt hatten, obwohl sie unter einem Dach wohnten?

»Ich ... ich habe Kontakt zu Sean aufgenommen«, fuhr er fort.

»Das war eine gute Idee.« Sie hatte es immer für verkehrt gehalten, dass Robert den Kontakt zu seinem alten Jugendfreund abgebrochen hatte. Sean war an seiner Seite gewesen, als englische Polizisten in Galway ihn versehentlich niedergeschossen und ihm diese fatale Verletzung beigebracht hatten. Obwohl Robert Sean keine Schuld daran gab, wie Charlotte wusste, fühlte er sich durch ihn an diesen entsetzlichen Vorfall erinnert und hatte es seitdem vorgezogen, ihn aus seinem Leben zu streichen. Dass er nun offenbar wieder im Gespräch mit Sean war, hielt Charlotte für ein gutes Zeichen dafür, dass sich sein seelischer Zustand stabilisierte. »Wie geht es ihm? Ist er an der Uni geblieben, oder hat er eine Praxis? Ist er inzwischen verheiratet?«

»Es gibt da wohl eine junge Frau, mit der er sich trifft, aber ob er sie halten kann ...« Robert grinste, offenbar in Erinnerung an seinen Freund, dessen koboldhaftes Äußeres über seinen scharfen Verstand hinwegtäuschte. Im Umgang mit Frauen war der junge Mann mit dem wuscheligen Haarschopf immer ein bisschen ungeschickt gewesen. »Eine

Amerikanerin. Er ist nämlich gleich nach seinem Abschluss in Galway an die Stanford University nach Kalifornien gegangen und unterrichtet dort.«

»Was für ein mutiger Schritt!«, rief Charlotte und versuchte sich den jungen Iren inmitten entspannter amerikanischer Studenten vorzustellen. Andererseits waren die USA das beliebteste Einwanderungsland für seine Landsleute. Dort würde er sicher rasch Anschluss finden.

»Er hat mich eingeladen, mein Studium dort wieder aufzunehmen.«

Das Geplauder der Arbeiter, das Gezwitscher der Vögel, das Rauschen in den Bäumen – alles schien auf einmal zu verstummen, als Charlotte ihren Bruder anstarrte. Sie sah seine mageren Schultern, die dünnen Beine, das ergraute Haar und die Zornesfalten, die sein Gesicht prägten. Er war nur noch ein Schatten des Mannes, der er vor drei Jahren gewesen war, angewiesen auf ein Ungetüm auf Rädern, um sich bewegen zu können. Die Welt war nicht eingerichtet für Menschen mit einem solchen Handicap. In Amerika wäre das nicht anders als in England. »Was hast du ihm geantwortet?« Ihre Stimme hörte sich fremd in ihren eigenen Ohren an.

»Dass ich darüber nachdenken werde.«

Charlotte massierte sich mit zwei Fingern die Schläfe. »Robert, ich … ich weiß, ich war immer diejenige, die dich ermuntert hat, dein Studium fortzusetzen. Allerdings habe ich mir nicht vorstellen können, wie viele Hindernisse einem Menschen im Weg stehen, der seine Beine nicht gebrauchen kann.«

»Mutter meinte, ich solle es versuchen«, sagte er leise und richtete den Blick in die Ferne. »Ihr Gesicht hat richtig geleuchtet, als ich ihr davon erzählt habe. Sie hat uns immer zum Kämpfen angehalten, nicht wahr?«

Charlotte schluckte, während das Bild ihrer Mutter vor ihrem inneren Auge auftauchte. Ja, Elizabeth Windley wäre ein solches Wagnis eingegangen. Über den eigenen Schatten springen, sich von niemandem den Schneid abkaufen lassen. »Wenn du wirklich fahren musst, wäre ich beruhigter, wenn ich wüsste, dass du nicht allein unterwegs bist.«

Er rieb sich sinnend mit dem Zeigefinger über die Lippen. »Ich weiß noch nicht, ob ich allein reise. Ich weiß noch gar nichts, außer, dass ich mir Zeit lassen kann. Ich könnte das Studium im Herbst nächsten Jahres fortsetzen, und wie es aussieht, bräuchte ich längstens zwei Jahre, um einen Abschluss zu machen und als Mediziner praktizieren zu können. Nach Amerika zu gehen fühlt sich nach einem Neuanfang an. In London würde man mich immer mit dem vergleichen, der ich vor der Verletzung war. In Kalifornien dagegen kennt man nur den Mann im Rollstuhl.« Er schwieg einen Moment. »Mir gefällt die Vorstellung, dass es in meinem Leben wieder ein Ziel gibt, Charlotte. Ich bin kräftiger als je zuvor, und dass ich Mutter mit diesem Entschluss über den Tod hinaus eine Freude mache, gibt mir Mut. Kannst du das verstehen?«

Charlotte beugte sich hinab, um ihren Bruder in die Arme zu nehmen. »Ich werde dich nicht gern ziehen lassen, Robert, aber ich bewundere dich für deine Tapferkeit.« Ein paar Sekunden lang fühlte sie die Verbundenheit, die sie lange in der Nähe ihres Bruders vermisst hatte. Der Tod der Mutter war eine Katastrophe, sie würden den Verlust vielleicht nie überwinden, aber er brachte die Geschwister einander wieder näher.

Kapitel 21

»Kayla, du musst Claire anlegen! Die Kleine hat Hunger. Hör doch, wie sie schreit!« Aurora schüttelte die junge Mutter leicht. Sie lag in ihrem Bett und weinte und warf den Kopf hin und her. Unfassbar, dass es Kayla bis jetzt nicht gelungen war, ihr Kind gut zu versorgen. Debbie hatte sicher ihr Möglichstes getan, um für Claires Wohlergehen zu sorgen, aber die Kleine sah eher aus, als hätte sie noch abgenommen.

»Es tut verdammt weh, Aurora, und sie wird sowieso nicht satt von dem bisschen Milch!«

»Die Milch fließt nur, wenn du sie oft genug anlegst! Die Hebamme hat dir eine Salbe gegeben. Hast du sie benutzt?«

Kayla schüttelte den Kopf und wollte sich die Decke über den Kopf ziehen, aber das ließ Aurora nicht zu. Das Schreien des Babys ging allmählich in ein Wimmern über. Es hörte sich fast an, als verließe das kleine Mädchen die Kraft. Aurora drehte sich vor Mitleid das Herz im Leib um.

Das Pächterhaus war inzwischen sauber geputzt, die Böden glänzten, das Spülbecken war trocken gewischt, Brot, Eier und Mehl waren sorgfältig in Regalen verstaut. Victor hatte veranlasst, dass Caitlin und Sophie für diesen Extradienst, den sie außerhalb ihrer Arbeitszeiten leisteten, einen finanziellen Ausgleich erhielten. Aber Kayla, ihre kleine Tochter und die kranken Eltern im Altenteil brauchten mehr als sauberes Geschirr und frische Handtücher. Kaylas Lider waren vom vielen Weinen entzündet.

Der Cousin war eines Morgens nicht mehr gekommen, nachdem er am Abend zuvor wütend aus dem *Irrenhaus* gestapft war, wie er das Pachthaus genannt hatte. Debbie hatte Aurora am Tag nach ihrer Rückkehr erzählt, dass sie noch versucht hatten, ihn zum Bleiben zu überreden, aber den Mann zog es zurück zu seiner eigenen Familie. »Wer versorgt nun das Vieh? Wer kümmert sich um die Landwirtschaft?« Aurora hatte die Hände über dem Kopf zusammengeschlagen.

Doch Debbie hatte nur gelächelt. »Das macht Alex. Er hat sich alles von Bertram abgeguckt und hilft hier gerne aus.«

»Du liebe Zeit, der junge McLaren ist immer noch auf dem Hof? Ich dachte, das sei nur vorübergehend. Er soll doch seinen Vater unterstützen, die Bücher führen und Kricket spielen, aber nicht den Schweinestall ausmisten und die Schafe hüten.«

»Er arbeitet gern in den Ferien. Und er ist wirklich geschickt«, erklärte Debbie.

Endlich schaffte es Aurora, dass Kayla sich aufsetzte. Nachlässig richtete sie ihr Nachthemd, das an verschiedenen Stellen feucht von Milch und Schweiß war, und fuhr sich mit den Fingern durch die strubbeligen Haare. Aurora legte ihr das Kind in die Arme und seufzte erleichtert, als es zu trinken begann, während Kayla das Gesicht verzog und die Zähne aufeinanderbiss. »Es wird bald besser«, beruhigte Aurora sie, »halte durch, Kayla.« Tatsächlich schien der Schmerz allmählich nachzulassen, Aurora beobachtete, wie sich das Gesicht der Mutter entspannte.

Dieses eine Mal hatte sie gewonnen. Dieses eine Mal würde Claire satt werden. Aber was, wenn das Füttern des Kindes von nun an stets eine solche Prozedur werden würde? War es nicht sinnvoller, sich um eine Amme zu kümmern?

Vom Anwesen her drang Hupen zu Aurora. Sie musste sich beeilen. Heute war die Beerdigung von Elizabeth Windley. Unvorstellbar, dabei zu fehlen, aber der Gedanke, Kayla mit dem Neugeborenen allein zu lassen, zermürbte sie innerlich. Sie betrachtete das porzellanweiße Gesicht mit den runden Wangen und den feuchten Wimpern. Das Mädchen trank in einem gleichmäßigen Rhythmus, ihr Brustkorb hob und senkte sich dabei. Aurora hielt ihr den Zeigefinger an die Faust, und sofort umklammerte das Kind ihn. Aurora spürte Freudentränen, obwohl sie wusste, dass es nur ein Reflex war, nicht etwa ein Zeichen der besonderen Zuneigung.

In dem Moment ging die Tür auf, und Alex McLaren steckte den Kopf zur Tür herein. Seine normalerweise sauber mit Pomade gescheitelten Haare lagen in Wellen um sein schmales Gesicht. Er trug ein Leinenhemd und eine Arbeitshose mit Hosenträgern. Die Säume steckten in knöchelhohen Lederschuhen. »Miss Ainsworth.« Er nickte ihr zu. »Die Schweine sind versorgt, die Muttersau mit ihren

Ferkeln habe ich von den anderen getrennt. Ich habe meinen Anzug hier. Ich werde mich sofort waschen und umziehen, um zur Beerdigung zu fahren.«

»Äh, Alex …« Aurora richtete sich auf und blickte den jungen Mann an. Sie ging auf ihn zu und führte ihn zur Tür hinaus. Kayla machte zwar nicht den Eindruck, als bekäme sie etwas von einem Gespräch mit, aber Aurora ging lieber auf Nummer sicher. Draußen senkte sie die Stimme. »Meinst du, du könntest vielleicht im Haus bleiben?«

Alex starrte sie bestürzt an. »Aber meine Eltern warten auf mich. Alle gehen zur Beerdigung von Mrs Windley.«

»Ich weiß, ich weiß, aber Kayla wird immer gleichgültiger dem Baby gegenüber, und manchmal kommen die alten Leutchen in die Stube und tragen Claire herum.« Sie wischte sich über die Stirn. »Ich mag mir das gar nicht vorstellen. Sie wissen nicht, wie man ein kleines Kind hält, sind selbst unsicher auf den Beinen … Also, du würdest zu meiner Beruhigung beitragen, wenn du bei ihnen bliebest. Ich denke, ich bin in zwei, drei Stunden zurück von der Beerdigung, und Debbie wird mich am Abend ablösen. Deinen Eltern würde ich die Situation erklären.«

Alex schluckte. »Dann werde ich morgen auf den Friedhof fahren und mich von Debbies Mutter verabschieden. Ich mochte sie sehr.« Er sah sich um. »Aber Sie haben recht, das ist kein Zustand hier.«

»Ich danke dir sehr, Alex. Für alles. Nicht viele junge Männer in deinem Alter wären so selbstlos.«

Obwohl sein Gesicht noch jungenhaft glatt war, klang in seiner Stimme eine erwachsene Reife mit. »Ich helfe sehr gern. Bis zum Studienbeginn stehe ich generell zur Verfügung. Aber das reicht nicht, und Debbie sollte sich besser auf das College vorbereiten, statt hier auszuhelfen.«

»Ich weiß, ich weiß, Alex.« Aurora stöhnte auf. »Wir müssen uns um eine Amme kümmern. Wenn Kayla nicht mehr stillen muss, kehren ihre Kräfte vielleicht zurück.« Sie drückte seine Schulter, als ein erneutes Hupen zu ihr drang. Drüben in der Einfahrt von Summerlight House erkannte sie die beiden Familienautomobile und einen Omnibus, den Owen in Maidstone ausgeliehen hatte. Bittend sah sie Alex an. »Kann ich mich auf dich verlassen?«

»Ich bleibe hier, bis Sie zurück sind.«

Aurora trug bereits das schwarze Kleid, darüber einen leichten Mantel mit einem dunklen Seidenschal. Den Weg zum Haus legte sie im Laufschritt zurück. Über den Himmel zogen schwere Regenwolken, die Temperaturen waren an diesem Tag im Juni eher herbstlich. Über der Automobilkarawane in der Einfahrt schien ein grauer Schleier zu liegen. Aurora sah, dass Victor den Rolls-Royce fuhr, neben ihm auf dem Beifahrersitz Robert, auf der Rückbank saß bereits Sir Walther Alcott. Die Falten und Altersflecken im Gesicht des Mannes schienen sich vervielfacht zu haben, seit Elizabeth Windley gestorben war. Zuvor hatte Aurora ihn für einen rüstigen älteren Herrn gehalten, jetzt hatte sein Gesicht greisenhafte Züge angenommen. Sir Alcott war Elizabeths Seelengefährte gewesen. Die beiden hatten gleiche Ziele verfolgt und sich loyal zur Seite gestanden. Es hieß, Sir Alcott wollte die neue Parkinson-Society nach seiner verstorbenen Partnerin benennen. Aurora gefiel der Gedanke, dass die würdevolle Elizabeth Windley als Namensgeberin einer so wichtigen Institution weiterleben würde. Elizabeth und sie waren nie richtig warm miteinander geworden, zu unterschiedlich waren ihre Einstellungen. Aber Aurora hatte sie geachtet und respektiert. An diesem schweren Tag sah Aurora ihre Aufgabe vor allem darin, Debbie beizustehen. Für ihre junge Freundin würde dies ein Tag des schmerzvollen Abschieds werden.

Aurora eilte auf den roten Ford zu, in dem Charlotte hinter dem Lenkrad saß. Sie warf einen Blick auf die leere Rückbank. »Wo ist Debbie?«

Charlotte verzog den Mund und wies auf das Fahrzeug der McLarens, das vor ihnen stand. Darin saßen die Eheleute, Benjamin und neben ihm, wie Aurora durch die Rückscheibe erkennen konnte, Debbie. Sie lehnte mit dem Kopf an seiner Schulter. Aurora spürte einen Anflug von Wut auf ihren Schützling. Sicher, Debbie brauchte jetzt Trost, aber hoffentlich riss sie sich auf dem Friedhof zusammen und hielt Abstand zu dem jüngeren McLaren. Es widersprach allem Anstand, wenn sie sich bei einer öffentlichen Veranstaltung wie einer Beerdigung in Begleitung eines Kavaliers zeigte. Das sollte sie wissen und sich danach richten! Aurora hatte sich viel Mühe gegeben, aus Debbie eine junge Frau zu machen, die wusste, wie man sich auf dem gesellschaftlichen Parkett bewegte.

Außer den McLarens waren auch die Stewarts vorgefahren. Im Omnibus, der über mehr als zwanzig Plätze verfügte, nahmen alle Angestellten von Summerlight House Platz. Außerdem gesellten sich ein paar Dorfbewohner wie der Arzt, der Apotheker und die Schulleiterin dazu. Elizabeth Windley würde ein stattliches Begräbnis bekommen, wie es ihrer würdig war. Aurora warf einen Blick zur Seite, als sich die Fahrzeuge in Bewegung setzten. Charlotte war bleich wie Kreide, ihre Mundwinkel bogen sich hinab. »Du musst dir nichts vorwerfen«, sagte Aurora. »Du hättest sie nicht retten können. Und sie hätte nicht gewollt, dass du die Reise absagst.«

Ein Lächeln zuckte um Charlottes Mundwinkel. »Danke, Aurora.«

Die Bäume auf dem Highgate Cemetery trugen dichte Laubkronen, durch die das bleiche Licht auf die moosbedeckten Säulen, Figuren und Grabsteine fiel. Zum Glück hatten sich die Regenwolken verzogen, sodass sie im Trockenen hinter dem Sarg ihrer Mutter gehen konnten, nachdem die Trauerfeier in der Kapelle zu Ende war. Die Totenglocken läuteten. Der Geistliche hob in seiner Trauerrede Elizabeth Windleys Engagement für die Parkinson-Society hervor, ihre Tatkraft, ihre Kämpfernatur, ihre Eleganz, aber dennoch kam es Charlotte vor, als spräche er über eine fremde Frau.

Erst als der Sarg in die Erde hinabgelassen wurde, überwältigte Charlotte der Schmerz und die Erkenntnis, dass sie ihre Mutter nie wiedersehen würde. Schluchzer schüttelten sie, während ihr die Tränen übers Gesicht liefen. *Danke für alles, Mama. Ich trage dich in meinem Herzen.* Dann bemerkte sie, dass Debbie zusammengesackt war, und riss sich zusammen. Benjamin neben ihr sah sich irritiert und peinlich berührt um und trat ein paar Schritte beiseite, vielleicht, weil er mit diesem Ausbruch nicht in Verbindung gebracht werden wollte, vielleicht, um Aurora und Charlotte an Debbies Seite zu lassen. Sie hoben sie an, stützten sie. »Ich habe ihr viel zu viel Kummer gemacht«, rief das Mädchen. »Ich war gemein zu ihr. Jetzt kann ich mich nie mehr bei ihr entschuldigen. Bestimmt dachte sie, sie würde uns allen zur Last fallen, und hat deswegen nicht um ihr Leben gekämpft.« Die Worte sprudelten aus der Fünfzehnjährigen heraus.

Charlotte zog sie an sich. »Keinen trifft Schuld, Debbie. Ich habe gesehen, wie oft du ihr beim Essen und Schreiben geholfen hast. Sie hat dich über alles geliebt. In jeder Familie gibt es mal Streit.«

Debbies Tränen verebbten allmählich. Ihr Blick ging suchend hoch, bis er an Benjamin McLaren hängen blieb.

Die Trauergemeinde drängte sich um das ausgehobene Grab. Charlotte schaute zu den Angestellten von Summerlight House, die alle die Köpfe gesenkt hielten, nur Quinn sah genau in dem Moment auf, als sie ihn, neben Caitlin stehend, betrachtete. Für ein paar Sekunden hielten sich ihre Blicke, und die gegensätzlichsten Gefühle rührten sich in Charlottes Brust. Einerseits die Sehnsucht danach, sich von ihm halten und trösten zu lassen, andererseits dieses höllische Gewissen, das sie innerlich schier zerriss. Seit ihrer Reise waren sie nicht mehr allein miteinander gewesen.

Als ihr Vater gestorben war, war Charlotte noch zu jung gewesen, um Trost darin zu finden, dass es viele Menschen gab, die um ihn trauerten. Jetzt wusste sie es zu schätzen, dass Menschen aus der ganzen Grafschaft angereist waren, um ihrer Mutter das letzte Geleit zu geben. Da war Dr.

Tyrell, der ehemalige Kollege ihres Vaters, mit seiner Frau Elsa, seinem jungen Kompagnon und den Helferinnen aus der Praxis. Zahlreiche an Parkinson erkrankte Freunde standen hinter Sir Alcott. Auch Kollegen aus den Redaktionen waren gekommen, die Charlotte vom Sehen kannte. Weiter hinten entdeckte sie die hoch aufgerichtete Erscheinung in Schwarz von Vita Sackville-West mit einem Regenschirm, auf den sie sich stützte. Zu ihrem Hut gehörte ein Schleier, hinter dem Charlotte ihr Gesicht erkennen konnte. Sie erwiderte das leichte Nicken. Dankbarkeit darüber, dass sie in ihrem Schmerz nicht allein war, erfüllte Charlotte.

Als sie Victor anschaute, der neben Robert aufragte, erkannte sie, dass er sie beobachtet hatte. Seiner Miene war keine Regung anzumerken, dennoch erschrak sie, als hätte er sie bei etwas Verbotenem ertappt. Sie vergewisserte sich, dass Debbie bei Aurora gut aufgehoben war, eilte an die Seite ihres Mannes zurück und hakte sich schwer bei ihm ein. Die Welt schien ein einziger Wirbel zu sein, alles war in Aufruhr, aber hier neben Victor konnte sie durchatmen und zur Ruhe kommen. Charlotte schloss für einen Moment die Augen und versuchte, sich dieses Gefühl einzuprägen, um es niemals mehr zu vergessen und um es sich in Erinnerung rufen zu können, wenn sie die Sehnsucht nach Quinn noch einmal überwältigen sollte. Innerlich betete sie um die Kraft, allen Versuchungen zu widerstehen.

Für die Beileidsbekundungen standen die drei Windley-Geschwister mit Victor in einer Reihe neben dem Grab. Charlotte bedankte sich bei jedem Einzelnen und hielt den Blick gesenkt, als Quinn nach ihrer Hand griff und ein paar

Worte murmelte. Sie wusste, wenn sie es zuließe, dass sie sich ansahen, würde es ihre Kräfte übersteigen, vorzugeben, dass er der Gärtner und nicht mehr war. Von Vita hingegen ließ sie sich in die Arme ziehen, atmete ihren Duft nach Lavendel ein und fand Trost in der Berührung. »Das Leben ist Wachsen und Wandel«, flüsterte Vita ihr ins Ohr. »Ich begleite Sie gern auf Ihrem weiteren Weg.«

Charlottes Herz machte einen kleinen Satz, als sie die Schriftstellerin ansah. »Danke, Vita«, sagte sie, und ein Funken Hoffnung begann in ihrem Innersten zu glimmen.

Nach der Beerdigung war für die Trauergemeinde ein Saal in einer Gaststätte reserviert. Wie ein Geist im Hintergrund hatte sich Haushälterin Laura um all diese organisatorischen Dinge gekümmert.

Victor küsste Charlotte und streichelte ihre Wange, während er sie musterte. »Ist es dir wirklich recht, wenn ich mich vorzeitig verabschiede?«, fragte er. Charlotte wusste, dass in seiner Papierfabrik eine Delegation aus Deutschland erwartet wurde, die möglicherweise Großkunden werden würden. Der Termin war seit Langem geplant und hatte nicht mehr verschoben werden können. Es war von immenser Bedeutung, dass der Firmenchef persönlich anwesend war und nicht nur sein Assistent. »Aber ja, Victor. Es war gut, dass du hier dabei warst, aber jetzt schaffe ich es allein.«

Zu ihrer Überraschung war auf einmal Aurora an ihrer Seite. »Kann ich bei dir mitfahren, Victor? Ich würde gerne aufs Anwesen zurück, und ...«

»Bist du wegen des Babys beunruhigt?« Charlotte musterte die Freundin.

Aurora biss sich auf die Lippe. »Bitte versteh das nicht falsch, Charlotte. Der Abschied von Elizabeth war mir wichtig, aber jetzt …«

»Alles gut, Aurora. Victor nimmt dich sicher gerne mit. Den kleinen Umweg über Summerlight House solltest du zeitlich noch schaffen, oder?«

»Selbstverständlich.«

Als Charlotte, bei Debbie eingehakt, den anderen Gästen voran zu der Gaststätte ging, fiel ihr auf, dass Robert gar nicht mehr im Trauerzug mitfuhr. Sie drehte sich um und sah, wie er in seinem Rollstuhl hinter Victor und Aurora herrollte. Sie hätte ihn gern bei der Feier dabeigehabt, aber sie alle hatten unterschiedliche Arten, mit ihrem Schmerz umzugehen. Vielleicht brauchte Robert jetzt Zeit für sich.

Aurora verlor keine Zeit und verzichtete darauf, sich umzuziehen, als sie das Anwesen erreichten. Seit dem letzten Stillen waren mehr als drei Stunden vergangen, es war höchste Zeit, dass Claire zu ihrer nächsten Mahlzeit kam. Danach würde sie bei der Hebamme im Dorf nach einer Amme fragen. Es ging nicht, dass sie darum fürchten musste, dass das Kind verhungerte.

Zu ihrer Verwunderung fuhr Robert ebenfalls mit Victor heim. Er sprach wenig während der Fahrt. Aurora ging davon aus, dass ihm die Beerdigung zugesetzt hatte und dass er, wie es seine Art war, seine Gefühle nicht nach außen trug. Sie würde ihn nicht bedrängen. In den vergangenen Jahren hatte sie gelernt, wie weit sie sich Robert nähern durfte und wann sie Distanz halten musste. Es fiel ihr nicht immer leicht. Trotz seiner ruppigen, manchmal rücksichtslosen Art erkannte sie in Robert den verantwortungsbewussten, liebenswerten Mann, der er vor seinem Unfall gewesen sein musste. Er hatte ebenmäßige Züge, ja, und sie liebte es, ihn anzuschauen. Aber seine Attraktivität war nicht der Grund, warum Aurora es in den meisten Stunden genoss, in seiner Nähe zu sein. Sie glaubte, dass Robert ein vortrefflicher Arzt geworden wäre, nicht nur wegen seiner Klugheit, sondern weil er eine besondere Gabe hatte, zuzuhören und die Menschen zu verstehen, auch ohne dass man zu viele Worte verlor. Manchmal erschien es ihr, als habe er einen siebten Sinn, mit dem er die innere Verfassung seiner Mitmenschen auslotete. Trotz all dieser Vorzüge, die sie im Lauf der vergangenen Jahre an ihm entdeckt hatte und die sie faszinierten, blieb sie auf der Hut vor seiner impulsiven, verletzenden Art, die unvermittelt ausbrechen und bis ins Mark treffen konnte. Aurora gestand sich ein, dass sie genau dieses Wechselspiel auf gewisse Art spannend fand. Robert war mit niemandem zu vergleichen. Ihm fehlten die fröhliche Exzentrik eines Cyril Punnett und die liebenswerte Verbindlichkeit eines Edward Bone. Auroras Herz klopfte schneller, wann immer ihr einfiel, dass es da zwei Männer gab, die tatsächlich um ihre Gunst warben.

Sie zog den Mantel enger um sich, weil auf dem Weg durch die offenen Felder der Wind kräftig blies. Da hörte sie, wie jemand hinter ihr ihren Namen rief. Sie drehte sich um und sah Robert entgegen, der mit Schwung die Reifen drehte, um sie einzuholen.

»Robert ... ich dachte, du wolltest allein sein.«

Er schüttelte den Kopf. »Dann komme ich aus dem Grübeln gar nicht mehr heraus. Ich würde dich gerne zu Kayla begleiten und sehen, was wir da noch tun können.«

Sie lächelte auf ihn herab. »Das ist lieb.« Sie passte sich seinem Tempo an und lief neben ihm.

»Hast du gesehen, dass heute Post für dich gekommen ist?« Robert starrte geradeaus, während er über den gepflasterten Weg an den Weideflächen vorbei Richtung Pächterhaus rollte.

Aurora schluckte. »Nein, ich bin noch nicht dazu gekommen, nach der Post zu sehen.« Das musste von Cyril sein. Der erste Brief von ihm hatte sie nach ihrer Reise erwartet, vier eng beschriebene Seiten, in denen er ihr für die beiden Tage dankte, die sie bei ihm verbracht hatte und in denen er ihr erzählte, wie sehr er sie vermisste und wann sie denn ein nächstes Treffen planen könnten. Er würde gern nach Summerlight House kommen, um ihr keine Umstände mit der Fahrt nach Wisley zu bereiten.

Cyril hatte ihre Träume nicht weniger beflügelt als Edward Bone. Was würde es bedeuten, dem Werben des einen oder des anderen nachzugeben? Eine Bed-&-Breakfast-Pension zu führen wäre nach Auroras Geschmack, und das Rezept für den Sheperd's Pie würde sie sich von Cyrils Mutter geben lassen. Auch auf einer einsamen Insel zu wohnen, die Flora zu erforschen und einen liebenswerten Herrn kulinarisch zu versorgen klang reizvoll in ihren Ohren. Man musste ja nicht gleich alle Brücken abbrechen, sie könnte probeweise das benachbarte *Blackhouse* mieten. Man würde abwarten, was sich ergab ... Bei diesem Gedanken spürte sie, wie hektische

Flecken an ihrem Hals erblühten. Aurora hatte nie zuvor mit einem Mann das Bett geteilt, was würde sie erwarten? An manchen Tagen zog ein Sehnen durch ihren Unterleib, meistens lenkte sie sich dann mit Stickarbeiten ab.

»Der Absender war mir völlig unbekannt.« Robert war heute ungewöhnlich beharrlich, fand Aurora, aber warum sollte sie ihre neuen Bekanntschaften geheim halten?

»Vermutlich hat mir einer unserer Gastgeber geschrieben. Wir haben ausgesprochen nette Menschen auf unserer Reise kennengelernt.«

Robert kniff die Lippen zusammen und nickte. »Es ist wichtig, über den Tellerrand hinauszuschauen. Das Leben geht an dir vorbei, wenn du nur in deinen eigenen vier Wänden bleibst.«

Sie sah zu ihm hinab. »Empfindest du es so?«

Er hob den Kopf. »Manchmal, ja. Ich ... ich habe begonnen, mir meine letzten Aufzeichnungen aus der Universität noch einmal durchzulesen. Einfach den Stoff ein bisschen wiederholen.«

Aurora blieb abrupt stehen, Robert rollte noch ein Stück weiter, weil er nicht sofort stoppen konnte, und drehte sich dann zu ihr um. Ein Lächeln lag auf seinen Zügen.

»Du willst zurück nach London? Dein Studium fortsetzen?« Aufregung packte sie und ließ ihr Blut rauschen. Sie wünschte sich, dass Robert zu seiner alten Stärke zurückfand. Das Studium abzuschließen würde ihn vielleicht aus dem schwarzen Loch holen, in das ihn die Verletzung katapultiert hatte. Sie würde ihn dort besuchen, würde ihm in der Wohnung zur Seite stehen, Einkäufe für ihn erledigen, vielleicht würde sie ihn zur Universität begleiten, um ihm da zu helfen, wo es keine Rampen gab, und …

»Nicht nach London. Ich überlege, nach Kalifornien zu gehen. An die Stanford University. Mein Freund Sean unterrichtet da und hat mir angeboten, dass ich im kommenden Jahr dort mein Studium weiterführen und promovieren kann.«

Ihr Herz fühlte sich an wie im freien Fall, während sie Robert ungläubig anstarrte. Scherzte er? Robert wollte auf der anderen Seite des Atlantiks leben? Bedeutete das ein Abschied für immer, wie das heutige Begräbnis? Ehe sie es verhindern konnte, kamen ihr die Tränen. »Wie soll das gehen?«, brachte sie heiser hervor.

Er hob die Schultern, als wäre dies das Letzte, worüber er sich Gedanken machte. »Es ist nur eine Idee, aber sie hat sich in mir festgesetzt. Ich mag die Vorstellung, wieder ein Ziel zu haben. Kannst du das verstehen, Aurora?«

Wortlos setzten sie sich wieder in Bewegung. Aurora schwieg. Robert sah zu ihr auf, als sie das Pächterhaus erreichten.

»Ich unterstütze dich bei allem, was dich glücklich macht, Robert«, versprach sie schließlich.

Nach kurzem Klopfen betrat sie das Pächterhaus, aus dem kein Laut drang. Drinnen bot sich ihnen ein Bild des Friedens. Kayla schlief, in ihre Decken eingekuschelt. Auf dem Schaukelstuhl vor dem Ofen saß Alex, das Kinn auf der Brust, die Augen geschlossen, in seinen Armen das Baby, das nun mit den Händen zu fuchteln begann und in Auroras Richtung schaute. Aurora ging das Herz auf bei diesem Anblick. Behutsam nahm sie das Baby auf, schaukelte es, ließ es an ihrem Fingerknöchel nuckeln. »Meine Kleine«, murmelte sie dabei.

Als sie sich umdrehte, bemerkte sie, dass Robert sie beobachtete. »Wann hast du gelernt, so gut mit kleinen Kindern umzugehen?«

»Das kann man, wenn man Kinder liebt«, behauptete sie.

Alex erwachte, schrak zusammen und brauchte einen Moment, um sich zu orientieren. »Oh, ist etwas passiert?«

»Alles bestens, Alex. Vielen Dank. Jetzt muss ich dich nur noch um einen letzten Gefallen bitten. Läufst du bitte ins Dorf und fragst die Hebamme, ob sie uns eine Amme vermitteln kann? Bei Kayla wird die Milch bald versiegen, wenn sie Claire nicht öfter anlegt. Dann ist es vielleicht zu spät, nach einer Amme zu suchen. Für andere Nahrung ist Claire noch zu klein, sie braucht Muttermilch.«

Alex sprang auf, rieb sich den Schlaf aus den Augen und war Sekunden später verschwunden.

Kayla auf ihrem Lager bekam von alledem nichts mit. Sie schlief tief, als gäbe es kein kleines Wesen, das auf sie angewiesen war.

»Ich bewundere dich, Aurora«, sagte Robert.

Überrascht sah Aurora zu ihm hinab. Das hatte er noch nie zu ihr gesagt.

Eine Stunde später, als Claire gerade begann, unruhig zu werden und den Mund zu verziehen, schwang die Tür auf. Schwer atmend stürzte Alex herein. Ihm folgte etwas langsamer eine rundliche Frau, an der alles ein bisschen zu groß war: der Mund, die Nase, die braunen Augen, der Bauch unter dem Leinenkittel. Die blonden Haare hatte sie zu einem Kranz um ihr Gesicht geflochten. An ihren Händen hielt sie links ein etwa fünfjähriges Mädchen, rechts ein etwa dreijähriges. »Das ist Margie Ferret«, sagte Alex. »Die Hebamme hat mich gleich zu ihr geschickt.«

Aurora reichte ihr die Hand und stellte sich und Robert vor, obwohl man sie im Dorf vermutlich kannte.

»Sie ist vor zwei Wochen niedergekommen«, fuhr Alex fort, »aber das Kind ist nach wenigen Tagen gestorben.«

Aurora war sofort an ihrer Seite. »Wie furchtbar das für Sie gewesen sein muss«, sagte sie mitfühlend.

Margie nickte. »Ja, aber wenn ich helfen kann, dass ein anderes Kind überlebt, war das Unglück wenigstens nicht sinnlos.« Ohne weitere Umstände setzte sie sich zu Kayla aufs Bett, die sich kraftlos zu rekeln begann, und streckte Aurora die Arme entgegen, damit sie ihr Claire übergab. Ihre Töchter hockten sich mit ernsten Mienen neben sie und schauten sich in dem fremden Haus um. Mit geübten Griffen öffnete Margie ihre Bluse und legte das Mädchen an, das sofort gierig zu trinken begann.

Aurora, Alex und Robert starrten ergriffen auf die Szene. »Sie schickt der Himmel«, sagte Aurora.

Kapitel 22

Die Zeit drängte, die neuen Pflanzen mussten versorgt und eingesetzt werden. Charlotte hatte dem Montagmorgen entgegengefiebert, an dem sie sich mit Quinn bei Sonnenaufgang im Garten verabredet hatte. Seit der Beerdigung waren die Temperaturen gestiegen, die Woche versprach hochsommerlich zu werden.

In Charlotte wuchs die stille Hoffnung, dass die Anziehungskraft zwischen ihnen nachgelassen haben könnte und sie zu einem normalen Arbeitsverhältnis finden würden. Aber kaum hatten sie sich zur Begrüßung die Hand gereicht und sich angeschaut, wusste sie, wie trügerisch diese Hoffnung war. Sie spürte sein Verlangen nach ihr bei der kleinsten Berührung. »Quinn, wir …«

Er hielt ihre Rechte zu lang, zog sie aber nun weg, als hätte er sich verbrannt. »Ja, Charlotte, wir werden vernünftig sein.« Das Weiche aus seinen Gesichtszügen schwand, als er auf die Eiben und Linden wies, die mit Wurzelballen am Schuppen lehnten. »Was hältst du davon, wenn wir mit der Einfriedung des Bauerngartens beginnen? Vielleicht schaffen wir heute einen Teil des Lindengangs. Ich könnte die Spaliere errichten.«

Charlotte steckte sich die mit kleinen blauen Blumen bedruckte Bluse fester in die Arbeitshose, die sie mit einem Gürtel in der Taille hielt. Sie spürte, wie Quinns Blicke über ihren Körper glitten, und wünschte, sie hätte sich einen unförmigen Pullover angezogen, der erst gar keine verbotenen Gedanken aufkommen ließ. Aber ihr heutiger Arbeitsplan würde sie sicher ablenken.

»Ich denke, das schaffst du allein«, sagte sie. »Ich werde mich um die Bepflanzung des Bauerngartens kümmern, an den die Dahlien anschließen. Ich plane, die Farben in den Tönen des Sonnenuntergangs zu halten, orange, rot, gelb, aber ich weiß natürlich nicht, ob die Dahlien vielleicht weiß oder lila blühen. Da müssen wir uns überraschen lassen und eventuell in den kommenden Jahren umpflanzen.«

»Das heißt, du kümmerst dich um die Lilien, die Akeleien, Tulpen, Lupinen, Schöterich?«

Sie nickte. »Und den Goldregen werde ich integrieren. Ich möchte, dass die Farben zwar homogen sind, aber dass sich das Bild der Beete im Lauf des Jahres ändert. Im Frühling sollen die Beete flach, im Sommer reich gefüllt und im Herbst der reinste Dschungel sein mit Canna, den Dahlien und Miscanthus-Gräsern.«

Er wies mit dem Kinn auf drei Paletten mit Holzbänken, Stühlen, Terracotta-Töpfen und Steinskulpturen, die Charlotte bei einem Händler aus Canterbury bestellt hatte und die am Wochenende geliefert worden waren. »Hast du für jedes Teil schon einen Platz vorgesehen?«

Sie schüttelte den Kopf. »Ich habe einfach ausgewählt, was mich anspricht und was zu unserem Stil passt. Sobald wir mit der Bepflanzung vorangekommen sind, machen wir einen Rundgang und entscheiden, wo es einen Blickfang und wo es einen Ort der Stille geben soll.«

Den Luxus, den Victor ihr in ihrer Ehe bot, hatte Charlotte nie mehr geschätzt als in diesen Tagen, wo sie gestalterisch aus dem Vollen schöpfen konnte. Geld spielte keine Rolle bei allem, was sie zur Verschönerung ihres Gartens anschaffen wollte. Manchmal meinte sie, in Quinns Miene einen Hauch von Verachtung für all den Konsum zu erkennen. Er war ein Mann der Tat, einer, der marode Bänke reparierte und Mauervorsprünge mit Natursteinen selbst verschönerte. Charlotte sah keinen Grund, auf das eine oder andere zu verzichten. Verzückt nahm sie alles entgegen, was ihrem Garten zu einem individuellen Charakter verhalf, und freute sich jetzt schon darauf, Victor im Lauf der Woche bei einem Rundgang zu demonstrieren, wie viel sie schon geschafft hatte.

»Das klingt wundervoll«, sagte er, doch dann bildete sich eine Falte zwischen seinen Brauen. »Hoffen wir nur, dass es uns die Natur nachsehen wird, dass wir hinterherhinken mit der Pflanzzeit.«

»Es ist nicht optimal im Juni«, stimmte sie zu. »Aber noch schlechter wäre es, den Garten ein weiteres Jahr ruhen zu lassen. Wir werden eben alle Pflanzungen besonders sorgfältig düngen, wässern und überwachen müssen, und was wir in diesem Jahr nicht mehr zum Blühen bringen, schafft es in der nächsten Saison. Ich rechne in frühestens drei Jahren damit, dass wir eine repräsentative Anlage haben, zu der ich Fachleute einladen kann.«

»Das ist nicht sehr optimistisch«, erwiderte er und stapfte ihr voran über den Weg aus Natursteinen zum Schuppen, um einen Spaten zu holen und ein halbes Dutzend Eiben in eine Schubkarre zu laden. »Ich will im Herbst schon einen Farbenrausch.«

Charlotte stieß ein Lachen aus, während sie ihre Handschuhe aus der Hosentasche zog und sie überstreifte. Sie griff nach einer Kiste mit einem Dutzend Canna. »Wenn das so sein sollte, wirst du es allein genießen können«, sagte sie leichthin.

Quinn stoppte, ließ die Griffe der Holzkarre los und starrte sie an. »Warum?«

»Oh.« Sie spürte einen Anflug von Hitze in ihrem Gesicht. »Das habe ich dir wohl noch gar nicht erzählt, oder? Victor hat mir eine Forschungsreise nach Persien geschenkt. Im Herbst werde ich in Isfahan sein und in den Bergen auf den Pfaden der Bachtiaren wandeln, das ist ein Volksstamm von Nomaden im Zagros-Gebirge. Ich verspreche, ich kehre mit den exotischsten Schönheiten für unser Paradies hier zurück.«

Am liebsten wäre sie weitergegangen und hätte das Thema damit erledigt, aber Quinn stand wie zur Salzsäule erstarrt, das Gesicht auf einmal grau. »Wie lange wirst du weg sein?«

»Die Reise ist auf zwei Monate angelegt. Im Oktober bin ich wieder zu Hause.«

Sie starrte ihm entgegen, als er auf sie zukam. Mit drei

Schritten war er bei ihr, zog sie in die Arme, drückte sie gegen die Schuppenwand und küsste sie mit einem Verlangen, das sie taumeln ließ. Sie erwiderte seinen Kuss und ließ es geschehen, dass seine Hände über ihren Körper wanderten und Erinnerungen an ihre erste Begegnung in der Sandbucht weckten. Einen Moment lang setzte ihr Denken aus, ließ sie alle Vorsicht beiseite, gab sie sich dem hin, wonach es sie verlangte.

»Wie soll ich zwei Monate ohne dich überleben?«, flüsterte er dicht an ihrem Ohr. Sein Atem jagte ihr Schauer über den Rücken. »Ich kann nicht mehr ohne dich sein, Charlotte.«

Verzweiflung schnürte Charlotte den Brustkorb zu. Sie schauderte bei dem Gedanken, zwei Monate von Quinn getrennt zu sein. Gleichzeitig hoffte sie, dass diese Reise ihre Beziehung zu Victor stärken und sie auf den Weg der Vernunft zurückbringen würde.

»Wir müssen versuchen, unsere Ehen zu retten. Eine Verbindung zwischen uns ist unmöglich, das wissen wir beide.«

»Was ist mit deinem Mann? Hat er nicht bemerkt, dass du dich verändert hast?«

»Ich weiß es nicht«, erwiderte sie leise. »Uns alle hat der Tod meiner Mutter überrascht. Er überschattet alles. Ich habe mich von Victor zurückgezogen, aber er führt das auf meine Trauer zurück.«

»Irgendwann wirst du dich von ihm wieder angezogen fühlen«, sagte er mit einem bitteren Unterton. »Die Vorstellung zerreißt mich, dass er jedes Recht dazu hat, dich zu berühren, Charlotte.«

»Wir haben von Anfang an gewusst, auf was wir uns einlassen, Quinn.« Er streifte mit seinen Lippen ihren Mund, sodass sie kaum noch in der Lage war, einen klaren Gedanken zu fassen. »Wir sollten dankbar sein, dass wir Tag für Tag zusammen sein dürfen und einen gemeinsamen Traum verwirklichen.«

»Mir ist das zu wenig«, erwiderte er. »Ich halte es nicht aus, in deiner Nähe zu sein und dich nicht küssen zu dürfen.«

»Du hast die Kinder und Caitlin.«

Er stieß einen verächtlichen Ton aus. »Du hättest Caitlin erleben sollen, als ich nach unserer Reise heimkehrte. Es hat keine zehn Minuten gedauert, da hat sie mir vorgeworfen, ich trüge den Geruch einer anderen Frau an mir. Sie hat sich vollkommen in ihre Hysterie hineingesteigert, hat geheult und geschrien, nur um mir am Ende um den Hals zu fallen und mich anzuflehen, sie nicht zu verlassen.«

Charlotte schluckte. Was für ein entsetzlicher Gedanke, für das Leid dieser Frau mitverantwortlich zu sein. Sie hatte niemals jemanden verletzen wollen.

»Dann wurde sie gehässig und meinte, welche Frau, die mit einem gut situierten Mann wie Bromberg verheiratet sei, würde ihr Glück aufs Spiel setzen durch eine Affäre mit einem mittellosen Gärtner.«

Charlotte zuckte zusammen. »Wie kann sie dich so respektlos behandeln.« Ihr Mitleid wich der Empörung. »Das hätte ich Caitlin nicht zugetraut. Sie macht einen liebenswerten Eindruck.«

»Sie kann liebenswert sein«, stimmte Quinn zu. »Aber sie ist eine Frau mit zwei Gesichtern. An manchen Tagen kann ich sie nicht ertragen. Ich habe mein Bett im Wohnzimmer aufgeschlagen, was sie wieder in Rage gebracht hat.« Er verzog den Mund. »Keine guten Zustände bei uns zurzeit.«

Charlotte überlegte. Wie würden Victor und sie in Zukunft ihr Eheleben gestalten? In diesen Tagen war Victor der aufmerksamste Partner, den sie sich wünschen konnte, wärmte und tröstete sie, statt zu fordern und zu verführen, aber der Alltag würde zurückkehren, und Charlotte hatte nicht die geringste Ahnung, wie sie damit umgehen sollte. So wie sie Victor betrog, wenn sie mit Quinn zusammen war, so würde sie auch das Gefühl haben, Quinn zu hintergehen, wenn sie sich von Victor berühren ließ.

Sie schaute sich um. Hatte jemand gesehen, wie sie sich geküsst hatten? Doch da war nichts als die frühmorgendlichen Nebel auf den Wiesen und die ersten Sonnenstrahlen auf den vorbereiteten Beeten. Gestern noch waren die Rabatten dunkel vor Mutterboden gewesen, nun waren sie hell getrocknet. Am Abend würden sie viel zu gießen haben.

In den nächsten Stunden achtete Charlotte darauf, dass sie mit ihrem Kniekissen immer in möglichst weiter Entfernung zu Quinn auf dem Boden hockte. Mit beiden Händen wühlte sie in der frisch aufgelockerten Erde, atmete den Duft nach Moosen und Kräutern ein und hob Pflanzgruben aus. In ihrer Fantasie entstanden Beete mit sanft abgestuften Grünnuancen in den niedrigen Bereichen und herbstlich-leuchtenden Gold- und Rosttönen in den höheren Ebenen. Immer wieder erhob sie sich, richtete ihre Brille und überblickte die Pflanzungen, versuchte einzuschätzen, welchen Raum welche Pflanze benötigte und welche den besten Hintergrund für die Gesamtkomposition gab.

In der Mittagshitze griff sie nach ihrem Strohhut, den sie am Schuppen abgelegt hatte, forschte nach, ob sie Hunger verspürte, aber da war nichts als die Lust daran, diesen Garten hier zu gestalten. Quinn zeigte ebenfalls nicht die geringsten Ermüdungserscheinungen, während er auf einer Leiter stand und Weidenzweige zu einem Spalier verknüpfte, um die sich später die Linden ranken sollten. Eine Weile schaute sie zu ihm hinüber, beobachtete die angespannte Ernsthaftigkeit seiner Miene, wie er die Zange zwischen den Lippen hielt, während er zwei Enden miteinander verknotete.

Am späten Nachmittag kam Aurora in den Garten. Sie trug ein Tablett mit einer Teekanne, drei Tassen und einer Etagere mit reich belegten Sandwiches. »Ihr müsst bei Kräften bleiben!«, rief sie den beiden zu.

Charlotte und Quinn ließen sich nicht lange bitten. Nach dem ausgefallenen Lunch knurrte Charlotte jetzt doch der Magen. Sie tranken den Tee auf einer Bank sitzend, vor sich einen Stuhl für Aurora, zwischen sich einen umgedrehten Pflanztopf, der als Tisch diente. Nie hatte Charlotte ein Tee besser geschmeckt als dieser Darjeeling in der freien Natur nach einem Tag an der frischen Luft.

Sie schaute sich um und fühlte den Stolz auf ihr Tageswerk, das viel größer als erwartet ausgefallen war. Der Bauerngarten war angelegt und musste nur an verschiedenen Stellen noch begrenzt werden. Jetzt galt es, hinter der Mauer den Steingarten und seitlich davon den Rosengarten zu planen. Vielleicht würde sie heute schon einen Teil der Steine in die Beete einlegen und die Pflanzen von Skye arrangieren können. Ob sich vom Teich aus die Möglichkeit ergab, einen kleinen Bach durch das Steinfeld laufen zu lassen? Sie würde das später mit Quinn besprechen, der jetzt aus seiner Tasche eine Metallbox mit einem Schmalzbrot holte und kräftig hineinbiss.

Aurora wies auf die Etagere. »Wir haben Roastbeef, Putenbrust und Gurke, Mr Mitchell. Bitte greifen Sie zu.«

Quinn nickte ihr zu. »Mir ist mein Brot gut genug«, erwiderte er. Mit einem Schaudern spürte Charlotte einmal mehr diese Kluft zwischen ihrem und seinem Lebensstil.

Bei dem anhaltend schönen Sommerwetter arbeiteten sie Tag für Tag. Eine Kiste nach der anderen leerten Quinn und Charlotte und suchten für jede einzelne Pflanze den perfekten Standort und die optimalen Begleiter. Sie hatten begonnen, die Bepflanzung um den Teich herum zu optimieren und Klettergewächse an jede Mauer zu setzen. Zaghaft ragten manche Stecklinge empor und erweckten den Eindruck, sie würden sich nicht lange halten, aber wenn sie nach einer Woche erste frische Blätter zeigten oder sich um Mauervorsprünge zu ranken begannen, strahlten Charlotte und Quinn. Manchmal streichelte Charlotte ein paar Blätter und murmelte ein paar anerkennende Worte. Quinn lachte sie dafür aus. »Hast du das auf der Universität gelernt? Mit Pflanzen sprechen?«

Sie stimmte in sein Lachen ein. »Es gibt mehr als einen Weg, sich der Botanik zu nähern. Mach dich nur lustig. Wir werden sehen, wer hier welches Gewächs zum Blühen bringt.«

Sie arbeiteten von Sonnenaufgang bis Sonnenuntergang. Charlotte genoss es, sich mit Leib und Seele in die Arbeit zu stürzen. Es verging keine Stunde, in der sie nicht über ihre Pflanzungen nachdachte und sich ausmalte, wie sie sich entwickeln würden. Das half ihr einerseits, die Trauer um ihre Mutter zu verdrängen, und andererseits, ihre Gefühle für Quinn zu beherrschen. Gleichzeitig aber vernachlässigte sie all die Aufgaben, die zu einer Hausherrin gehörten. Sie war immer noch diejenige, die als Erstes aus den Federn sprang, aber statt sich ein Tageskleid überzustreifen und mit den Dienstboten Menüpläne, Einkäufe, Aufräumarbeiten und Festivitäten zu planen, statt Briefe zu schreiben und Wohltätigkeitsveranstaltungen im Dorf zu unterstützen, zog Charlotte ihre Arbeitshose an, band sich ein Tuch um die Haare und schlüpfte in die festen Gartenschuhe. Oft verzichtete sie aufs Frühstück, trank einen Becher Tee im Stehen und stand schon draußen im Gleißen der Morgensonne.

Das Leben war einfach strukturiert in dieser Zeit, ein Gerüst, das ihr Sicherheit gab. Sie merkte, dass die Dienstboten wieder zu tuscheln begannen, wie damals, als sie die Arbeit in Kew Gardens allem anderen vorgezogen hatte. Einer Hausherrin, die in Männerkleidung im Garten herumstapfte, brachten Köchin Emily Duncan und das Küchenmädchen Sophie keinen Respekt entgegen.

Als sie an diesem Morgen durch das Foyer eilte, begegnete ihr die Köchin. »Mrs Duncan, das Dinner heute würden wir gern auf der Terrasse einnehmen. Sorgen Sie dafür, dass es nicht zu üppig und aufwendig ausfällt. Wir wollen den

Sommertag bis zur letzten Minute auskosten.« Charlotte lächelte ihr zu, doch die Köchin blieb ernst.

»Ich soll jetzt noch einmal alles ändern?«, gab sie zurück. »Miss Ainsworth und ich haben längst alles besprochen. Ich wollte gleich den Putenbraten ansetzen.«

»Gegen den Putenbraten ist nichts einzuwenden, aber Sie werden bitte auf der Terrasse servieren«, gab Charlotte zurück.

Mrs Duncan stapfte davon, und Charlotte hörte, wie sie wütend vor sich hin murmelte. Unauffällig und ohne sich in den Mittelpunkt zu drängen, hatte Aurora alle Arbeiten übernommen, die von Charlotte erwartet wurden. Charlotte war ihr dankbar dafür, aber es gab Situationen, in denen sie den Angestellten gegenüber herausstellen musste, dass sie die Hausherrin war.

Aurora war auch diejenige, die den Pächterhof gerettet hatte. Seit die Amme Margie die Versorgung des Babys übernommen hatte, ging es mit Kayla aufwärts, wie Aurora erzählte. Oft brachte Margie ihre beiden Kinder mit, die für Abwechslung im Altenteil bei William und Betsy sorgten. Sie fragten ihnen Löcher in den Bauch und liefen ihnen voran über die Felder zu den Schafen und in die Ställe zu den Schweinen. Beide Mädchen waren Patinnen für eines der neugeborenen Ferkel geworden und erfüllten ihre Pflichten mit kindlichem Ernst. Sie streichelten und putzten die kleinen Tiere und fütterten sie mit klein geschnittenen Äpfeln. Die Sonne schien wieder in das Pächterhaus. Dieses Wunder war einzig und allein Aurora und Debbie zu verdanken. Auch Alex hatte seinen Teil dazu beigetragen, fiel Charlotte ein. Sie wusste, sie sollte sich mehr dafür interessieren, was zwischen ihrer Schwester und den beiden McLaren-Brüdern passierte.

»Darling, ich kenne dich inzwischen gut genug. Ich weiß, wie kompromisslos du dich in eine Sache hineinsteigern kannst«, begann Victor an diesem Abend, als sie nach dem Dinner zu zweit im Dunkeln auf dem Balkon ihres Schlafzimmers saßen und ein Glas Wein tranken. Eine Kerze flackerte auf dem Tisch zwischen ihnen. Charlotte trank nur Victor zuliebe ein paar Schlucke. Sie war müde und sehnte den nächsten Morgen herbei, an dem sie die ersten Rosen pflanzen würde. Mehrere Bourbon-Rosen, deren Blütenform und Duftnuancen an die Alten Rosen erinnerten, außerdem starkwüchsige Noisetterosen, die robusten Zwerg-Polyantha-Rosen ...

Der Tag verabschiedete sich mit einer lauen Abendbrise. Charlotte trug über ihrem Rock eine ärmellose Bluse, die ihre inzwischen muskulösen Oberarme und den bronzenen Teint betonte. Ein dumpfer Schmerz breitete sich in ihrem Kopf aus, weil sie spürte, dass Victor etwas mit ihr besprechen wollte. Ihre Gedanken aber trieben immer wieder ab. Hinter dem Schuppen würde sie eine Pflanzenschule errichten. Es gab ein paar Pflänzchen, die aufgepäppelt werden mussten, und ein paar Stecklinge, die sie lieber vorziehen wollte, statt sie direkt an Ort und Stelle einzusetzen. Und später würde sie dort neue Rosenarten züchten, darauf freute sie sich besonders. Bevor sie schlafen ging, wollte sie sich grobe Notizen darüber machen, was sie heute geleistet hatten und welche Blütenpracht sie sich erhofften. Für Artikel in botanischen Fachzeitschriften hatte sie inzwischen hinreichend Material, sie musste sich nur die Zeit nehmen und einen Text ausformulieren. Oder sollte sie es gleich darauf anlegen, im *Curtis' Botanical Magazine* veröffentlicht zu werden?

»… nur für mich mal eines der neuen Kleider anzuziehen und …«

Sie schrak zusammen, als Victors Stimme in ihr Bewusstsein drang. »Entschuldige, Victor, wie bitte?« Sie schüttelte den Kopf, um die Gedanken, die sie fesselten, abzuschütteln.

Victor verzog den Mund und klopfte mit der flachen Hand auf den Tisch. Die beiden Weißweingläser klirrten. »Charlotte, mit dir kann man kein vernünftiges Wort mehr reden. Ich bin es leid, meine Frau bei meiner Heimkehr in Hosen, mit aufgelösten Haaren und mit schwarzen Rändern unter den Fingernägeln zu begrüßen. Ich habe keine Gärtnerin geheiratet, sondern die wunderbare Botanikerin Charlotte Windley mit all ihren kleinen Marotten. Ich liebe dich, Charlotte, und ich habe Angst, dich zu verlieren. An unseren Garten, um Himmels willen!« Er fasste sich an die Stirn, als könnte er es selbst nicht glauben.

Charlotte riss sich zusammen. »Du wolltest unbedingt, dass ich mich um das Anwesen kümmere. Jetzt tue ich es, und es ist dir auch nicht recht?« Zum Dinner zog sie sich selbstverständlich um, aber ohne großen Aufwand zu betreiben.

Er stöhnte auf. »Versuch bitte, mich zu verstehen. Ich hatte mir das alles weniger … ambitioniert vorgestellt. Ich dachte, du delegierst die meisten Arbeiten …«

»... und pflücke hier und da einen Strauß Rosen, um den Tisch zum Dinner zu schmücken?«, vollendete sie mit ätzendem Spott seinen Satz. »Victor, du behauptest, mich zu kennen, aber manchmal glaube ich, du siehst eine Frau in mir, die ich nicht sein kann. Ich engagiere mich leidenschaftlich für das, was ich tue. Immer.«

Seine Züge wurden weicher. »Das weiß ich, Darling. Verzeih mir, ich wollte keinen Streit anfangen. Was ich dir sagen will, ist, dass ich dich vermisse. Abends bist du zu müde, als dass wir uns noch über den Tag austauschen könnten. Ich mag es nicht, wenn Aurora für mich zusammenfasst, was sich auf unserem Anwesen ereignet hat. Ich will das mit dir besprechen, nicht mit meiner Cousine.« Er stieß ein Lachen aus. »Mir scheint, Quinn Mitchell hat in diesen Tagen mehr von dir als ich.«

Charlotte schrak zusammen und verschränkte die Finger ineinander, weil sie anfingen zu zittern. Sie versuchte, sich ihre Verunsicherung nicht anmerken zu lassen, aber ihre Lider flackerten. Victor trank einen Schluck Wein und seufzte genießerisch. Nein, das war eine harmlose Bemerkung gewesen, kein Seitenhieb. Was Quinn und sie betraf, war Victor ahnungslos.

Sie hatte sein Selbstbewusstsein stets geschätzt. Ihm kam nicht in den Sinn, dass es andere Männer für sie geben könnte. Warum auch? Victor wusste, dass er fantastisch aussah. Charlotte wollte gar nicht erfahren, wie viele Gattinnen und Töchter seiner Kunden mit ihm kokettierten. Er bot ihr ein Leben, von dem andere Frauen nur träumen konnten, und mit seiner Fürsorge und seiner Liebe las er ihr jeden Wunsch von den Augen ab. Sie erinnerte sich, dass er auch damals, als sie noch von der Hochzeit mit dem Botaniker Dennis geträumt hatte, nicht den geringsten Funken von Eifersucht gezeigt hatte. Damals hatte sie sich gefragt, ob es vielleicht auf eine gewisse Gleichgültigkeit zurückzuführen war, doch heute wusste sie es besser und war dankbar, dass er ihr den Alltag nicht mit Misstrauen und Verdächtigungen erschwerte.

»Ich werde mal mit ihm reden, dass er zwei Tage in der Woche bei gleichem Gehalt freinehmen kann. Er arbeitet ja fast zwölf Stunden täglich.«

»Bitte nicht, Victor. Wir müssen uns beeilen, wenn wir vor dem Herbst alles so weit fertig haben wollen, dass ich zwei Monate verreisen kann.« Sie griff über den Tisch und nahm seine Hand. »Zwei Monate nur für uns allein, Victor. Das wird uns entschädigen für die Stunden, in denen wir nicht zusammen waren, ja?«

In seinem Blick lag all die Liebe, die er für sie empfand. Als sie sich nun an das Balkongeländer stellte und das werdende Paradies betrachtete, das im Schein des Mondes wie mit Silber übergossen strahlte, erhob er sich ebenfalls und stellte sich neben sie. Sie wies hierhin und dorthin, zeigte ihm den Lindengang, den eingefriedeten Bauerngarten, die Steine, um die sich erste Gewächse rankten, und den Obstgarten, in dem neben größeren Nussbäumen kleine Apfel- und Birnenbäume wuchsen. »Im Frühjahr wirst du staunen, wenn die Bäume blühen und die Hyazinthen und Primeln einen blauen Teppich darunter bilden. Quinn wird morgen noch ein paar Steine verlegen, damit man im Obstgarten wandeln kann, ohne die Blumen zu beschädigen.«

Victor zog sie an sich. »Du machst das wunderbar, Charlotte. Verzeih, wenn ich manchmal ungerecht bin.«

Sie wies auf das Grundstück hinter dem Schuppen. »Schau mal, dahinten soll es eine Pflanzenschule geben. Ich brauche sie für Versuche und Anzucht. Ich dachte, eine Art kleines Gewächshaus wäre hilfreich. Was meinst du?«

»Ich lasse Albert gleich morgen danach Ausschau halten«, versprach er und rieb sich sinnend das Kinn. »Vielleicht sollte ich mir mal ein paar Tage freinehmen und dich im Garten unterstützen. Wie wäre das, hm? Wir beide im Morgengrauen in den Beeten?« Er zeigte sein Lächeln, bei dem Charlotte von Anfang an weiche Knie bekommen hatte, aber diesmal fühlte sie sich wie elektrisiert.

»Das ... das halte ich für keine gute Idee. Deine Welt, meine Welt ... Ich überrasche dich lieber, als mit dir gemeinsam zu planen, verstehst du?« Sie sah ihn bittend an und bemerkte einen Anflug von Verärgerung in seiner Miene, der aber rasch wieder verflog.

»Selbstverständlich, Darling, das war dumm von mir. Die Zeit ist ohnehin ungünstig, um in der Firma zu fehlen. Vor unserer Reise nach Persien muss ich noch eine neue Maschine in Betrieb nehmen und mehrere Kunden besuchen.«

Charlotte stellte sich auf die Zehenspitzen und küsste ihn auf den Mund. »Ich liebe dich, Victor«, sagte sie und meinte es aus der Tiefe ihrer Seele. Die Liebe, die sie für Victor empfand, erschien ihr wie etwas Unantastbares. Und das, was zwischen ihr und Quinn geschah, war ein loderndes Feuer, das alles zu versengen drohte.

Eine Woche später fuhr überraschend Vita Sackville-West in ihrem Automobil vor Summerlight House vor. Sie kündigte sich mit einem melodischen Hupen an, das die Dienstboten vor die Tür trieb. Haushälterin Laura war die Erste, die die unangemeldete Besucherin begrüßte. Charlotte war von dem Hupen alarmiert, klopfte den Boden um den Wurzelballen des Rosenstocks fest, zog sich die Handschuhe aus und eilte über den gepflasterten Weg zum Eingang. Sie schlug sich die Hände vor den Mund, als sie die Besucherin erkannte.

Vita bedankte sich bei Laura für den Empfang und eilte auf Charlotte zu. Sie hatte nicht die geringste Scheu, Charlotte in ihren von Schmutz bestäubten Hosen zu umarmen. Schließlich löste sie sich und ließ den Blick über das Grundstück schweifen. »Mein lieber Himmel, was haben Sie hier geschaffen, Charlotte!«, rief sie begeistert. »Wo ist der langweiligste Rasen der Welt geblieben?« Sie lachte hell auf, und Charlotte stimmte ein.

»Ohne Ihren Zuspruch hätte ich es nicht gewagt, aber nun stecken wir mitten in der Arbeit und können es nicht erwarten, die ersten Pflanzen blühen zu sehen.«

»Das wird ein Traum! Ich bin jetzt schon grün vor Neid, Charlotte! Sind Sie in den Gärten, die ich Ihnen genannt habe, fündig geworden? Sieht so aus, möchte ich meinen.« Sie beugte den Kopf vor wie ein Habicht, verschränkte die Hände hinter dem Rücken und ging inspizierend ein paar Schritte in die Anlage hinein.

Charlotte blieb an ihrer Seite und schilderte ihr die Aufteilung des Gartens und welche Effekte sie zu erzielen hoffte.

»Besonders glanzvoll sind die Beete, die am Ende aussehen wie ein Werk der Natur«, sagte Vita. »Ich habe Versuche unternommen mit Wilden Buschwindröschen, Waldmeister, Schlüsselblumen und Goldenem Flattergras. Einer meiner schönsten Räume, denke ich.« Sie sah zu den Nussbäumen hoch. »Achten Sie auf das jährliche Schneiden und Auslichten. Das Laubdach sollte einen lichten, keinen vollen Schatten geben, und sorgen Sie für eine Mittelachse, die von abstehenden Zweigen frei bleibt.«

Charlotte ärgerte sich, dass sie ihr Notizbuch nicht dabeihatte, aber sie nahm sich vor, jedes einzelne Wort zu behalten und die Ratschläge umzusetzen. »Mein Gärtner kennt sich gut aus mit dem Beschneiden der Bäume. Ich habe volles Vertrauen zu ihm.«

Vitas Blick glitt zu einer Reihe von Eiben, die den Rosengarten begrenzen sollten, wo Quinn Mitchell mit einer Heckenschere die Bäume in Form schnitt. Er sah auf, als er sie bemerkte, und tippte sich mit dem Finger an die Kappe.

Vita zog eine Braue hoch, und Charlotte verkniff sich ein Grinsen. Ob Quinn nicht wusste, mit wem er es hier zu tun hatte? »Nun, bleibt zu hoffen, dass sein gärtnerisches Geschick seine Manieren übertrifft«, sagte Vita maliziös, aber sie lächelte dabei. »Auf jeden Fall ist er eine Augenweide, solange es hier keine attraktiveren Gewächse gibt.« Sie musterte Quinn aus der Entfernung von Kopf bis Fuß, bevor sie sich wieder Charlotte zuwandte.

Charlotte bemühte sich nach Kräften, ihre Verlegenheit zu verbergen, schob ihre Brille zurecht und strich sich eine Haarsträhne hinter die Ohren, aber Vita konnte sie offenbar nicht täuschen. Hellwach schaute sie zwischen Charlotte und Quinn hin und her, als hätte sie die in der Luft liegende Spannung intuitiv erfasst.

»Sie scheinen mir ein gutes Gespann zu sein«, bemerkte sie. »Ihr Mann interessiert sich weniger für die Flora?«

»Er unterstützt mich bei all meinen Plänen, aber ... wie sagten Sie bei unserem letzten Besuch auf Long Barn? Sie haben sich Nischen geschaffen, und das hier«, sie machte eine ausholende Geste, »ist meine Nische der Freiheit.«

Vita hakte sich bei ihr ein, als sie den Teich ansteuerten, hinter dem Charlotte Beete mit rein weißen und grünen Pflanzen anlegen wollte. »Freiheit innerhalb der Liebe ist die Lösung für alles«, bemerkte die Schriftstellerin.

»Es gibt gesellschaftliche Konventionen.«

»Und es gibt den eigenen Charakter, gegen den man nicht ankämpfen sollte«, gab Vita zurück. »Das Leben ist zu kurz, um sich Zwängen zu unterwerfen, die uns krank machen.«

»Ich glaube, die Gesellschaft ist noch nicht bereit, Freiheitsliebe und Zwanglosigkeit als Tugenden anzusehen«, erwiderte Charlotte.

»Es liegt an uns, zur Veränderung beizutragen. Ich wollte immer ein selbstständiger Mensch sein und nicht bloß die Hälfte einer zusammengesetzten Person.« Vita grinste sie von der Seite an. »Ein Mann bleibt trotz einer Heirat er selbst. Im Gegensatz zur Frau, die sich in der Regel anpasst.«

Charlotte hatte längst bemerkt, dass es nicht mehr nur um den Garten ging. Zwischen den Zeilen gab Vita ihr zu verstehen, dass sie alles Recht der Welt hatte, sich das vom Leben zu holen, was ihr gefiel. Vermutlich war mehr als ein

Funken Wahrheit daran, dass sich Vita und ihr Mann gegenseitig alle amourösen Seitensprünge durchgehen ließen. Charlotte fühlte ein Widerstreben in sich bei der Vorstellung, einen persönlichen Stil daraus zu kultivieren, sich mit anderen Männern oder Frauen zu amüsieren. Das mit Quinn hatte sie nicht heraufbeschworen. Es hatte sie überwältigt wie ein plötzlich ausbrechender Vulkan. Sie würde sich von Vita Sackville-West nicht freisprechen lassen.

»Ich kann Sie nur beglückwünschen zu dem, was sich hier entwickelt«, sagte Vita, als sie zum Ende des Rundgangs kamen.

»Lassen Sie uns noch einen Tee trinken. Ich ziehe mich nur schnell um«, schlug Charlotte vor.

»Nein, meine Liebe, machen Sie sich bitte keine Umstände. Ich war auf dem Weg nach Canterbury und wollte bei der Gelegenheit nur mal kurz vorbeischauen. Ich bin begeistert. Und halten Sie mich bitte über alle Entwicklungen auf dem Laufenden«, fügte Vita zweideutig an. »Ich würde mich freuen, wenn wir Freundinnen werden könnten.«

Charlotte war sich nicht sicher, ob sie für Vita die Freundin sein konnte, die diese sich erhoffte. Zum Garten würde sie jederzeit Vitas Ratschläge einholen, aber den inneren Aufruhr würde sie alleine überwinden müssen. Vielleicht würde die Reise in den Orient ihr dabei helfen.

Kapitel 23

Charlotte wickelte sich den Schal enger um Kopf und Hals und schlug den Mantelkragen hoch, während sie an der Reling stand und auf das im Morgennebel verschwindende Land schaute. Das Schiffshorn durchbrach den Geräuschteppich aus rauschenden Wellen und dem Kreischen der Möwen, die die Abfahrt des Schiffes nach Persien begleiteten. Die meisten Passagiere hatten sich an Deck versammelt, um mitzuerleben, wie sie die Heimat hinter sich ließen und in Richtung Atlantik steuerten.

Victor hielt sich dicht an Charlottes Seite, seine Haare wehten im Fahrtwind. Obwohl sich der Sommer in diesem Jahr bis in den September hinein hielt, war hier auf dem Wasser des Ärmelkanals der Wind frisch und ließ die Menschen vor Kälte zittern, während sie zusahen, wie die schroffen Felsen Englands kleiner wurden und schließlich im Dunst verschwanden.

In den vergangenen zwei Wochen hatte Charlotte manches Mal gedacht, sie würde es nicht schaffen, ihr botanisches Paradies zu verlassen. Zu viel war noch zu graben und zu pflanzen, zu stützen und zu schneiden, aber in ruhigen Momenten erkannte sie, dass sie in einer ungesunden Besessenheit gefangen war, aus der sie sich mit allen Mitteln befreien musste. Sie zwang sich, sich mit der Reise zu beschäftigen, fertigte Listen mit Ausrüstungsgegenständen an, die sie auf keinen Fall vergessen wollte, und studierte mit Victor gemeinsam die Landkarten. Im gleichen Maße, wie sie sich von ihrem Garten entfernte, löste sie sich von Quinn. Dennoch spürte sie manchmal seine fragenden Blicke, oder eine flüchtige Berührung erinnerte sie an das, was zwischen ihnen passiert war. Und manchmal wachte sie nachts auf, weil sie von seinen Küssen geträumt hatte.

Sie hatte inzwischen eine Abhandlung über die Beschaffung ihrer Pflanzen und die geplante Anordnung verfasst und diese an drei verschiedene botanische Fachmagazine geschickt. Kurz vor ihrer Abreise war die Antwort vom *Curtis' Botanical Magazine* gekommen, dass sie den Bericht gerne in den kommenden Ausgaben abdrucken würden, verbunden mit einem ansehnlichen Honorarangebot. Charlotte war mit dem Brief in den Garten gerannt und Quinn um den Hals gefallen, ein Moment, in dem sie sich völlig vergaß, verborgen hinter den Wänden des Gewächshauses. Als sie erkannte, was sie tat, löste sie sich sofort von ihm, trat zwei Schritte zurück und schob ihre Brille hoch. Das Strahlen blieb. »Meine erste Veröffentlichung steht bevor«, erzählte sie atemlos. »In der Septemberausgabe wird der erste Teil der Reisereportage erscheinen. Du musst sie für mich aufheben, in Persien werde ich kein Exemplar bekommen.« Sie würde Aurora Bescheid geben, dass sie die Zeitschrift, die sie im Abonnement bezog, Quinn gab, bevor eine der Dienstboten sie in den Kamin warf.

Seinem Gesicht war keine Regung anzusehen gewesen, nur die Angst, sie zu verlieren. Er küsste ihre Nase, ihren Mund, strich die Haarsträhnen zurück, die um ihr Gesicht flogen. »Ich vermisse dich jetzt schon, Charlotte.«

Mit eisernem Willen befreite sie sich aus seiner Umarmung, richtete Bluse und Haare. »Wir haben uns ein Versprechen gegeben, Quinn. Wir müssen damit aufhören.«

Er stieß die Luft aus. »Ich weiß nicht, wie das gehen soll«, erwiderte er und hob hilflos die Schultern.

Ich auch nicht, ging es ihr durch den Kopf, aber sie schwieg, wandte sich um und lief davon. Danach hatte sie Quinn kein weiteres Mal getroffen, und die Erinnerung an diesen Abschied schmerzte sie körperlich.

Nun war endlich der Tag der Abreise gekommen. Aber bislang fühlte sich die Tour kein bisschen wie das Forschungsabenteuer an, das Charlotte sich erhofft hatte, sondern wie eine Vergnügungskreuzfahrt mit dem Ehemann. Das Schiff war ein schwimmendes Hotel der Luxusklasse, das ruhig im Wasser lag und die Passagiere vergessen ließ, welche Entfernungen sie zurücklegten. Die Reise sollte sie zunächst über den Atlantik an Frankreich und Spanien vorbei führen, durch die Straße von Gibraltar und schließlich über das Mittelmeer bis nach Latakia.

Die Tischgesellschaften wechselten ständig. Victor bestritt eloquent die Unterhaltung, einerlei, ob sie mit einer

Gruppe von Geschäftsleuten zusammensaßen oder mit einer jungen Familie. Charlotte bemühte sich um eine freundliche Miene und ließ hin und wieder eine charmante Bemerkung fallen, aber ihre Gedanken trieben davon. Manchmal zu ihrem Garten nach Summerlight House, manchmal in das Bachtiarigebirge, das sie durchqueren würden, und welche Schätze sie dort wohl entdecken würde.

Fünf Tage bevor sie Latakia erreichten, saßen sie in Gesellschaft des Rechtsanwalts Malcolm Norwood aus Liverpool, der mit seiner Frau Amanda, seiner Tochter Poppy und dem Schwiegersohn Liam die Reise gebucht hatte. Norwood war ein massiger Mann, der mit seinem dröhnenden Lachen ständig die Aufmerksamkeit der übrigen Gäste auf sich zog. Charlotte war es schon nach fünf Minuten peinlich, mit diesen Leuten an einem Tisch zu sitzen. Und es wurde nicht besser. Victor machte auf seine zurückhaltende Art Komplimente über die Attraktivität der beiden Frauen an seiner Seite, was Norwood nicht stehen lassen wollte. »Ach, Schönheit vergeht«, polterte er, tätschelte seiner Frau die Wange und grinste der Tochter zu. »Das Beste, was Poppy je geleistet hat, ist, mir diesen Schwiegersohn zu bringen.« Liam saß zu seiner Linken. Malcolm klopfte ihm auf die Schulter.

Amanda meldete sich mit dünner Stimme zu Wort. »Wir haben uns noch einen Sohn gewünscht, aber leider folgt die Natur nicht immer den persönlichen Wünschen, nicht wahr?«

»Aber am Ende fügt sich alles, denn Liam ist bereits als mein Partner in meine Anwaltskanzlei eingetreten, die ich seinerzeit von meinem Vater übernommen habe. Also bleibt die Kanzlei in der Familie.« Malcolm verzog das Gesicht zu einer zufriedenen Grimasse und hob sein Weinglas, um auf diesen Erfolg zu trinken.

Charlotte rutschte auf ihrem Stuhl hin und her und sehnte sich danach, aus der Gesellschaft dieser Menschen zu kommen. Wie sie die Tochter einfach übergingen. Welche überholten gesellschaftlichen Vorstellungen ihr Leben bestimmten. Und Poppy? Hockte da wie ein Vögelchen und nippte an ihrem Glas Wasser. Vermutlich die langweiligste Person unter Gottes weitem Himmel, weil man ihr nie eine Chance gegeben hatte, sich zu entfalten. Sie hatte ihre Pflicht erfüllt, indem sie mit ihrem hübschen Äußeren – den ebenmäßigen Zügen, der Stupsnase und dem perfekt geschnittenen Bubikopf – den richtigen Mann angelockt hatte.

Als Charlotte sie leise von der Seite ansprach, während die Männer am Tisch sich mit aberwitzigen Geschichten aus dem englischen Rechtswesen unterhielten, hegte sie keine Hoffnungen, dass sie Gemeinsamkeiten fanden. »Für Sie kam ein Jurastudium nicht in Frage, Poppy?«

Die junge Frau faltete ihre Serviette. »Das stand nie zur Diskussion, abgesehen davon, dass mich dieses Dickicht an Gesetzen nicht interessiert. Und Sie? Unterstützen Sie Ihren Mann in seiner Papierfabrik? Das stelle ich mir angenehm vor, Seite an Seite mit dem Gatten zu arbeiten.«

»Nein, ich habe mit der Fabrik nichts zu tun. Ich bin Botanikerin und habe lange in Kew Gardens gearbeitet. Wir werden in Persien eine Expedition unternehmen. Ich hoffe, für mein Gartenprojekt exotische Gewächse zu finden.«

»Wie aufregend! Und wie wunderbar von Ihrem Mann, dass er Ihnen diese Freiräume lässt.«

Charlotte beugte sich zu ihr vor und senkte die Stimme. »Sie geben sie einem nicht immer freiwillig«, flüsterte sie. »Manchmal muss man darum kämpfen und sich durchsetzen.«

Poppy grinste sie an. Charlotte spürte in diesem Moment, dass es doch eine Gemeinsamkeit zwischen ihnen gab. Ihre nächsten Worte bestätigten diesen Eindruck: »Ich interessiere mich für die Gartenkunst. Am Haus meiner Eltern unternehme ich ein paar Versuche mit Büschen und Stauden und Zwiebelpflanzen, aber Maulwürfe und Wühlmäuse sind allzu oft eine Plage. Dafür lese ich aber regelmäßig die Kolumne von Vita Sackville-West im *Observer*, und ...«

»Oh, die liebe ich ebenfalls und habe mir da schon eine Menge guter Ratschläge geholt.«

Poppy nickte. »Ich mag ihren Stil. Ich habe sämtliche Romane und Gedichte von ihr gelesen und auch die Werke von Virginia Woolf. In unserem Literaturkreis sind die Werke der beiden Damen stets präsent.«

Charlotte musterte sie verblüfft. »Einen Literaturkreis betreiben Sie?«

Poppy winkte ab. »Ach, nichts Besonderes. Ab und zu kommen ein paar Damen, und wir diskutieren über Werke von D. H. Lawrence, Jane Austen ... alles, was uns gefällt.«

Charlotte musste an Vitas Worte denken, wie wichtig es sei, sich Nischen zu schaffen. Poppy hatte sich einen solchen Rückzugsort geschaffen, einen Raum, in dem sie sie selbst sein durfte: mehr als eine hübsche Larve. Sie war noch jung,

Charlotte schätzte sie auf nicht älter als neunzehn Jahre. Vielleicht würde es ihr gelingen, ihren Platz zu behaupten. Am Tisch war man inzwischen bei Kaffee und Cognac angekommen, als Charlotte sich erneut zu der jungen Frau hinüberlehnte. »Ich glaube, es könnte Ihnen gelingen, irgendwann aus dem Schatten zu treten«, sagte sie nachdenklich, nachdem sie einen Schluck Kaffee genommen hatte.

Poppy musterte sie mit gerunzelter Stirn. »Wie meinen Sie das?«

»Das werden Sie herausfinden, da bin ich sicher. Versprechen Sie mir nur, dass Sie sich niemals aufhalten lassen. Sie gehören in die erste Reihe, nicht dahinter.«

Ein paar Sekunden lang blickten sich Charlotte und Poppy in die Augen, und ein Erkennen glitt über die Züge der jungen Frau. »Danke, Charlotte. Ich werde mich daran erinnern, wenn die Zeit reif ist.«

Charlotte lauschte ihren eigenen Worten und Poppys Antwort nach. Eine Berührung wie ein Streicheln schwang in ihr mit, und ehe sie das Gefühl noch festhalten konnte, tauchte das Bild ihrer Mutter in ihrem Inneren auf. Elizabeth streckte die Hand aus, und Charlotte meinte, ihre Zärtlichkeit zu spüren. Ihre Mutter war tot, aber gleichzeitig lebte sie in ihr weiter. Die wie zu Stein erstarrte Trauer in ihr schien zu bröckeln bei dem Gedanken, dass sie die Erinnerung an ihre Mutter und alles Gute, was sie in ihrem Leben geleistet hatte, in sich trug.

Es wunderte Charlotte kaum, dass sie in den nächsten beiden Tagen die Familie Norwood nicht mehr zu Gesicht bekam. Sie gingen ihnen aus dem Weg und wechselten die

Richtung, wenn sie sich entgegenkamen. Victor wirkte kurz verunsichert, als sie das Sonnendeck betraten und Mr Norwood mit seinen Verwandten die Decken einpackte und zur Bar hinabstieg, ohne sie zu beachten. Charlotte erhaschte einen Blick auf Poppy, die nur die Schultern hob.

»Haben wir uns irgendetwas zuschulden kommen lassen? Ich kann mich nicht erinnern.« Victor runzelte die Stirn, während er auf die eben noch besetzten Liegen starrte.

»Du bestimmt nicht. Vermutlich war ich wieder einmal zu geradeheraus.«

Sie ließen sich auf den Holzliegen nieder, Charlotte richtete ihr zitronengelbes Kleid um die Beine und schloss die Augen, als sie den Kopf auf das Nackenkissen legte und das Gesicht der Mittelmeersonne entgegenhob.

»Um Himmels willen, was hast du getan?«, fragte Victor neben ihr.

»Ich habe Poppy gegenüber nur meine Begeisterung gezeigt, dass sie sich für Literatur interessiert. Die Bedürfnisse und Talente dieser jungen Frau scheinen in dieser Familie nicht von Belang zu sein.«

Victor unterdrückte ein genervtes Stöhnen. »Du kannst nicht auf eigene Faust versuchen, die Welt zu verändern, Charlotte. Du hast dem Mädchen Flausen in den Kopf gesetzt. Ich kann es dem Vater nicht verdenken, wenn er sie aus deinem Einflussbereich zieht.«

»Mir gefällt der Gedanke, an gesellschaftlichen Veränderungen mitzuwirken. Aber es ist ein langer Weg. Und Frauen wie Poppy müssen lernen, dass es mit Worten allein nicht getan ist. Sie wird ihren Eltern von unserem Gespräch erzählt haben. Ein Fehler, wie sie nun weiß, da man sie von mir fernhält. Was zählt, sind Taten. Ich hoffe, dass ich einen Beitrag dazu geleistet habe, dass Poppy das irgendwann begreift.«

Victor drückte ihre Hand. »Du bist unverbesserlich, Charlotte«, sagte er, und sie wusste nicht, ob es eine Klage oder ein Kompliment war.

An einem der letzten Abende an Bord brachte er ihr einen Teller voller Meeresfrüchte vom Buffet und bestellte kühlen Weißwein dazu. Weil inzwischen einige Passagiere an der Mittelmeerküste und auf den Inseln das Schiff verlassen hatten, fanden sie einen Tisch, an dem sie allein sitzen konnten. Die Temperaturen waren um diese Tageszeit sommerlich, und das Dinner konnten sie auf Deck einnehmen. Der samtblaue Himmel wölbte sich über dem durch das Meer gleitenden Kreuzer.

Während ein Musiker am Piano das Dinner mit leisen Jazzklängen untermalte, schob Charlotte mit ihrer Gabel die Garnelen und Muscheln auf dem Teller hin und her und starrte darauf wie auf etwas, was sie nie zuvor gesehen hatte.

»Darling, du machst mir Kummer.« Victor runzelte die Stirn, während er sie musterte.

»Ich glaube, ich bin nur die Anreise leid«, sagte sie. »Ich sehne mich danach, wieder festen Boden unter den Füßen zu haben und mit der Expedition beginnen zu können.«

»Wenn ich das gewusst hätte …« Victor machte ein besorgtes Gesicht. »Wir hätten über Land reisen können. Ich dachte, ich bereite dir ein besonderes Vergnügen mit dieser Überfahrt.«

»Gib mir noch ein bisschen Zeit«, sagte sie. »Es ist alles neu für mich, und es vergeht keine Stunde, in der ich nicht daran denke, dass meine Mutter eine solche Kreuzfahrt geliebt hätte.« Ob sie ihre Mutter in ihre Geheimnisse eingeweiht hätte? Ob Elizabeth ihr geraten hätte, sich ihrem Ehemann wieder anzunähern? Oder hätte sie, wie Vita Sackville-West, dafür plädiert, alles zu genießen, was das Leben einer Frau zu bieten hatte?

An den anderen Tischen lachten und plauderten die Menschen, während an ihrem Zweiertisch eine Stimmung wie auf einem Begräbnis herrschte. Blicke gingen zu ihnen hinüber, auf die unangerührten Teller und wie sie sich minutenlang anschwiegen, als hätten sie sich nichts mehr zu sagen.

Keiner der Mitreisenden auf diesem Schiff erschien ihr interessant. Oberflächliche Menschen, deren einzige Sorge es war, ob sie am Abend mit ihrer Garderobe und ihrem Schmuck auffielen. Sie wusste, dass sie ungerecht war, sie sollte den Menschen eine Chance geben. Poppy hatte ihr vor wenigen Tagen erst bewiesen, dass es sich lohnen konnte. Aber sie war außerstande, Bekanntschaften zu schließen. Als sei sie erfüllt von Heimweh, Sehnsucht und dem Gefühl, dass ihr das Leben entglitt.

Victor beobachtete sie, während ihr diese Gedanken durch den Kopf gingen. Schließlich schob er ihren Teller zur Seite, fasste ihre Hände und zog sie auf die Beine. »Quäl dich nicht, Liebling«, sagte er. »Komm, wir gehen in unsere Kabine und lassen uns das Dinner dort servieren, wenn wir noch Hunger bekommen sollten. Wie damals in Cornwall, erinnerst du dich? Unsere Hochzeitsreise?«

Sie lächelte zu ihm auf, dankbar für seine Versuche, sie aufzumuntern. Sie sollte sich wirklich mehr Mühe geben. Victor hatte ein Recht darauf, dass sie ihm diese Reise nicht verdarb und dass sie ihm zeigte, wie glücklich sie war.

In den vergangenen Nächten hatte sich Victor zurückhaltend gezeigt, hatte sie gehalten, bis sie eingeschlafen war. Nun aber spürte sie seine Sehnsucht danach, ihre Leidenschaft miteinander auszuleben. Charlotte hatte nicht die geringste Ahnung, wie sie es schaffen sollte, die Bilder von Quinn aus ihrem Gedächtnis zu tilgen, aber sie wusste, sie musste es versuchen, wenn sie eine Chance haben wollte, ihre Ehe zu retten. Sie erinnerte sich daran, wie Victor sie früher begeistert hatte mit seinen Ideen und seiner Einfühlsamkeit. Die Lust am erotischen Spiel konnte doch nicht für immer vorbei sein!

Aber Victor war an diesem Abend in der großzügigen Kabine, die einen Balkon zum Meer hinaus besaß, anscheinend nicht nach einem Spiel zumute. Nachdem er die Tür hinter sich verschlossen hatte, begann er, Charlotte das Kleid aus königsblauem Chiffon von den Schultern zu streifen, ihren Hals, ihre Schultern zu küssen, während er ihr Unterkleid auszog, bis sie nackt vor ihm stand. Er küsste sie und zog sich gleichzeitig selbst die Weste, das Hemd, die Hose aus, ließ alles auf den Boden fallen und schob Charlotte ins Bett. Er schlug die Laken zurück, und sie kroch fröstelnd hinein. In ihrem Bauch breitete sich ein unruhiges Kribbeln aus, als er sich zu ihr legte, sodass sich ihre Bäuche und Oberschenkel berührten. Seine Haut fühlte sich straff und tröstlich an, und unbewusst begannen ihre Hände zu wandern, seinen

Rücken entlang, an den Muskeln seiner Schenkel hinab. Sie spürte seine unbändige Erregung, hörte sein unterdrücktes Stöhnen, spürte seine heißen Lippen, die ihr Dekolleté hinabglitten.

»Charlotte, ich vermisse dich«, flüsterte er dabei. »Du bist die Liebe meines Lebens, ich brauche dich.«

Glut breitete sich in ihrem Leib aus, ließ sie weich werden in seinen Armen, und sie erwiderte seine Küsse, Haut an Haut. Wie vertraut sein Körper war, wie erregend seine Zärtlichkeiten. Charlotte seufzte erleichtert, als sie spürte, wie ihr Denken aussetzte und wie ihr Körper sich ihrem Mann entgegenbog. Seine Berührungen wurden wilder und forscher. Gemeinsam steigerten sie sich in das Glücksfieber hinein, doch da stoppte er auf einmal, hielt ihr Gesicht und schaute ihr in die Augen. Sie sah seinen vor Erregung verschleierten Blick, wie er in ihrem Innersten zu lesen versuchte. »Bitte hör nicht auf«, flüsterte sie.

Er küsste sie auf den Mund, einmal, zweimal. »Ich will ein Kind mit dir, Charlotte. Ein Kind, das aus unserer Liebe erwächst. Ich glaube, du bist bislang nicht schwanger geworden, weil wir uns irgendwie verloren haben. Wir schlafen zu selten miteinander, und wenn, dann fehlt die Innigkeit. Ich will das alles zurückhaben, Charlotte. Auf dieser Reise werden wir unseren Sohn zeugen.«

Charlotte fühlte sich, als hätte er einen Kübel Eiswasser über sie geschüttet. Hier lag sie mit ihrem Mann, vor Erregung erhitzt, und führte ihn hinters Licht. Er ahnte nicht einmal, dass sie verhütete, und wenn er es wüsste, würde vermutlich seine Welt zusammenbrechen. Ihre Ehe wäre nicht mehr zu retten, falls er das irgendwann herausfinden sollte.

Ihre Leidenschaft verging so schnell, wie sie entflammt war. Victor merkte es offenbar und versuchte, die Glut wieder zu wecken, aber sie war sich sicher, dass er spürte, dass sie nur ihm zu Gefallen mitmachte. »Habe ich dich verstört?«, fragte er enttäuscht.

Sie schüttelte den Kopf. »Du bist wunderbar«, sagte sie und nahm ihn in sich auf, als er sie auf sich zog.

Hinterher lagen sie Arm in Arm, den Blick nach draußen auf die spiegelglatte dunkelblaue Fläche des Mittelmeers gerichtet. In der Ferne sahen sie die Küsten von Italien, während das Schiff in östliche Richtung fuhr.

War das nicht die Lösung für alles? Ein gemeinsames Kind mit Victor? Ein Sohn oder eine Tochter würde sie wieder aneinander binden. Und würde die Liebe zu ihrer Familie nicht alles andere überstrahlen? Aber Quinn bewies ihr, dass es nicht so sein musste. Sie wusste, dass er seine Söhne liebte, aber sie hielten ihn nicht davon ab, seine Ehe zu riskieren. Vielleicht unterschieden sich Männer und Frauen voneinander. Vielleicht würde sie in ihrer Mutterrolle aufgehen, bis alle anderen Gefühle nicht mehr zählten? Gleichzeitig dachte sie: *Mach dir nichts vor, Charlotte.* Ihre Mutter hatte ihr stets gezeigt, dass Frauen ihre Kinder zwar lieben konnten wie nichts anderes auf der Welt, dass sie sich aber gleichzeitig dafür nicht selbst aufgeben mussten. Sie wünschte, sie könnte in die Zukunft schauen, um herauszufinden, welche Art Mutter sie sein würde, und auf einmal erkannte sie, dass sie es ausprobieren wollte. Dass sie das Wagnis eingehen und von Victor schwanger werden wollte. Ein paar Herzschläge lang spürte sie Vorfreude, als hätte sie das Rätsel ihres Lebens gelöst. Damit einher ging eine diffuse Angst vor der Zukunft. Wenn sie sich für ein Kind entschied, gab es kein Zurück mehr. Ein Baby bekam man nicht auf Probe. Es würde bleiben. Für immer.

»Woran denkst du, Darling?« Victor neben ihr klang bereits schläfrig.

»Ich stelle mir vor, wie es sein wird, wenn wir ein Kind haben«, sagte sie.

Er wandte sich ihr zu und küsste ihren Hals. »Bestimmt ist es heute passiert«, murmelte er.

Nein, heute wohl nicht, ging es ihr durch den Kopf. *Aber morgen vielleicht. Oder übermorgen.* In der Nacht, wenn Victor schlief, würde sie im Badezimmer das Pessar entfernen.

An einem Abend Ende September erreichten sie den Seehafen Latakia, an dem niemand außer Charlotte und Victor ausstieg. Von der Reling aus blickten sie auf weiß getünchte Häuser, dicht an dicht, dahinter die Kuppeln von Moscheen. Zwischen den Bauwerken wuchsen riesige Palmen, und im Hafen dümpelten zahlreiche Ruderboote. Seeleute warfen sich Säcke und Pakete zu, schwer bepackte Kamele ließen sich von Männern in langen weißen Gewändern über die Hafenstraße führen. Persische Satzfetzen drangen bis zu ihnen aufs Schiff, gerufene Befehle, begleitet vom Schimpfen der Möwen. Als Charlotte erfuhr, dass die Kais dort nicht für große Schiffe angelegt waren und sie mit kleinen Booten übersetzen mussten, packte sie zum ersten Mal seit ihrer Abreise etwas wie Abenteuerlust. Ein Mitarbeiter der Schiffsgesellschaft wurde ihnen zur Seite gestellt, um ihnen mit dem Gepäck behilflich zu sein. Charlotte hatte ihren Koffer mit der Expeditionsausrüstung mitgenommen, einen Koffer mit Kleidung, dazu Rucksack und Schlafsäcke. Sie wusste aus ihrer Zeit in Kew Gardens, dass Forscher oft ihren eigenen Sattel auf solche Expeditionen mitnahmen, bei der es über weite Strecken auf Maultieren voranging. Aber zum einen besaß sie einen solchen Sattel nicht und hätte dafür auf das Gestüt ihrer verstorbenen Großeltern nach Cornwall reisen müssen. Zum anderen hätte sie nicht die geringste Ahnung gehabt, wie sie den transportieren sollte. Diese Reise mit Victor war nicht auf Abenteuer ausgelegt, sondern auf Komfort und größtmögliche Annehmlichkeit.

Das Ruderboot schaukelte in den Wellen. Zum Glück hatte sie an diesem Tag eine Hose gewählt, dazu eine in der Taille gegurtete Jacke und einen Tropenhelm. Auch Victor sah in seinem Tropenanzug aus wie ein Forscher. Er grinste sie an, während das Boot auf und ab schaukelte und Charlotte ihren Helm festhielt, damit er in dem auffrischenden Wind nicht von ihrem Kopf wehte. Hinter ihnen wurde das Schiff immer kleiner, vor ihnen tauchte die Anlegestelle auf.

Victor sprang als Erster von Bord und reichte danach Charlotte die Hand. Das Gepäck lud der Helfer auf die Anlegestelle, bevor er sich an die Mütze tippte, ins Boot sprang und zurückruderte.

Ein paar Sekunden lang starrten Charlotte und Victor sich an. Hatte man sie im Nirgendwo ausgesetzt? Eigentlich sollten sie hier erwartet werden, aber an der Hafenstraße liefen nur vereinzelt bärtige Männer in ihren hellen Gewändern, die sie nicht beachteten. Aus einer Hafenbar drang fremdländische Musik. Der Duft nach orientalischen Gewürzen hing in der Luft, die weißen Häuser, die wie aneinandergebacken wirkten, strahlten im orangen Schein der untergehenden Sonne.

Charlotte nahm einen tiefen Atemzug. Obwohl ihr Herz vor Aufregung pochte, war es ein Hochgefühl, endlich selbst auf orientalischem Boden zu stehen. So viele Berichte hatte sie schon gelesen, so viele Bilder gesehen, und nun würde sie bei einer Expedition dabei sein. Wenn ihre Reisegruppe sie nicht im Stich ließ ... Da entdeckten sie am Ende der Anlegestelle bei einer Reihe von Containern und verfallenen Holzhütten einen schwarzen Dodge, der heranbrauste und mit quietschenden Reifen zum Stehen kam. Drei Männer, ähnlich gekleidet wie Victor, sprangen heraus und kamen im Eilschritt auf sie zu. Das mussten sie sein! Victor griff sich die Koffer und den Rucksack, Charlotte die Schlafsäcke. So gingen sie den Männern entgegen. Kurz vor ihnen kamen sie zum Stehen, und der Älteste von ihnen – ein Mann mit grauem Backenbart – verneigte sich vor Charlotte. »Mrs Bromberg? Herzlich willkommen.« Ohne ein weiteres Wort wandte er sich an Victor und schüttelte ihm kräftig die Hand.

»Ich hoffe, Sie hatten eine angenehme Anreise, Mr Bromberg.«

»Nun, wir haben das Beste daraus gemacht. Auf dem Schiff jedenfalls hatten wir alle Annehmlichkeiten eines Luxushotels.«

»Darauf werden Sie in den nächsten Wochen verzichten

müssen, nicht wahr?« An seinen Schläfen bildeten sich Fächer von Fältchen.

»Darauf sind wir vorbereitet.« Victor klopfte auf den prall gefüllten Rucksack.

»Ich bin Simon Morris«, stellte sich der Mann vor. »Ich bin im Diplomatischen Dienst in der englischen Botschaft von Teheran. Hin und wieder bucht man mich als Ortskundigen bei Gebirgstouren.« Er wies auf die beiden Männer neben sich, beide mit dunklem Haarschopf und jugendlichen Gesichtern, einer von ihnen mit Brillengläsern dick wie ein Flaschenboden, hinter denen seine grauen Augen unnatürlich vergrößert erschienen. »Das sind Urs und Loris Bürgler aus Zürich, zwei Studenten der Anthropologie. Ich bin mit ihrem Vater befreundet und habe deswegen gerne zugestimmt, sie bei ihrer wissenschaftlichen Arbeit über die Bachtiaren zu unterstützen. Ich denke, nicht nur meine Ortskenntnisse werden von Nutzen sein, sondern auch meine Sprachkenntnisse. Von Botanik allerdings verstehe ich weniger.« Er lachte auf. »Auf Pflanzensuche müssen Sie allein gehen, aber ich kann Sie zu den Stellen führen, an denen Sie wahrscheinlich auf blühende Felder stoßen werden.«

»Das klingt genau nach dem, was wir uns vorgestellt haben, nicht wahr, Darling?« Victor zog Charlotte kurz in die Arme.

Simon Morris' Blick ging kurz zu ihr, er musterte im Bruchteil einer Sekunde ihre Erscheinung von Kopf bis Fuß. Abwehr regte sich in Charlotte. Sie straffte die Schultern.

»Nun, wir werden einige unwegsame Strecken zu bewältigen haben, an denen wir auf die Maultiere verzichten müssen. Es wäre ratsam, wenn Ihre verehrte Gattin die eine oder andere Strecke auslässt und im Hotel bleibt. Wir werden ein paar zum Teil gut ausgestattete Unterkünfte ansteuern, die sozusagen unsere Basislager sind. Dort wird es Ihnen an nichts fehlen, verehrte Mrs Bromberg.«

»Zu liebenswürdig, Mr Morris, aber ich fürchte, hier liegt eine Verwechslung vor«, erwiderte Charlotte. »Die Botanikerin bin ich. Mein Mann begleitet mich freundlicherweise.«

Simon Morris hob die Brauen und starrte sie an. »Oh, wie außerordentlich unaufmerksam von mir. Bitte entschuldigen Sie. Was für ein unverzeihlicher Fauxpas.«

Urs, der Schweizer Student mit der Brille, beugte sich vor und reichte Charlotte die Hand. »Ich bin begeistert, mit einer Frau auf Forschungsreise zu gehen. Sie erwecken den Anschein, als täten Sie in Ihrem Leben nichts lieber.«

Charlotte strahlte ihn an. Was für ein intelligenter junger Mann. Mit wenigen Worten hatte er die Situation entspannt. Selbst Simon Morris schien dadurch zu seiner Gelassenheit zurückzufinden. Auch Loris begrüßte sie nun. »Auch wenn ich die Menschenkunde studiere, ist die Botanik schon lange mein Hobby. Ich werde Ihnen ständig über die Schulter schauen, wenn Sie exotische Gewächse entdecken.«

»Und ich werde mich freuen, mit Ihrer Hilfe Einheimische kennenzulernen.«

Simon hob beide Hände. »Ich schlage vor, bevor wir nach Isfahan aufbrechen, einigen wir uns darauf, uns beim Vornamen zu nennen. Wir werden viele Tage und Nächte auf engstem Raum zusammen sein, da bietet sich das an, nicht wahr?«

Alle stimmten zu, bevor Simon Morris zur Eile drängte. »Wir haben einen weiten Weg bis Isfahan vor uns. Wenn wir Glück haben und der Dodge durchhält, könnten wir in vier Tagen da sein. Ich verspreche euch aber jetzt schon, dass es keine Vergnügungsfahrt wird. Die Straßen sind zum Teil in einem katastrophalen Zustand, und wo wir übernachten, wird sich erst noch herausstellen.«

Charlotte spürte dem Glücksgefühl hinterher, das sich in ihrem Herzen ausbreitete. Sorgfältig verstaute sie den Koffer mit ihren Werkzeugen, ihren Büchern und den Pflanzbehältern im hinteren Bereich des Wagens. Sie wechselte einen Blick mit Victor und nickte ihm lächelnd zu. Ja, jetzt war sie angekommen.

Kapitel 24

Nach einer strapaziösen Reise über unwegsame Straßen, bei der sie tagelang durchgefahren waren und nachts in einfachsten Unterkünften haltgemacht hatten, erreichten sie Isfahan. Victor genoss es, dass sie vor Beginn der Expedition für einige Tage in einem der besten Hotels der Stadt untergebracht waren, und drängte Charlotte, mit ihr die Stadt zu besichtigen. »Wir kommen hier vermutlich nie wieder hin«, versuchte er sie zu überzeugen.

Doch Charlotte verspürte nicht die geringste Lust, Paläste, Minarette und Moscheen zu besichtigen, obwohl sie, wenn sie aus dem Hotelzimmer schaute, eine Ahnung von der Pracht dieser Stadt bekam. »Wir sollten uns schonen, Victor. Wir müssen uns noch Verbandszeug für die Füße und andere Medikamente besorgen, außerdem Lebensmittel. Und ich würde gerne mit dir eine Höhenkarte studieren, damit wir uns darauf einstellen können, welche Anstiege uns erwarten.«

»Ach, Darling, das werden wir früh genug erfahren. So

schlimm wird es nicht sein. Wir sind nicht die Ersten und nicht die Letzten, die eine solche Tour unternehmen. Du wirst sehen, das ist bestimmt alles touristisch erschlossen mit Schutzhütten alle zehn Meilen.«

»Du täuschst dich, Victor«, erwiderte sie, beließ es aber dabei.

Am Abend in der Hotellounge beschrieb Simon ihnen das weitere Vorgehen. Am nächsten Morgen würden die Maultiertreiber, zwei ältere Perser, Karim und Raeed, und ein Junge von vielleicht fünfzehn Jahren, Djamal, in Richtung Schalamzar aufbrechen. Sie führten eine Karawane von acht Maultieren, von denen drei ausschließlich als Lasttiere für das Gepäck benötigt wurden. Sie würden etwa vier bis fünf Tage bis zum Fuß der Bachtiariberge brauchen.

Die Forscher würden ein paar Tage später die Strecke durch die Wüste mit dem Auto bewältigen, was ungefähr acht oder neun Stunden dauern sollte. Charlotte hoffte, dass alles gut organisiert war und sie ihre Karawane tatsächlich wiedertreffen würden. Andererseits aber hatte sie in den wenigen Tagen, die sie Simon nun kannte, bereits Vertrauen zu ihm gefasst. Zwar fühlte sie sich nach wie vor von ihm skeptisch beobachtet, aber er schien sich hier in Persien auszukennen, als wäre es seine Heimat, und er verfügte über die besten Kontakte.

»Wie steht es denn um unsere Sicherheit? Bekommen wir eine Eskorte von Wachmännern?«, erkundigte sich Victor.

Die beiden Schweizer grinsten. Offenbar hielten die jungen Männer sich für unverwundbar. Ihre Gesichter fielen herab, als Simon erwiderte: »Eine berechtigte Frage.

Europäer wie wir sind unter den Bachtiaren willkommene Opfer, wenn es darum geht, sich am Eigentum anderer zu bereichern. Nachts allein in der Wildnis zu übernachten kann bedeuten, dass man morgens mit nichts als seiner Unterwäsche in der kargen Landschaft steht. Dennoch habe ich auf eine offizielle Eskorte verzichtet, zumal ich selbst ein Gewehr bei mir trage. Karim und Raeed sind ebenfalls bewaffnet. Aber was einen noch größeren Schutz gewähren wird, ist dieses Schreiben hier.« Er zog einen Umschlag aus der Innentasche seiner Jacke. »Es ist von einem der mächtigsten Oberhäupter der Bachtiaren, einem Freund, Malik Khan, der uns am Ende unserer Reise in Maidan-i-Naftun in Empfang nehmen und dafür sorgen wird, dass ihr mit eurem Gepäck sicher zum Mittelmeer gelangt, um die Fahrt zurück nach England anzutreten.« Er wandte sich an die Schweizer Studenten. »Und ihr werdet, wenn alles nach Plan läuft, nach Bagdad gebracht. Dort wolltet ihr auf euren Vater treffen, nicht wahr?«

Urs nickte. Auf seinen Wangen leuchteten kreisrunde Flecken, seine Pupillen hinter den Brillengläsern schienen zu glimmen. Loris sah auf.

Simon reichte den Umschlag an Victor. Charlotte lugte über seine Schulter und sah auf dem Papier einen Text in persischer Schrift, darunter auf Englisch. Sinngemäß forderte dieser Malik seine Stammesleute auf, ihre Expedition in Frieden ziehen zu lassen, sonst drohe grausame Vergeltung. Und das sollte ein Schutz sein?

Simon lachte auf, als er Victors und Charlottes skeptische Mienen bemerkte. »Vertraut mir. Mit den Bachtiaren komme ich gut zurecht, was nicht heißt, dass sie nicht versuchen werden, uns übers Ohr zu hauen, weil sie uns für grunddumm halten. Löwen und Wölfe beunruhigen mich mehr. Und die Wetterlage. Wir werden kein Risiko eingehen und unseren Aufenthalt in den Bergen lieber um ein paar Tage verlängern, als Gefahr zu laufen, in einen Schneesturm hineinzugeraten. Die sind so früh im Jahr zwar eigentlich noch nicht zu erwarten, aber das weiß man nie. Dennoch ist jetzt die beste Reisezeit. Im Sommer ist es hier einfach zu heiß.«

In rasender Geschwindigkeit ging Charlotte in Gedanken ihre Garderobe durch. Sicher, sie wusste, dass das Klima um diese Jahreszeit rau sein konnte, aber würden sie tatsächlich auf Höhen gelangen, auf denen sie eingeschneit werden konnten? Eine mit Kaninchenfell gefütterte Jacke hatte sie dabei und einen pelzbesetzten Hut, Handschuhe, mehrere Schals, das sollte reichen. Dennoch hoffte sie, dass das Wetter sich hielt. Bei geschlossener Schneedecke würde sie keine Pflanzen finden.

Mit drei Autos holperten sie fünf Tage später auf der von Schlaglöchern und Felsbrocken übersäten Straße nach Schalamzar. Charlotte hielt sich auf dem Rücksitz des Dodge sitzend den Kopf, weil sie immer wieder gegen das Autodach stieß. In den anderen Fahrzeugen saßen die Schweizer sowie ein paar einheimische Freunde Simons, die die Wagen zurückfahren würden, sobald sie auf die Maultiere umgestiegen waren. Das Gerumpel hörte nicht auf und verursachte ihr einen stechenden Schmerz in den Schläfen. Draußen gab es nichts, was sie ablenken könnte, rotbraune felsige Landschaften, dann grüne Weiden und Pappeln, dazwischen vereinzelte Dörfer. Charlotte sah Victor an, der neben ihr saß. Seine Miene schien zu Stein erstarrt. Obwohl sie sich selbst miserabel fühlte, musste sie grinsen. »Sicher haben wir es gleich geschafft.«

»Es ist bloß der Anfang«, erwiderte er.

Endlich ließen sie die Felder hinter sich und erreichten das verlassen daliegende Hochland. Auf der mit Steinen und dürren Bäumen durchsetzten grün-braunen Landschaft grasten Schafherden und Ziegen friedlich, müde beobachtet von Schäfern, die sich auf ihre Stöcke stützten. Der Himmel spannte sich wolkenlos über sie. Je weiter weg von der Zivilisation sie kamen, desto fiebriger wurde Charlotte. Es wäre schön gewesen, wenn sie mit anderen Botanikern hätte reisen können, um sich austauschen zu können. Immerhin wirkten die beiden Studenten durchaus interessiert, wenn sie auch von Grund auf unterschiedlich zu sein schienen. Urs hatte sich mit Leib und Seele seinem Studium verschrieben, Loris erschien ihr eher in sich gekehrt.

Charlotte atmete auf, als sie Schalamzar erreichten, wo ein weiterer Freund Simons sie willkommen hieß. Hamoudi trug einen langen schwarzen Bart, einen kunstvoll gewickelten Turban und einen grauen Kaftan. Sich all die Gesichter und Namen der Menschen, die sie bei dieser Forschungsreise unterstützten, zu merken, würde sie nie schaffen. Sie war nur für die perfekte Organisation dankbar. Simon Morris war jeden Cent wert, den Victor ihm bezahlt hatte, um diese Expedition auf die Beine zu stellen.

Ihre Unterkunft war ein Landsitz inmitten einer Oase. Er war von Pappeln umstanden und bestand aus einem palastähnlichen Gebäude und mehreren Häusern, die um einen betriebsamen Hof herum lagen. In der Luft hing der Geruch nach gebratenem Fleisch und Zwiebeln und das fremdartige Gemurmel aus unzähligen Mündern. Hamoudi stellte sich als der Verwalter der prachtvollen Villa heraus. Dort würden sie allerdings nicht übernachten, erfuhr Charlotte, denn der Khan war auf Reisen, und keiner hatte die Befugnis, den Palast zu betreten. Sie und Victor würden im Haus des Verwalters unterkommen, die anderen Mitglieder der Forschungsgruppe bei seinen Verwandten. Charlotte sehnte sich danach, sich endlich hinzulegen und die Beine auszustrecken. Gleichzeitig war sie fasziniert von dieser fremden Welt und versuchte, alle Eindrücke in sich aufzunehmen. Frauen, Männer und Kinder in bunter Tracht, viele barfuß auf dem staubigen Platz, umringten sie ohne Scheu, lachten und versuchten, sie zu berühren. Die größte Attraktion aber war die Karawane, die sich auf dem Hof eingefunden hatte, acht Maultiere mit langen Ohren und bimmelnden Glocken um den Hals. Einige von ihnen würden morgen in der Früh hoch mit Decken, Zelten, Töpfen, Kleidung und Lebensmitteln beladen werden. Dazwischen standen die Reittiere, hochbeinig und knochig, die die Reisegefährten nutzen konnten, wann immer ihnen die Luft ausging oder ihre Füße schmerzten.

»Ich weiß nicht, ob ich mich auf so ein armes Tier setzen kann«, flüsterte Charlotte Victor zu. »Die sehen furchtbar zerbrechlich aus. Das kann nicht gut gehen.«

Simon Morris hatte sie gehört und tätschelte einem der Maultiere die graue Flanke. »Die Tiere kennen es nicht anders. Tagaus, tagein ziehen sie mit Gepäck oder Menschen auf dem Rücken über die Pässe. Sie wissen genau, welche Schritte sie setzen müssen, und begeben sich niemals in Gefahr. Sie sind unsere wichtigsten Begleiter. Du wirst noch dankbar sein, wenn du dich für ein paar Meilen auf dem Rücken eines der Tiere ausruhen kannst.«

Charlotte war inzwischen ein bisschen empfindlich, wenn Simon auf ihre Kondition zu sprechen kam. Immer schwang da zwischen den Worten mit, dass sie sich als schwache Frau maßlos überschätzte. Es ärgerte sie, aber andererseits wollte sie keinen offenen Konflikt mit ihrem Reiseführer riskieren.

Karim, Raeed und Djamal, die Maultiertreiber, sprachen kaum ein Wort Englisch, dafür feixten sie nach jedem zweiten Wort auf Persisch, das sie miteinander tauschten. Ob sie sich über die Europäer lustig machten? Irgendwann brachte Simon sie mit einem hervorgestoßenen Fluch und einer Tirade auf Persisch zur Ruhe. An die Reisegefährten gewandt, erklärte Simon: »Sie werden uns treue Begleiter sein. Wie ich euch bereits erzählt habe, sind Karim und Raeed bewaffnet. Sie wissen mit den Gewehren umzugehen.«

Charlotte musterte Karim, dessen Bauch unter seinem Kaftan die Form einer Melone hatte und der nun ein betont grimmiges Gesicht zog. Raeed, lang und hager, strich sich über seinen pechschwarzen Bart, der bis zur Brust reichte. Auch er gab sich Mühe, bedrohlich zu wirken. »Davon abgesehen«, fuhr Simon fort, »hat Karim mehrere Dutzend Verwandte in den Bergen, die zum Teil unsere Gastgeber sein werden. Er steht, genau wie Raeed, immer zur Verfügung, wenn Hilfe gebraucht wird. Beim Bepacken der Tiere, beim Aufstellen der Zelte, bei Verletzungen …« Er wies mit dem Kinn auf Djamal. »Und dieser junge Mann ist unser Koch.«

Charlotte stöhnte auf, Victor fasste sich an die Stirn. Sie hatte bestimmt keine übermäßigen Ansprüche, was ihre Verpflegung anging. Bei einem solchen Abenteuer gehörte es dazu, dass man sich auf das beschränkte, was zur Verfügung stand. Aber dennoch wäre ihr ein Koch mit mehr Erfahrung lieber als ein Kerl, der noch grün hinter den Ohren war und der ihnen jetzt mit einer gewaltigen Lücke zwischen den Schneidezähnen zugrinste.

Die Menschen um die Reisegruppe herum applaudierten und johlten, obwohl sicher die wenigsten von ihnen verstanden hatten, was Simon gesagt hatte.

Später am Abend führte Simon die Expeditionsgruppe ein Stück den Berg hinauf, bis sie über die Dächer von Schalamzar schauen konnten, hinter denen die massigen Bergkämme aufragten. Die Sonne warf ein rotgoldenes Licht über die Felswände. Simon deutete auf einen Pfad, der sich in Serpentinen den Berg hinaufzog. »Das ist unser Weg morgen. Geht früh schlafen und zieht das Bequemste an, was sich in eurer Garderobe findet. Denkt an dicke Jacken. Je höher wir steigen, desto kälter wird es.«

»Ich werde heute Abend noch mit den Frauen hier reden. Ist euch aufgefallen, dass sie keine Schleier tragen?« Urs blickte in die Runde, als sei diese Nachricht eine Sensation.

»Trotzdem nicht den Respekt vergessen«, warf Simon ein. »Halte Abstand, wenn du keinen Ärger riskieren möchtest.«

»Sie weben an einem wunderbaren Teppich«, bemerkte Loris. »Das würde ich mir gern anschauen.«

Simon hob die Schultern. »Das bleibt euch überlassen. Aber morgen früh um halb sechs nehmen wir keine Rücksicht, wenn ihr nicht aus den Federn kommt.«

Charlotte freute sich auf ein Bett. Sie war von der Autofahrt immer noch durchgeschüttelt. Zum Glück ging es Victor nicht anders, und nach einem einfachen Mahl aus Brot, vergorener Milch und geröstetem Hammelfleisch, das die Frau des Verwalters für sie zubereitete, führte Hamoudi sie über eine wackelige Leiter zu ihrer Lagerstatt gleich unter dem Dach des Hauses, nicht mehr als ein Zimmer aus Lehm mit einer Luke als Fenster. Ein Gecko schlängelte sich über die Wand und verschwand durch die Maueröffnung. Der Geruch nach ungelüfteten Decken hing in der Luft, aber Charlotte nahm es kaum wahr, ließ sich nur mit einem Seufzen auf die Matten und Kissen sinken.

Victor schlief, kaum dass sie sich niedergelegt hatten. Sein gleichmäßiges leises Schnarchen erfüllte den Raum, während Charlotte mit hinter dem Kopf verschränkten Armen auf dem Kissen lag und aus dem winzigen Fenster in den Nachthimmel schaute, der übervoll mit Sternen übersät war. Sie hatte nie zuvor einen Himmel wie aus Tausendundeiner Nacht gesehen und fragte sich, wie er Quinn gefallen würde, ob er sie küssen würde unter einer solchen milliardenfach leuchtenden Pracht, oder ob er gemeinsam mit ihr nach Sternbildern suchen und darüber spekulieren würde, welcher Himmelskörper bereits erloschen war und auf welchem man sich Leben vorstellen konnte. Sein Gesicht stieg in ihrer Erinnerung auf, diese ungewöhnliche Augenfarbe aus Grün und Braun, die es gar nicht geben konnte und die doch real war. Ob er zu Hause in ihrer Abwesenheit mit demselben Eifer an ihrem Garten arbeitete wie sonst auch? Aber ja. Er war sich seiner Verantwortung bewusst und würde sie nicht enttäuschen. Ein Lächeln glitt über ihr Gesicht, als sie sich vorstellte, wie viel Ehrgeiz er aufbrachte. Mit dem richtigen Dünger und guter Pflege konnte man Erstaunliches erreichen. Für alles, was in diesem Herbst noch nicht gedeihen würde, würde sie der kommende Frühling entschädigen. All die Frühblüher, die sie bereits in die Erde gesetzt hatten, die Pflanzen, die sie hier im Orient zu finden hoffte: Tulpen in originellen Formen und Farben, Gladiolen, Traubenhyazinthen. All dies wuchs hier wild. Auch wenn sie möglicherweise keine blühenden Felder finden würden. Die Jahreszeiten hatten hier im Gebirge unterschiedliche Ausprägungen. Es war schwer vorherzusehen, wann eine Pflanze ihre Blütezeit hatte. Aber sie würde die Blumen auch an ihrem verwelkten Grün erkennen und wissen, wo sie zu graben hatte, um Zwiebeln mit nach Hause zu nehmen.

Als ihre Lider schwer wurden und sie Victor den Rücken zuwandte, versuchte sie das Bild von Quinn, der ihr wie eine Fata Morgana am Ende der Hochebene zuwinkte, zu verdrängen. Müdigkeit überwältigte sie, bevor es ihr gelang. Quinn folgte ihr in ihre Träume.

Auf die Maultiere aufzusteigen, auf deren Rücken bunt gestreifte Decken lagen, sorgte am Morgen in der Expeditionsgruppe für allgemeine Erheiterung. Charlotte nahm so viel

Schwung, um ein Bein über das Tier zu schwingen, dass sie auf der anderen Seite herunterrutschte und in den Staub fiel. Das hatte ihr gerade noch gefehlt! Victor war sofort an ihrer Seite und half ihr auf. »Hast du dich verletzt, Darling?«

»Nichts passiert«, gab Charlotte verärgert zurück, klopfte sich den Staub von der Hose und quittierte Simons spöttisches Grinsen mit einem hochmütigen Blick.

Beim zweiten Versuch hatte sie Erfolg und saß etwas wackelig oben auf dem Rücken des Tiers. Als die Karawane sich in Gang setzte, hielt sie sich panisch fest. Bloß nicht noch einmal herunterfallen und sich vor den Männern zum Gespött machen! Doch nach kurzer Strecke passte sie sich an den Rhythmus des Maultiers an. Der Ärger über ihre Tollpatschigkeit hing ihr noch eine Weile nach, aber schließlich entschied sie sich, die Reise zu genießen und dem, was andere von ihr dachten, weniger Beachtung zu schenken. Damit war sie schon immer gut gefahren.

Als der Weg gegen Mittag anstieg, saßen sie ab und gingen zu Fuß. Sie traten über Geröll zwischen Steinbrocken und an zerklüfteten Felsen vorbei. Je höher sie stiegen, desto stärker prägte das Steingrau die Landschaft und verdrängte das Grün der Wiesen, Sträucher und Bäume. Hier oben rauschte der Wind in ihren Ohren. Er pfiff durch die Steinritzen. Das Geräusch mischte sich mit dem Kreischen und Rufen der Vögel, die über sie hinwegflogen. Wenn sie die Köpfe hoben, obwohl sie bei jedem Schritt aufpassen mussten, wo sie hintraten, dann sahen sie Bergkamm an Bergkamm, so weit das Auge reichte. Die Maultiertreiber kümmerten sich um die Tiere. Der Weg führte langsam bergan und die Sonne schien ihnen auf den Rücken, sodass es anstrengend wurde. Keine Stunde später stöhnte Victor. »Meine Fersen brennen, als hätte ich sie ins Feuer gehalten«, presste er hervor.

»Es hilft nichts, wenn du am Abend offene und eiternde Wunden hast, die uns dazu zwingen, die Tour abzubrechen«, sagte Charlotte. »Also sei nicht zu stolz, das Maultier ist es gewohnt.« In Wahrheit kämpfte sich das Tier selbst sichtbar angestrengt den Berg hinauf. Der Weg wurde immer schmaler.

Am Morgen hatten sie darüber diskutiert, ob es notwendig war, in dem festen Schuhwerk dicke Socken zu tragen, die die Haut an den empfindlichsten Stellen schützte. Victor hatte sich dagegen entschieden, aber Charlotte würde ihm jetzt keine Vorwürfe machen. Er litt bereits genug. Er war der Letzte der Karawane. Seinem Maultier hing die Zunge heraus, es wurde immer langsamer, wie Charlotte sah, wenn sie sich umdrehte.

Sie selbst schritt forsch direkt hinter ihrem Anführer aus und bemühte sich, die Füße an die gleichen Stellen zu setzen wie er. Ständig lief man hier Gefahr, umzuknicken und sich die Knöchel zu verstauchen. Dafür entschädigte sie der Anblick der schneebedeckten Bergkämme, die sie majestätisch umgaben. Von der Hochebene, die sie auf dem Gipfel erwartete, musste der Anblick atemraubend sein. Die Vorstellung, dass sie in wenigen Tagen die höchsten Stellen des Gebirges erreicht haben würden, erfüllte sie mit Ehrfurcht. Noch war sie voller Elan, sie war körperlich und seelisch auf der Höhe wie seit ihrer Abreise aus England nicht mehr. Nur ärgerlich, dass gleichzeitig mit ihrem wachsenden Wohlbefinden Victor seine Begeisterung verlor. Schon nach wenigen Stunden Marsch spürte Charlotte, dass sich ihr Mann in dieser Umgebung so fehl am Platz fühlte wie sie auf dem Kreuzfahrtschiff.

Als sie kurz darauf einen Ziegenhirten trafen, legten sie zwischen den Felsen eine Rast ein, während Urs mit seinem Notizbuch auf den Bachtiaren zulief. Sein Bruder folgte ihm langsamer mit einem Zeichenblock und einem Kohlestift, und Charlotte nahm sich die Zeit, die Hänge im Detail abzusuchen. Mit ihrem Expeditionskoffer in der einen Hand, der Lupe in der anderen spazierte sie, konzentriert den Blick auf den Boden gerichtet, durch die staubige, felsige Landschaft und die angrenzenden trockenen Wiesen. Sie beugte sich hinab, als sie gelblich schimmernde Gräser entdeckte, die sie in dieser Form noch nie gesehen hatte, grub vorsichtig ein daumendickes Stück mit Wurzeln aus und platzierte es mit einer Handvoll Erde in ein Schraubglas. In ihr Buch schrieb sie Datum, Wetterbedingungen und Aussehen des Grases, als plötzlich ein Schatten über sie fiel. Sie wandte den Kopf und entdeckte Loris, der mit seinem Zeichenblock über ihr stand.

»Ist das eine besondere Pflanze?«, fragte er, bevor er neben ihr in die Hocke ging und behutsam über das Gras streichelte.

»Eher nicht«, erwiderte Charlotte und lachte ihn an. »Ein einfaches Gras, das ich zu Hause noch bestimmen muss. Aber ich habe es noch nie in England gesehen. Ich könnte mir vorstellen, dass es den perfekten Hintergrund für unsere Herbstblüher bilden könnte. Sofern es mir gelingt, es im heimischen Garten zu kultivieren. Einen Versuch ist es wert.«

»Ich könnte es zeichnen«, schlug Loris vor.

Überrascht wandte Charlotte sich ihm zu. »Das wäre fabelhaft«, sagte sie, wies aber mit dem Kinn auf seinen Bruder, der mit Händen und Füßen auf den Bachtiaren einsprach. »Aber ich dachte, ihr arbeitet zusammen?«

Loris hob die Schultern. »Der alte Mann wollte sich nicht zeichnen lassen. Er hat mir mit seinem Stock gedroht, als ich es versucht habe. Ich werde ihn später aus dem Gedächtnis zu Papier bringen.«

»Na, dann freue ich mich, wenn du mir hilfst.«

Ein Strahlen ging über das Gesicht des jungen Mannes. Charlotte schätzte ihn auf Anfang zwanzig, vermutlich zwei Jahre jünger als Urs. Mit zwanzig hatte auch sie studiert und war voller Pläne gewesen. Einen Teil davon hatte sie verwirklichen können. Was sich Loris wohl von seiner Zukunft versprach?

»Wie kommt man darauf, Anthropologie zu studieren? Die Liebe zu den Menschen?« Sie lächelte ihm aufmunternd zu, als er nun kurz den Kopf hob. Auf seinem Block wiesen bereits wenige Striche darauf hin, wie viel Talent er besaß.

»Ich dachte, ich hätte keine Wahl«, begann er. »Mein Vater ist Professor für Anthropologie an der Universität von Zürich. Als Kinder haben wir ihn auf all seinen Reisen begleitet und viele interessante Menschen kennengelernt. Es stand nie zur Debatte, ob wir vielleicht etwas anderes studieren könnten. Meine Mutter ist bei meiner Geburt gestorben, vielleicht hätte sie mir geholfen, in andere Richtungen meine Fühler auszustrecken. Mein Vater hat von uns erwartet, dass wir in seine Fußstapfen treten, und mein Bruder geht in dem Studium auf.«

Charlotte stieß ein Lachen aus. »Es ist einfach, für das eigene Unglück den anderen die Schuld zu geben. Du bist jung und gesund, talentiert und männlich – dir steht die Welt offen.«

Loris' Ohren färbten sich rötlich. »Nicht jeder ist eine Kämpfernatur wie du.«

»Das stimmt. Viele Menschen suchen sich den bequemsten Weg und jammern dann darüber, dass das Leben an ihnen vorbeizieht.«

»Du bist hart in deinem Urteil«, murmelte er und widmete sich seiner Zeichnung.

Für einen Moment spürte sie einen Anflug von Mitleid mit diesem verträumten jungen Mann. Sie berührte seinen Unterarm, die Hemdsärmel hatte er bis zu den Schultern hochgekrempelt. Sie spürte, dass er bei ihrer Berührung zusammenzuckte. »Ich bemühe mich, nicht zu urteilen und jeden leben zu lassen, wie er es für richtig hält«, sagte sie und wies auf die Zeichnung, die Gestalt annahm. »Ob du als Anthropologe taugst, kann ich nicht sagen, aber als Zeichner bist du Weltklasse.«

Charlotte spürte, wie er in ihrer Miene zu lesen versuchte, ob sie es ernst meinte. Sie schob mit dem Handgelenk die Brille auf der Nase zurück und sah ihm in die Augen. Und da lag noch etwas in seinem Blick. Eine Flamme, wie sie sie von Victor kannte, wenn er ihr nah sein wollte, und die sie bei Quinn gesehen hatte, bevor sie sich zum ersten Mal geküsst hatten. *O Himmel*, schoss es ihr durch den Kopf. Hoffentlich verliebte der junge Träumer sich nicht in sie. Das konnte kein gutes Ende nehmen.

»Ich würde mich freuen, wenn ich dir öfter beim Zeichnen der Pflanzen helfen könnte«, sagte er, setzte Datum und seine Signatur unter das fertige Bild und reichte ihr den Bogen Papier. Dabei berührten sich wie zufällig ihre Finger, aber Charlotte spürte, dass er es darauf angelegt hatte, und zuckte zurück. War ihr Leben nicht kompliziert genug? Da brauchte es keinen liebeshungrigen Studenten, der sie sehnsuchtsvoll anschmachtete.

Die Aussicht von ihrem ersten Gipfel entschädigte die Reisenden für alle Strapazen des Aufstiegs. Urs und Loris ließen sich die Anstrengung nicht anmerken, aber Charlotte erkannte an der Blässe und den mahlenden Kiefern, dass sie mit sich rangen. Simon Morris hingegen wirkte frisch wie bei Antritt der Expedition und reckte seine Glieder beim Anblick der zerklüfteten Bergkämme und der wilden Landschaft. Victor hatte den größten Teil des Weges auf dem Maultier gesessen und war oft zurückgefallen, aber nun erreichte er die Hochebene, glitt aus dem Sattel und legte sich der Länge nach auf ein Stück Wiese, während der Höhenwind um sie herum rauschte. Aber frieren musste hier keiner nach dem schweißtreibenden Tag.

Charlotte sog die Luft ein und füllte ihre Lungen mit der Frische und Klarheit, die hier oben herrschte. Der meilenweite Blick über die majestätischen Berge, die ihre weißen Spitzen in den tiefblauen Himmel reckten, raubte ihr den

Atem. Ihre Füße hatten gelitten, und in ihren Oberschenkeln spürte sie Muskeln, von deren Existenz sie bislang nichts gewusst hatte. Dennoch war das vorherrschende Gefühl unendliches Glück, in einer kaum kartographierten Landschaft zu sein. Ihr Blick glitt umher über die Felsformationen, das unter ihnen liegende Schalamzar, die Hochebene. In der nächsten Sekunde stieß sie einen Schrei aus, der alle zusammenzucken ließ. Die Maultiere hoben die Köpfe, und ihre Glocken bimmelten. Karim, Raeed und Djamal feixten. Für sie würden die Europäer in ihren Tropenhelmen, mit ihren Wanderstöcken und den an den Maultiersätteln klimpernden Blechtöpfen wohl immer eine besonders seltsame Art der Menschheit bleiben.

Charlotte wirbelte herum. *»Gentiana!«*, rief sie und verfing sich mit den schweren Schuhen in der nächsten Sekunde in ihrem Hosensaum. Bevor sie mit ausgestreckten Armen zu Boden stürzen konnte, war Loris neben ihr und rettete sie durch einen beherzten Griff um die Taille.

Victor, immer noch auf dem Boden liegend, hob den Kopf. »Alles in Ordnung, Darling?«

»Ja!«, juchzte Charlotte. »Schaut nur! Da vorne ist ein Feld von Enzianen!« Sie nickte Loris dankbar zu, damit er sie losließ. Danach band sie ihren Werkzeugkoffer vom Maultier und eilte auf die in dunklem Blau blühende, von Felsbrocken durchbrochene Wiese. Noch im Laufen beugte sie sich hinab und kam vor den ersten Blüten auf die Knie. Offensichtlich handelte es sich hier um Herbstblüher. Es gab verschiedene Enziansorten, die ab dem Frühsommer ihre Blütenkelche öffneten. Charlotte untersuchte die erste Pflanze und erkannte, dass die Samenkapseln reif waren. Genau der richtige Zeitpunkt, um sie abzunehmen! Zur Sicherheit würde sie aber auch eine Pflanze teilen und von einer anderen Stecklinge nehmen. Es gab mehrere Vorgehensweisen, Enzian zu vermehren. Charlotte wollte kein Risiko eingehen und alle Optionen versuchen. Sie hörte Schritte hinter sich, Sekunden später hockte Loris neben ihr.

»Die sehen wunderschön aus.« Er zückte seinen Block. »Aber würdest du solche Gewächse nicht in einer Pflanzschule bekommen?«

Charlotte lachte auf, während sie mit einem feinen Messer Samenkapseln abtrennte und sie in ein Papiertütchen rieseln ließ. »Gut möglich. Aber was, mein lieber Loris, gefällt dir besser: ein Garten aus der Pflanzschule oder einer, in dem ich auf ein Enzian-Beet weisen kann, das seinen Ursprung in den Bachtiaribergen in Persien hat?«

Er stimmte in ihr Lachen ein. »Ich verstehe«, sagte er. »Und irgendwie weiß ich, dass es dir gelingen wird, sie in deinem Garten in Kent zum Blühen zu bringen. Du bist eine Frau, die alles schafft.« Wieder dieser Blick mit den blauen Flämmchen. Da wandte sich Charlotte lieber ab, schüttelte die Papiertüte und klopfte leicht dagegen, bis die Kapseln die Samen freigaben. Sie teilte noch ein Stück von einer Pflanze und schnitt ein paar Stängel mit Blüten, bevor sie alles sorgfältig in ihrem Koffer verstaute. Unter Loris' Händen entstand auf dem Papier zunächst ein Beet mit unzähligen kleinen Blüten, dann setzte er zur Detailarbeit an und zeichnete oben rechts ein Pflänzchen von der Blüte über die Blätter und den Stängel bis zu den Wurzeln.

Es erstaunte Charlotte, wie friedlich und einträchtig sie hier auf dem Berggipfel zusammensaßen, als wären sie seit Jahren ein Forscherteam. Wie schön, dass sie in ihrer Gruppe jemanden gefunden hatte, mit dem sie ihre botanischen Interessen teilen konnte. Gleichzeitig musste sie aufpassen, dass sie in dem jungen Mann keine Hoffnung weckte. Sie wollte ihm keinen Liebeskummer bereiten. Als wenig später Victor heranhumpelte, sich die Beine und den Rücken haltend, ergab sich die Gelegenheit, Loris zu zeigen, wo ihr Platz war. Sie erhob sich und fiel Victor um den Hals. »Wie geht es dir?«, fragte sie zärtlich.

Er stieß ein Stöhnen aus, aber um seinen Mund spielte ein Lächeln. »Ich bin glücklich, wenn du es bist«, sagte er und deutete auf den Enzian. »Nimmst du davon Ableger mit?«

»Ja, ich will es versuchen. Auf dem Schiff werde ich eine kleine Anzuchtstation in unserer Kabine errichten müssen. Ich hoffe, das ist dir recht?«

Victor verzog den Mund und wiegte den Kopf. »Was würdest du tun, wenn es mir nicht recht ist?«

Sie küsste ihn lachend auf den Mund. »Du bist ein Schatz«, sagte sie. »Wenn ich nicht schon auf der Heimfahrt mit der Kultivierung beginne, könnten mir zu viele Pflanzen eingehen. Das wäre schade, oder?«

»Was ich dagegen schade fände, wäre, wenn wir hier oben übernachten müssten«, erwiderte er und zuckte zusammen, als offenbar ein Schmerz durch seinen Rücken schoss. Er presste sich die Hand auf die Lendenwirbelsäule. »Ich brauche ein richtiges Bett, keinen steinigen Untergrund. Simon meinte, eine halbe Stunde von hier entfernt liegt eine recht komfortable Schutzhütte, in der wir übernachten können. Wenn du also so weit bist«, er wies auf ihren Werkzeugkoffer, »sollten wir aufbrechen, bevor uns die Dunkelheit einholt.«

Auf dem Weg zu der Unterkunft marschierte Charlotte voran. Ab und zu drehte sie sich zu den anderen und wies sie auf lockere Steine und gefährlich schmale Stellen hin. Die Holzhütte, die sie wenig später erreichten, lehnte sich an die Felsen eines Plateaus. Ein paar Schritte entfernt sprudelte eine Quelle, die sich den Berg hinab in einen Bach verwandelte. Charlotte band sofort zwei Töpfe von einem Maultier los und eilte damit zum Wasser, um sie zu füllen. Vor der Behausung war reichlich Platz für die Tiere und für Zelte, in denen die drei Perser schlafen konnten, denn die Hütte verfügte nur über fünf Schlafplätze. Charlotte reichte ihren Gefährten und den Tieren das Wasser zur Erfrischung, bevor sie mithalf, die Zelte aufzubauen. Die Maultiere wackelten zufrieden mit den Köpfen, als sie von dem schweren Gepäck befreit wurden. Sie schlugen mit den Schweifen nach den Fliegen, die Glöckchen bimmelten. Der Geruch nach Ruß umwehte sie, als Simon erst in der Hütte den Ofen für die Nacht anwarf, danach vor der Tür ein Lagerfeuer entzündete. Eine halbe Stunde später saßen sie auf dem Vorplatz auf Steinen im Kreis und brachen sich von dem Fladenbrot ab, das Djamal aus dem Quellwasser, Mehl und Salz gebacken hatte. Dazu aßen sie Stücke von geräucherter Lammkeule. Charlotte glaubte, nie etwas Köstlicheres gegessen zu haben.

Am Ende des Mahls gab es Jubel, als Charlotte aus ihrem

eigenen Gepäck eine Flasche Cognac hervorzog. Nicht einmal Victor hatte sie erzählt, dass sie diese eingesteckt hatte. Und sie fand, der Abend nach der ersten Etappe war bestens dafür geeignet, ihn mit einem Schluck des edlen Getränks zu krönen. Sie tranken aus den Blechtassen, die sie am Morgen für ihren Tee nutzen würden. Charlotte schloss vor Genuss einen Moment lang die Augen. Wie viel besser hatte ihr dieses Mahl geschmeckt als all die Delikatessen an Bord des Kreuzfahrtschiffes. Dieses Leben hier, das war ihr Traum gewesen. Nun bekam sie die Bestätigung, dass sie dafür geeignet war. Sicher, Beine und Rücken schmerzten höllisch, aber Simon behauptete, dass die Muskeln sich im Lauf der Zeit verhärteten und man die ärgsten Märsche überstand.

Nicht vom Cognac, aber von der unvergleichlichen Atmosphäre auf diesem Plateau mitten im Morgenland beschwipst, lehnte sich Charlotte an Victor und wollte sich bei ihm einhaken. Doch er stieß ein Stöhnen aus. »Vorsicht, Charlotte, ich glaube, mit genau diesem Arm habe ich mich zu verkrampft am Zügel festgehalten.« Er rieb sich die Haut, die sie mit ihrem Kopf berührt hatte. Sein Gesicht war schmerzverzerrt.

»Entschuldige, Liebling. Ich habe eine kühlende Salbe dabei. Soll ich dich einreiben?«

Victor erhob sich. »Schon gut, Charlotte. Ich gehe am besten schlafen.«

Charlotte sah ihm enttäuscht hinterher. Eine solche Stimmung wie an diesem Lagerfeuer würden sie vielleicht nie mehr erleben. Hätte Victor da seine Schmerzen nicht ertragen können? Aber sie sollte nicht ungerecht sein. Dies hier war nicht Victors Welt. Sie hatte gesehen, wie er den Mund verzogen hatte, als sie den teuren Weinbrand in die Blechbecher eingeschenkt hatte. Sie hatten unterschiedliche Vorstellungen davon, welche Momente Zauber in ihr Leben brachten. Es schmerzte Charlotte, weil sie gerne daran glauben wollte, dass sie eine Einheit waren und immer sein würden. Nur dann hatten sie eine Chance, ihre Ehe zu bewahren und eine Familie zu gründen, trotz allem, was zwischen ihr und Quinn Mitchell passiert war.

Tagsüber schaffte sie es, ihre Gedanken an Quinn zu verdrängen. Zu viel gab es zu sehen und zu erforschen und mit den Reisegefährten zu erzählen, aber abends, wenn der Mond am Himmel erschien und die Sterne wie ein Teppich aus Diamanten erstrahlten, trieben ihre Gedanken immer zu dem Mann, den sie liebte. Sie verbot sich die Vorstellung, wie eine solche Reise wohl mit Quinn an ihrer Seite verlaufen wäre. Ach, wie sollte das denn gehen! Victor hatte dies alles hier bis ins kleinste Detail organisieren lassen und sicher ein kleines Vermögen dafür ausgegeben. Ohne Victor hätte sie eine solche Expedition niemals unternommen.

Aber in ihrer Fantasie hatten weder Fakten noch Wahrscheinlichkeiten Platz, sondern allein ihre Träume. Und bei dem Gedanken, mit Quinn in die Schutzhütte zu gehen und sich an ihn zu kuscheln, wenn alle anderen schliefen, spürte sie das vertraute Ziehen im Leib. Sie erhob sich. »Gute Nacht, ihr Lieben«, sagte sie und bemerkte aus dem Augenwinkel Loris' enttäuschte Miene.

Simon lugte über den Rand seines Bechers. »Schaffst du es morgen, um halb sechs aufzustehen? Wenn du vorher noch Tee trinken möchtest, rate ich dir, eine halbe Stunde früher aus den Federn zu kommen. Für uns reicht Wasser aus der Quelle und der Rest vom Abendessen.«

Charlotte hob den Kopf. »Mach dir um mich keine Gedanken. Ich würde es begrüßen, wenn du dein Bild von mir überdenkst. Gibt es an meinem Verhalten und meiner Kondition auf dieser Reise irgendetwas zu beanstanden?« Sie fixierte ihn und sah, dass die beiden Studenten grinsten.

Simon schürzte die Lippen und sah sie forschend an, bis es ihr fast unangenehm wurde, aber sie hielt stand, während er offenbar einen inneren Kampf mit sich focht. Schließlich sagte er: »Du bist eine ungewöhnliche Frau und eine Bereicherung für unsere Gruppe, Charlotte.«

Charlottes Herz machte einen Hüpfer, aber sie behielt ihre Gesichtszüge unter Kontrolle und nickte nur hoheitsvoll. »Danke.« Erst als sie sich umdrehte und in die vom Schein des Ofenfeuers erhellte Hütte ging, gestattete sie sich ein breites Lächeln.

Kapitel 25

»Kommt dich dein Liebster wieder abholen?« Samantha machte anzüglich einen Kussmund, als sie an Debbies Seite das College in Canterbury verließ. Sie hatten jeden Tag bis sechzehn Uhr Unterricht. Im Herbst waren um diese Zeit die schönsten Stunden des Tages vorbei. Die Bäume trugen buntes Laub, zu ihren Füßen raschelten die Blätter. Die Mädchen schlenderten durch den baumbestandenen Park auf die Straße zu, von wo der Bus fuhr und viele Schüler und Schülerinnen abgeholt wurden.

»Du weißt, dass er nicht mein Liebster ist, also lass es, ja?« Debbie zog eine Grimasse.

»Warum eigentlich nicht?« Samantha trug einen Bubikopf und einen silbernen Hüftgürtel zu ihrem himbeerfarbenen Kleid. Der leichte Mantel darüber bauschte sich im Wind.

»Weil es einen anderen gibt«, erwiderte Debbie. Sie sprach nicht gern über ihre Verehrer, zumal Samantha sich ebenfalls in Schweigen hüllte, wenn Debbie sie nach ihren Erfahrungen mit Männern fragte.

»Den sieht man aber nie.« Samantha hatte sich schon häufig als hartnäckig erwiesen, weswegen Debbie sie auch nicht als ihre Freundin betrachtete. Sie waren Schülerinnen am College und teilten die Freude darüber, als Mädchen angenommen worden zu sein. Das war keine Selbstverständlichkeit. Debbie wusste noch nicht, wohin sie der Unterricht am College führen sollte. Das einzige Studienfach, das sie interessieren würde, wäre Kunst. Sie besaß zwar nur eine durchschnittliche Begabung im Zeichnen, aber sie mochte es, die Ölbilder zu betrachten, die im altehrwürdigen College von Canterbury hingen, und sich zu überlegen, welche Techniken die Künstler angewandt hatten und wie sie welche Effekte erzielten. Alex jedenfalls behauptete, irgendwann wäre sie dankbar für eine gute Ausbildung und ein Zeugnis, das ihr alle Möglichkeiten offenließ. Alex mit seinem langen Gesicht und dem gebeugten Rücken sagte stets die Wahrheit und wusste viel vom Leben. Das hatte Debbie schon lange herausgefunden.

Sie erinnerte sich daran, wie er sie in die Arme gezogen hatte, als ihre Mutter gestorben war. Wie er ihr ins Ohr geflüstert hatte, wie ähnlich sie ihrer Mutter sei und dass sie in ihr weiterleben würde. Niemand hatte ihr in der Zeit der Trauer etwas gesagt, was sie mehr tröstete. Sie hatte in sich hineingehorcht und gespürt, dass da tatsächlich ein Teil ihrer Mutter war. Sie erinnerte sich daran, wie Alex sofort eingesprungen war, als sie Hilfe auf dem Pachthof gebraucht hatten. Er sei in den Ferien nicht ausgelastet auf dem eigenen Gut, hatte er ihr erzählt und sich von einem Tag auf den anderen unersetzlich gemacht. Ein junger Mann, der immer da war, wenn er gebraucht wurde, und der die richtigen Worte fand, wenn es einem schlecht ging.

Benjamin war anders. Er war attraktiver. Seine Augen sprühten Funken, wenn er sich ihr näherte, um sie auf diese unglaublich zärtliche Art zu küssen. Sicher, manchmal schoss er übers Ziel hinaus. Wenn er zu viel getrunken hatte, war von seinem Feingefühl nichts mehr zu spüren, aber wer war schon ohne Fehler? Benjamin hatte dieses Wilde, Ungezügelte an sich, das Debbie anzog und ihren Verstand ausschaltete. Alles war möglich, alles war Abenteuer.

»Nimmst du den Bus?«, erkundigte sich Debbie bei Samantha.

Samantha seufzte. »Ich hätte auch gern einen Chauffeur, der mir zu Füßen liegt. Aber bis dahin bin ich auf die öffentlichen Verkehrsmittel angewiesen.«

In dem Moment fuhr der dunkelblaue Ford vor, den Alex sich von seinem gesparten Geld gekauft hatte. Debbie wusste, dass er auf Bauernhöfen ausgeholfen hatte, um sich eine Rücklage zu schaffen. Jetzt bei den Chapmans sprang bisher nicht ein Penny für ihn heraus. Debbie nahm sich vor, mit Robert oder Victor zu reden, damit sie ihm seinen Einsatz vergüteten. Ohne Alex hätte sie an manchen Tagen nicht gewusst, wie sie es schaffen sollte. Sie verabschiedete sich mit einer Umarmung von Samantha, die sich neugierig vorbeugte, um durch die Windschutzscheibe einen Blick auf Alex zu werfen.

Was sollte sie da schon sehen? Alex war nun wirklich kein attraktiver Mann. Debbie küsste ihn auf die Wange, nachdem sie auf dem Beifahrersitz Platz genommen hatte. »So lieb, dass du mich immer abholst, Alex. Und schau nur, wie Samantha guckt. Die hält dich für meinen Liebsten.« Debbie lachte auf.

»Wie dumm von ihr«, gab Alex zurück, und wie so oft beschlich Debbie das Gefühl, dass ihr guter Freund zynisch wurde. Nie konnte sie den Finger darauf legen, aber oft schien er seine wahren Empfindungen hinter einer Schutzmauer aus Spott zu verbergen.

Sie wandte sich ihm zu und sah ihn mit hochgezogenen Brauen an.

Er flüchtete sich in ein Lachen und drückte kurz ihre Hand. »Wie war dein Tag im College?«

»Wie jeder Tag im College«, erwiderte sie und starrte durch die Windschutzscheibe auf die Straße, die sie aus Canterbury hinaus und nach Summerlight House bringen würde.

»Vergiss nicht, welche Möglichkeiten sich dir bieten, wenn du den Abschluss schaffst.«

»Ach, ich weiß nicht. Vermutlich werde ich sowieso irgendwann heiraten, und mein Mann wird es mir verbieten zu studieren und später zu arbeiten. So viel Glück wie meine Schwester haben die wenigsten Frauen.«

»Also, ich würde keine ungebildete Frau heiraten«, erwiderte Alex. »Aber das kann dir natürlich egal sein«, fügte er auf diese irritierende Art hinzu.

Debbie kannte diese Ansprüche, die an Frauen gestellt wurden, seit frühester Jugend. In ihrer Kindheit war es normal gewesen, dass sie als Mädchen eine genauso exzellente Bildung genoss wie die Jungen. Ihre Schwester war das leuchtende Beispiel dafür, wohin es führen konnte, wenn man aus dem Schatten hervortrat. Aber in Debbie war der Trotz gewachsen. Warum die Wünsche und Träume von Mutter und Schwester erfüllen? Wer sagte denn, dass sie wussten, worauf es im Leben ankam? Eine andere Qualität hatte es, wenn Alex in dieselbe Kerbe schlug. *Ich würde keine ungebildete Frau heiraten.*

Alex würde kein Teil ihrer Zukunft sein. Er war ihr Freund, aber zwischen ihnen würde niemals mehr passieren. Dennoch brachte sie seine Bemerkung zum Nachdenken. Der Gedanke, Alex könnte sie als Ehefrau für ungeeignet halten, schmeckte bitter wie Galle, obwohl sie ihn gar nicht heiraten wollte. Benjamin war in dieser Beziehung viel unkomplizierter. Es interessierte ihn nicht, wie lange sie die Schule besuchte und worin ihre Talente lagen. Er schwärmte von ihren Kleidern, ihren Frisuren und wie weich sie beim Tanzen in seinen Armen war. Solchen Ansprüchen konnte sie jederzeit genügen, während Bildung leblos und vertrocknet klang. Sie wusste, was ihre Mutter geraten hätte. Aber Elizabeth Windley war tot. Und trotz aller Trauer, die Debbie empfand, fühlte sie sich von Zwängen befreit.

»Gehen wir gleich zu den Chapmans?« Alex brachte den Wagen in der Einfahrt vor Summerlight House zum Stehen.

»Kannst du kurz hier warten? Ich laufe zu Aurora und frage, wie der Tag war. Vielleicht haben sich ja meine Schwester und mein Schwager dazu bequemt, uns darüber zu unterrichten, wie es ihnen geht. Wirklich, Alex, die klettern im Orient herum und glauben, wir warten hier entspannt auf ihre Rückkehr. Was denen da alles passieren kann!«

Alex lachte, was er selten tat. Debbie fand, dass ihm das wirklich gut stand. Seine Schneidezähne waren ein bisschen länger als die übrigen. Er sah aus wie ein kleiner Junge, wenn er etwas witzig fand. »Deine Schwester ist zäh. Keiner Frau würde ich eine solche Tour mehr zutrauen als ihr. Und ihr Mann macht ihr zuliebe mit. Sie werden mit vielen neuen Eindrücken und gesund und gestärkt zurückkehren.«

»Du immer mit deinem Vertrauen«, murmelte Debbie beim Aussteigen. Aber als sie sich umwandte, lächelte sie. »Warte, ich bin gleich zurück.«

Sie fand Aurora im Wintergarten und erfuhr, dass Kayla am Morgen niedergeschlagen und ausgelaugt gewesen war und dass Aurora bis zum Nachmittag bei Claire geblieben war, um sie zu halten, zu streicheln, zu wiegen, ihr vorzusingen, denn mit dem Stillen allein war dem Würmchen ja nicht geholfen. Ein Baby brauchte mehr als Milch: Zuwendung, Wärme, Zärtlichkeit.

Debbie nahm Aurora in den Arm. »Ich wünsche dir, dass du eigene Kinder bekommst. Ich kann mir keine liebevollere Mutter vorstellen als dich.«

Aurora löste sich verlegen von ihr. »Ach, du. Wie sollte das wohl gehen?«

Debbie lachte. »Das muss ich dir nicht erklären, oder? Und ich bin sicher, Cyril oder der Professor kennen sich aus.«

Aurora sog zischend die Luft ein. »Deborah, wie kannst du es wagen! Hätte ich dir doch nie von meinen Bekanntschaften erzählt.«

Debbie tätschelte ihre Schulter. »Nur ein Spaß, Aurora.«

Sie fand es überaus unterhaltsam, dass Aurora von ihrer Reise durch England mit gleich zwei Verehrern heimgekehrt war. Wie ernsthaft Cyril aus Wisley an ihr interessiert war, erkannte Debbie an den Briefen, die jeden dritten Tag in Summerlight House eintrafen. Und von Professor Edward Bone, seinem Einsiedlerleben und seinem Wunsch nach einer Gefährtin hatte Aurora ihr auch erzählt.

»Beide sind Gentlemen durch und durch«, behauptete Aurora.

»Hoffentlich kommen sie dich bald mal hier besuchen. Ich würde sie wirklich gern kennenlernen.«

Aurora verdrehte die Augen. »Mein persönlicher Albtraum, dass du sie unter die Lupe nimmst.«

Debbie lachte. »Ich ziehe mich rasch um und gehe mit Alex auf den Pachthof. Kommst du später nach?«

Aurora nickte. »Ich muss mit der Köchin noch die Einkäufe für nächste Woche besprechen und ein paar Briefe schreiben. Außerdem wollte ich nach Mr Mitchell und dem Garten sehen. Ich bringe ihm immer das botanische Fachjournal, in dem Charlottes Artikel erscheinen. Die Redakteure haben ihr in dieser Ausgabe vier Seiten mit Fotos eingeräumt! Das wird sie freuen, wenn sie heimkehrt. Im Übrigen hat Mr Mitchell es geschafft, die ersten Blumen zum Blühen zu bringen.«

»Ich schaue es mir später an.« Die Arbeit mit Pflanzen fand Debbie langweiliger als die mit Tieren und Menschen. Es erfüllte sie mit Zufriedenheit, dass sie auf dem Chapman-Hof gebraucht wurde. Innerhalb weniger Minuten hatte sie ihre Schuluniform gegen eine bequeme Hose mit einem Taillengürtel und einen Pullover getauscht, der ihre Rundungen betonte.

Seite an Seite spazierte sie kurz darauf mit Alex zum Pachthof. Ihr erster Weg ging zum Schweinestall, wo die Tiere vor Hunger bereits lautstark grunzten. An den intensiven Geruch hatte Debbie sich inzwischen gewöhnt. Während Alex ihnen das Futter in die Tröge schaufelte und frisches Wasser dazugoss, öffnete Debbie das Gatter und ging zur Muttersau, streichelte ihre Flanke und kraulte die Ferkel, die um sie herumsprangen. Mit der Forke begann sie, die Ställe auszumisten.

»Oh, hier ist die Futterrinne gebrochen.« Alex ging in die Knie und untersuchte die defekte Stelle, durch die die Körner in den Gang rieselten, wo die Schweine sie nicht erreichen konnten. »Wahrscheinlich hat sich eines der schwereren Tiere daraufgestellt.«

Debbie kam heran. »Kannst du es reparieren?«

»Kein Problem. In der Scheune ist der Werkzeugkasten mit Hammer, Nägeln und Leim. Holst du ihn mir bitte?«

Debbie legte die Mistgabel weg und stürmte los. Die Scheune befand sich direkt nebenan und bildete mit dem Stall, dem Wohnhaus und dem Vorplatz den kompletten Hof. Die zweiflüglige Tür aus Latten war nur angelehnt und klapperte in der Brise. Debbie schlüpfte durch den Spalt hinein und brauchte einen Moment, bis sich ihre Augen an das Dämmerlicht gewöhnt hatten. Linker Hand türmte sich das Heu für die Winterfütterung, daneben stapelten sich verschiedene Werkzeuge und Gerätschaften. Sie ließ den Blick schweifen – und wich schlagartig zurück. Mitten im Raum bewegte sich etwas, das von der Decke baumelte. Als Debbie erkannte, dass es sich um einen menschlichen Körper handelte, stieß sie einen langen Schrei aus. Ihr Blut schien zu Eis zu gefrieren, ihr Puls setzte aus. Das Entsetzen ließ sie nach Luft schnappen.

Kapitel 26

Debbie machte zwei, drei zögerliche Schritte auf die Gestalt zu. Das Blut rauschte in ihren Ohren, während ihre Knie nachgaben, als würde sie gleich zusammenbrechen.

Schritte wurden hinter ihr laut, dann das Knarren der Tür. Tageslicht fiel in die Scheune, als jemand die Tür aufriss. Sie hörte Alex fluchen. Eine Sekunde später fühlte sie seine Arme, die sich von hinten um sie legten und sie davon abhielten, auf die Gestalt zuzugehen. »Oh, mein Gott, es ist Kayla«, stieß Alex hervor. »Bleib weg, Debbie, ich werde sie von dem Strick lösen. Du musst sie annehmen, schaffst du das?«

Debbie nickte, ohne zu wissen, was er wollte. Sie würde genau das tun, was Alex anordnete. Dann würde alles wieder gut werden.

Alex wühlte mit fahrigen Händen in der Werkzeugecke, bis er ein Messer fand, und zog sich eine Holzkiste heran. Debbie sah, dass er zitterte. Im nächsten Augenblick säbelte er an dem Strick, an dem sich Kayla aufgehängt hatte, bis sich die ersten Stränge lösten. Er packte sie in den Achselhöhlen, Debbie stürzte heran, um ihre Beine zu nehmen, und so legten sie die Frau auf den Boden. Debbie atmete stoßweise und bekam dennoch nicht genug Luft. Kaylas Gesicht war blau angelaufen, die Zunge hing ihr aus dem Mund, die Augäpfel wirkten wie weiße Murmeln. Nie hatte sie etwas Entsetzlicheres gesehen. Die Tränen liefen wie Sturzbäche über Debbies Gesicht, während Alex sein Ohr auf Kaylas Brust legte, ihren Puls zu ertasten versuchte und dicht an ihren Mund heranging, um vielleicht noch einen Atem zu spüren. Aber es war vergeblich, erkannte Debbie und sank auf die Knie. Ihr Körper wurde von Schluchzern geschüttelt. Alex schluckte schwer, als er die Tote betrachtete. Endlich rappelte er sich auf. »Debbie, was ist mit dem Baby?«, brachte er heiser hervor. »Und den beiden Alten?«

Debbie sprang auf. »Du lieber Himmel«, stieß sie hervor, während die schlimmsten Bilder vor ihrem inneren Auge auftauchten. Sie spurteten zum Wohnhaus hinüber. Debbie stieß innerlich Stoßgebete aus und wappnete sich für einen grausamen Anblick. Aber als sie die Tür aufrissen und in die Stube stürzten, saß Betsy am Küchentisch, eine dampfende Tasse Tee vor sich, und William hielt Claire auf dem Arm, schaukelte sie und ging auf und ab. Als verstünde sie den entsetzlichen Ernst der Situation, schaute sich das Mädchen um, ohne einen Muckser von sich zu geben. Debbie erkannte sofort, wie unsicher der alte Mann das Kind hielt, aber er tat sein Bestes, und nichts war passiert. Sie nahm ihm das Kind ab und legte es sich auf die Brust, sodass es seinen Kopf an ihre Schulter lehnen konnte. Fühlte den warmen

Säuglingskörper, roch den Duft nach Milch und hörte das leise Atmen des kleinen Mädchens, das an diesem Tag die Mutter verloren hatte.

»Kayla wollte längst zurück sein«, sagte Betsy mit müder Stimme und schaute mit ihren vom Diabetes glasigen Augen zwischen Alex und Debbie hin und her.

Die beiden jungen Leute verständigten sich mit einem Blick. »Es ist ein Unglück passiert«, begann Alex. Betsy horchte auf, William starrte ihn nur mit offenem Mund an. »Wir haben Kayla in der Scheune gefunden. Wir konnten ihr nicht mehr helfen.«

In den nächsten Minuten gelang es Alex mit großer Entschlossenheit, die beiden Alten davon abzuhalten, in die Scheune zu stürzen. Ob William verstand, was vor sich ging, ließ sich nicht mit Sicherheit sagen, aber die Angst seiner Frau übertrug sich auf ihn. Es gab ein Gerangel in der Küche, bei dem Debbie darauf achtete, das Baby aus der Gefahrenzone zu bringen. Sie seufzte erleichtert, als kurz darauf Aurora mit Robert und der Amme die Stube betrat. Zu Debbies Verwunderung tauchte auf einmal auch Benjamin vor der Tür auf. »Was willst du denn hier?«, wandte sie sich an den jungen Mann, während Robert, gefolgt von Aurora, sich sofort auf den Weg in den Stall machte, nachdem sie in knappen Worten hervorgestoßen hatten, was passiert war. Debbie vermutete, er wolle sich selbst davon überzeugen, dass Kayla tatsächlich tot war.

»Eure Haushälterin hat mir gesagt, dass du hier bist«, erwiderte Benjamin und trat zur Seite, um Robert und Aurora vorbeizulassen. »Ich wollte dich zu einem Ausflug nach

London abholen. Ein bisschen Großstadtluft könnte uns guttun, oder?«

»Das geht nicht«, sagte Debbie. Als sie nun auch ihm erzählte, was passiert war, gefror das Grinsen auf seinem Gesicht. Er sah über ihre Schulter und entdeckte seinen Bruder, der auf den alten William einredete, um ihn zu beruhigen. »Was macht Alex hier?« Seine Miene verfinsterte sich.

»Du weißt doch, dass er auf dem Pachthof hilft. Er hat mich vom College abgeholt und ist gleich mit mir hier hingefahren. Wir haben uns um die Tiere gekümmert, wie jeden Tag.« Wo war dieses flirrende Gefühl in ihrem Magen, das sie immer überfiel, wenn sie mit Benjamin sprach? Er kam ihr vor wie ein verwöhnter Junge, der beleidigt war, weil er seine Pläne nicht umsetzen konnte. Kälte breitete sich in Debbie aus.

»Na, dann werde ich wohl nicht mehr gebraucht«, erwiderte er und wollte auf dem Absatz kehrtmachen.

»Bleib bitte«, rief Alex aus der Stube. »Benjamin, wir brauchen den Arzt hier. Er muss offiziell den Totenschein für Kayla ausstellen und sich um die beiden Alten kümmern. Sie brauchen etwas zur Beruhigung und damit sie schlafen können.«

Benjamin fixierte seinen Bruder. »Und warum soll ich hier den Laufburschen spielen? Warum nicht du?«

Die beiden jungen Männer fochten einen stummen Kampf mit Blicken aus, aber da ging Robert dazwischen, der aus dem Stall heranrollte. Debbie sah dunkle Schatten unter seinen Augen und wusste, dass er Kaylas Tod bestätigen würde.

»Tu, was dein Bruder sagt«, wandte er sich mit eisiger Stimme an den jüngeren McLaren.

Schließlich wischte sich Benjamin über die Stirn und verzog den Mund. »Ich bin schon unterwegs«, murmelte er und begann, über die Felder ins Dorf zu spurten.

Ein Teil von Aurora staunte darüber, wie ruhig sie angesichts dieser Katastrophe blieb. Vielleicht war es das kleine Mädchen, das nun einen verlässlichen Menschen brauchte, der zu ihr gehörte. Sie nahm sie Debbie ab, hielt sie zärtlich und flüsterte ihr ins Ohr. »Ich lasse dich nicht allein, meine Kleine.«

Die Amme Margie war kreidebleich angesichts der Geschehnisse, ihre Lippen zitterten, aber sie knöpfte in der hinteren Ecke der Stube die Bluse auf und ließ sich das Kind bringen. Aurora war unendlich dankbar für diese Frau, die dem Baby das Überleben in den ersten Wochen gesichert hatte. Sie würden ihre Dienste nicht mehr lange benötigen, vielleicht eine Weile noch morgens. Ansonsten würde Claire nun Brei und verdünnte Kuhmilch bekommen.

Auroras Denken kreiste nur um den Säugling. Ohne groß das Für und Wider abzuwägen, stand für sie fest: Sie würde Claire mit nach Summerlight House nehmen und sich um sie kümmern. Es wäre unverantwortlich, sie mit den beiden gebrechlichen Alten allein zu lassen. In ihrer Brust kämpften Euphorie darüber, das kleine Kind behüten zu dürfen, und Zweifel, ob sie das Richtige tat. War sie bereit, eine solche Verantwortung zu tragen?

Debbie kochte Tee für alle und verteilte Tassen, als Dr.

McKinley mit seinem Arztkoffer das Haus betrat, gefolgt von Benjamin. Er grüßte knapp und hob fragend die Augenbrauen. Hinter ihm verschränkte Benjamin die Arme vor der Brust. Alex erhob sich als Erster. »Ich führe Sie zu Kayla«, sagte er.

Debbie griff nach seiner Hand. »Ich komme mit.«

Benjamin wollte sich der Gruppe anschließen.

»Ich denke, es reicht, wenn die drei in der Scheune sind«, erklärte Robert, aber Benjamin ließ sich nicht aufhalten.

»Wir müssen uns nun überlegen, wie es weitergeht«, fuhr Robert fort. »Betsy, was schaffen Sie im Haushalt noch?«

Betsy wischte sich mit der Hand unter der Nase entlang. Ihre Augen schwammen in Tränen. »Ach, die täglichen Verrichtungen bekomme ich schon noch hin. Zumindest, solange William friedlich ist.« Mit müdem Blick schaute sie zu ihrem Mann, der vor sich hin brütete. »Manchmal, wenn ihm etwas gegen den Strich geht, wirft er mit Geschirr und schmeißt die Möbel um. Aber mir tut er nichts.«

Aurora wechselte einen Blick mit Robert. Es konnte nur vorübergehend sein, dass die Alten hier allein wohnten. »Wir werden eine Lösung für euch finden, das verspreche ich euch.«

»Das Kind zu versorgen würde ich schaffen«, fügte Betsy an. »Ich bin zwar etwas aus der Übung, aber das verlernt man ja nicht.«

»Das kommt nicht in Frage«, erwiderte Aurora und nickte der Amme zu, die sich mit einem knappen Gruß verabschieden wollte. »Margie, können Sie bitte am späten Abend noch einmal nach Summerlight House kommen? Ich werde Claire erst einmal mit zu mir nehmen und mich um sie kümmern.«

»Ich werde da sein«, versprach Margie auf ihre ruhige Art und zog die Tür hinter sich zu.

Robert stieß ein Seufzen aus. »Aurora, wie stellst du dir das vor? Du hast keine Erfahrung in Kinderpflege. Und was werden Victor und Charlotte dazu sagen? Vielleicht gibt es Verwandte, die das Kind zu sich nehmen können?«

»Es gibt niemanden außer Cousin Bertram mit seinen Söhnen. Und die wollen mit dem Kind nichts zu tun haben«, meldete sich Betsy zu Wort.

Aurora hob den Kopf und klopfte dem Baby sachte auf den Rücken. »Victor und Charlotte sind nicht da, und wir sind in einer Notsituation. Du bist der Mann im Haus, du hast das Sagen, deine Entscheidung gilt.«

Robert strich sich über den Mund, sein Blick flackerte. Die Rolle des Familienoberhaupts schien ihm nicht zu passen. Aurora fragte sich, ob er vor seiner Lähmung mutiger gewesen war. Glaubte er vielleicht, ein Mann mit seinem Handicap dürfe nicht über das Schicksal anderer entscheiden? »Ich frage mich, ob wir Betsy und William hier allein lassen können …«

Von der Tür her wurden Schritte und Stimmen laut. »Ich bleibe hier auf dem Pachthof, bis die Situation geklärt ist«, rief Alex, der den Arm um die kreidebleiche Debbie gelegt hatte.

Aurora lächelte dem jungen Mann zu. »Das ist eine Erleichterung, Alex, vielen Dank.«

»Bewundernswert, wie du dich hier um alles kümmerst,

Alex«, stimmte Robert zu und beobachtete Dr. McKinley, der sich neben Betsy gesetzt hatte, leise auf sie einsprach und ihr eine Spritze gab. Ein Beruhigungsmittel, das sie wenig später schlafen lassen würde, wie Robert wusste.

Benjamin hustete in die Faust, als müsste er auf sich aufmerksam machen. »Debbie, soll ich dich nach Hause begleiten? Vielleicht unternehmen wir doch eine Tour mit dem Automobil, damit du auf andere Gedanken kommst?« Auf seinem hübschen Gesicht lag ein Flehen, und Aurora fragte sich, ob es ihm wirklich um Debbie ging oder ob es ein Machtkampf mit seinem Bruder war, der in letzter Zeit eine solche Nähe zu dem Mädchen aufgebaut hatte. Wusste Debbie, wie viel von ihrer Antwort abhing?

Debbie griff nach Alex' Hand und sah mit halb geschlossenen Lidern zu Benjamin auf. »Ich lasse Alex hier nicht allein.«

Benjamin kniff die Lippen aufeinander, wandte sich um und stürmte aus dem Haus. Durch das Stubenfenster beobachtete Aurora, wie er in Richtung Scheune lief, und fragte sich, warum er nicht den gepflasterten Weg zum Haus zurück wählte. Seltsam. Was hatte er vor? Vielleicht war er in einem solchen inneren Aufruhr, dass er selbst nicht merkte, in welche Richtung er lief? Er würde sich schon beruhigen. In dem Alter verlor man schnell mal die Fassung, wenn es um die Liebe ging.

Der Arzt verabschiedete sich und versprach, den Bestatter vorbeizuschicken, der Kayla abholen würde. Betsy schnäuzte sich die Nase und wischte sich mit dem Tuch über die Augen, aber man merkte, dass das Beruhigungsmittel anfing zu wirken. Alex brachte sie und ihren Mann ins Altenteil und half ihnen, sich fürs Bett fertig zu machen, während Debbie und Aurora Kleidung und Windeln für Claire zusammensuchten.

»Ist es für dich wirklich in Ordnung, hier mit Alex zu bleiben?«, fragte Aurora leise, während sie ein paar Stoffwindeln zusammenfaltete. Ihr behagte der Gedanke nicht, dass die beiden jungen Leute unter einem Dach nächtigten. Auch wenn es eine Ausnahmesituation war. Andererseits war Alex McLaren wirklich ein außergewöhnlich zuverlässiger und vertrauenswürdiger junger Mann.

Debbie sah ihr offen ins Gesicht. »Ja, ganz sicher. Ich werde mir Kaylas Bett neu beziehen, und Alex kann auf dem Sofa schlafen.«

Aurora drückte ihr einen Kuss auf die Stirn. »Du bist eine wunderbare junge Frau, Debbie. Deine Mutter wäre stolz auf dich. Und ich bin es auch.«

Am Leuchten in Debbies Gesicht erkannte Aurora, dass sich das junge Mädchen über das Lob freute.

Kurz darauf verließen Aurora und Robert das Pachthaus. Kaylas Tod riss eine nicht zu schließende Lücke in das Leben auf dem Pachthof, aber an diesem Tag hatten sie für den Übergang alles geregelt. Das Baby strahlte satte Zufriedenheit aus, es schlummerte mit leicht geöffnetem Mund auf Auroras Arm, das Gesicht von einer weißen Strickmütze umrahmt. Ein Glücksgefühl durchdrang sie, als sie Claire anschaute.

Sie spürte Roberts Blicke von der Seite. Immer wieder sah er zu ihr hoch, während er auf dem Schoß Claires Kleiderpaket balancierte und in die Speichen griff. Ihre Wiege konnte später Owen abholen, heute Nacht konnte sie mit in Auroras Bett schlafen. »Ich glaube, du bist dir der Konsequenzen nicht bewusst, wenn du das Kind bei dir behältst.« Mit der Dämmerung rauschte ein kühler Wind über die Felder, der Roberts Haare verwehte.

»Welche Konsequenzen meinst du?«

»Na ja, man munkelt, du hättest Reisepläne für die nächste Zeit.«

Auroras Herzschlag setzte für einen Moment aus. Was wusste Robert von ihren Plänen, die noch gar nicht spruchreif warfen? Er wusste, dass es da zwei Männer in ihrem Leben gab, die Hoffnungen hegten. Und er hatte auch mitbekommen, dass sie in letzter Zeit häufig Post erhielt. Ob er Debbie ausgefragt hatte? Seit wann interessierte er sich für solche Dinge? »Nun, in diesem Fall muss ich eben Prioritäten setzen. Das Kind geht vor. Es hat niemanden außer mir.«

»Wenn du tatsächlich die Absicht hast, dich zu binden, dürfte es mit einem Pflegekind in deiner Obhut nicht einfach werden.«

Aurora straffte die Schultern und wechselte Claire auf den anderen Arm. »Glaubst du wirklich, dass ich mich an einen Mann binden würde, der von mir verlangt, ein Baby im Stich zu lassen?«

Überraschend stoppte Robert, griff nach ihrer Hand und führte sie an seine Lippen.

Verlegen entzog sie sich ihm und setzte den Weg fort. Wie konnte es sein, dass Robert es immer wieder schaffte, sie zu überraschen?

»Was wollen wir wegen Betsy und William unternehmen?« Sie hatten die Einfahrt zu Summerlight House erreicht und sahen Quinn Mitchell, der im Halbdunkel die Rosenstöcke festband. Er bemerkte sie nicht.

»Ich weiß, dass es in Canterbury ein Altenheim gibt, in dem die Pflege fürsorglich und liebevoll sein soll. Die Mutter unserer Köchin wohnt dort, und Mrs Duncan ist überaus zufrieden mit der Versorgung. Wäre das was für die beiden?«

»Das müssten wir mit Victor besprechen.« Robert biss sich auf die Unterlippe.

»Zum zweiten Mal heute verlässt du dich auf Victor, Robert. Selbstverständlich werden wir den beiden telegraphieren, um sie über das Geschehene zu unterrichten, aber deswegen werden sie keinen Tag früher heimkehren, und die Zeit drängt. Es wäre fatal, wenn ein weiteres Unglück im Pächterhaus passieren würde, nur weil wir uns vor Entscheidungen drücken. Alex wird nicht ewig dort den Aufpasser spielen können, das werden seine Eltern verhindern. Und Debbie muss sich um das College kümmern, wenn sie den Anschluss nicht verpassen will.«

»Sie werden den Aufenthalt in einem Heim nicht aus eigenen Stücken bezahlen können«, erwiderte er. »Wir müssten uns beteiligen.«

»Dann tun wir das eben«, erwiderte Aurora. »Die beiden haben ihr Leben lang auf dem Pachthof von Summerlight House geschuftet und die Arbeit später auf ihren Sohn übertragen. Sie haben ein Anrecht darauf, dass wir sie jetzt unterstützen.«

Robert lachte auf, aber darin schwang seine Bewunderung mit. »Wenn man dich ließe, würdest du die ganze Welt retten, Aurora, nicht wahr? Ich verspreche, ich werde mir unsere Bücher anschauen und überlegen, inwiefern wir uns beteiligen können. Aber sei nicht zu enttäuscht, wenn Victor und Charlotte später alles rückgängig machen. Ich bin hier nur der Verwalter.«

Sie legte ihre Hand auf seine Schulter und drückte sie. »Ich wusste, dass du nicht so hartherzig bist, wie du dir immer den Anschein gibst«, sagte sie und schritt mit dem Säugling die Treppe zum Eingang von Summerlight House empor, während Robert über die Rampe rollte. Claire war aufgewacht und schaute sich mit großen Äuglein um. Stolz erfüllte Auroras Brust. Es fühlte sich nach einem denkwürdigen Moment an.

Kapitel 27

Während sie das erste Tal im Zagros-Gebirge durchquerten, blieb Charlotte immer wieder wegen spektakulärer botanischer Funde stehen. Was für eine exotische Pracht! Daran konnte man doch nicht tatenlos vorbeigehen! Sie sammelte Stecklinge von Schwarzen Maulbeerbäumen und Granatapfelbäumen. Am Rande eines Flusslaufes entdeckte sie ein verblühtes Feld von ehemals goldenen und lila Schwertlilien und warf sich mit einem Schrei der Begeisterung auf die Knie. Loris erwies sich als umsichtig, als er ihr mit ihrem Koffer folgte. Während Charlotte das verblühte Grün abschnitt und Loris mit der Handschaufel die Zwiebeln aushob, machten es sich die anderen Reisegefährten auf Steinen am Fluss gemütlich und streckten ihre Füße in das plätschernde Nass.

Charlotte und Loris arbeiteten langsam und gründlich. Was für ein himmlisches Gefühl, mit den Händen in die Erde zu fassen und filigrane Wurzeln sanft zu teilen. Sie merkte, dass Loris sie beobachtete. Es überraschte sie nicht, als er fragte: »Wie ist deine Liebe zur Botanik entstanden?«

Sie erzählte ihm von ihrem Großvater und Kew Gardens, während sie Seite an Seite gruben. »Du hattest immer ein Ziel vor Augen«, stellte er schließlich fest.

Sie lächelte ihn an. »Ich wünsche dir von Herzen, dass auch du deine Ziele findest.«

Die Temperaturen waren an diesem Vormittag angenehm. Zwar stand die Sonne an einem wolkenlosen Himmel, aber hier im Gebirge brachte der Wind leichte Kühlung mit sich.

Gut zwei Dutzend Zwiebeln verstaute Charlotte schließlich in einer mit Stroh ausgelegten Holzkiste. »Was für ein Schatz«, murmelte sie dabei. »Diese Farben sind in unseren Breitengraden selten. *Iris reticulata.*«

»Und diese traubenförmigen Gewächse?«

Charlotte schaute in die Richtung, in die Loris deutete. »Das sind Traubenhyazinthen. Davon nehmen wir welche mit.«

Als sie sich schließlich erhob und den Staub von ihren Knien klopfte, wollte sie die anderen rufen, um Bescheid zu geben, dass sie den Weg fortsetzen konnten. Doch da fiel ihr Blick zur nächsten Flussbiegung, und sie schlug eine Hand vor den Mund.

Loris neben ihr sah sie von der Seite an. »Noch eine Kostbarkeit?«

»Arnebia pulchra«, hauchte Charlotte.

»Aha.« Loris machte nicht den Eindruck, als brächte ihn dies aus der Fassung.

Charlotte krallte sich für einen Moment in seinen Oberarm. »Sie ist schwierig in unserem Klima zu kultivieren. Aber ich werde es probieren.« Sie wandte sich zu den Männern am Fluss. »Wir brauchen noch eine halbe Stunde. Ist das in Ordnung für euch?«

Simon verzog den Mund, Urs sah gar nicht auf, sondern arbeitete in seinem Notizbuch, und Victor zeigte ihr den erhobenen Daumen. Charlotte wusste, wie strapaziös der Weg für ihn war und dass er jede Pause genoss. Ob er es bereute, ihr diese Reise geschenkt zu haben? Sicher hatte er andere Vorstellungen gehabt, alles ein bisschen luxuriöser, alles ein bisschen spielerischer.

Von den grünen Blättern und verwelkten gelben trompetenförmigen Blüten grub Charlotte handgroße Stücke mit Wurzeln aus, die sie später teilen würde, um zu testen, in welchem Boden die Pflanzen am üppigsten gediehen.

Dieser Rastplatz entpuppte sich als besonders ertragreiche Quelle für Charlottes Suche nach botanischen Schätzen. Sie fanden noch Kaiserkronen in strahlendem Orange, verblühte mauvefarbene Krokusse, scharlachrote Ranunkel, Mohnblumen und viele Zwiebeln, die blind aufgeschossen waren, wie es auch in den englischen Gärten vorkam. Charlotte steckte von jeder Sorte Zwiebeln oder Ableger ein und befürchtete, dass ihr Koffer bald aus den Nähten platzte. Notfalls würde sie ihre Garderobe ausdünnen, um für ihre Pflanzen Platz zu schaffen.

Auf dem nächsten Streckenabschnitt wählten die drei Perser mit den Lasttieren einen anderen Weg über den Fluss als die Forschungsgruppe. Sie verabredeten, sich am Rande des nächsten Dorfs zu treffen und dort ihr Lager zu errichten.

Charlotte war voller Energie, sodass sie die Schmerzen in ihrem Rücken und an ihren Füßen kaum noch bemerkte. Sie wusste, dass sie die Anstrengung am Abend spüren würde, wenn sie sich auf ihrer Decke ausstreckte. Aber tagsüber gab es zu viele magische Momente, in denen der körperliche Zustand unwichtig wurde. Charlotte hielt den Atem an, als sie zum ersten Mal das grüne Wasser des Karun sah, der hier als Gebirgsfluss durch die schwarzen Felsen schäumte. Darüber zog ein Adlerpärchen seine Kreise. In steilen Serpentinen ging es bergauf und bergab.

Kurz bevor sie das Dorf erreichten, bewegte sich vom anderen Ende des Tales eine lange Reihe von Nomaden auf sie zu. Männer mit Treibstöcken und hohen schwarzen Filzhüten, mit Gewändern in blauem Leinen, Frauen in roten und gelben Tüchern, herumhüpfende Kinder mit schwarzen Haaren.

Urs schnappte nach Luft. »Sie ziehen zu ihren neuen Weideplätzen. Ich hatte gehofft, dass wir ihnen begegnen!«

»Vom Dorf aus wirst du zu ihnen gehen können und sie befragen. Kommst du mit deinen Sprachkenntnissen zurecht?« Simon trank einen Schluck Wasser aus seiner Feldflasche und blickte den Schweizer Studenten an.

In Urs' Brille spiegelte sich die Nachmittagssonne. »Wenn du Zeit und Lust hättest, würden wir uns freuen, wenn du uns begleitest.«

Simon nickte. »Kein Problem.«

Die Bachtiaren waren nun heran und umrundeten das Expeditionsteam, viele Gesichter grimmig verschlossen. Nur wenige erwiderten den Gruß der Europäer. Charlotte bemühte sich, ihre Beklemmung abzuschütteln. Ob sie sich vor den Nomaden fürchten mussten? Waren sie ihnen feindlich gesinnt? Andererseits hatten sie Frauen und Kinder dabei, die sie wohl kaum in Kämpfe verwickeln würden.

»Sie nehmen ihr gesamtes Eigentum und ihre gewaltigen Herden mit«, erzählte Urs. Sein Lächeln beruhigte Charlotte. Er kannte sich am besten mit den Einheimischen aus und schien keine Gefahr zu sehen. »Über zweihundert Meilen durch das Gebirge. Und im Frühjahr geht es wieder zurück.«

Schafe, Ziegen und Esel veranstalteten ein ohrenbetäubendes Konzert, der Geruch nach Dung, nasser Wolle und frisch gegerbtem Leder zog mit der Gruppe. Auf dem Rücken eines Esels hockten ein paar Hühner.

Charlotte war erfüllt von all den Eindrücken des Tages. Eine glückliche Erschöpfung durchdrang sie und ließ sie lächeln, als sie wenig später half, die Zelte auf einem stoppeligen Weizenfeld im Schatten einer mit Bäumen bewachsenen Felswand zu errichten. Das Dorf lag mit seinen weißen Dächern und rauchenden Feuerstellen in Sichtweite.

Djamal erwies sich an diesem Abend als besonders findig. Er grinste von einem Ohr zum anderen, als er hoch bepackt aus der Siedlung zurückkehrte und auf einer Decke zwischen den Zelten zwei gerupfte Hühner und ein großes Stück Lammfleisch ausbreitete. Daraus würde er, so übersetzte es Simon für die anderen, einen köstlichen Eintopf mit dem Duftreis, den Zwiebeln und dem Dill kochen, die sich ohnehin in ihrem Gepäck befanden. Außerdem hatte er geronnene Milch und ein Glas Honig dabei, ihr Frühstück.

Nach dem Abendessen brachen die beiden Schweizer und

der Reiseführer zu den Nomaden auf, die ihre Zelte etwa eine Meile entfernt auf der anderen Seite des Dorfes errichtet hatten. Urs trug seine Ledertasche mit Notizbüchern, Loris hielt seinen Zeichenblock unter dem Arm. Karim, Raeed und Djamal zogen ins Dorf. Sie waren dort gern gesehene Gäste, weil sie weit gereist waren und immer Neuigkeiten mitbrachten.

In ihrem Zelt lagen Victor und Charlotte auf den doppelt gelegten Decken. Victor hatte die Hände im Nacken verschränkt und die Augen geschlossen, Charlotte an seiner Seite lauschte auf die Geräusche der Nacht. Vom Fluss her drang das Quaken der Frösche zu ihnen, in der Ferne blökten und meckerten Schafe und Ziegen, der Schrei eines Greifvogels flog durch die Nacht. »Komm, lass uns an den Berg gehen. Da gibt es einen Vorsprung, von dem aus wir den Himmel beobachten können«, murmelte Charlotte.

Victor stieß ein Lachen aus. »Mich kriegst du hier nicht mehr weg«, erwiderte er. »Ich spüre jeden einzelnen Knochen und Muskel in meinem Körper. Ich weiß gar nicht, wie ich die nächsten Tage überstehen soll. Wirklich, Charlotte, ich wünschte, wir wären nie auf diese Reise gegangen. Es ist die schlimmste Erfahrung meines Lebens. Vor allem weiß ich nicht, wofür ich das tue. Sind es die Pflanzen, die du ausgräbst, wirklich wert, all das auf uns zu nehmen?«

Er verstand es nicht und würde es nie verstehen. Die Lust am Abenteuer lag außerhalb von Victors Welt. Das konnte sie ihm nicht vorwerfen. Im Gegenteil. Umso großzügiger, dass er diese Reise für sie beide organisiert hatte.

»Natürlich, alles geht auch einfacher. Aber es ist nicht das

Gleiche, Victor.« Sie küsste ihn auf die Wange. »Danke, dass du das alles hier mir zuliebe durchstehst.«

Er wandte sich ihr zu, drückte sie an sich und lehnte seine Stirn an ihre. »Ich liebe dich, Charlotte. Und wenn ich sehe, wie du hier aufblühst, weiß ich, dass ich alles richtig gemacht habe. Ich werde das schon irgendwie schaffen. Aber nur, wenn du mir versprichst, dass du Loris keine Hoffnungen mehr machst. Der arme Kerl dreht noch völlig durch wegen dir.«

Charlotte stutzte. Ihm war aufgefallen, dass Loris Gefühle für sie entwickelt hatte? Und er hatte sich nichts anmerken lassen. In diesem Moment erkannte sie, dass sie ihren Ehemann und seine Auffassungsgabe nicht unterschätzen durfte. Schließlich stimmte sie in sein Lachen ein. »Er ist ein freundlicher junger Mann, ich habe ihn gern um mich. Aber er weiß, wo ich hingehöre. Daran lasse ich nie einen Zweifel.« Sie drehte den Kopf leicht und küsste ihn auf den Mund. Einmal, zweimal. Er reagierte nicht. »So allein wie heute werden wir wohl nicht mehr oft auf dieser Reise sein«, flüsterte sie und begann, seinen Bauch zu streicheln. »Die Gelegenheit wäre ohnehin günstig …«

Obwohl Charlotte keine unbändige Lust verspürte, wäre sie in dieser Nacht gern mit ihrem Mann zusammen gewesen. Aus Dankbarkeit und weil sie diese Reise glücklich machte. Wie es sich wohl ohne Pessar anfühlen würde? Sie hatte sich dafür entschieden, eine Schwangerschaft zuzulassen, und nach ihren Berechnungen standen die Chancen in dieser Nacht gut.

Victor nahm einen Atemzug, der seine Brust weitete. »Du

weißt, wie sehr ich dich will, Charlotte. Aber ... ich kann nicht. Meine Knochen zersplittern und meine Muskeln reißen, wenn ich nur eine Bewegung zu viel mache.«

Charlotte ließ sich ihre Enttäuschung nicht anmerken, gab ihm einen Gutenachtkuss und drehte sich auf den Rücken. Sekunden später begann Victor zu schnarchen.

Obwohl sich Charlotte ebenfalls wie gerädert fühlte, war ihr Verstand hellwach, als hätte jemand vergessen, das Licht auszuknipsen. Sie würde nicht zur Ruhe kommen, und bevor sie sich von einer Seite auf die andere wälzte und sich quälte, stand sie lieber auf. Sie warf sich ihr Kleid und ein Tuch über und schlüpfte in ihre Schuhe, bevor sie das Zelt verließ und über das Weizenfeld zum Berg spazierte, der sich gigantisch über ihr erhob.

Der Felsvorsprung war ideal, um sich daraufzuhocken und die Beine baumeln zu lassen. Die Luft roch frisch nach Moos und Harz, und über ihr stand der kreisrunde Vollmond in leuchtendem Gelb. Sein Licht beschien das Camp und das Dorf und tauchte die Natur in einen zauberhaften Glanz. *Seltsam*, dachte Charlotte, *Tausende Meilen entfernt, und Quinn sieht denselben Himmel wie ich.* Ob er schon schlief? Ob er an sie dachte? Von ihr träumte? Noch vier Wochen würden sie sich nicht sehen. Würde diese Zeit ausreichen, um sich zu entfremden und die nötige Distanz zu ihm aufzubauen? Sie verdrängte die Gedanken an ihn und konzentrierte sich auf die Stationen, die noch vor ihnen lagen. Sie hatte sich die Karten gut eingeprägt und kannte die Namen aller Dörfer, Städte, Berge und Pässe, aber was bedeutete das schon? Diese Reise überraschte sie zu jeder Stunde eines

Tages. Nichts war kalkulierbar, alles war möglich. Dieses Wissen beflügelte Charlotte wie nie etwas zuvor in ihrem Leben.

In der Ferne heulte auf einmal ein Wolf. Charlotte erinnerte sich an Simons mahnende Worte über Raubtiere in diesem Gebirge, und ein Schauer raste durch ihren Körper. Sie wickelte sich das Tuch enger um den Körper und lief, so rasch sie konnte, ins Zelt zurück.

In den nächsten Tagen wurden sie von plötzlichen Schauern durchnässt, sie froren auf schneebedeckten Gipfeln, schwitzten in sonnenbeschienenen Tälern, und manchmal hatten sie auch Hunger, wenn ihre Vorräte aufgebraucht waren und Djamal kein Glück bei der Nahrungsbeschaffung hatte. Charlotte versuchte, sich all die Bilder von der Landschaft und ihren Mitreisenden gut einzuprägen, um in England davon zu zehren. Und wie glücklich die Maultiere in der sengenden Mittagshitze im Wasser getrampelt hatten, wann immer sie einen Fluss überqueren mussten!

Landschaften von karger Dürre wechselten sich mit üppiger, grüner Vegetation ab, sodass Charlotte sich in einem sanften Tal mit Oleanderbüschen und Pampasgras fast in den Tropen wähnte. Die Gruppe wartete geduldig, während sie die im Überfluss wachsenden Anemonen, Winden, Gladiolen, die Myrtensträucher und wilden Rosenbüsche untersuchte. Am Rande eines Dorfes entdeckte sie ein verblühtes Tulpenfeld, und eine der Bäuerinnen versicherte ihr – von Simon übersetzt –, dass es sich um die seltene kleine scharlachrote Tulpe handelte. Charlotte konnte ihr Glück kaum fassen. Sie holte sich das Einverständnis der Bäuerin, bevor sie ein halbes Dutzend Zwiebeln ausgrub.

Sie hatte gehofft, dass sie in den Bachtiaribergen das ein oder andere exotische Gewächs finden würde, aber diese Fülle überwältigte sie. Sie musste tatsächlich noch in ihrem Kleiderkoffer Platz schaffen, um alle Ableger, Stecklinge und Zwiebeln unterzubringen.

»Und wie ist es bei euch gelaufen?«, erkundigte sie sich an einem der letzten Abende auf dem Rückweg zum Camp bei Loris. Sie hatten den Nachmittag im mit Teppichen ausgelegten Zelt eines Oberhauptes der Bachtiaren verbracht. Überall hatten Tabletts mit Konfekt herumgestanden, und der Tee war zuckersüß und aus schmalen Gläsern serviert worden.

Loris hob die Schultern. »Ich denke, gut«, sagte er. »Urs hat schon drei Bücher vollgeschrieben, in meinem Zeichenblock ist kaum noch ein leeres Blatt. Wir haben viel über die Einheimischen erfahren, aber wie ich meinen Vater kenne, wird er unseren Erfolg kleinreden und behaupten, wir hätten nur Aspekte des Nomadenlebens herausgefunden, die die Forscher im 19. Jahrhundert schon entdeckt hätten.« Er schnaubte. »Man kann es ihm nicht recht machen, weißt du?«

»Eine schwierige Situation.«

»Ja, aber ich bin nicht länger bereit, mich dem unterzuordnen. Durch dich habe ich erfahren, was mich wirklich begeistert: Ich habe von dir viel über die Vegetation gelernt, ich will die Pflanzen auch bestimmen können, sie züchten, veredeln, kultivieren. Pflanzen sind viel angenehmer als mürrische alte Männer und scheue verschleierte Frauen, die nur widerwillig Auskunft über ihren Alltag geben und denen man sowieso nur jedes zweite Wort glauben darf, weil sie immer alles nur in den schönsten Farben darstellen.«

»Das sind ja mal neue Töne.« In Wahrheit hatte sie schon geahnt, dass Loris das falsche Fach studierte. Würde er tatsächlich zur Botanik wechseln?

»Es wird nicht leicht, gegenüber meinem Bruder und meinem Vater durchzusetzen, dass ich ein Botanikstudium beginnen will. Möglicherweise werde ich finanziell auf mich allein gestellt sein, aber ich ziehe das durch. Von deiner Lebensgeschichte, Charlotte, habe ich nicht nur gelernt, wie spannend die Botanik ist, sondern auch, was man aus purer Kraft und Entschlossenheit erreichen kann.«

»Ich wünsche dir, dass deine Pläne aufgehen«, sagte sie warmherzig und schaute zu ihm auf. Als sein Blick in ihrem zu versinken drohte, wandte sie sich schnell ab. »Morgen ist unser letzter Tag«, sagte sie, bevor sie sich ihrem Zelt zuwandte, in das Victor bereits geschlüpft war.

»Wirst du mich begleiten, wenn ich als Botaniker auf Expedition gehe?«

Nur eine scherzhaft vorgetragene Frage. Ihr alter Lebenstraum. Die Erinnerungen an Dennis und ihre Pläne überfluteten sie, bevor sie ihren Verstand einschaltete und die Bilder verdrängte. Sie lächelte über die Schulter. »Vorsicht mit solch achtlos vorgetragenen Vorschlägen. Es ist gut möglich, dass ich mich dir tatsächlich anschließe.«

Beim Lächeln leuchtete sein Gesicht wie der Mond. »Was für ein erstklassiger Anreiz, das Studium gleich nach unserer Rückkehr in Zürich aufzunehmen.«

Am nächsten Tag zogen sie um die Flanke eines wie ein gestrandeter Wal daliegenden Berges, als vor ihnen Rauchfahnen von Erdölfeldern in den Himmel stiegen. Die Ölgesellschaft hatte die Landschaft verschandelt. Die Maschinen zur Ölgewinnung reckten sich wie Skelette in die Höhe, durch die Landschaft wand sich eine mächtige Pipeline.

Eine sentimentale Trauer breitete sich in Charlottes Brustkorb aus, weil die Reisegruppe von den atemraubenden Bergen und Tälern, die sie durchquert hatten, nun Abschied nehmen musste und in die Zivilisation zurückkehrte. Die drei Perser jedoch und die Maultiere würden den Weg, den sie gekommen waren, zurückgehen, möglicherweise mit einer neuen Forschertruppe. Sie taten ihr Leben lang nichts anderes.

Auf grasiger Ebene bei Maidan-i-Naftun in Sichtweite des Lagers eines mächtigen Bachtiaren, der zu der Ölgesellschaft gehörte, schlugen sie ihr Camp auf. »Der Khan ist noch auf den Ölfeldern unterwegs«, berichtete Simon nach seinem Erkundungsgang. »Morgen werden wir in seinen Fahrzeugen weiterreisen. Ihr Jungs«, er nickte den Schweizern zu, »nach Bagdad, wo euer Vater auf euch wartet. Und ihr beide«, er wies auf Charlotte und Victor, »nach Latakia, richtig? Ihr nehmt das Schiff zurück nach England?«

Victors Gesicht leuchtete auf. Die Schatten unter seinen Augen waren im Laufe der letzten Tage noch dunkler geworden. Die Wangenknochen stachen hervor, weil er stark abgenommen hatte. »Ja, so haben wir es geplant. Sind die Leute des Khans vertrauenswürdig?«

Simon schnalzte mit der Zunge. »Habe ich dich auf dieser

Reise enttäuscht? Ist irgendetwas anders verlaufen, als du es erwartet hast?«

Charlotte hielt den Atem an und betete darum, dass Victor in den letzten Stunden der Reise keine Misstöne aufkommen ließ. Doch ihre Sorge war unbegründet. Er lächelte gequält und strich die Haare aus der Stirn. »Wir hätten uns keinen besseren Reiseführer wünschen können. Danke für alles, Simon. Dennoch war dies meine erste und letzte Expedition. Ich bin dafür nicht geboren.«

Simon grinste ihn an. »Dafür hast du dich tapfer geschlagen.«

Charlotte wusste, dass das zwar freundlich gemeint war, aber nicht stimmte. Victor war während der gesamten Reise eine Last gewesen mit seinem Anspruch, die meiste Zeit auf dem Maultier zu sitzen, und seinen schmerzenden Knochen, die ihn davon abhielten, mit anzupacken. Für sie selbst war dies möglicherweise nicht die letzte Expedition gewesen, ihre Erwartungen hatten sich mehr als erfüllt. Aber vielleicht war es die letzte, die sie gemeinsam mit Victor angetreten hatte.

Am nächsten Morgen fuhren drei Automobile vor. Die Reisegesellschaft war gerade damit beschäftigt, die Zelte und Ausrüstung zusammenzupacken. Charlotte war satt von der morgendlichen Dickmilch und dem Tee, und sie fühlte sich inspiriert von all dem, was sie in den vergangenen beiden Wochen erlebt hatte. Dennoch wäre sie lieber zu Fuß zurückgekehrt, als sich jetzt in eines dieser luxuriösen Automobile zu setzen. Sie schienen aus einem anderen Zeitalter gefallen zu sein, ein bedrückendes Zusammentreffen von Zivilisation und Wildnis. Es schmerzte sie auch, von den Schweizern, von Simon und den drei Persern Abschied zu nehmen. Nicht zu wissen, wie es ihrem Maultier ergehen würde, das sie treu begleitet hatte, erfüllte sie mit Trauer. Ihr kam es vor, als sei die Zeit in den Bachtiaribergen wie im Fluge vergangen, aber sie wusste, dass Victor es nicht erwarten konnte, sein erstes Dinner auf dem Vergnügungsschiff einzunehmen und sich auf die weiche Matratze in der Kabine zu werfen.

Charlotte umarmte ihre Gefährten nacheinander, bedankte sich und versicherte, dass sie alle jederzeit auf Summerlight House willkommen wären. Auch den Persern reichte sie die Hand, neigte den Kopf und wünschte ihnen in ihrer Sprache – einige Sätze hatte sie inzwischen gelernt – alles Glück der Erde. Loris hielt sie zu lange, als wollte er sie nicht gehen lassen. Sie musste sich ein bisschen gegen ihn stemmen. »Ich werde dich nicht vergessen, Charlotte«, sagte er, und seine Stimme versagte. Er schluckte schwer, und sie sah, dass er mit den Tränen kämpfte.

»Die Frau, die dich für sich gewinnt, kann sich glücklich schätzen«, erwiderte sie. »Ich drücke die Daumen für deinen Lebensweg, Loris.«

In dem Wagen, der sie nach Latakia bringen sollte, befand sich das Gepäck, das sie im Hotel in Isfahan zurückgelassen hatten. Ihr Chauffeur Mehmet, ein junger Mann mit dunklen Augen, hatte ihn am Rande des Camps geparkt. Charlotte lächelte Mehmet an, als er sie auf Englisch begrüßte.

Er zog einen Umschlag aus seinem Gewand. »Das hier ist

im Hotel in Isfahan vorgestern für Sie angekommen. Ein Telegramm.«

Charlotte verspürte Schwindel und taumelte leicht. Sofort rief sie nach Victor, der sich nicht am Abbau des Camps beteiligte, sondern bereits auf der Rückbank der Limousine die Beine von sich streckte. Er drückte seine Hand auf die Stirn, als wollte er Kopfschmerzen vertreiben. Als er sich nicht rührte, eilte Charlotte mit dem Umschlag zu ihm und öffnete die Tür, während Mehmet den anderen half, die Töpfe und Koffer, Zelte und Schlafsäcke auf die drei Autos zu verteilen. Charlotte sah auf und rief ihnen zu: »Seid vorsichtig mit dem hellbraunen Koffer! Darin befindet sich kostbares Material!« Dann wandte sie sich mit einer Ahnung von Unheil an Victor. »Ein Telegramm.« Sie riss es auf und starrte auf die Zeilen.

»Wer schreibt uns? Jetzt lies schon«, sagte Victor ungehalten. »Was kann so wichtig sein?«

»Es ist von Aurora«, stieß Charlotte hervor und las: *»Kayla tot STOP Pachthof verwaist STOP Baby bei mir STOP Wohin mit den alten Leuten.«* Entsetzt sah sie auf. »Die arme Kayla. Wie furchtbar …«

Victor stieß ein genervtes Stöhnen aus. »Ja, ja, traurig, dass die junge Frau gestorben ist. Schreibt sie nicht, woran?«

Charlotte überflog das Telegramm erneut. »Nein, davon steht hier nichts.«

»Aber, du liebe Zeit, was gehen uns diese Leute an? Wir können die Welt nicht retten und haben genug mit unseren eigenen Problemen zu kämpfen. Ich verstehe nicht, warum Aurora uns sogar mit einem Telegramm verfolgt.«

Charlotte schluckte. Sie versuchte sich vorzustellen, wie Kayla gestorben war und was das für das Baby bedeutete. *Baby bei mir.* Was hatte Aurora vor? Wie ein Blitzschlag war durch das Telegramm ihr wahres Leben in diesen Traum hineingefallen. Alle Bilder von Granatapfelbäumen, Oleanderbüschen, grünem Flusswasser, Zügen von Nomaden, von Lagerfeuern, purpurnen Sonnenuntergängen hinter Bergkämmen und Sternenhimmeln wie aus Tausendundeiner Nacht verblassten und machten der Realität Platz.

»Sie braucht unsere Hilfe«, murmelte Charlotte.

»Ich werde sie anrufen, sobald wir das erste Telefon finden«, versprach er. Charlotte fühlte es in ihrem Herzen: Die Expedition in die Wildnis war beendet. Sie würden andere Probleme haben als die Frage, was sie zum Frühstück essen wollten, ob sie an ihrer Lagerstätte Wasser zur Verfügung hatten und wie lange die Maultiere noch durchhielten. Was war wichtig im Leben, worauf kam es an? Charlotte vermochte diese Frage nicht zu beantworten, aber ein Hauch von Trauer nistete sich in ihrem Brustkorb ein.

Kapitel 28

»Wer bezahlt dir das?« Caitlins Stimme hatte diesen grellen Klang, der Quinn fast körperliche Schmerzen verursachte. Im Haus roch es nach angebranntem Porridge. Caitlin war an diesem Morgen unerträglich, trieb die Kinder an und suchte Streit.

Kenny, schon in der Jacke für den Weg zur Nachbarin, hielt sich die Ohren zu. »Nicht streiten!«, rief er.

Der ältere Ian machte ein verschlossenes Gesicht. Quinn erinnerte sich bekümmert daran, dass er seinen Sohn zuletzt laut lachen gehört hatte, als sie den Spatz in die Freiheit entließen. Das war nun schon einige Wochen her. Er war ungewöhnlich ernst.

Warum Caitlin unausstehlich war, konnte er sich denken. Sie hatte in der letzten Zeit mehrfach versucht, ihn zu verführen, doch er hatte sie stets zurückgewiesen. Sicher war sie in ihrem Stolz verletzt, vielleicht fühlte sie sich ungeliebt und unattraktiv.

»Ich bekomme einen mehr als anständigen Lohn dafür«,

erwiderte er, hockte sich auf einen Stuhl und streifte sich die Stiefel über. »Und den brauchen wir auch, zumal dein Gehalt nach dem Tod von Elizabeth Windley gekürzt wurde.«

»Wie kann man so kleinlich sein!«, zischte Caitlin erbost. »Die haben doch genug, die hätten es ruhig dabei belassen können. Aber dich, Quinn, dich sollten sie nach Stunden bezahlen, nicht pauschal. Du bist ja oft zwölf Stunden in dem Garten.«

»Das ist nur vorübergehend«, behauptete er. »Ich bin für den Garten von Summerlight House verantwortlich, solange Mrs Bromberg auf Reisen ist. Sie hängt an jedem einzelnen Setzling, ich will sie nicht enttäuschen.«

»Aber uns enttäuschst du jeden Tag, wenn wir hier abends alleine sitzen und auf dich warten!«, gab sie zurück. Ihr Gesicht wurde hässlich, wenn sie zornig war. »Da sind doch noch die junge Miss Windley und Miss Ainsworth, die können Arbeit im Garten übernehmen und dich entlasten.«

»Du weißt genau, dass das nicht geht. Die Familie ist in Aufruhr, seit die Pächterin nicht mehr lebt.« Die Nachricht hatte sich am Vorabend wie ein Lauffeuer unter den Dorfbewohnern verbreitet. Quinn hatte es noch im Garten von Robert Windley erfahren.

»Die Chapman hat sich wahrscheinlich umgebracht, weil sie unverschämt hohe Abgaben leisten und mit ihrem Kind und den alten Schwiegereltern hungern musste. Zuzutrauen wäre es denen aus Summerlight House!«

Quinn spürte eine Flamme der Wut in sich lodern. Diese Boshaftigkeit war kaum auszuhalten. Er küsste seine Söhne zum Abschied und schlug die Tür hinter sich zu. Er konnte es nicht erwarten, in der friedlichen Stille des Gartens für sich allein zu sein und seinen Gedanken nachzuhängen.

Herbstnebel wallte über die Felder, von der aufgehenden Sonne zum Leuchten gebracht. In den Zäunen hingen glitzernde Spinnweben. Die Schafe standen unbeweglich wie gemalt auf der Weide, als Quinn an ihnen vorbei auf Summerlight House zulief.

Ungewöhnliche Geräusche drangen auf einmal an sein Ohr. Ein Trampeln und Schnauben, und der Geruch nach Dung wurde immer intensiver, je näher er dem Anwesen kam. Was war da los? Quinns Puls beschleunigte sich, als er zu erkennen versuchte, was auf dem Grundstück vor sich ging. Schließlich begann er zu rennen, als er ein Schwein ausmachte, das sich im Dahlienbeet wälzte.

»Hey!«, schrie er und stieß einen durchdringenden Pfiff aus, um das Tier zu vertreiben. Doch in den nächsten Sekunden erkannte er weitere Schweine, ein Dutzend Ferkel, eine behäbige Muttersau. Alle stampften sie durch die frisch gelockerte Erde der Beete, wühlten mit den Nasen in den Möhren- und Kürbisreihen von Auroras Küchengarten, suhlten sich in Pfützen, die sich im Morgentau um den Teich herum gebildet hatten. Quinn raufte sich die Haare und starrte fassungslos vor Entsetzen auf das Chaos. Ihr grünes Paradies! Liebevoll in unzähligen Stunden angelegt mit kostbaren Pflanzen aus ganz England! Alles von Schweinen zerstört, die sich in den Rabatten wälzten wie in Matschlöchern. Wo kamen die Viecher bloß her? Quinns Blick fiel auf das Pächterhaus. Dort musste etwas furchtbar schiefgelaufen sein, dass die Schweine Reißaus genommen hatten.

Er zögerte nicht länger, spurtete zum Schuppen und kam mit einer Harke bewaffnet heraus. Mit dem Holzstiel begann er, die Schweine zu vertreiben, aber erst als der schwerste Eber in Richtung Feld davongaloppierte, folgten ihm die anderen. Ermattet ging Quinn in die Hocke. Als er sich erhob und das Chaos betrachtete, zerriss es ihn schier. Wie sollte er das Charlotte beibringen?

»Mr Mitchell, um Himmels willen!« Aurora kam durch das zertrampelte Feld auf ihn zu. »Was ist passiert? Was war das für ein Lärm hier?«

»Die Schweine vom Pachthof sind ausgerissen und haben alles zerstört.« Er fuhr sich mit der Handkante unter der Nase entlang. Er würde bestimmt nicht weinen wie ein kleiner Junge, obwohl ihm danach zumute war.

Aurora klappte der Mund auf, während sie sich umschaute und den Kopf schüttelte. »Was für eine Katastrophe! Und mein schöner Küchengarten! Alle Arbeit umsonst!«, flüsterte sie. »Wie konnte das passieren?«

Quinn hob die Schultern. »Ich habe keine Ahnung. Aber auf dem Pachthof geht es ja ohnehin gerade turbulent zu. Da wird irgendjemand vergessen haben, das Gatter zu schließen. Und heute Morgen haben die Tiere das gemerkt und ihre Chance genutzt.«

Ein Ruck ging durch Aurora. Sie starrte Quinn an, bis es ihm fast unangenehm war. »So könnte es jedenfalls gewesen sein«, fügte er an.

Auroras Blick schien nach innen zu gehen, während sie die Augen zu schmalen Schlitzen zusammenkniff. »Oder jemand hat das Gatter absichtlich geöffnet, um demjenigen zu schaden, der dafür zuständig ist.« Sie klang, als spräche sie zu sich selbst.

»Bevor ich den Garten inspiziere und rette, was zu retten ist, sollte ich vielleicht ein paar Männer aus dem Dorf zusammentrommeln, die mir helfen, die Schweine zurückzutreiben.«

»Keine Sorge, Mr Mitchell, ich schicke Ihnen einen Schweinehirten dazu«, versprach sie. Quinn fragte sich, was sie damit meinte.

Noch bevor Aurora im Foyer den Telefonhörer abgehoben hatte, klingelte der Apparat. Aurora meldete sich und erfuhr gleich darauf von der Vermittlung, dass sie einen Anruf aus Persien durchstellen würde. Ihr Atem ging schneller. Offenbar hatte das Telegramm Charlotte und Victor erreicht.

Endlich hörte sie, von Störgeräuschen und Knistern unterbrochen, Victors Stimme. »Was ist los bei euch, Aurora? Kayla Chapman ist gestorben? Woran? Irgendwelche ansteckenden Krankheiten?«

»Guten Tag, Victor. Sie ... sie hat sich erhängt und ...«

Ein Stöhnen drang durch die Leitung. »Wie unglaublich verantwortungslos! Wer soll sich in Zukunft um das Vieh kümmern?«

»Sie hatte wohl keine Kraft mehr. Die Frage ist nun, was mit Betsy und William im Altenteil geschehen soll.« Dass sie Claire zu sich geholt hatte, behielt Aurora lieber vorerst für sich. So etwas klärte man besser im persönlichen Gespräch.

»Ich weiß nicht, was uns diese Leute angehen«, rief Victor erzürnt. »Sie werden vielleicht noch andere Verwandte haben, oder sie gehen in ein Armenhaus ... Und das Kind wird sicher einen Platz im Waisenhaus bekommen. Wir sind nicht die Wohlfahrt, Aurora. Ich weiß, wie butterweich dein Herz ist.«

Aurora hörte Gemurmel am anderen Ende der Leitung, dann Charlottes Stimme, die zischte, dass sie da wohl ein Wörtchen mitzureden habe, und wie sie Victor das Telefon abnahm. »Aurora?«

Aurora seufzte. »Schön, deine Stimme zu hören, Charlotte. Hoffentlich seid ihr bald wieder da. Geht es euch gut?« O Gott, ging es ihr mit dumpfem Schrecken durch den Kopf, wenn Charlotte wüsste, was mit ihrem Garten geschehen war! Hoffentlich verplapperte sie sich nicht. Charlotte hätte keine ruhige Minute mehr auf ihrer Reise.

»Uns geht es blendend. Wir freuen uns auf euch und Summerlight House. Solange wir nicht daheim sind, trefft ihr die Entscheidungen: Robert und du. Besprich dich mit ihm und versuche eine Lösung zu finden, die allen gerecht wird. Aber Victor hat recht, wir brauchen schnellstmöglich jemanden, der sich um das Vieh kümmert. Ist Alex noch da?«

»Er geht in Kürze nach Cambridge, die Ferien sind zu Ende, und Debbie fällt aus, seit das College begonnen hat. Ich werde mich im Dorf umhören, wer aushelfen kann. Aber auf eines kann sich Victor verlassen: Ich werde mich nicht nur um das Vieh, sondern auch um die Menschen kümmern.«

»Das weiß ich doch, Aurora.« Charlottes Stimme klang liebevoll. »Du machst das genau richtig.«

»Danke, Charlotte. Sag Victor liebe Grüße, und seht zu,

dass ihr bald wieder hier seid. Ohne euch fehlt Summerlight House die Wärme.«

Nachdem Aurora aufgelegt hatte, atmete sie ein paarmal tief durch, um sich zu beruhigen, bevor sie erneut zum Hörer griff und sich mit den McLarens verbinden ließ. Die Dame des Hauses meldete sich nach dem zweiten Klingeln. »Lady McLaren, wie geht es Ihnen? Ich würde sehr gern mit Ihrem Sohn sprechen.« Aurora stand mit geradem Rücken im Foyer von Summerlight House und drückte den Telefonhörer an ihr Ohr.

»Oh, liebe Miss Ainsworth, was für ein seltenes Vergnügen. Wie geht es Ihnen? Mein Sohn Alex hat die Nacht nicht zu Hause verbracht.« In Lady McLarens Stimme klang Missmut mit. »Und er hält es in seinem Alter nicht mehr für notwendig, die Eltern darüber zu informieren.«

»Wo Alex ist, weiß ich: Wir hatten einen Unglücksfall auf dem Pächterhof. Er hilft auf erstaunlich erwachsene Weise. Er hat dort übernachtet.«

»Ist das so?« Lady McLarens Stimme klang skeptisch. »Er sollte sich lieber um unseren Hof kümmern, als sich anderswo beliebt zu machen.«

»Das wird er sicher irgendwann tun. Im Moment wird er hier gebraucht. Aber ich rufe nicht wegen Alex an. Ich würde gerne mit Benjamin sprechen.«

Lady McLaren lachte. »Der liegt um diese Uhrzeit noch in den Federn«, erwiderte sie. »Soll er sich später bei Ihnen melden?«

»Es tut mir leid, aber ich muss darauf bestehen, jetzt mit ihm zu sprechen. Es ist überaus dringend.«

Eine Weile herrschte Schweigen am anderen Ende der Leitung. »Ich verstehe.« Aurora wusste, dass sie gar nichts verstand, aber darauf kam es nicht an. »Bitte warten Sie einen Moment.«

Zwei Minuten später drang Benjamins verschlafene Stimme aus dem Hörer. »Ja?«

»Benjamin McLaren?«

»Ja?«

»Ich möchte, dass du dich jetzt sofort auf den Weg machst und nach Summerlight House kommst.«

Der junge Mann war nicht aus der Ruhe zu bringen. Er klang immer noch, als würde er jeden Moment wieder einschlafen. »Wer spricht denn da?«

»Hier ist Aurora Ainsworth. Ich habe beobachtet, dass du gestern Abend das Gatter vom Schweinestall geöffnet hast«, behauptete sie und spürte ihr Herz dabei hart gegen die Rippen schlagen. Sie hatte keine Übung im Lügen, aber hier ging es darum zu bluffen, um die Wahrheit zu hören.

Benjamin ließ sich tatsächlich täuschen. Schlagartig ging sein Atem schneller. Er senkte seine Stimme zu einem Flüstern. »Wie können Sie das beobachtet haben?«, zischte er. »Was soll das? Was wollen Sie von mir?«

»Nun, du hast dein Ziel erreicht. Die Schweine sind ausgerissen. Wenn ich dich nicht gesehen hätte, wäre es vermutlich auf deinen Bruder Alex zurückgefallen, der sich um das Vieh auf dem Pachthof kümmert, nicht wahr? War das deine Absicht zu zeigen, wie unzuverlässig dein Bruder ist? Wolltest du ihn anschwärzen, um dir mehr Chancen bei Debbie auszurechnen? Was für ein mieser Hinterhalt,

Benjamin. Du solltest dich schämen. Die Schweine haben den Garten von Charlotte Bromberg zerstört. Du glaubst nicht, wie viel Liebe, Arbeit und Geld in diesem Stück Land steckt.«

»Oh. Das ... das war nicht meine Absicht. Ich ... wollte meinem Bruder nur seine Grenzen zeigen. Der spielt sich auf, als liefe nichts mehr ohne ihn.«

»Du hast einen großen Fehler gemacht«, fiel sie ihm ins Wort. »Aber ich gebe dir die Chance, ihn auszubügeln. Du kommst jetzt hierher und hilfst dabei, die Schweine zurück in den Stall zu treiben. Du wirst dich dem Gärtner Mr Mitchell als Helfer anbieten, um den Garten in Ordnung zu bringen. Und wenn das erledigt ist, Benjamin, dann will ich dich niemals mehr hier auf Summerlight House sehen. Hast du das verstanden? Nur in diesem Fall nämlich bleibt unser kleines Geheimnis unter uns. Wenn nicht, sorge ich noch heute dafür, dass deine Eltern, dein Bruder, Debbie und alle Bewohner von Summerlight House über das, was du getan hast, informiert werden.«

Der junge Mann schwieg eine Weile. Aurora spürte fast, wie es in seinem Verstand arbeitete und wie er seine Möglichkeiten auslotete. Endlich antwortete er: »Ich bin in zehn Minuten da.«

Aurora stieß einen Seufzer aus, als sie auflegte. Damit wäre ein Problem gelöst. Aber es war erst der Anfang. Aus ihrem Trakt drang Claires Weinen. Die Amme musste gleich da sein. Aurora würde sich von ihr beraten lassen, womit sie das Kind im Lauf des Tages füttern sollte. Jetzt aber gab es noch etwas Wichtiges zu erledigen. Sie hob den Hörer erneut ab und sagte zu der Dame von der Vermittlung: »Bitte verbinden Sie mich mit Long Barn in Sevenoaks.«

Quinn kämpfte gegen die Verzweiflung an, während er langsam durch die zu einem Matschfeld zertrampelte Gartenanlage ging. Die Schweine tummelten sich auf einem Feld in einiger Entfernung. Sie konnten warten.

Immer wieder stiegen Bilder von Charlotte in ihm auf, fassungsloses Entsetzen in den Zügen. In drei Wochen wurden die Brombergs zurückerwartet. Würde diese Zeit ausreichen, um den Garten wieder herzurichten? Perfekt wie zuvor würde er vielleicht nie mehr werden. Obwohl Quinn am liebsten Tag und Nacht gearbeitet hätte, um für Charlotte alles wieder aufzubauen, musste er sich eingestehen, dass er es alleine nicht schaffen würde. Wo sollte er anfangen?

Schließlich ging er vor einem zertrampelten Beet mit Ablegern verschiedener Stauden und Bodendeckern in die Hocke und inspizierte das Chaos. Er hob ein paar Stängel auf, begutachtete sie und erkannte, dass sie zwar gelitten hatten, die Wurzeln aber intakt waren. Vielleicht würde er es in dem Gewächshaus schaffen, manche Pflänzchen aufzupäppeln. Dieser Gedanke beflügelte ihn, und sofort begann er, nach Ablegern mit intakten Wurzeln zu suchen. Bald hatte er so viele, dass er eine Kiste holen musste, um alle in die Pflanzenschule zu transportieren. Solange die Ableger im Gewächshaus gediehen, könnte er die Beete und die niedergerissenen Begrenzungen in Ordnung bringen. Ja, auf diese Art könnte er Schritt für Schritt das Chaos beseitigen, und wenn er zügig arbeitete, würde er es vielleicht schaffen, bis Charlotte heimkehrte. Endlich trug er die erste Kiste mit geretteten Pflanzen zum Glashaus, um sie dort behutsam in Töpfe zu setzen und zur Sonne hin auszurichten, sodass sie die besten Bedingungen zum Wachsen hatten.

»Guten Tag, Mr Mitchell.«

Quinn fuhr herum, als jemand an die Glasfront pochte. Er runzelte die Stirn, als er den jungen Mann musterte, der in einem Wollpullover, Arbeitshosen und Lederstiefeln vor ihm stand. Benjamin McLaren.

»Miss Ainsworth hat mich gebeten, Ihnen hier im Garten zu helfen«, sagte er. »Was kann ich tun?«

Quinn starrte Benjamin an. Gab es das noch? Dass junge Leute anpackten, wenn Hilfe gebraucht wurde? Endlich glitt ein Lächeln über sein Gesicht. »Helfen Sie mir, die Schweine in den Stall des Pächterhofes zu treiben.« Er reichte ihm eine Harke. »Nehmen Sie den Holzstiel, um sie anzutreiben. Sie sind drüben auf dem Feld.« Er stapfte ihm voran zu der Herde. Dann begannen beide, mit Pfiffen, Rufen und leichten Klapsen die Tiere zurückzutreiben. Wieder war es das schwerste Schwein, dem alle anderen folgten. Die rosa Ferkel galoppierten der Muttersau hinterher, und eine halbe Stunde später war der Spuk vorbei.

Quinn klopfte Benjamin auf die Schulter. Der junge Mann hatte sich geschickter angestellt, als er vermutet hatte. Hoffentlich hatte er auch ein gutes Händchen bei der Gartenarbeit. Er wusste zwar nicht, was ihn trieb, aber Quinn war dankbar, dass die Aufräumarbeiten nicht mehr allein auf seinen Schultern lasteten.

Zurück am Haus, machte sich Benjamin, mit Schaufel und Harke bewaffnet, daran, das erste Beet in Ordnung zu bringen.

Gegen Mittag kamen Aurora und Robert in den Garten und staunten, wie viel Quinn und sein Helfer schon geschafft hatten. Auf Roberts Schoß lag, in eine weiche Decke gehüllt und auf ein Kissen gebettet, die kleine Claire. Robert hielt ihren Kopf und umfuhr Unebenheiten im Pflasterweg, vermutlich, um die Kleine nicht zu wecken. Baxter blieb in jeder Kurve dicht an seiner Seite und lugte hin und wieder zu dem Baby, als wollte er sicherstellen, dass es der Kleinen an nichts fehlte. Aurora warf Benjamin einen kühlen Blick zu, und Quinn starrte sie irritiert an. Diesen Jungen hatte der Himmel geschickt! Der hatte Anerkennung und Respekt verdient.

»Und? Wie stellt sich unser junger Freund als Gartengehilfe an?«, erkundigte sich Aurora bei Quinn.

»Er ist eine unschätzbar wertvolle Hilfe …«

Um Auroras Mund spielte ein kleines Lächeln. »So soll das sein«, murmelte sie. »Eine weitere Hilfe wird jeden Moment eintreffen. Sie hat versprochen, gegen Mittag da zu sein.«

Quinn runzelte die Stirn. »Ich bin mir nicht sicher … zu viele Köche verderben den Brei. Benjamin und ich sind ein gutes Team.«

»Keine Sorge, diese Hilfe wird Ihnen mehr als willkommen sein«, widersprach Aurora und wandte sich zur Einfahrt, als ein Hupen erklang. Über den Pflasterweg lief sie auf die Besucher zu und kehrte wenig später mit Vita Sackville-West zurück. Ihnen folgten zwei Männer, die Kisten auf den Armen trugen.

»Du liebe Zeit, was für eine Tragödie!«, rief Vita, als sie den Blick über den zerstörten Garten schweifen ließ. »Wie konnte das bloß passieren?«

Aurora starrte zu Benjamin, der die Harke über ein Beet am hintersten Ende des Gartens zog und den Kopf gesenkt hielt. »Ein dummes Missgeschick. Jemand hat versehentlich das Gatter vom Schweinestall offen gelassen. Am Morgen sind die Tiere entlaufen und haben sich gleich hier in der gelockerten Erde gesuhlt und sich im Küchengarten die Bäuche vollgeschlagen.«

»So etwas darf nicht passieren!« Vita schüttelte den Kopf. »In diesem Stück Land steckt so viel Liebe.«

»Ich hoffe, ich kann den Schaden beseitigen«, sagte Quinn. »Viele Pflanzen sehen zerstört aus, sind aber noch zu retten.«

Vita betrachtete die einzelnen Beete. »Und die Dahlien! Was für ein feuerrotes Blütenmeer! An vielen Stellen zertrampelt …« Ihre Stimme brach, sie kämpfte mit den Tränen.

»Das Dahlienbeet werden wir verkleinern, habe ich mir überlegt. Ein paar Blumen sind nicht mehr zu retten, aber der Großteil richtet sich wieder auf und wird notfalls mit Stöcken gestützt«, erklärte Quinn.

»Die Frage ist, ob sich der Aufwand lohnt«, meldete sich Robert mit gedämpfter Stimme zu Wort. »So ein Garten bedeutet über Jahre hinweg viel Arbeit. Die Rasenfläche war leichter zu pflegen.«

»Für Mrs Bromberg bedeutet diese Anlage viel mehr als nur Arbeit«, erwiderte Quinn mit mühsam unterdrücktem Zorn. Obwohl das Bild von dem Mann im Rollstuhl mit dem Baby auf dem Schoß rührend anzusehen war, vergaß er nicht, dass Robert Windley mit seiner griesgrämigen Art ständig Menschen vor den Kopf stieß. Quinn würde Charlotte verteidigen. »Für sie ist das ihr Lebensinhalt, seit sie nicht mehr in Kew Gardens arbeitet.«

Robert hob eine Braue und musterte den Gärtner von Kopf bis Fuß. »So gut glauben Sie meine Schwester zu kennen?«

Quinn erkannte, dass es klüger war, auf Robert Windleys Spitzen nicht einzugehen. Interessiert wandte er sich den Kisten zu, die die Männer hinter Vita Sackville-West nun abstellten. Sie eilten zum Wagen zurück, und Vita zwinkerte Quinn zu. »Ich habe noch ein gutes Dutzend weitere.«

Quinn untersuchte den Inhalt und spürte, wie das Blut vor Aufregung durch seine Adern rauschte. Was für Schätze brachte die Lady hier mit! Er erkannte Moosrosen und Kletterrosen, Zitronenmonarde und Balsamkraut, Färberginster und Apfelminze, Feigenlaub und Clematis ... »Das dürfte reichen, um die Lücken in den Beeten zu schließen«, murmelte er beeindruckt.

»Langsam, mein Lieber.« Vita lächelte ihn an, zog Mantel und Hut aus und reichte alles Aurora, als wäre sie ihre Zofe. Darunter kam ein sandfarbenes Leinenkleid zum Vorschein, das allem Anschein nach ihre Arbeitsbekleidung darstellte. Sie krempelte sich die langen Ärmel auf. »Wir werden die Pflänzchen nicht wild verteilen, wo immer Platz ist, sondern wir werden uns gemeinsam überlegen, wo sie am besten zur Geltung kommen. So würde Charlotte es wollen, nicht wahr?«

Quinn nickte. »Ich bin sicher, Sie arbeiten in Mrs Brombergs Sinn.«

Strahlend hob Aurora das Baby aus Roberts Schoß, als die Kleine nun zu quengeln begann. »Claire wird jetzt gefüttert. Danach lege ich sie zum Schlafen hin. Ich komme zwischendurch schauen, wie Sie vorankommen, ja?«

Quinn und Vita murmelten nur einen kurzen Abschiedsgruß. Sie hockten beide vor den Kisten und beratschlagten, wie sie beginnen sollten.

Noch am Morgen hatte ihn grenzenlose Hoffnungslosigkeit durchdrungen. Jetzt spürte Quinn Zuversicht. Charlotte war auf dem besten Weg, eine landesweit anerkannte Botanikerin zu werden. Wie hätte ein von Schweinen verwüstetes Grundstück dazu gepasst? Aurora hatte ihm zwei Ausgaben von *Curtis' Botanical Magazine* ausgehändigt. Er hatte sie für Charlotte in einer Kiste aufbewahrt. Ihre Berichte waren exzellent bebildert worden und hatten bei Hobbygärtnern und Experten ein breites Echo hervorgerufen. Das sah man allein schon an den zahlreichen Leserbriefen zu ihrem ersten Artikel. Es würde sie stolz machen, dass sie mit ihrer kenntnisreichen Pflanzenbeschaffung und der Anlage des Gartens so viele Bewunderer gewonnen hatte. Sicher würde es nicht lange dauern, bis die Ersten darum baten, das Grundstück besichtigen zu dürfen. Bis dahin musste alles perfekt sein.

Er spürte unbändige Vorfreude darauf, Charlotte ihren

Garten zu präsentieren und sie endlich wieder in die Arme schließen zu können. Drei Wochen waren kurz, um den Garten in den ursprünglichen Zustand zu versetzen. Aber sie waren eine Ewigkeit, wenn er Charlotte Tag und Nacht vermisste.

Kapitel 29

Mit einem Lächeln im Gesicht streckte sich Charlotte nach dem Mittagsschlaf auf der Sonnenliege auf Deck des Kreuzfahrtschiffes, das sie zurück nach England brachte. Der salzige Geschmack der Seeluft mischte sich mit den Essensgerüchen, die aus der Schiffsküche heranwehten. Möwen begleiteten sie mit ihrem Geschrei fast die gesamte Fahrt durch das Mittelmeer. Wellen klatschten gegen die mächtigen Seitenwände.

Wie angenehm war die Rückreise im Vergleich zum Hinweg! Vielleicht hing ihre gute Stimmung damit zusammen, dass sie auf ein unvergessliches Erlebnis zurückschauen. Die Expedition durch die persischen Berge hatte ihre Erwartungen bei Weitem übertroffen.

Sie blickte auf die Nachbarliege, wo Victor immer noch mit leicht geöffnetem Mund schlummerte. Sie breitete eine weiche Decke über ihn, denn jetzt am späten Nachmittag wurde die Luft frisch, obwohl es tagsüber noch sommerlich warm war. Victors Züge wirkten nach den Strapazen der Reise eingefallen. In seinen Bart hatten sich einzelne graue Strähnen geschlichen, und unter der Sonnenbräune wirkte seine Gesichtshaut fahl. Die Schlüsselbeinknochen stachen hervor.

Eine Welle des Mitleids durchflutete sie. Er hatte viel auf sich genommen, um ihr eine Freude zu machen. Vermutlich gab es auf der Welt nicht viele Männer, die für ihre Frauen freiwillig eine solche Strapaze durchlitten. Als hätte er bemerkt, dass sie ihn betrachtete, schlug er die Augen auf. Sie streichelte seine Wange. Seine Haut fühlte sich unter ihren Fingern trocken an. »Beobachtest du mich schon lange?«, fragte er mit einem Grinsen.

»Bilde dir bloß nichts ein«, gab sie im selben Tonfall zurück, beugte sich vor und küsste ihn. Er hielt sie sofort fest und legte Leidenschaft in seinen Kuss.

»Ich habe von dir geträumt, Darling«, flüsterte er. »Komm mit in die Kabine, dort erzähle ich dir mehr.«

Charlotte musste lachen. »Bald wird das Dinner serviert.« Sie würde lieber noch an Deck liegen und in den königsblauen Himmel schauen, bis die Sonne unterging.

»Wir haben alle Zeit der Welt.« Er richtete sich auf, schwang die Füße auf den Boden und erhob sich. Einladend hielt er Charlotte eine Hand entgegen.

Charlotte ließ sich nur widerwillig von ihm hochziehen. Die Lust, mit ihrem Mann zu schlafen, war merklich abgeflaut. Ein Teil von ihr wollte Mutter werden, um ihre Ehe und ihre Familie zu retten. Ein anderer Teil sträubte sich vehement gegen die Vorstellung, die Verantwortung für ein kleines Wesen zu übernehmen.

Victor hatte die Kabinentür kaum geschlossen, da presste er Charlotte an sich, nahm ihr die Brille ab, bedeckte ihr Gesicht und ihren Hals mit Küssen. Sie beugte sich zurück und ließ es geschehen, dass er sie mit fiebrigem Eifer auszog. Das mintfarbene Sommerkleid glitt wie eine Wolke zu Boden, ihr seidenes Unterkleid hinterher.

Charlotte schaffte es nicht, sich auf seine Zärtlichkeiten zu konzentrieren. Ihr Blick glitt durch die Kabine, die mit all den Pflanzgefäßen, den Stecklingen und Ablegern in Töpfen und Gläsern wie eine grüne Arche Noah erschien. Victor hatte gestöhnt, als sie all ihre Fundstücke ausgepackt und an jeder freien Stelle im Raum platziert hatte, damit sie Licht und Luft bekamen und im Koffer nicht eingingen. »Hatten wir nicht genug Natur die vergangenen Wochen?«, hatte er geschimpft.

»Wenn ich die Pflanzen eingehen lasse, war alles umsonst«, hatte sie erwidert und sich nicht beirren lassen. Jetzt sah sie, dass viele Ableger bereits winzige Wurzeln ausbildeten, und manches schlaffe Pflänzchen reckte die Blätter dem Sonnenlicht entgegen.

Mit einer Hand öffnete Victor seine Hose und ließ sie auf seine Füße fallen. Charlotte versuchte mit aller Kraft, Erregung zu spüren, sich von seiner Lust anstecken zu lassen. Aber ihr Körper zeigte keine Reaktion, blieb kalt wie im stärksten Frost. Wie konnte das sein? War sie nicht immer Wachs in seinen Händen gewesen? Es schien, als sei das Jahre her.

Victor war von seinem Verlangen nach ihr so überwältigt, dass er sich keine Sekunde nahm, um Charlotte zu locken und zu verführen. Er drehte sie, sodass sie sich am Tisch festhalten konnte, beugte sich über sie und drang in sie ein. Erleichterung durchströmte Charlotte, weil er ihr nicht länger ins Gesicht schauen konnte. In Gedanken rang sie die aufkommenden Bilder von Quinn nieder und kämpfte gleichzeitig gegen die Scham. Sie stöhnte und seufzte ein bisschen, um Victor den Eindruck zu vermitteln, er mache alles richtig, und tatsächlich spürte sie, wie er sich kurz darauf anspannte und dann auf ihr erschlaffte. Außer Atem hielt er sie einen Moment lang umschlungen, bevor er sie an sich zog und aufs Bett führte.

Er umfing sie liebevoll, als sie nebeneinanderlagen. »Ich glaube, heute ist es passiert«, flüsterte er.

Sie lächelte, obwohl sie bis in ihr Innerstes fror. »Das kann man nicht wissen«, erwiderte sie. »Wir haben viel Zeit.«

»Ich fände es passend, wenn unser Kind auf dieser Reise entstehen würde«, sagte er.

»Ob hier oder auf Summerlight House, ist einerlei. Du bist ja ein Romantiker, Victor.« Sie küsste ihn auf die Nasenspitze.

»Wusstest du das nicht?«, erwiderte er nur halb im Scherz. »Ich habe den Eindruck, du bist heute etwas kurz gekommen.« Er begann, ihren Hals zu streicheln und seine Hände über ihren Körper wandern zu lassen. Mit dem Mund zog er eine Spur über ihren Busen bis zu ihrem Bauchnabel.

Charlotte wand sich unter ihm und zog seinen Kopf hoch. »Mir hat es gefallen«, sagte sie. »Ich muss nicht jedes Mal einen Höhepunkt erleben.«

Victor musterte sie skeptisch und, wie ihr schien, ein bisschen gekränkt. »Du weißt, dass ich das gerne für dich tue.«

Sie umfasste sein Gesicht und drückte einen Kuss auf

seinen Mund. »Mehr Hunger als auf die Liebe habe ich im Moment auf das Roastbeef, nach dem es auf Deck gerochen hat. Lass uns zum Dinner gehen, ja?« Sie wählte ein mit Silberfäden durchwirktes Abendkleid, das Victor besonders an ihr liebte. Dabei ging ihr nur ein Gedanke durch den Kopf: So durfte es nicht sein. Sie konnte nicht mit Victor zusammenliegen und dabei an Quinn denken. Und sie konnte ihren großzügigen, liebevollen Mann nicht vor den Kopf stoßen. Er hatte es verdient, dass sie ihn mit Haut und Haaren liebte. Es ging nicht, dass sie auf ihrer Rückreise die Stunden zählte, wann sie Quinn wiedersehen würde, und dass sie sich ausmalte, wie lange sie stark bleiben konnte, wenn er versuchen sollte, sie zu berühren. Sie sollte sich auf ihre Schwester, ihren Bruder, auf Aurora und das Anwesen freuen, aber doch nicht auf den Mann, der bei ihr als Gärtner arbeitete.

Vielleicht sollte sie für Quinn eine andere Arbeitsstelle suchen. Irgendwo in Kent bei Bekannten oder oben im Norden. Aber ob sie jemals einen Gärtner fand, der wie Quinn so sehr mit ihren eigenen Vorstellungen von Landschaftsplanung harmonierte?

Sicher würde er die besten Aussichten haben, wenn sie ihn empfahl. Sie hatte inzwischen gute Kontakte überall im Land. Im Geiste ging sie verschiedene Familien durch, bei denen Quinn vielleicht arbeiten konnte, aber keine erschien ihr passend. Sie musste sich eingestehen, dass sie daran zerbrechen würde, wenn sie Quinn tatsächlich von Summerlight House wegschickte.

Kapitel 30

Mit Claire kam die Sonne in Auroras Leben. Sich um das Kind zu kümmern, es zu wiegen und zu füttern, zu baden und zu wickeln erfüllte sie mit einer Zufriedenheit, nach der sie sich in einem verborgenen Teil ihrer selbst schon lange gesehnt hatte. Natürlich trauerte sie um die Mutter, und dass das Mädchen irgendwann die Wahrheit erfahren würde, schmerzte sie. Dass nämlich der Mensch, der sie eigentlich hatte beschützen sollen, sie im Stich gelassen hatte. Aurora würde alles dafür tun, dass Claire ohne Schaden an ihrer Kinderseele aufwuchs. Und sie würde mit allen Mitteln darum kämpfen, dass die Kleine bei ihr bleiben durfte.

An diesem Morgen fütterte Aurora sie zum ersten Mal mit Haferbrei. Claire öffnete den Mund wie ein Vogeljunges und wollte immer mehr. Aurora murmelte lobende Worte und tupfte mit einer Stoffwindel den Mund des Kindes ab, das prall und rosig in ihren Armen lag.

Sie hörte kaum, dass es an der Tür pochte, und erschrak ein bisschen, als Debbie auf einmal vor ihr stand. In ihrer

Schuluniform strahlte sie Frische und beste Laune aus. »Oh, die Süße!« Sie war sofort auf den Knien, um die Hände des Babys zu küssen. »Das sieht aus, als wärest du zur Mutter geboren.«

Aurora lachte. »Das hoffe ich. Ich möchte sie gerne für immer bei mir behalten.«

Debbie richtete sich auf und starrte auf Aurora hinab. »Du willst sie adoptieren?«

»Hast du geglaubt, ich gebe sie wieder her?«

»Aber Aurora ... Was ist mit Cyril und mit deinem Professor? Die werden sich kein fremdes Kind ans Bein binden lassen! Und überhaupt, als alleinerziehende Mutter bekommst du keinen Mann mehr ab.«

Aurora presste die Lippen aufeinander, tunkte den Löffel in den Brei, testete mit den Lippen die Temperatur und führte ihn an Claires Mund. »Dann ist das eben so«, erwiderte sie. »Und im Übrigen sprichst du genau wie dein Bruder.«

»Ja, das ist doch klar!«, rief Debbie. »Wir lieben dich und machen uns Sorgen um dich. Das kann keine Frau ausfüllen, sich immer nur um ein Kind zu kümmern.«

Wir lieben dich. Ein Glücksgefühl wie heiße Milch mit Honig durchströmte Aurora. Es tat gut, so etwas zu hören. Dennoch musste sie Debbie in ihre Schranken weisen. »Was mich ausfüllt, kannst du mir überlassen, Debbie.« Tatsächlich hatte sie sich ausgemalt, wie Cyril oder der Professor reagieren würden, wenn sie ihnen sagte, dass nun ein Kind zu ihr gehörte. Cyril mit seinen verrückten Ambitionen und seinem Motorrad würde sicher abwinken und sie lieber aufgeben, als weiter um sie zu werben. Und der Professor?

Vielleicht würde es ihm nichts ausmachen. Aber würde sie wollen, dass Claire in dieser Einöde aufwuchs?

Alles war in Aufruhr in Auroras Leben, nur eines war noch sicher: Claire gehörte zu ihr.

Debbie hatte sich beruhigt und griff nach einem der Kekse, die in einer Schale auf dem Tisch standen. »Ich bin gespannt, wie Victor und Charlotte reagieren werden«, sagte sie und setzte sich verkehrt herum auf einen Stuhl.

Aurora schmunzelte. »Da bin ich guter Dinge. Bei den beiden dauert es sicher ebenfalls nicht mehr lange, bis sich Nachwuchs einstellt. Wäre das nicht wunderbar, wenn hier Leben ins Haus kommt?«

»Na ja.« Debbie verzog den Mund. »Charlotte wird ohnehin erst einmal genug damit zu tun haben, den Garten wieder nach ihren Vorstellungen zu gestalten. Alex macht sich furchtbare Vorwürfe, aber er kann sich wirklich nicht daran erinnern, das Gatter offen gelassen zu haben. Vielleicht hat sich beim Reparieren der Futterrinne ein Scharnier gelöst …«

»Alex hat damit nichts zu tun. Es war nicht seine Schuld.«

Debbie starrte ihr ins Gesicht. »Woher weißt du das so genau?«

»Ich weiß, wie zuverlässig er ist. Ihm würde ein solcher Fehler nicht passieren. Vielleicht haben die Schweine selbst beim Scheuern den Riegel gelöst. Und was den Garten betrifft: Mr Mitchell kümmert sich um alles. Lady Nicolson hat Pflanzen gebracht, mit denen er die zerstörten ersetzen kann.«

»Hast du übrigens gesehen, dass Benjamin ihm in den

vergangenen Tagen geholfen hat? Ich bin nicht dazu gekommen, mit ihm zu reden, aber ich war schon verdutzt.«

Aurora wandte sich dem Baby zu. »Tja, es geschehen noch Zeichen und Wunder«, sagte sie geheimnisvoll.

Debbie entging der Unterton. »Das passt nicht zu ihm. Und nun ist er nach Oxford gefahren, um sein Studium aufzunehmen, und hat sich noch nicht mal von mir verabschiedet. Gehört sich das? Nein, das gehört sich nicht«, gab sie sich selbst die Antwort. »Er sollte sich ein Beispiel an Alex nehmen. Der hat mich zum Abschied nach London ins Kino eingeladen. Und Buster Keaton ist so witzig! Ich habe mich halb totgelacht!« Ihr Lächeln wirkte gekünstelt.

Aurora schaute ihr nachdenklich ins Gesicht. »Schmerzt es dich, dass Benjamin ohne Abschiedsgruß weggefahren ist?« Was mochte Debbie noch für den jungen Kerl empfinden? Sie war erst fünfzehn, aber Liebeskummer konnte ein Herz vermutlich in jedem Alter zerreißen.

Zu ihrer Erleichterung schüttelte Debbie den Kopf. »Ich war eine Zeitlang fasziniert von ihm«, gestand sie. »Aber ich bin nicht zu weit gegangen! Weißt du, er hat mich an Tom erinnert.«

»Dein Freund in London, der sich nicht einmal gemeldet hat, seit du in Summerlight House wohnst.«

Debbies Gesicht lief rot an. »Das wiederum schmerzt«, gab sie bissig zurück.

»Es tut mir leid.« Aurora legte für einen Moment die Hand auf ihren Arm und drückte sie. »Das war gemein von mir. Ich wollte dir nur zeigen, welche Art Männer das sind, die auf dich offenbar faszinierend wirken.«

»Keine Sorge, Aurora. Ich bin reifer geworden.«

Das klang aus dem Mund des jungen Mädchens zwar seltsam, aber Auroras Miene blieb ernst, als sie nickte. »Reif genug, um den Schulbus nicht zu verpassen?«, erkundigte sie sich mit einem Blick auf die Standuhr.

Debbie sprang auf. »Bin schon unterwegs.« Sie küsste noch einmal Claires Hand. »Bye-bye, du Zuckerstück.« Dann gab sie Aurora einen Kuss auf die Wange. »Bis später!«

An der Tür prallte sie fast mit Margie zusammen, die gerade klopfen wollte. »Oh, hereinspaziert«, rief Debbie munter. »Obwohl ich glaube, da ist schon jemand pappsatt.« Mit diesen Worten lief sie aus dem Raum und zog die Tür hinter sich zu.

»Das will ich sehen«, sagte die Amme.

Aurora hielt ihr die Kleine entgegen. Margie nahm sie auf den Arm, schaukelte sie und schaute ihr ins Gesicht. »Ein bisschen Milch kann sie noch hinterhertrinken, nicht wahr?« Sie wies mit dem Kopf auf den Breiteller. »Hat sie das alles verputzt?«

Aurora strahlte. »Ja!«

»Trotzdem wird ihr die Muttermilch zur Verdauung noch guttun. Ich denke, es wird reichen, wenn ich eine Woche lang noch komme, um sie zu entwöhnen. Danach können Sie sie selbst versorgen. Einverstanden?«

»Ich verlasse mich auf Sie, Margie. Sie haben mehr Erfahrung. Wo sind übrigens Ihre Kinder?«

»Ich habe Lucy und Lilly bei einer Nachbarin gelassen. Es gibt drei Frauen, die sich um sie kümmern können. So habe ich jederzeit eine Betreuung für die beiden.«

»Sie sind viel gefragt als Amme?«

Margie wiegte den Kopf. »Nicht genug. Wir ... wir brauchen das Geld, mein Mann und ich. Theo arbeitet als Knecht auf einem Großbauernhof bei Maidstone. Sein Lohn reicht hinten und vorne nicht, deswegen ...« Sie räusperte sich und öffnete die Bluse, um das Kind anzulegen. Aurora beobachtete sie fasziniert, bevor ihr auffiel, dass Margie den Satz nicht zu Ende gesprochen hatte.

»Ja?«

»Nun, also, Miss Ainsworth, im Dorf wird getuschelt, dass Sie neue Pächter für den Pachthof suchen.«

Aurora zog die Brauen hoch. »Wissen Sie jemanden?«

»Nun ja.« Margie kämpfte sichtlich mit der Verlegenheit. Das Reden war nicht ihre Stärke. »Ich bin auf einem Bauernhof aufgewachsen. Ich habe die Arbeit auf dem Hof immer geliebt, und mein Theo, der ist sich für nichts zu schade. Der kann schuften wie ein Ochse.«

Auroras Herzschlag ging schneller, während sie der Frau zuhörte, obwohl ihre Redensweise sie amüsierte. Aber sie bewarb sich schließlich nicht als Abgeordnete fürs Unterhaus, sondern für einen Pachthof. »Wann könnten Sie einziehen?«, stieß sie hervor.

»Innerhalb weniger Tage. Wir wohnen zurzeit beengt wie die Ölsardinen. Wir träumen schon lange von unseren eigenen vier Wänden, wissen Sie?« Sie wechselte Claire auf die andere Brustseite, wo sie wieder gemütlich zu trinken begann. Es war klar, dass die Kleine satt war und nur noch zum Kuscheln an der Brust saugte. Allmählich fielen ihr die Augen zu.

»Ich kann das nicht allein entscheiden, das verstehen Sie sicher, Margie, nicht wahr? Ich werde allerdings nicht warten, bis die Besitzer von Summerlight House heimkehren. Auf dem Pachthof herrscht Not, unsere Dienstboten schaffen es nicht, ihn neben all der Arbeit in Summerlight House zu betreuen, und der junge Mann, der sich bis vor Kurzem um das Vieh gekümmert hat, ist jetzt zum Studium in Cambridge. Ich werde Sie zu Mr Windley begleiten, unserem Verwalter, der solche Entscheidungen in Abwesenheit der Besitzer treffen kann.«

»Wir hatten uns überlegt, dass wir neben der Schaf- und Schweinezucht gerne eine Milchwirtschaft mit Kühen aufbauen würden. Eventuell ein paar Pferde, die wir als Nutztiere auf den Feldern einsetzen können, und einen Hühnerstall. Wir würden alles ein bisschen größer machen, vielleicht am Haus anbauen. Wir haben bereits die beiden Kinder, und wenn ich nicht mehr als Amme gebraucht werde und die Milch versiegt, werde ich vielleicht schnell wieder schwanger. Das nächste Kind wird hoffentlich leben und nicht wie der kleine Wurm im Spätsommer blau anlaufen und zu atmen aufhören. Wir brauchen also Platz. Aber unser Problem ist eine mögliche Ablösesumme«, sie stockte. Das Thema war ihr sichtbar unangenehm. Aurora nickte ihr aufmunternd zu.

»Wir haben kein Geld, mit dem wir uns einkaufen könnten, aber wir würden versuchen, das durch harte Arbeit auszugleichen.« Ihre Lider flackerten, und Aurora spürte ihre Angst, dass dies ein Hinderungsgrund sein könnte.

»Ich bin sicher, wir können das regeln«, erwiderte Aurora, während sie fieberhaft überlegte. Das klang nach einer brillanten Lösung für den Pachthof! Nur für die beiden alten Leute war noch nicht gesorgt. »Ich nehme an, Sie wollen Kaylas Schwiegereltern, die dort ein Wohnrecht haben, nicht pflegen, oder?«

Margie lief feuerrot an. »Ich ... ich bin bestimmt kein Unmensch, Miss Ainsworth, aber das sind fremde Leute! Ich habe meine eigenen Kinder, und die Eltern meines Mannes brauchen auch bald Pflege. Ich würde das nicht schaffen, und ...«

Aurora machte eine beschwichtigende Geste. »Schon gut, Margie, dafür habe ich Verständnis. Wir besprechen das nun mit Mr Windley. Ich hoffe, er hat bereits gefrühstückt. Dann ist er immer besonders gut gelaunt.«

Margie schwankte, als sie sich mit dem Kind erhob. Aurora nahm ihr die schlafende Claire ab und trug sie in ihre Wiege, wo sie selig weiterschlummerte.

»Meine Knie sind wie aus Grütze«, bemerkte Margie. »Ist er streng, der Mr Windley?«

»Meistens nicht«, erwiderte Aurora. »Aber es sollte auf jeden Fall ein Treffen geben, bei dem Sie Ihren Mann mitbringen. Den will er selbstverständlich kennenlernen, bevor er den Hof an Sie verpachtet.«

»Nun ...« Margie drohte sich erneut zu verhaspeln, dann wurde sie rot und fuhr rasch fort: »Er wartet draußen. Er ist heute mitgekommen, weil wir gehofft hatten, dass wir die Angelegenheit besprechen können.«

Gemeinsam gingen sie durch die Eingangshalle, und Aurora öffnete die Tür. Davor stand ein hochgewachsener

Mann mit Schultern wie ein Schrank, der nervös seine Mütze in den Fingern knetete.

»Das ist mein Mann Theo.«

Aurora musste innerlich lächeln über die Bauernschläue der beiden. Sie zögerte nicht lange, lud Theo Ferret ins Haus ein und ging den beiden voran in Roberts Trakt. Sie bat sie zu warten, während sie Robert auf den Besuch kurz vorbereitete. Robert saß im Rollstuhl am Fenster und las in einem medizinischen Fachjournal, Baxter schlief zu seinen Füßen und hob den Kopf, als Aurora in die Bibliothek trat.

»Wir haben Besuch, Robert. Hast du Zeit?«

»Worum geht es?« Er sah unwillig auf.

»Nun, das erzählen dir die beiden vielleicht lieber selbst. Ich lasse uns von der Haushälterin Tee bringen.« Sie ließ ihn gar nicht widersprechen, sondern öffnete die Tür und bat sie einzutreten. »Das sind Margie und Theo Ferret. Margie kennst du. Sie hat sich dankenswerterweise für Claire als Amme zur Verfügung gestellt. Aber das ist nicht der Grund, warum sie heute hier sind. Theo, möchten Sie Ihr Anliegen vortragen?«

Eine halbe Stunde später öffnete Aurora das Fenster in der Bibliothek, weil sie sich in der Diskussion um den Pächterhof die Köpfe heißgeredet hatten. Sie saßen auf den Sesseln vor dem Kamin. Theo hatte ehrgeizige Pläne für den Hof. Robert war angetan von seinem Eifer, gab aber zu bedenken, dass man eine Pferdezucht nicht nebenbei betrieb, sondern dass man Fachleute brauchte, die einen Haufen Geld kosteten.

»Und ein besonders dringendes Problem haben wir noch gar nicht angesprochen. Was unternehmen wir wegen Betsy und William? Die beiden können sich nicht mehr allein versorgen«, sagte Aurora.

Robert rieb sich das Kinn. »Nun, den beiden würde eine Ablösesumme zustehen, die Sie nicht bereitstellen können. Andererseits wollen Sie den Hof vergrößern und höhere Gewinne erwirtschaften.« Er blätterte in der Buchführung der letzten Monate, die er herausgesucht hatte. Ein paar Sekunden lang war nur das Rascheln der Seiten zu hören, bis Robert schließlich nickte. »Was würden Sie davon halten, wenn Sie die Kosten für das Pflegeheim in Canterbury übernehmen? Eine monatliche Summe müsste tragbar sein, oder? Sie würden den beiden Alten das Armenhaus ersparen, und der Gerechtigkeit wäre Genüge getan.«

Aurora starrte ihn an. Das klang nach einem perfekten Plan. Sie hatte gewusst, dass Robert etwas einfallen würde! Seine Klugheit sollte niemand unterschätzen, nur weil er seine Beine nicht mehr bewegen konnte und manchmal tagelang mit grimmiger Miene vor sich hin brütete. Margie und Theo wechselten einen Blick. »Wir müssten wissen, wie hoch die Kosten sind, aber grundsätzlich – ja, gerne«, sagte Theo.

»Wir reden mit den beiden Alten. Danach setzen wir einen Vertrag auf, und sobald Mr und Mrs Bromberg von ihrer Reise zurückgekehrt sind, unterschreiben wir.« Bittend schaute Robert zu Theo. »Bis dahin müsste jemand das Vieh versorgen. Wir hatten wechselnde Aushilfen, aber das ist keine Lösung. Könnten Sie das übernehmen?«

Theo nickte. »Ich mache mich gern schon jetzt mit allem

vertraut. Ich stehe zwei Stunden früher auf und komme dann noch einmal nach meiner Arbeit hierher.«

Nachdem die beiden sich verabschiedet hatten und gegangen waren, stand Aurora auf und ging auf Robert zu. Sie war ihm so dankbar! Er hatte zum Wohle aller entschieden, obwohl dieses Abkommen für Summerlight House finanziell nicht am attraktivsten war. Ein Pächter, der die komplette Ablösesumme bei Vertragsabschluss auf den Tisch legen konnte, war rentabler als einer, der erst noch beweisen musste, dass er die Erträge steigern konnte. Sie würden Victor und Charlotte vor vollendete Tatsachen stellen. Aber die beiden waren nicht hier, also mussten sie mit den Konsequenzen leben. Charlotte wäre vermutlich mit allem einverstanden. Bei Victor war sich Aurora nicht sicher. Der war nicht zum vermögenden Firmenbetreiber geworden, weil er zur Wohltätigkeit neigte.

Sie beugte sich hinab und küsste ihn. »Du bist ein Goldschatz, Robert«, sagte sie leise. Nie hätte sie vermutet, dass er so liebevoll gegenüber Menschen sein konnte, die ihn eigentlich nichts angingen.

Überraschend umfasste Robert ihren Nacken, zog sie näher an sich heran und küsste sie auf den Mund. Seine Lippen waren weich, seine Berührung sanft. Aurora ließ es zu. Etwas begann in ihrem Leib zu glimmen.

Robert hatte keine Eile, behutsam erkundete er ihren Mund, streichelte ihren Nacken und ihren Hals, bis Aurora meinte zu verglühen. Was geschah hier mit ihnen? Es fühlte sich neu und doch vertraut an. Als wären sie sich vor langer Zeit schon so nah gekommen.

»Aurora, ich muss mit dir reden«, murmelte er. »Zieh dir bitte den Sessel heran, ganz dicht, ja?«

Ob er ihr die Aufregung ansah? Mit zitternden Händen schob sie den samtbezogenen Sessel an den Rollstuhl heran.

»Ich habe viele Fehler gemacht, Aurora. Ich habe dir wehgetan, habe dich respektlos behandelt und deine Fürsorge nicht gewürdigt. Ich weiß, dass ich für die meisten Menschen eine Belastung bin, weil es mir nicht mehr gelingt, die Welt in einem positiven Licht zu sehen, aber glaub mir, ich arbeite an mir. Ich will wieder ein Ziel haben, für das es sich zu kämpfen lohnt. Deswegen habe ich Sean gestern geschrieben, dass ich sein Angebot annehme und nach Kalifornien kommen werde, um dort mein Medizinstudium fortzusetzen.«

Aurora schluckte trocken.

Robert stieß ein Lachen aus. »Seltsamerweise ist es ausgerechnet unser Dorfarzt, der mich bestärkt, Arzt zu werden. Er bezieht mich in seine fachlichen Überlegungen ein und hat mir sogar angeboten, ihm in der Praxis zu helfen. Erst durch seine Bekanntschaft wurde mir klar, dass es immer noch Menschen gibt, die mich nicht als den Mann mit dem Handicap ansehen, sondern als den angehenden Mediziner.«

»Ich habe dich nie als den *Mann mit dem Handicap* angesehen. Ich fand dich immer faszinierend, stark und klug und, ja, attraktiv.« Ihre Wangen begannen zu glühen. »Im Lauf der Zeit habe ich gemerkt, wie verletzlich du bist und wie kompromisslos du dich wehrst.« Sie biss sich auf die Unterlippe. »Es war nicht immer leicht mit dir, aber … du bist Teil meines Lebens geworden. Ich freue mich über deine Entscheidung, nach Amerika zu gehen, aber glaub mir, niemand wird dich mehr vermissen als ich.«

»Das wird vielleicht nicht nötig sein.« Seine Worte verhallten. Stille breitete sich in der Bibliothek aus. Ein Holzregal knackte, der Wind rüttelte leise an den Fensterläden.

Aurora starrte Robert in die Augen und versuchte darin zu lesen. »Wie meinst du das?« Ihre Stimme klang fremd in ihren eigenen Ohren.

»Nun, ich weiß, dass du auf mich und mein Angebot nicht angewiesen bist. Da gibt es zwei Männer, die dir gut gefallen …«

Aurora winkte ab. »Ich kenne sie erst kurz. Beide sind ausgesprochen sympathisch, aber viel weiß ich nicht von ihnen.«

»Sie sind an dir interessiert und bieten dir eine Zukunft. Es ist deine Wahl, Aurora, aber ich möchte, dass du weißt, dass ich dich sehr gern nach Amerika mitnehmen würde.«

Aurora starrte Robert an. »Ich in Amerika? Als was? Als deine Pflegerin?«

Roberts Lider flackerten. »Nein, Aurora, als meine Frau.«

Sie brachte kein Wort heraus, sondern starrte ihn nur an, während die Gedanken hinter ihrer Stirn rasten, bis ihr schwindelig wurde und sie fast in Ohnmacht fiel. Sie sah, dass er zitterte. Für ihn war dieser Augenblick nicht weniger bewegend als für sie. In den vergangenen drei Jahren hatte sie Robert Windley geliebt und verflucht, geschätzt und verachtet, weit weg und an ihre Seite gewünscht.

Und nun, wo sich ihr Auswege zeigten, wo sich ihr spannende Möglichkeiten boten, da machte ihr dieser verrückte Mann einen Heiratsantrag.

Er deutete ihr Schweigen falsch. »Ich verstehe, wenn du Bedenkzeit brauchst. Und ich verstehe auch, wenn du dir ein Leben mit einem gelähmten Mann nicht vorstellen kannst. Egal, wie du dich entscheidest, Aurora, ich akzeptiere es.«

Endlich fand Aurora die Sprache wieder. »Mich bekommt kein Mann mehr allein«, sagte sie und forschte gleichzeitig in ihrem Innersten, ob sie ihre Entscheidung, Claire großzuziehen, bereute. Nein, Claire brauchte sie. Für nichts in der Welt würde sie das Mädchen im Stich lassen. Selbst für den Mann nicht, den sie schon lange liebte. »Claire gehört zu mir, wohin ich auch gehe.«

Sein Lächeln kam von innen heraus. »Du glaubst nicht, wie gern ich die Kleine an Kindes statt annehme. Sie ist ein wunderbares Geschöpf, und du bist eine fabelhafte Mutter. Ich will mich bemühen, ihr der beste Vater zu sein.« Er schluckte. Seine Stimme schwankte, als er fortfuhr: »Zumal wir keine eigenen Kinder haben werden.«

Sie küsste ihn auf den Mund, genauso zärtlich, wie er es kurz zuvor getan hatte. Es fühlte sich an, als könnte sie nie genug von solchen Berührungen bekommen. »Ich brauche keine Bedenkzeit mehr, du Dummkopf«, flüsterte sie dicht an seinem Mund.

»Das heißt?« Seine Stimme klang atemlos.

»Ich will dich heiraten und gemeinsam mit dir und Claire nach Amerika gehen. Ich kann es kaum erwarten.«

Er drückte sie an sich. »Ich liebe dich, Aurora«, flüsterte er.

Kapitel 31

Seit Chauffeur Owen sie in Plymouth abgeholt hatte, war Charlotte auf der Rückbank des Rolls-Royce von Unruhe erfüllt. Sie freute sich auf die Menschen in Summerlight House, aber vor allem fieberte sie ihrem Garten entgegen. Welche Pflanzen mochten angegangen sein? Welche waren eingegangen? Welche standen in der Blüte? Hatten sie die richtigen Abstände zwischen den Stauden gewählt? Ob die Rosen noch blühten? Welche Farbe hatten die Dahlien? Gleich morgen würde sie mit ihren persischen Kostbarkeiten in das Gewächshaus gehen und die besten Plätze im Garten für sie suchen. Und wenn Quinn da war ... Irgendwie musste es ihr gelingen, ihre Gefühle unter Kontrolle zu bringen.

Sie hatte sich auf der Reise bemüht, die Nähe zu Victor zu vertiefen. Oft hatten sie zusammengelegen, eher weniger im Zelt, dafür häufiger in der luxuriösen Kabine, aber nie hatte er ein solches Begehren ausgelöst, wie Quinn es bei ihren Begegnungen tat, dieses Kribbeln, das ihren Körper durchdrang, diese Lust, die sie in Wellen überkam. Ja, sie würde

Quinn sagen, dass er gehen musste. Dass er viele Meilen zwischen sich und sie bringen musste. Aber erst würde sie ihn noch einmal umarmen, seinen Duft einsaugen, seine Hände spüren, seinen Atem an ihrem Hals, seine dunkle Stimme hören, wie er ihren Namen flüsterte.

»Bist du erschöpft, Darling?«

Charlotte schrak zusammen. Sie hatte gar nicht gemerkt, dass sie die Augen geschlossen hielt. »Ja, nein, also ...« Sie lächelte Victor von der Seite an. »Wo sind wir?«

»Wir sind gleich da.« Er küsste sie. »Danke für diese wundervolle Zeit, Charlotte.«

Sie tippte ihm auf die Nasenspitze. »Danke für deine Geduld und dass du mir diese Reise geschenkt hast, obwohl sie so gar nicht deinen Vorstellungen entsprach.«

Owen fuhr in die Einfahrt zu Summerlight House, das hell erleuchtet im Dunkel des Abends vor ihnen lag. Aus allen Fenstern fiel gelbes Licht. Der Vollmond begann drüben über den Baumspitzen des kleinen Waldes seine Reise über den Himmel und beleuchtete die Wege und Felder mit silbrigem Schein.

Debbie stürmte als Erste aus dem Haus, als Victor und Charlotte aus dem Wagen stiegen und ihre Glieder streckten. »Na, endlich seid ihr wieder da, ihr Ausreißer!«, rief sie übermütig und fiel erst Victor um den Hals, dann ihrer Schwester.

Charlotte drückte Küsse auf Debbies Wange, hielt sie ein Stück auf Abstand und sah ihr ins Gesicht. »Irgendwas ist anders«, murmelte sie. »Kann es sein, dass sich jemand in zwei Monaten dermaßen verändert?«

»Du meinst, ich bin noch hübscher geworden?« Debbie lachte.

Charlotte schmunzelte. »Das sowieso. Aber dein Gesicht hat irgendwie kantigere Formen bekommen. Als wärest du auf dem besten Weg, erwachsen zu werden.«

»Das bin ich schon lange«, erwiderte Debbie. »Keine Armbandaffären mehr«, fügte sie mit einem Zwinkern hinzu.

Dafür drückte Charlotte sie noch einmal fest an sich. »Und das College gefällt dir?«

»Viel besser als erwartet. Obwohl ich seit Kurzem den Bus zurück nehmen muss, weil Alex wieder in Cambridge ist. Aber vielleicht kann ich bald die Fahrlizenz erwerben?« Sie machte Kulleraugen.

Charlotte fühlte sich etwas überfordert. Alex? Fahrlizenz für Debbie? Sie kniff ihr in die Wange. »Wir haben noch viel Zeit, uns zu unterhalten.« Vermutlich würde es eine Weile dauern, bis sie alle Neuigkeiten von Summerlight House erfahren hatte. Dieser Eindruck verstärkte sich, als nun Aurora und Robert, gefolgt vom wild herumspringenden Baxter, auf sie zukamen, Aurora mit einem beseelten Lächeln im Gesicht, Robert mit entspannten Gesichtszügen, wie sie es gar nicht mehr an ihm kannte.

Sie küssten sich zur Begrüßung. »Ihr habt sicher viel zu erzählen. Ich kann es kaum erwarten, von eurer Reise zu hören!«, sagte Aurora.

»Mir scheint, dass sich auch hier einiges getan hat«, erwiderte Charlotte und schaute abwechselnd von ihrem Bruder zu Aurora. Diese Eintracht, die die beiden ausstrahlten, war wirklich ungewöhnlich.

Aurora und Robert wechselten einen Blick. »Wir hoffen, alles nur in eurem Sinne«, erwiderte Aurora. »Zuallererst möchte ich euch unsere neueste Mitbewohnerin vorstellen.«

Charlotte riss die Augen auf, Victor klappte der Kiefer herunter. Aurora ging ihnen voran in ihren Trakt, wo Claire in ihrer Wiege schlummerte und aus einer Spieluhr ein Schlaflied erklang.

Nach kurzer Zeit schwirrte Charlotte der Kopf. So viel war passiert auf Summerlight House! Sie glaubte, nicht eine einzige Neuigkeit mehr aufnehmen zu können, während sie im Salon bei Sandwiches, Crackern und Wein zusammensaßen. Sie hatten noch nicht einmal begonnen, von ihrer Reise zu erzählen, weil alles, was auf dem Anwesen passiert war, Vorrang hatte.

»Ich glaube, mit den neuen Pächtern haben wir eine gute Wahl getroffen«, sagte Robert. »Am besten lernt ihr sie gleich morgen kennen, dann können wir alles Vertragliche regeln.«

»Theo Ferret hat sich bereits eingearbeitet. Nächste Woche wollen wir Betsy und William in das Pflegeheim nach Canterbury bringen. Sie haben sich das Heim angeschaut und freuen sich darauf, die Verantwortung für den Hof abgeben zu können.«

Charlotte schaute fasziniert zwischen Robert und Aurora hin und her. Sie spürte Schwingungen, die es vor ihrer Reise nicht gegeben hatte. Möglicherweise hielten sie noch Nachrichten zurück? Auf jeden Fall kam ihr Robert wie verwandelt vor. Er hatte sich nicht nur als mutig und entscheidungsfreudig entpuppt, er schien insgesamt friedfertiger und glücklicher zu sein. Seine Züge wirkten weich. Ach, wenn er nur neuen Lebensmut fände! Sie hatte die Hoffnung darauf fast aufgegeben.

»Nun, das sind weitreichende Maßnahmen«, bemerkte Victor und griff nach der Whiskyflasche, um für sich und Robert einzuschenken.

»Das stimmt«, bestätigte Robert und nahm einen langen Schluck.

Aurora hingegen glaubte, sich rechtfertigen zu müssen: »Wir mussten handeln. Aber selbstverständlich kann man alles rückgängig machen, wenn es nicht in eurem Sinn ist. Nur Claire, die gebe ich nicht mehr her.«

Charlotte erhob sich und umarmte die Freundin. »Ich wünsche dir alles Glück der Welt mit der Kleinen«, sagte sie und spürte, wie ihr die Tränen hochstiegen.

Auch Aurora schluchzte einmal kurz auf. »Ich war noch nie glücklicher, Charlotte. Kannst du das verstehen?«

Vielleicht nicht nur wegen Claire, sondern auch wegen Roberts Wandlung? In einer ruhigen Minute, wenn sie zu zweit waren, würde sie das Thema ansprechen. »Ja, Aurora, ich freue mich mit dir. Es wird spannend sein, sie aufwachsen zu sehen.«

Aurora löste sich von ihr, glättete ihre Bluse und hustete. Ihr Lächeln wirkte auf einmal aufgesetzt. »Wir reden noch darüber.«

Charlotte wandte sich an die anderen, die wieder mitten in der Diskussion waren. »Ich brauche ein bisschen frische englische Luft«, sagte sie. »Ich will mir den Garten ansehen. Wartet nicht auf mich, ich gehe danach gleich zu Bett.«

Aurora sah sie an und öffnete den Mund, als wollte sie etwas sagen, aber sie ließ es. Vieles auf Summerlight House erschien Charlotte an diesem Abend seltsam, aber das größte Rätsel gab ihr Aurora auf.

Victor hielt sie zurück. »Ich gehe gleich noch mit Robert in die Bibliothek. Wir wollen uns die Zahlen der vergangenen Monate ansehen, um nachzuprüfen, ob wir uns den ausgehandelten Pachtvertrag leisten können. Das kann länger dauern. Schlaf gut, Darling.«

Sie beugte sich zu ihm und küsste ihn auf die Wange. »Gute Nacht.«

Als das Telefon im Foyer klingelte, sprang Debbie von ihrem Stuhl hoch und rempelte beim Überholen Charlotte an, die zur Haustür ging.

»He«, rief Charlotte ihr empört hinterher, aber Debbie warf ihr über die Schulter nur ein »Sorry« hin. Schließlich war das Mädchen am Apparat, drückte sich den Hörer ans Ohr und meldete sich. »Ja, ich warte«, sagte sie, um wenige Sekunden später zu kreischen: »Alex, wie süß von dir! Wir haben doch gestern und vorgestern erst telefoniert.« Sie lauschte mit verklärtem Lächeln. »Ja, geht mir genauso«, sagte sie schließlich. Zärtlichkeit schwang in ihrer Stimme mit. »Kommst du wirklich am Wochenende?«

Charlotte eilte hinaus und warf die Tür hinter sich zu. Alex und Debbie? Oder hatte sie sich verhört? Nicht nur mit Aurora würde sie in den nächsten Tagen Gespräche von Frau zu Frau führen.

Sie sog die kühle Nachtluft in die Lungen. Diese Frische hatte sie in Persien vermisst. Auch den Geruch nach feuchtem Laub, der würzig in der Luft hing.

Schon als sie um das Haus herumgegangen war und einen Teil der Anlage sah, erkannte sie, dass sich etwas verändert hatte. Sicher, viele Pflanzen waren gewachsen, verblüht oder in Blüte gegangen, aber da waren andere Details, die sie irritierten. Der Vollmond war inzwischen höher gestiegen und beleuchtete den Garten wie ein Kunstwerk. Hatten sie um dieses Beet nicht Rundhölzer gesetzt? Jetzt begrenzten Natursteine die Rabatte. Einige Pflanzen kamen ihr unbekannt vor, sie konnte sich nicht erinnern, sie gesetzt zu haben. Was hatte Quinn hier getan? Warum hatte er diese Veränderungen vorgenommen? Die Anlage wirkte prachtvoll, aber sie war nicht mehr dieselbe. Irgendetwas musste hier vorgefallen sein.

Ihr Blick fiel auf das Dahlienbeet. Sie schlug die Hände vor den Mund, als sie bemerkte, wie hoch sie gewachsen waren und welche wunderbaren Blüten sie ausgetrieben hatten. Sie ging näher heran und erkannte das Feuerrot, das sie sich erhofft hatte. Aber war das Beet vorher nicht größer gewesen? Was war mit den übrigen Blumen geschehen?

Als sie aufschaute, bemerkte sie eine Gestalt am anderen Ende des Beetes. Im ersten Moment erschrak sie, aber dann erkannte sie in der Lammfelljacke Quinn mit seinem schwarzen Haarschopf. Im Licht des Mondes sah er aus wie eine Erscheinung.

Da stand der Mann, nach dem sie sich zwei Monate jeden einzelnen Tag gesehnt hatte, und betrachtete sie still.

Sie gingen aufeinander zu, ihre Blicke hielten sich fest, bis Charlotte in das Grünbraun eintauchen konnte. In den Augen des anderen lasen sie die Sehnsucht und die Liebe. Quinn berührte ihre Wange. Sie fühlte seine Wärme und Weichheit, roch seinen Duft nach Erde und Holz. All ihre Sinne waren auf ihn ausgerichtet, während ihr das Blut durch die Adern rauschte. Sie hatte gewusst, dass sie ihm nicht widerstehen konnte, aber dass er ein solches Feuerwerk in ihr auslösen würde, hatte sie nicht geahnt. Es gab keine Chance, dies hier zu beenden.

Seine Lippen waren fest und zart zugleich, doch nur für einen Moment, dann konnte Charlotte die Wildheit, die sich in ihr aufgestaut hatte, nicht mehr länger zügeln. Sie küssten sich, bis sie atemlos waren, streichelten sich.

»Ich habe dich mehr vermisst, als du dir vorstellen kannst, Charlotte. Ich habe heute im Garten gearbeitet und immer darauf gehofft, dass du kommst. Später habe ich an der Straße Ausschau nach dem Rolls-Royce gehalten.«

»Ich habe mich auch nach dir gesehnt, Quinn. Ich glaube, unbewusst habe ich darauf vertraut, dich heute Abend hier zu treffen.«

Sie lachten und küssten sich gleichzeitig, bis Quinn ihre Hand ergriff und sie an den Rosenstöcken vorbei zum Schuppen führte. »Was hast du vor?« Sie schaute sich um. Auf dieser Seite des Hauses lagen alle Fenster im Dunkeln. Dennoch waren sie hier leicht zu sehen.

Er öffnete den Schuppen, durch dessen Fenster das Mondlicht fiel. Der Duft nach Holzspänen und getrockneten Kräutern wehte ihnen entgegen. In einer Ecke raschelte es.

Vermutlich nahm eine Maus Reißaus. An einer Seite standen die Gartengeräte, daneben ein Regal mit Töpfen, Dünger und Zwiebeln, die im Frühjahr gesetzt werden sollten. Auf der anderen Seite erstreckte sich eine lange Werkbank aus poliertem Holz. Darüber Schubfächer und Haken für diverses Material, daneben ein ausrangierter Sessel mit fadenscheinigem grünem Bezug. Charlotte zog den Kopf ein, als sie Quinn ins Innere folgte. Knarrend glitt die Tür hinter ihr ins Schloss.

Ehe sie noch widersprechen konnte, riss er sie wieder in seine Arme. Sie zogen sich gegenseitig aus, bis sie nur noch ihr Unterkleid trug und er sein Hemd, das sie ihm aufgeknöpft hatte. Sie strich über seine Brust und seinen Bauch, hungrig erwiderte sie seine Küsse. Sie spürte kaum, wie er sie anhob und auf die Werkbank setzte, aber sie spürte es, als er mit einem kräftigen Stoß in sie eindrang. Er verschloss ihre Lippen mit seinem Mund, damit kein Laut herausdrang, bis er sich in sie ergoss und sie gleichzeitig den Höhepunkt der Lust durch ihren Leib fließen spürte. Sie legte den Kopf in den Nacken und stöhnte im Glücksrausch.

Quinn zog sie an sich, hielt sie fest und vergrub die Nase in ihrem Haar.

Eine Weile hielten sie sich stumm fest und kleideten sich dann ohne Hast wieder an, unterbrochen von Küssen. Charlotte spürte, dass Quinn gerne ein weiteres Mal mit ihr geschlafen hätte. Aber ihr Verstand hatte sich eingeschaltet. Sie wusste, dass Victor irgendwann nach ihr suchen würde, wenn sie zu lange wegblieb.

Dennoch setzte sie sich für ein paar Minuten auf seinen

Schoß, als er sich in den Sessel fallen ließ. Dabei legte sie die Arme um seinen Hals und den Kopf in seine Halsbeuge.

»Es gibt Veränderungen im Garten«, sagte sie.

Quinn pustete die Wangen auf und stieß die Luft aus. »Klar, dass dir das zuerst auffällt.«

»Selbstverständlich. Wir haben viel über die Komposition beratschlagt. Du erinnerst dich?« Sie grinste ihn an.

»Nun, um ehrlich zu sein, habe ich vor Kurzem noch befürchtet, ich müsste dir statt deines Gartens eine Schlammwüste präsentieren. Glaub mir, Charlotte, das waren die entsetzlichsten Stunden meines Lebens.«

Charlotte richtete sich auf. »Was ist passiert?«

Quinn erzählte von den Schweinen, die alles verwüstet hatten. Wie er durch die Anlage gegangen war und alles inspiziert hatte, was noch zu retten war, und von seiner Verzweiflung. Er erzählte auch, dass der junge McLaren seine Hilfe angeboten hatte.

»Seit ich daheim bin, höre ich ständig den Namen von Alex McLaren. Der junge Mann scheint sich hier unersetzlich gemacht zu haben.« Sie lächelte Quinn an, doch der hob die Brauen.

»Das war nicht Alex, sondern Benjamin. Ein patenter Kerl. Er hat alle anfallenden Arbeiten, ohne zu murren, erledigt. Schade, dass er nun in Oxford ist.«

Charlotte fasste sich an die Stirn. »Benjamin? Jetzt verstehe ich überhaupt nichts mehr. Seit wann macht der sich nützlich?«

Quinn hob die Schultern. »Außerdem hat uns Lady Nicolson geholfen.«

»Vita? Wie hat sie davon erfahren? Hast du dich bei ihr gemeldet?«

»Das würde ich nicht wagen. Ich vermute, Aurora hat sie angerufen. Auf jeden Fall fuhr sie hier mit den herrlichsten Pflanzen vor, kistenweise! Sie hat mich beraten, welches Gewächs an welche Stelle passt, und hat versucht, in deinem Sinne zu entscheiden. Ich fand es eindrucksvoll, wie uneigennützig sie hier geholfen hat.«

Ein warmes Gefühl durchströmte Charlotte bei dem Gedanken an Vita. Sie war überzeugt, dass sie und Quinn alles so wiederhergestellt hatten, wie sie selbst es getan hätte, und konnte den Morgen und das Tageslicht gar nicht abwarten, um alles genau zu inspizieren. Sie küsste Quinn. »Danke«, flüsterte sie. Er zog sie an sich, aber sie stemmte sich gegen seine Brust. »Ich muss jetzt …«

Sie horchten beide auf, als von draußen Schritte zu ihnen klangen. Mehrere? Da schien jemand den Garten zu durchqueren. Charlotte wurde der Hals eng. Gleichzeitig hämmerte ihr Herz dermaßen laut, dass sie meinte, man müsste es bis nach draußen hören. Sie erhob sich und drückte sich an die Wand. Quinn hatte jeden Muskel in seinem Körper angespannt und hockte in dem Sessel wie ein zum Sprung bereites Raubtier. Keiner von beiden wagte es, einen Ton von sich zu geben, während sie den Weg der Schritte verfolgten. Das Geräusch wurde lauter, und nun stoppte es. Der Besucher schien direkt vor der Schuppentür zu stehen.

Kapitel 32

Charlotte meinte, tot umzufallen, als die Tür nun beim langsamen Öffnen durchdringend knarrte. Wie würde sie Victor gegenübertreten? Eine Erklärung gab es nicht, es gab nur die Wahrheit. Sie hätte ihm gern diesen Schmerz erspart, aber es schien kein Zurück zu geben.

Endlich schwang die Tür vollends auf. Vom Mond beleuchtet, stand da Caitlin. Auf den Armen trug sie den in eine Decke gehüllten jüngsten Sohn, halb hinter ihr verborgen stand Ian, der ältere, auf seinem Kindergesicht ein Ausdruck, als sei er zornig auf die ganze Welt. Caitlin war leichenblass, ihre Sommersprossen traten deutlich hervor, während ihre Unterlippe zu zittern begann.

Charlotte schlug sich die Hand vor den Mund. Quinns Frau mit den beiden Söhnen gab ein erbarmungswürdiges Bild ab. Am liebsten hätte sie sie getröstet und nach Hause begleitet, aber nichts wäre falscher in diesem Moment. Angesichts des Schocks tröpfelte nur langsam die Erkenntnis in ihren Verstand, was diese Begegnung bedeutete. Es gab nun einen Menschen, der über Quinn und sie Bescheid wusste.

Quinn erhob sich, trat auf seine Frau zu, das Gesicht eine Maske der Schuld. »Caitlin, ich …«

Ihre Stimme klang schneidend. »Wie kannst du uns auf diese abscheuliche Art hintergehen, Quinn! Seit dem Morgen hast du dich zu Hause nicht blicken lassen, obwohl Kenny fiebert und stündlich Wadenwickel braucht. Ich bange um sein Leben, und was machst du? Treibst dich herum und … und … betrügst uns.« Ihr Blick glitt flackernd zu Charlotte, immerhin ihre Dienstherrin.

Der ältere Sohn starrte Charlotte an, als wäre sie eine Hexe. Nie zuvor hatte sie in einem Kindergesicht mehr Wut gesehen. Es rührte sie in ihrem Innersten. Sie hatten gewusst, dass sie andere verletzten, wenn sie sich ihrer Leidenschaft hingaben, aber es nun am eigenen Leib zu spüren war fast mehr, als Charlotte ertragen konnte. Jedes Wort, das sie zur Erklärung oder Entschuldigung anbringen konnte, wäre falsch. Es gab hier nichts zu sagen. Die Situation war eindeutig.

Quinn wandte sich ihr mit ernster Miene zu. »Ich bin morgen da. Dann besprechen wir, was sich im Garten geändert hat.« Er nahm Caitlin den Jungen ab und drückte ihn an sich. Der Kleine röchelte leise. Sein Gesicht war fiebrig gerötet.

»Geht gleich zu Dr. McKinley mit ihm«, sagte Charlotte.

Caitlin funkelte sie an. »Leute wie wir können sich einen Arzt nicht leisten, Mrs Bromberg«, zischte sie sie an.

»Er soll die Rechnung an uns schicken«, erwiderte sie.

Wenigstens das war sie der Familie schuldig, ging es ihr durch den Kopf, obwohl es an der Situation nichts ändern würde.

Hinter Quinn, Caitlin und den Kindern trat sie aus dem Schuppen und sah ihnen nach, wie sie den Garten durchquerten, um am anderen Ende auf die Felder zu gelangen und hinab ins Dorf. Von außen gaben sie das Bild einer einträchtigen Familie ab, die auf ihr Heim zustrebte, um vor dem Kamin noch einen Tee zu trinken. Aber innerlich waren sie zerstört. Die Schuld und das schlechte Gewissen wogen schwer wie Blei.

Ihre Füße fanden wie von selbst den Weg aus dem Garten, zur Einfahrt und zur Haustür. Kaum vorstellbar, wie beschwingt sie noch vor einer Stunde hinausgelaufen war. Sie kehrte als eine andere Frau zurück, eine, die ihr Glück verspielt hatte.

Als sie das Haus betrat, waren im Salon alle Lichter gelöscht. Aus der Bibliothek auf der rechten Seite drang dunkles Gelächter. Vermutlich hatten sich Robert und Victor die Flasche Whisky zur Besprechung mitgenommen. Kurz verspürte Charlotte Erleichterung. Das gab ihr die Zeit, sich zu sammeln und sich auf die Begegnung mit Victor vorzubereiten.

Sie wusch sich gründlich, schlüpfte in ihr Nachthemd und kroch unter die Laken. Hinter ihrer Stirn hatte sich eine Taubheit ausgebreitet, die jeden Gedanken dämpfte. Sie mochte sich nicht vorstellen, was es bedeutete, dass Caitlin nun hinter ihr Geheimnis gekommen war. Schlimm genug, dass es Quinns Familie in ihren Grundfesten erschütterte, aber was sollte Caitlin Mitchell davon abhalten, es Victor und allen anderen Bewohnern von Summerlight House zu erzählen?

Ihre Schläfen waren feucht, und als sie mit den Fingern darüberstrich, merkte sie, dass ihr die Tränen hinabliefen. Sie schluchzte auf, drückte das Gesicht in das Kopfkissen und weinte sich in den Schlaf.

Quinn spürte Caitlins Hass, aber in dieser Stunde ging es nur darum, Kenny zu helfen. Er hatte sich erschreckt, als er den Jungen auf den Arm nahm. Sein Körper glühte, das spürte man sogar durch die Decke. Und was war das in seinem Gesicht? Da schienen sich Pusteln zu bilden. Auch ohne Charlottes Angebot, die Arztkosten zu übernehmen, wäre Quinn in dieser Stunde zu Dr. McKinley gestürmt.

Caitlin konnte kaum mit ihm Schritt halten, aber Ian blieb neben ihm und hielt sich an seiner Jacke fest.

»Kommen Sie herein«, sagte Dr. McKinley kurz darauf. Er trug einen Morgenmantel über seinem karierten Schlafanzug. Seine Haare standen in alle Richtungen ab. Quinn hatte mehrmals klingeln müssen, bis das Licht im Arzthaus angegangen war. Im Behandlungsraum wickelte der Arzt das Kind aus der Decke und hob den Pullover an. Quinn sog scharf die Luft ein, und Caitlin schrie auf. »Das war heute Morgen noch nicht da«, rief sie angesichts der zahlreichen Bläschen auf Kennys Körper.

»Das glaube ich Ihnen, Mrs Mitchell«, sagte der Arzt. »Windpocken beginnen immer mit hohem Fieber, dann kommt der Ausschlag. Gegen die Krankheit können wir nichts tun«, sagte er, »aber ich kann Kenny ein Mittel zum Fiebersenken geben und ein paar Kompressen für den Ausschlag, damit der Juckreiz nicht unerträglich wird. Sie sollten ihn auf jeden Fall davon abhalten, sich zu kratzen. Und schneiden Sie ihm die Fingernägel kurz. Die Windpocken bekommt man nur einmal, danach ist man immun. Und sie sind hoch ansteckend.« Er betrachtete Ian. »Es wird nicht lange dauern, bis du dich angesteckt hast.« Ian kratzte sich am Kopf, als spüre er den Juckreiz bereits.

Quinn stieß einen Seufzer der Erleichterung aus. »Also eine harmlose Kinderkrankheit?«

Dr. McKinley wiegte den Kopf. »Harmlos nicht, es kann immer zu Komplikationen kommen. Aber Sie machen alles richtig, wenn Sie den Jungen im Bett lassen und das Fieber beobachten. In ein paar Tagen ist der Spuk vorbei.«

Auf dem Weg über die nachtdunkle Dorfstraße war nur Kennys leises Wimmern zu hören. Er klammerte sich wie ein Äffchen an Quinns Hals, während Ian wieder nach seinem Jackenzipfel griff. Das Ungesagte zwischen Quinn und Caitlin hing wie eine Giftwolke über ihnen, aber sie mussten sich zusammenreißen, bis sie die Kinder versorgt hatten.

»Bitte streitet euch nicht mehr«, sagte Ian, als Quinn ihm im Kinderzimmer kurz darauf die Bettdecke bis ans Kinn hochzog und ihm einen Kuss auf die Stirn gab. Caitlin kümmerte sich um Kenny und wickelte ihm feuchte Tücher um die Waden.

Quinn betrachtete das blasse Gesicht seines Sohnes, den angespannten Mund, die verengten Augen. Eine solche Verzweiflung sollte kein Kind empfinden. »Es geht manchmal nicht ohne Streit«, erwiderte er. »Das weißt du selbst, oder? Manchmal ist er wie ein Wolkenbruch, und danach ist die Luft frisch und klar.«

»Geh nicht weg, Dad«, sagte Ian, und Quinn fragte sich mit einem wehen Gefühl in der Brust, was der Junge wohl verstand. Vielleicht unterschätzten sie, was die Kinder mitbekamen.

»Ich liebe euch beide über alles«, sagte er, erleichtert, als Ian sich mit einem Lächeln im Gesicht auf die Seite kuschelte.

Obwohl es kalt im Haus war, verspürte Quinn nicht die geringste Lust, den Kamin anzuheizen. Er wollte nur noch ins Bett, aber das ließ Caitlin nicht zu. In der letzten halben Stunde hatte sich offenbar viel Druck in ihr angestaut, sodass sie sich nun nicht mehr zurückhalten konnte. Quinn hätte sich am liebsten die Ohren zugehalten, um das Keifen nicht hören zu müssen.

»Ich habe das schon lange geahnt. Oder hast du geglaubt, du könntest mich täuschen?« Ihre Stimme troff vor Hohn. »Was findest du bloß an ihr? Die hat doch nichts als ihr Grünzeug im Kopf. Findest du sie mit ihrer Brille etwa hübscher als mich?«

Darauf hätte Quinn eine Menge Antworten gehabt, aber er hielt sich zurück. Du lieber Himmel, als käme es auf das Äußere an. Von der Tiefe und der ehrlichen Leidenschaft, die er bei Charlotte gefunden hatte, hatte Caitlin keine Ahnung.

»Können wir das alles abkürzen? Unsere Ehe ist schon lange am Ende, wir haben uns auseinandergelebt. Ich möchte mich scheiden lassen. Ich verspreche dir, dass es den Kindern und dir an nichts fehlen wird. Ich werde mir ein eigenes Leben aufbauen.«

Sie starrte ihn an, als wüchsen ihm Teufelshörner aus dem Kopf. »Das ist nicht dein Ernst, oder?«, sagte sie schließlich gefährlich leise. »Wie kannst du annehmen, ich würde einer Scheidung zustimmen? Wir haben vor Gott geschworen, uns bis zu unserem Tod zu lieben und zu achten. Mir bedeutet dieser Schwur alles!«

Quinn seufzte. Er hatte gehofft, dass sie Einsicht zeigen würde angesichts der Situation. »Ich liebe Charlotte, ich kann dir nichts versprechen.«

Sie schluchzte auf und senkte den Kopf. Als sie aufsah, schienen in ihrem Blick Flammen zu lodern. »Ich werde zu meinen Eltern nach Tralee zurückgehen. Ich halte es hier keinen Tag länger aus.«

Er trat einen Schritt auf sie zu und streckte die Hand nach ihr aus. »Das ist eine gute Idee«, sagte er weich. »Mit der Ausbildung, die du hier auf Summerlight House erhalten hast, wirst du auf jedem Anwesen leicht eine Anstellung finden.«

»Das könnte dir so passen, was?« Ihre Stimme überschlug sich. »Die Ehefrau weit weg in Irland und hier mit deiner herrschaftlichen Geliebten herummachen? Nein, nein, mein Lieber, wenn ich gehe, kommst du mit. Wir gehören zusammen.«

Quinn fühlte sich wie im freien Fall, als er einen Schritt zurücktrat. Das Blut rauschte ihm in den Ohren. Aber Caitlin war noch nicht fertig.

»Morgen packen wir unsere Sachen, und in drei Tagen, wenn es Kenny wieder gut geht, sind wir auf dem Weg nach Irland. Falls nicht, werde ich noch morgen früh um ein persönliches Gespräch mit Mr Bromberg bitten. Ich bin sicher, ihn wird interessieren, was ich zu erzählen habe. Was das für deine Geliebte bedeutet, kannst du dir selbst ausmalen.«

Fassungslos schüttelte Quinn den Kopf, ohne ein Wort herauszubringen. Er wusste, wie kaltherzig Caitlin sein konnte, aber dies hier übertraf alles. Die Erkenntnis traf ihn wie ein Schlag in die Magengrube: Caitlin hatte ihn in der Hand. Wäre es nur um ihn gegangen, würde er sich nicht einschüchtern lassen. Aber es ging um Charlotte, ihre Familie, ihre Zukunft ... Ein stolzer Mann wie Victor Bromberg würde ihr diesen Betrug niemals verzeihen. Und Quinn mochte sich nicht ausmalen, was er zur Vergeltung tun würde.

Ein böses Lächeln spielte um Caitlins Lippen, als sie sich nun abwandte, um sich fürs Bett umzuziehen. »Morgen beim Frühstück erwarte ich deine Entscheidung.«

Quinn blieb schockstarr im Wohnzimmer stehen, bevor er sich auf das Sofa fallen ließ. Seine Glieder waren bleischwer, sein Verstand vernebelt, die Lider fielen ihm zu, aber Schlaf würde er in dieser Nacht nicht mehr finden. In seinen Grübeleien kam er immer wieder zu dem einen Punkt: Er hatte keine andere Wahl, als nach Irland zu gehen. Nur dann konnte er hoffen, dass Caitlin Charlottes Leben nicht zerstörte.

Kapitel 33

Wie ein Geist schwebte Charlotte am nächsten Morgen durch das Haus, bemüht, keine Geräusche zu verursachen und niemandes Aufmerksamkeit zu erregen. In der Nacht hatten sie grausame Albträume geplagt, in denen sie Quinn blutüberströmt gesehen hatte und Victor vor Eifersucht rasend. Sie schaffte es kaum, die morbide Stimmung abzuschütteln. Durch ihre Adern rauschte das Blut, als wäre sie einen Marathon gelaufen, und die Angst wühlte in ihrem Magen. Was würde ihr dieser Tag bringen? Caitlin war eine Frau, die sie nicht einschätzen konnte.

Victor trank einen Becher Tee im Stehen und aß ein paar Gabeln voll Rührei. »Es wird heute spät bei mir werden. Wartet nicht mit dem Dinner auf mich. Ich habe mit Albert telefoniert. Es gab ein paar Entlassungen und einige Neueinstellungen, ein Kunde ist abgesprungen, zwei sind dazugekommen, und die neue Maschine läuft nicht, wie sie sollte.« Er stöhnte auf und verzog den Mund. »Wenn man sich nicht um alles selber kümmert.« Aber in seinen Augen stand die Vorfreude auf den Arbeitstag. Charlotte wusste, dass er seine Fabrik vermisst hatte.

Robert schaufelte sich Würstchen und gebratene Pilze auf seinen Teller. »Heute schließe ich den Vertrag mit den Pächtern ab, wie besprochen.«

»Ich verlasse mich auf dich.« Victor küsste Charlotte und verabschiedete sich von den anderen. Seine Schritte hallten im Foyer, kurz darauf klappte die Tür.

Aurora hielt Claire und fütterte sie mit Haferbrei. Die Kleine gluckste und blubberte mit dem Brei, der auf ihr Lätzchen tropfte. Debbie neben ihr kicherte, und Charlotte staunte über Auroras Geschick.

»Claire wird gleich ihren Vormittagsschlaf halten. Willst du auf einen Tee zu mir kommen?«, fragte Aurora.

Charlotte wusste, dass es viel zu erzählen gab und dass sie schnellstmöglich auf den neuesten Stand kommen sollte, aber nichts auf der Welt würde sie davon abhalten, sich gleich nach dem Frühstück mit Quinn im Garten zu treffen. Vielleicht wäre die Welt danach eine andere. Sie verdrängte die Panik, die sich in ihrem Brustkorb ausbreiten wollte. »Ich melde mich später bei dir. Ich muss erst einmal im Garten nach dem Rechten sehen und vor allem die mitgebrachten Pflanzen versorgen. Ich habe einige echte Schätze gefunden. Ihr werdet staunen.«

Kurz darauf eilte sie hinaus. Ein Blick in den Himmel zeigte ihr, dass es nicht nach Regen aussah. Für die Jahreszeit war es zu warm und trocken, aber für die Pflanzen bedeutete das, dass sie sich länger hielten. Schon von Weitem erkannte sie, dass viele Rosenstämme noch schwer von

Blüten waren. Die Dahlien reckten ihre Stängel der Morgensonne entgegen. Es waren weniger als vor ihrer Persienreise, aber immer noch genug, um das abgesteckte Beet üppig zu füllen. Mehrere Beete waren nun mit Steinen statt mit Holzpflöcken abgegrenzt. Manche Rabatten waren kleiner als vorher, ein paar Stauden fehlten, aber im Kern war es immer noch der Garten, den sie gemeinsam mit Quinn erschaffen hatte. Die Bäume am Grundstücksrand und drüben im Wäldchen trugen bunte Blätter, viele waren schon herabgesegelt und knisterten unter ihren Schuhen. Sie würde sie später zusammenkehren und zum Schutz vor dem Frost in den Beeten verteilen.

Quinn kniete im Steingarten und erhob sich, als Charlotte auf ihn zukam. Eine Armeslänge entfernt von ihm blieb sie stehen, als wäre eine Glaswand zwischen ihnen. In seinen Zügen erkannte Charlotte unendliche Zuneigung und gleichzeitig Verzweiflung und Trauer. Sie wünschte sich nichts mehr, als ihn hier und jetzt zu küssen, bis sie alles andere vergaß.

»Hallo, Quinn«, sagte sie.

»Hallo, Charlotte.« Seine Stimme klang rau.

Die Distanz zwischen ihnen verursachte ihr Übelkeit. »Wie geht es Kenny?«

»Er hat die Windpocken. Wir waren gestern noch beim Arzt. Danke für dein Angebot, die Rechnung zu übernehmen, aber das schaffen wir schon noch.«

Das *wir* in seinem Satz fühlte sich an wie eine Ohrfeige. Wir, das waren die Mitchells: Quinn, Caitlin, Ian und Kenny.

»Gut, dass es nichts Schlimmeres ist.« Wie hohl das alles

klang. Wie zwei Fremde, die zufällig am Bahnsteig ins Gespräch kamen.

Quinn stieß einen Seufzer aus und strich sich über die Stirn. Dabei hinterließ er einen Streifen Erde auf seiner Haut. »Charlotte, wir ... wir werden Summerlight House verlassen.«

Sie nickte wie betäubt. »Ja, natürlich.« Hatte sie das gesagt?

»Wir werden noch heute anfangen zu packen und dem Vermieter Bescheid geben. Unsere Möbel werden wir verkaufen, und von dem Erlös besorge ich mir ein gebrauchtes Automobil.« Ein trauriges Lächeln. »Fahren kann ich ja inzwischen richtig gut.«

Sie erwiderte sein Lächeln mit Tränen in den Augen. »Ja, du bist ein fantastischer Fahrer.«

»Wir ziehen nach Tralee. Dort wohnt Caitlins Verwandtschaft.«

Tralee. Mehr als fünfhundert Meilen über Englands Straßen, die Keltische See und durch Irland.

Ihr Herz schrie Nein, aber mit dem Verstand wusste sie: Fünfhundert Meilen sollten reichen, um sie einander zu entfremden und diese verbotene Liebe zu überwinden.

»Ich wünsche euch alles Glück der Welt«, sagte sie und trat instinktiv einen Schritt auf ihn zu, um ihn zum Abschied zu umarmen, aber er wich zurück und hielt sie mit erhobener Hand auf. Sie wusste, dass es reiner Selbstschutz war.

»Bis zu unserer Abreise kann ich dir noch im Garten helfen. Es gibt jetzt viel zu tun mit den Pflanzen, die du mitgebracht hast.«

Sie schüttelte den Kopf. »Geh jetzt, Quinn. Es ist besser, wenn wir uns nicht mehr sehen. Ich komme hier zurecht, und im Frühjahr werde ich Aushilfen anstellen.« Mit jemand anderem als Quinn hier in der Erde graben und den Pflanzenwuchs bewundern? Wie sollte sie ohne ihn jemals wieder Freude an diesem Garten haben?

Er griff in die Innentasche seiner Jacke und zog zwei Zeitschriften hervor. »Deine Artikel im *Curtis' Botanical Magazine* sind richtig gut angekommen. So viele Leserbriefe hatten die wohl noch nie. Du solltest niemals aufhören, über botanische Themen zu schreiben. Du hast eine Art, die die Leute begeistert.«

»Wirklich?« Sie rollte die Magazine zusammen. Sie würde sie später durchblättern. In diesem Moment zählte nur Quinn.

»Leb wohl, Charlotte.«

Sie sah das irisierende Farbenspiel aus Grün und Braun in seinen Augen, das zeigte, wie ihn die Gefühle zu überwältigen drohten.

»Auf Wiedersehen, Quinn. Ich werde dich nie vergessen.« Etwas in ihr zerbrach, als er sich umwandte und sie verließ. Sie schaute seiner Gestalt hinterher, bis er aus ihrem Sichtfeld verschwunden war. Dann erst schlug sie die Hände vors Gesicht, die Zeitschriften flogen zu Boden. Sie sank auf die Knie und begann haltlos zu weinen.

Sie hatte ihn wegschicken wollen. Nun hatte er ihr die Entscheidung abgenommen. Vielleicht war es richtig so, sie hätte niemals die Kraft dafür gehabt.

»Charlotte, Liebes!« Auroras Stimme erklang vom Eingang des Gartens. Dann ertönten hastige Schritte.

Charlotte richtete sich auf und wischte sich die Tränen aus dem Gesicht. Sie klopfte sich den Staub von ihrem Rock, schob die Zeitschriften zusammen. Als sie aufstand, ging ihr Atem immer noch zitternd, aber der Schrecken darüber, dass es eine Zeugin für ihren Zusammenbruch gab, brachte sie zur Besinnung. Welche Erklärung sollte sie Aurora geben? Fieberhaft dachte sie nach.

Doch Aurora nahm ihr die Antwort ab: »Ist es wirklich so schrecklich? Wir haben uns viel Mühe gegeben, alles so herzurichten, wie es dir gefallen würde. Glaub mir, der Garten war eine einzige Schlammwüste. Mr Mitchell ist auf allen vieren darin herumgekrochen, um zu retten, was zu retten war. Und dann Lady Nicolson! Was für eine Freude, dass sie uns mit eigenen Pflanzen ausgeholfen hat! Aber ... du kannst alles ändern, wenn es dir nicht gefällt.« Aurora musterte Charlotte verunsichert.

Charlotte fiel ein Stein vom Herzen. Auf Aurora musste es wirken, als weine sie um den Garten. Dabei war viel erhalten geblieben und neue Schätze hinzugekommen! »Ihr habt das hervorragend gemacht, Aurora. Ich glaube, ich bin ein bisschen labil nach der langen Reise. Ich werde mich heute um alle mitgebrachten Blumen aus Persien kümmern. Die Arbeit mit den Pflanzen hilft mir, wieder ins Gleichgewicht zu kommen.« Sie zog ein Tuch aus der Rocktasche und putzte sich die Nase.

»Ich muss dir so viel erzählen«, sagte Aurora. »Jetzt wäre es günstig, solange Claire schläft. Am Nachmittag fährt

Owen mich mit Claire und Betsy und William in das Pflegeheim. Ich will den alten Leutchen die Eingewöhnung erleichtern.«

»Debbie kommt nicht mit?« Charlotte ging Aurora voran zu einer Steinbank, die am Teich stand. Buntes Laub lag darauf verteilt, aber es war trocken, und sie fegte es mit wenigen Handbewegungen weg.

Das Tuckern eines Automobils erklang in der Einfahrt. Charlotte reckte den Hals, doch da liefen schon Debbie und Alex auf sie zu. Debbie zog den jungen Mann an der Hand hinter sich her, ihre Augen strahlten. In dem sportlichen weißen Rollkragenpullover und dem schmalen Faltenrock sah sie hinreißend aus. »Wir wollen Tennis spielen gehen«, rief sie. »Darf ich?«

Charlotte lachte auf. »Hat meine Antwort irgendeinen Einfluss auf dich?«

Debbie stimmte in ihr Lachen ein. »Ehrlich gesagt nicht. Victor hat mir gestern schon die Erlaubnis gegeben.«

Charlotte zog eine Grimasse, hielt aber an ihrem Lächeln fest. »Wie läuft das Studium, Alex?«, wandte sie sich an den jungen McLaren.

»Alles bestens, Mrs Bromberg. Ich versuche, jedes Wochenende heimzukommen.«

»Nur um mich zu sehen, nicht wahr?« Debbie blickte ihn mit keckem Augenaufschlag an.

Er zwinkerte ihr zu. »Warum sonst?«

»Wenn ich mein Kunststudium in Cambridge beginne, werden wir jeden Tag zusammen sein können«, gab Debbie zurück und genoss sichtlich die Überraschung der anderen.

Charlotte fand als Erste die Sprache wieder. »Warum weiß ich davon nichts? Und wie kommst du auf ein Kunststudium? Seit wann hast du Talent zu malen?«

Debbie lachte. »Nicht jeder, der Kunst studiert, muss selbst Talent haben. Manchmal reicht es auch, Talent bei anderen zu erkennen. Vielleicht werde ich später Galeristin? Du glaubst nicht, welche Erlöse man mit hochwertigen Bildern erzielen kann.«

Charlotte kam aus dem Staunen nicht heraus, aber sie ließ es dabei bewenden, als die Schwester ihr einen Kuss auf die Wange drückte. »Keine Sorge, wir reden darüber noch alle miteinander. Es ist erst einmal nur eine Idee. Und wolltest du nicht immer, dass ich meine Zukunft plane?«

Und schon wandten sie sich um und liefen zum Wagen zurück, als wollten sie die wenigen Stunden, die sie zusammen sein konnten, nicht mit Konversation verplempern.

Charlotte starrte den beiden hinterher. Ihre Gedanken rasten, während sie sich vorstellte, wie sie Debbie in Cambridge unterbringen sollten, ohne dass Gerede aufkam. Ob es dort ein College für Mädchen gab? Sie würde Erkundigungen einziehen müssen, aber grundsätzlich gefiel ihr der Gedanke, dass Debbie sich auf die Kunst festlegte. Mit immer noch verblüffter Miene wandte sie sich an Aurora. »Kann ich meinen Augen und Ohren trauen?«

Aurora kicherte. »Absolut. Von dem Studium wusste ich bislang auch noch nicht, aber Alex und Debbie ... die beiden mögen sich. Allerdings«, sie schürzte die Lippen, »habe ich mir das Recht herausgenommen, ein bisschen den Amor zu spielen.«

»Tatsächlich?« Charlotte hob eine Braue. Die familiären Angelegenheiten lenkten sie von ihrem Abschiedsschmerz ab.

»Nun ja, im Grunde habe ich nur hier und da ein Rädchen gedreht. Dass die beiden ineinander verliebt waren, hat man schon länger gemerkt.«

»Was ist mit Benjamin? Der schien doch ihr Favorit zu sein.«

»Genau der war das Problem.« Aurora senkte für einen Moment den Blick. Schließlich erzählte sie, wie Benjamin das Gatter im Schweinestall geöffnet und sie ihn zur Rede gestellt hatte. Wie sie ihn dazu verdonnert hatte, beim Einfangen der Tiere und beim Aufräumen im Garten zu helfen. Und dass sie ihm angedroht hatte, alles ans Licht zu bringen, wenn er sich noch einmal Summerlight House nähern würde. »Seitdem ist Ruhe«, schloss sie.

Charlotte schüttelte fassungslos den Kopf. »Was für ein Albtraum! Und was für eine miese Aktion von dem Jungen. Ich würde ihn mir am liebsten auch noch einmal vorknöpfen. Das können wir ihm nicht durchgehen lassen!«

Aurora machte beschwichtigende Gesten. »Dein Zorn auf ihn ist verständlich. Aber er hat seine Lektion gelernt, glaub mir. Ich möchte dich bitten, dass du niemandem davon erzählst. Ich werde meinen Teil der Vereinbarung einhalten und ihm nicht im Nachhinein noch Ärger mit Victor, seinem Bruder oder seinen Eltern einbrocken.«

Charlotte nahm einen tiefen Atemzug. »Einverstanden. Ich werde das für mich behalten. Immerhin hat dies alles dazu geführt, dass sich Debbie letzten Endes doch Alex zugewandt hat. Er ist auf einem guten Weg. Vermutlich nimmt er Einfluss auf sie. Alex ist einer, der fortschrittlich in der Frauenfrage denkt.«

»Lass uns mal nicht zu viel erwarten«, bemerkte Aurora. »Debbie ist immer für eine Überraschung gut.«

Charlotte musterte sie von der Seite. »Und du? Ich habe den Eindruck, du hältst etwas zurück …«

Aurora spielte mit ihren Fingern. »Sieht man mir das so deutlich an?«

»Erzähl schon, für wen hast du dich entschieden? Für den Professor oder Cyril?«

Aurora zuckte zusammen und sah sie verdutzt an. »Für keinen von beiden.«

Aus Charlotte wich die Anspannung. Sie seufzte. »So schade. Ich hätte geschworen, die Liebe sei in dein Leben getreten.«

»Das ist sie auch«, erwiderte Aurora mit einem kleinen Lächeln. »Ich werde Robert heiraten und nächstes Jahr im Herbst mit ihm und Claire nach Kalifornien gehen.«

Ein paar Sekunden lang bekam Charlotte keinen Ton heraus. Sie hätte nicht verblüffter sein können, wenn sich Aurora auf der Bank in Luft aufgelöst hätte. »Du und Robert?«, flüsterte sie schließlich.

»Und Claire.«

»Wie haben deine beiden Verehrer reagiert? Hast du es ihnen schon erzählt?«

»Nun ja, nicht direkt. Ich habe ihnen ein Foto von mir und Claire geschickt und in meinen Briefen erwähnt, dass sich meine Verhältnisse geändert haben.« Sie hob die Schultern. »Ich glaube, das reicht.«

»Das hätte ich nie für möglich gehalten«, sagte Charlotte und schüttelte fassungslos den Kopf. Endlich glitt ein Lächeln über ihre Züge. »Aber was für eine wundervolle Entwicklung.« Dann kam ihr ein Gedanke, und ihre Miene gefror. »Jedenfalls für euch. Das Haus wird leer sein.«

Aurora drückte ihren Arm. »Es liegt an euch, ob ihr es mit neuem Leben füllt. Kinder hätten es gut auf Summerlight House mit einer Mutter, die tagaus, tagein im Garten arbeitet. Und wer weiß, vielleicht erben dein Sohn oder deine Tochter ja dein botanisches Talent.«

Charlotte stieß ein Lachen aus. »So weit ist es noch lange nicht«, murmelte sie.

Kapitel 34

Das erste Weihnachten ohne Elizabeth Windley verlief in Summerlight House zumeist in bedrückter Stimmung, allen war sehr bewusst, dass sie fehlte. Am ersten Feiertag setzte Schneefall ein und überzog das Land mit einer weißen Decke. Charlotte seufzte, weil sie gehofft hatte, auch im Winter noch verschiedene Arbeiten im Garten erledigen zu können. Nirgendwo entspannte sie sich besser als zwischen den Beeten und Rabatten, und nirgendwo schmerzte ihre Sehnsucht nach Quinn weniger. An jeder Ecke barg der Garten Erinnerungen an ihr gemeinsames Schaffen. Aber bei Schnee musste alles ruhen.

»Haben sich die Mitchells noch einmal gemeldet? Weiß man, ob sich der Sohn gut erholt hat?« Victor hatte eine Glasschale Pudding leer gelöffelt und tupfte sich nun den Mund mit einer Serviette ab, bevor er zum Weinglas griff.

Charlotte fühlte, wie sie blass wurde, aber sie fing sich sofort wieder. Victor war völlig arglos und fragte ohne Hintergedanken. »Kenny hatte ja lediglich die Windpocken, das wird er überstanden haben.«

»Ich habe bis heute nicht begriffen, warum die beiden so überstürzt abgereist sind«, fuhr Victor fort. »Sie hatten hier doch alles, was sie brauchten.«

»Caitlins Mutter in Tralee soll schwer erkrankt sein und braucht umfassende Pflege. Das ist vermutlich der Grund, warum sie sich bislang nicht gemeldet haben«, erwiderte Charlotte. So hatten es die Mitchells in ihrem Abschiedsbrief an die Bewohner von Summerlight House zum Ausdruck gebracht. Seitdem überlegte Charlotte, ob sie Caitlin Mitchell letztendlich dankbar sein musste, weil sie mit dieser Lüge das Geheimnis bewahrt hatte.

Außer ihnen saßen noch Robert und Aurora mit am Tisch. Die sieben Monate alte Claire zappelte in ihrem weißen Spitzenkleid mit der rosa Schleife im Haar auf Roberts Schoß und griff nach den Keksen, die Robert ihr reichte. Aurora warf, während sie ihr Dessert aß, immer wieder verliebte Blicke zu den beiden.

Debbie und Alex konnten sich kaum aufs Essen konzentrieren, weil sie ununterbrochen miteinander tuschelten und lachten. Streng genommen gehörte Alex nicht zur Familie und sollte auf dem elterlichen Anwesen Weihnachten feiern. Aber Victor und Charlotte hatten ihn gern eingeladen, als Debbie ihnen erzählt hatte, wie ungern er bei seiner Familie war.

Charlotte hatte Kontakt zu Walther Alcott aufgenommen in der Annahme, er wäre möglicherweise allein an Weihnachten mit seiner Trauer um Elizabeth, aber es stellte sich heraus, dass die Mitglieder der Elizabeth-Windley-Parkinson-Society wie eine Familie miteinander umgingen und die Feiertage gemeinsam in den Räumen der Gesellschaft verbrachten.

»Alex hat Schallplatten dabei. Wollen wir Musik hören?«, rief Debbie. Offenbar bemühte sie sich, die Stimmung zu heben.

»Oh, ja, gerne Weihnachtsmusik!«, erwiderte Aurora.

Alex war schon am Grammophon, und nach einem kurzen Rauschen und Knacken erklangen die flotten Töne mehrerer Jazztrompeter, eines Schlagzeugs und eines Klaviers. Im Nu sprang Debbie auf und begann, mit Alex den Charleston zu tanzen, den sie mittlerweile fast perfekt beherrschte.

Charlotte staunte, wie beweglich und geschickt die beiden waren. Sie stand auf, zog Victor hoch und begann ebenfalls zu tanzen. Sie merkte selbst, wie unbeholfen ihre Versuche wirkten, aber darum ging es nicht. Sie lachte, als Victor, dem sich ebenfalls fast die Beine verknoteten, sie in die Arme zog und zu einem traditionellen Foxtrott wechselte.

Aurora am Tisch bewegte die Schultern zur Musik, Claire patschte auf den Tisch, und Robert nickte im Takt. Charlotte schöpfte Mut für das neue Jahr. Vieles würde sich verändern, aber das Glück würde auf Summerlight House wohnen bleiben.

Kapitel 35

Es war Ende Januar, als Charlotte zum ersten Mal ein Ziehen in der Brust spürte und sich ernsthaft darüber zu wundern begann, warum ihre Periode überfällig war. Die Unregelmäßigkeiten hatte sie auf die lange Reise und die ungewohnten Anstrengungen zurückgeführt, aber nun war sie erholt, und ein normaler Rhythmus sollte sich einstellen. Dass sie zu einem Arzt musste, wusste sie, als sie sich an diesem Morgen noch vor dem Frühstück erbrach. Danach schlich sie mit weichen Knien zurück ins Bett. In ihrem Kopf dröhnte es von all den rasenden Gedanken. Sie atmete ein paarmal ein und aus, um sich zu beruhigen. *Alles Schritt für Schritt, Charlotte,* dachte sie. *Nichts überstürzen.*

Erst zu Dr. McKinley. Ihren Gynäkologen in Richmond brauchte sie nicht mehr. Von einer Schwangerschaft durfte jeder in der Grafschaft erfahren.

Dann auf Victor warten und ihm die Nachricht überbringen.

Schließlich allen anderen.

Die Abfolge der Ereignisse vermittelte ihr Sicherheit und hielt die hinter ihrem Bewusstsein lauernde Angst in Schach. Ein Teil von ihr rechnete fieberhaft, wie wahrscheinlich es war, dass nicht Victor der Vater war, sondern Quinn. Auf dem Kreuzfahrtschiff hatten Victor und sie mehrere Male miteinander geschlafen. Seine Lust auf sie war zügellos gewesen, und sie hatte gewusst, dass die Zeit günstig war für eine Empfängnis. Mit Quinn hingegen hatte sie nur ein einziges Mal nach ihrer Rückkehr geschlafen. Nach ihren Berechnungen hätte sie zu diesem Zeitpunkt schon ihre Periode haben müssen. Ein gänzlich ungünstiger Zeitpunkt für eine Empfängnis.

Ihr Atem beruhigte sich, während sie sich einschärfte, dass die Wahrscheinlichkeit äußerst gering war, dass sie Quinns Kind trug.

Noch am Nachmittag lag sie in Dr. McKinleys Sprechzimmer auf der Untersuchungsliege. Nachdem er sie gründlich untersucht hatte, wusch er sich die Hände. »Gratuliere, Mrs Bromberg, Sie sind schwanger, und wie es aussieht, läuft alles nach Plan. Sie sind kerngesund. Ich rate Ihnen trotzdem, Kontakt zu der Hebamme aufzunehmen. Sie kann genau ausrechnen, wann mit der Niederkunft zu rechnen ist. Ich schätze, im Juni oder Juli.«

Victor liefen am Abend die Tränen über das Gesicht, als Charlotte ihm erzählte, dass sie bald zu dritt sein würden. »Mein Liebling«, sagte er ergriffen. »Dafür haben sich alle Strapazen der Reise gelohnt. Versprich mir, dass du dich schonst in den nächsten Monaten!«

Charlotte lachte ihn an. »Ich bin nicht krank, ich bin nur

schwanger, und die Arbeit an der frischen Luft wird nicht nur mir, sondern auch dem Baby guttun.«

Der Frühling stand auf Summerlight House im Zeichen des Wachstums. So wie sich all die kostbaren und einzigartigen Pflanzen im Garten entwickelten, so wuchs Charlottes Bauch. Im März spürte sie beglückt die ersten Tritte.

Im Garten fühlte sie sich in diesen Monaten am wohlsten. Jede Sonnenstunde nutzte sie und genoss das Glücksrauschen, das sie durchströmte, als die blauen Hyazinthen und scharlachroten Tulpen aus Persien austrieben, als wären sie nie verpflanzt worden.

Im Haus selbst ging ihr die Fürsorge der anderen mitunter auf die Nerven. Aurora ließ sie keinen Handschlag mehr tun und stand immer bereit, ihr einen Stuhl zurechtzuschieben, falls ein Schwächeanfall sie überkam. Robert überschüttete sie mit medizinischen Ratschlägen, und Debbie kam jedes Mal, wenn sie ihr begegnete, auf sie zu und legte Hand und Ohr an den Bauch, um das Baby zu spüren.

Wenn Victor am Abend heimkehrte, beobachtete er jeden ihrer Schritte und ließ von Köchin Emily heiße Milch mit Honig für sie zubereiten, weil sie keinen Wein mehr trinken sollte.

Im Garten jedoch war sie allein mit sich und dem Baby und all den botanischen Kostbarkeiten aus dem Königreich und dem Morgenland. Inzwischen hatte sie noch zwei weitere Artikel für *Curtis' Botanical Magazine* geschrieben, über die Orchideenzucht und das Veredeln von Rosen. Fast täglich kam jetzt Post von anderen Pflanzenliebhabern, die gerne einmal ihren Garten besichtigen und mit ihr fachsimpeln würden.

Charlotte aber schickte allen eine ablehnende Antwort und vertröstete sie auf das nächste Jahr, wenn der Garten von Summerlight House all ihren Vorstellungen entsprechen würde. Nur eine lud sie in ihr Paradies ein, und die ließ sich nicht lange bitten. Vita Sackville-West hörte gar nicht mehr auf zu lächeln, als sie über die gepflasterten Wege zwischen den Beeten, am Teich entlang, in den Steingarten, zu den Rosen und in den Bauerngarten schlenderte. Dabei warf sie einen Seitenblick auf Charlottes Bauch. »Gewollt?«

Charlotte zuckte zusammen. Was für eine Frage! Sie schmerzte wie eine Pfeilspitze in ihrer Brust. »Selbstverständlich.«

»Dann ist es gut«, erwiderte Vita und konzentrierte sich wieder auf die Blüten, ging hier in die Hocke, zog sich da einen Zweig heran, um daran zu schnuppern, streichelte über die flaumige Oberseite von Blättern. »Es wird nicht lange dauern, bis Sie sich einen Namen unter den Botanikern gemacht haben. Werden Sie Zeit haben für die Wissenschaft?«

Eine leise Empörung stieg in Charlotte hoch. Sie verehrte Vita Sackville-West, aber das hieß nicht, dass sie sich zu viel herausnehmen durfte. »Haben Sie trotz Ihrer Söhne Zeit für Ihre Reisen, Ihre Bücher und Ihren Garten?«

Vita lachte ungekränkt. »Ich habe eine gute Nanny und viele fleißige Helfer«, erwiderte sie. »Wo ist Ihr schöner Gärtner?«

Charlotte ärgerte sich darüber, wie leicht sie in Verlegenheit zu bringen war, versuchte aber, sich nichts anmerken zu lassen. »Er ist mit seiner Familie nach Irland zurückgekehrt.«

Vita breitete die Arme aus. »Sie sollten das hier nicht allein bewältigen, Charlotte. Suchen Sie sich Gärtnerinnen. Suchen Sie sich Frauen, die ihr Leben der Botanik gewidmet haben. Es gibt genug davon, die weniger Glück als Sie haben. Geben Sie etwas zurück von dem, was Ihnen widerfahren ist. Ich habe mit diesen Arbeiterinnen nur die besten Erfahrungen gemacht.«

Charlotte nickte ein paarmal nachdenklich. »Das werde ich tun.« Vielleicht ließe sich ja eine Einstellung von Gärtnerinnen mit den ab Herbst leer stehenden Räumen in Summerlight House verbinden?

An einem Abend Anfang Juli setzten die Wehen ein. Victor und Aurora hatten alle Bewohner auf Summerlight House seit Wochen instruiert, wie sie sich bei Einsetzen der Geburt verhalten sollten. Haushälterin Laura bezog das Bett im Schlafzimmer der Windleys neu und stapelte die Decken in einen Schrank. Küchenmädchen Sophie brachte heißes Wasser aus der Küche und frische Handtücher. Debbie hetzte ins Dorf, um den Doktor und die Hebamme zu benachrichtigen.

Charlotte wünschte sich mehr Ruhe, aber andererseits war es ein wohltuender Gedanke, dass sich Menschen um sie sorgten.

Während Robert und Victor in der Bibliothek eine Flasche Whisky teilten, um die Nervosität zu bekämpfen, versuchte Aurora Claire zu beruhigen, die die Aufregung im Haus spürte und seit Stunden quengelte. Das Mädchen tapste inzwischen auf krummen Beinen durch Summerlight House und hielt Aurora in Bewegung.

Nach dem ersten Schrei aus dem Schlafzimmer, den Charlotte im Wehenschmerz ausstieß, rang Debbie die Hände. »O Himmel, die Ärmste!«, rief sie tränenerstickt. Nach dem zweiten Schrei ließ sie die Tränen laufen und presste sich die Hände vors Gesicht. Beim dritten Schrei sprang Debbie auf und hechtete zum Telefon. »Ich rufe Alex an, ob er eine Tour mit dem Automobil mit mir unternimmt. Ich halte das nicht länger aus hier.«

Charlotte glaubte, ihr würden die Eingeweide herausgerissen. Sie hatte davon gehört, wie schmerzhaft Geburten waren, aber es tatsächlich zu spüren war ein himmelweiter Unterschied. Zwischendurch meinte sie, diese Qual nicht zu überleben, aber die Hebamme lobte sie, sprach ihr Mut zu, sagte, dass das Kind bald da sei und dann alle Schmerzen vergessen seien. Auch der Arzt erklärte ihr, dass alles bestens verlaufe.

Mit der letzten Presswehe sackte Charlotte in sich zusammen und glaubte, nie etwas Größeres geleistet zu haben. Endlich erklang das kräftige Schreien des Babys. Sie spürte, wie es von ihr getrennt wurde. Sie streckte die Arme aus, wollte es halten, aber die Hebamme wusch es zuerst und wickelte es in eine Decke, bevor sie es ihr auf die Brust legte. »Herzlichen Glückwunsch, Mrs Bromberg. Sie haben eine Tochter!«

Charlotte lachte und weinte gleichzeitig, während sie das kleine Gesicht betrachtete. Ihre Tochter schaute sie aus wachen Augen an. Die Augenfarbe musste sich in den nächsten Wochen erst noch herausbilden. Jetzt schimmerte die Iris in einem verwaschenen Graubraun. Es war das schönste

Mädchen, das Charlotte je gesehen hatte, ganz egal, ob sie die kieselgrauen Augen ihres Vaters oder ihre himmelblauen geerbt hatte. »Willkommen auf der Welt, Eliza Rose«, flüsterte sie und betrachtete die perfekten kleinen Hände des Babys und die schwarzen Haare, die sich auf dem Köpfchen ringelten.

Kein Kind hätte mit mehr Liebe empfangen werden können als Charlottes und Victors Tochter. Im Haus rissen sich alle darum, sie zu halten, zu wiegen, ihr vorzusingen. Victors Vaterstolz rührte Charlotte in ihrem Innersten.

Es war die richtige Entscheidung gewesen, ein Kind zu bekommen. In der Beziehung zwischen ihr und Victor gab es nun eine neue Dimension, die Charlotte nicht für möglich gehalten hätte. Sie waren Eltern einer Tochter, die alle Herzen im Sturm eroberte.

Die Hebamme hatte ihr gezeigt, wie sie die Kleine anlegen musste und den Milchfluss in Gang brachte. Die ersten Tage war es nicht leicht, aber schon bald hatten sie sich aufeinander eingespielt, und die ersten vier Wochen vergingen wie im Fluge.

Sie betrachtete das rosige Gesicht ihrer Tochter, während sie mit geschlossenen Augen an ihrer Brust trank. Von draußen fiel das Licht der Augustsonne in das Schlafzimmer. Charlottes Gedanken gingen zu ihrem Garten, um den sie sich in den Wochen seit der Geburt viel zu wenig hatte kümmern können. Aurora hatte einen jungen Mann aus dem Dorf zur Aushilfe eingestellt, aber das war keine Lösung. Sie würde Vitas Rat annehmen und nach Gärtnerinnen suchen, die genau wie sie einen Traum verwirklichen wollten. Und sie selbst würde in jeder freien Minute im Garten sein, vielleicht weitere Reisen auf die englischen Inseln unternehmen. Ihrem Ziel, den originellsten und schönsten Garten Englands zu kreieren, war sie sehr nah gekommen. Aber noch nicht nah genug. *Ach, Quinn*, ging es ihr durch den Kopf, *in einem anderen Leben hätten wir gemeinsam die Welt aus den Angeln heben können.* In einem verborgenen Teil ihrer Seele nistete der Kummer über den Verlust des Geliebten, aber sie würde den Schmerz verdrängen. Es gab keinen Grund zu trauern.

Eliza hob die Lider und blickte sie an, als sähe sie sie zum ersten Mal. Charlotte meinte, der Blitz träfe sie, als sie das irisierende Grünbraun in den Mädchenaugen erkannte. Im Sonnenstrahl, der durch das Zimmer fiel, wechselte die Iris die Farbe von Meergrün zu Goldbraun. Die schönsten Augen der Welt.

Charlotte hob sie mit zitternden Händen an und legte sie auf ihre Brust, wo sich ihr Herzschlag mit dem des Kindes vereinte. In ihrem Verstand formten sich mögliche Erklärungen, aber in ihrem Innersten kannte sie die Wahrheit. Quinn würde ihr ein Leben lang nah bleiben. »Ich werde dich immer lieben, Eliza Rose«, flüsterte sie.

Nachwort

Was wäre die britische Gartenkultur des 20. Jahrhunderts ohne Sissinghurst, den berühmtesten Garten auf der Insel? Bei der Gestaltung des Anwesens von Summerlight House habe ich Charlotte von Sissinghurst inspirierte Vorstellungen zugeschrieben, obwohl Vita Sackville-West und ihr Ehemann Harold Nicolson das weltberühmte Pflanzenparadies erst 1930 anlegten. Davor wohnten sie, wie im Roman beschrieben, auf Long Barn.

Alle anderen in diesem Roman vorgestellten Gärten existierten bereits zur damaligen Zeit und können heute noch – genau wie Sissinghurst – besichtigt werden: Great Dixter, Wisley Gardens, Lost Gardens of Heligan, Anne Hathaway Garden, Sizergh Castle and Garden, Alnwick Castle.

Vita Sackville-West (1892–1962), Autorin und Gartenexpertin, war eine schillernde Figur ihrer Zeit. Einen umfassenden Einblick in ihr Leben und ihren Charakter liefert diese ausgezeichnete Biographie: Victoria Glendinning: *Vita Sackville-West. Eine Biographie* (Fischer 1994, übersetzt von Hans J. Schütz).

In ihrem Buch *Zwölf Tage in Persien. Reise über die Bakhtiari-Berge* (Wagenbach 2011, übersetzt von Irmela Erckenbrecht) schildert die Schriftstellerin ihr Abenteuer im heutigen Iran. Bei der Beschreibung der Reise, die Charlotte und Victor antreten, habe ich mich an ihren Darstellungen orientiert.

Neben Vita Sackville-West haben in meinem Roman der Politiker und Schriftsteller Winston Churchill (1864–1965) mit seiner Ehefrau Clementine und der damalige Direktor von Kew Gardens Sir Arthur William Hill (1875–1941) als reale historische Figuren einen kurzen Auftritt.

Ich freue mich, wenn Sie Charlotte und ihrer Familie auch in Band 3 meiner Romanreihe *Die englische Gärtnerin* die Treue halten. Die wirtschaftliche Situation in England verschlechtert sich 1929 dramatisch. Charlotte muss um alles kämpfen, was sie sich mit Victor aufgebaut hat, doch es vergeht keine Nacht, in der sie nicht von Quinn träumt.

Mit herzlichen Grüßen

Martina Sahler
im Januar 2020